Oscar bestsellers

di Herbie Brennan

La guerra degli Elfi
La guerra degli Elfi - Il nuovo Re
La guerra degli Elfi - Il Regno in pericolo
La guerra degli Elfi - Il destino del Regno
La guerra degli Elfi. La saga completa
L'ultima profezia di Nostradamus

HERBIE BRENNAN è un autore irlandese con più di cento libri pubblicati per adulti e ragazzi, e milioni di copie vendute in tutto il mondo. Vive in una canonica del diciottesimo secolo con sua moglie, la scrittrice Jacquie Burgess. È membro della Society for Psychical Research di Londra e ha un particolare interesse per il paranormale, su cui ha scritto numerosi saggi. La saga *La Guerra degli Elfi*, pubblicata in Italia da Mondadori, ha ottenuto uno straordinario successo.

HERBIE BRENNAN

LA FIGLIA DEGLI ELFI

Traduzione di Sara Marcolini

OSCAR MONDADORI

Titolo dell'opera originale *The Faeman Quest*

Prima edizione I Grandi giugno 2011
Prima edizione Oscar bestsellers maggio 2013

ISBN 978-88-04-62612-1

Questo volume è stato stampato
presso ELCOGRAF S.p.A.
Stabilimento di Cles (TN)
Stampato in Italia. Printed in Italy

La figlia degli Elfi

Per il cugino Wally e la sua adorabile Barb,
con grande affetto e i migliori auguri per Luc

PARTE PRIMA

UNO

— Noi abbiamo cosa? — esplose Henry.
— Abbiamo una figlia — ripeté Aurora. — Ha quindici anni, quasi sedici. Si chiama Mella.

Erano insieme nella sala del trono del palazzo Reale. Con aria infastidita, Aurora si era appollaiata sul bordo del Trono del Consorte, mentre Henry, a cui non era permesso accomodarsi sul Trono Imperiale, se ne stava accucciato ai piedi della moglie sul terzo gradino della pedana. Il piccolo medico seduto accanto a lui gli stava strofinando un braccio con uno strumento che assomigliava molto a uno spazzolino dalle setole metalliche.

Henry gli scostò la mano con gesto impaziente e lo guardò corrucciato. — Cosa stai facendo?

— Preparo le vostre vene per un'infusione di elementali, Principe Consorte — spiegò l'omino sollevando una sacca di cuoio piena di qualcosa che si dimenava furiosamente. Uno degli elementali riuscì quasi a sgusciare fuori prima che il medico tirasse il cordino della sacca per intrappolarlo all'interno.

La creatura scoccò un'occhiataccia indispettita a Henry, che a sua volta continuò in tono indifferente rivolgendosi ad Aurora: — Non essere ridicola. Ovviamente non abbiamo nessuna figlia. — Come colto da un pensiero improvviso, si affrettò ad aggiungere: — A meno che...

Aurora scosse il capo. — No, non sono incinta. Un figlio elfumano è più che sufficiente, grazie. — Sospirò. — Ha usato un conincanto lete su di noi.

Henry spalancò lentamente la bocca mentre fissava la

moglie. — Abbiamo una figlia che si chiama... come hai detto che si chiama?

— Mella.

— Abbiamo una figlia che si chiama Mella e che ha usato un conincanto lete su di noi?

Il piccolo medico gli stava fissando al braccio un tubicino flessibile trasparente, ma Henry sembrava non farci caso. Non potevano avere una figlia di quindici anni. *Non avevano* una figlia di quindici anni. Non avevano *nessun* figlio. Eppure ormai erano sposati da sedici anni e ricordava vagamente di avere desiderato dei figli. Inoltre, malgrado al momento delle nozze fossero molto giovani, l'usanza del Regno degli Elfi voleva che la coppia reale concepisse un erede il più velocemente possibile.

— Fai sempre così — borbottò Aurora scocciata. — Ripeti tutto quello che dico sotto forma di domanda. Non hai idea di quanto sia irritante.

Henry scostò di nuovo la mano del medico. — Non ho idea di quanto...?

Ma Aurora lo interruppe: — Non prendertela con il dottore, Henry. Deve metterti in circolo nel sangue quegli elementali, altrimenti non ricorderai mai nulla.

Quelle parole lo costrinsero a fermarsi a riflettere. Gli incantesimi lete facevano dimenticare le cose, cose precise e specifiche come persone o eventi. Un bravo mago poteva crearne uno capace di spazzare via dalla memoria persino il ricordo della propria madre. Era possibile che avesse davvero una figlia?

Il medico gli strofinò sulla pelle un unguento che aprì un piccolo squarcio nel quale infilò un tubicino trasparente.

— Ahi! — si lamentò Henry. — Fa male!

— Non ci vorrà molto, Principe Consorte — lo rassicurò il medico tutto allegro. Detto questo, fissò un imbuto all'estremità libera del tubicino e vi versò dentro gli elementali contenuti nella sacca. Le creature scivolarono lungo le pareti dell'imbuto cambiando consistenza man mano che scendevano, e infine svanirono come fumo all'interno del tubicino trasparente.

Henry aprì la bocca per protestare di nuovo e scoprì di non essere in grado di parlare. Provò una strana sensazione strisciante mentre gli elementali penetravano nel suo flusso sanguigno, poi ci fu un attimo di totale confusione quando gli raggiunsero il cervello e presero a smantellare le strutture cristalline lasciate dal lete. A quel punto arrivò la nausea, una nausea rivoltante del tipo "ma-quanti-biscotti-ti-sei-ingollato!", quando i frammenti gli ricaddero nello stomaco. Infine gli elementali sgorgarono fuori da un orecchio, dove li aspettava la sacca del medico. La mente di Henry si schiarì all'istante.

— Oh, mio Dio! — esclamò.

— Ti ricordi adesso? — chiese Aurora.

Henry si prese la testa fra le mani. — Oh, mio Dio! — ripeté. Sollevò lo sguardo sulla moglie. — È scappata, vero?

Lei annuì.

— Dove?

Aurora scrollò le spalle, sconsolata. — E chi lo sa?

— Quando?

— Tre giorni fa.

— Tre giorni? — Henry la guardò in preda a una rabbia incredula. — Perché nessuno ce lo ha detto?

— Ha messo in giro la voce che volevamo mandarla nella Terra di Halek per completare gli studi.

Nel frattempo il medico aveva riposto i suoi strumenti e stava uscendo in silenzio dalla sala del trono. Camminava lentamente all'indietro, esibendosi in una serie di inchini. Henry quasi non se ne accorse. — Non è andato nessuno con lei?

Aurora scosse il capo. — Ha preso un volasvelto personale.

— Ma non ha la patente di volo!

— È una Principessa del Regno, Henry. Pensi davvero che qualcuno l'avrebbe fermata?

— Immagino che non sia andata *davvero* nella Terra di Halek — disse lui dopo qualche istante.

— No. Non ci sono registrazioni che indichino che il suo volasvelto sia entrato o uscito dal loro spazio aereo o che abbia attraversato il confine; nessun rapporto di infrazioni alla sicurezza da parte di qualcuno che le possa assomigliare... E sai bene anche tu quanto siano attenti a queste cose quelli della Tavola dei Sette.

La Tavola dei Sette era il Consiglio di Governo della Terra di Halek. Il Consiglio di Governo *paranoico* della Terra di Halek. Henry rimase a fissare la moglie con sguardo cupo. — Quindi potrebbe essere *ovunque*.

Aurora gli fu subito accanto e si aggrappò a lui in cerca di conforto. Henry si accorse che stava tremando. — Caro... — mormorò la Regina — ... Mella potrebbe essere *morta*!

DUE

— La voglio morta — disse la testa mozzata di Lord Rodilegno. Stava guardando – stava guardando *malissimo*, per l'esattezza – Jasper Bombix, un Elfo della Notte che negli ultimi dieci anni aveva subito un forte cambiamento. Tanto per dirne una, aveva perso peso, e ne aveva perso anche un bel po'. "Che abbia ancora un wangarama nel sedere?" si chiese Rodilegno. Quei vermi avevano i loro vantaggi, ma risucchiavano tutto il nutrimento. I corpi in cui erano ospitati tendevano a diventare sempre più magri, e infatti questa evidenza rappresentava uno dei modi più comuni per identificarli. Bombix sembrava decisamente uno spettro. Per la prima volta da anni gli si vedevano gli zigomi, eppure quello non era l'unico cambiamento. Aveva anche abbandonato i suoi modi leziosi e parlava pochissimo. Non faceva più la spia per nessuno, né per Madama Circe, né per lo stesso Rodilegno. Ora era un assassino, forse il migliore assassino del Regno. Ovvero, esattamente ciò che serviva a Rodilegno.

Bombix gli restituì l'occhiataccia. C'era stato un tempo in cui aveva avuto una paura tremenda di Lord Rodilegno, però era difficile prendere sul serio quell'infame adesso che era solo una testa mozzata appoggiata su un cubo di onice. Guardando bene, si potevano vedere le vene e i nervi che uscivano dal moncone di collo. In ogni caso Bombix doveva ammettere che Sua Signoria era stato protagonista di un ritorno miracoloso, per quanto assolutamente segreto. Lavorando con estrema astuzia attraverso una fitta rete di intermediari, era tornato a essere quasi potente come un tempo, e di gran lunga molto più ricco... O almeno abbastanza per pagare le sue salatissime tariffe.

— Impossibile — tagliò corto. — Le misure di sicurezza del palazzo Reale sono impenetrabili.

Le labbra della testa mozzata cominciarono a contorcersi. Bombix ci mise un po' a capire che quelle smorfie significavano che Sua Signoria stava cercando di sorridere. Uno spettacolo raccapricciante.

— La ragazza non si trova più a palazzo — disse infine Rodilegno.

"Uno sviluppo interessante" pensò Bombix. La condizione particolare dell'elfumana comportava che lasciasse il palazzo solo nelle occasioni ufficiali, una volta o al massimo due all'anno. E nei successivi sei mesi non erano previste simili circostanze.

— E dove sarebbe allora? — chiese.

Il flusso di energia generata dal cubo di onice era instabile, tanto che a volte gli occhi di Rodilegno si mettevano a roteare senza alcuna sincronia. Fu ciò che accadde in quel momento: per un istante le orbite gli diventarono completamente bianche e infine lo sguardo si fissò, con effetto piuttosto sconcertante, su un punto al di là dell'orecchio sinistro di Bombix. — Non lo sa nessuno — rispose infine.

Sul cubo, sotto il logo con le lettere ASMU intrecciate tra loro, che stavano per Azienda Servizi Magici Unificati, un'etichetta dall'aria discreta annunciava: "Corpo in Scatola". Lo stesso cubo e la testa che vi poggiava sopra erano protetti da un campo di forza magico di tipo militare, il che significava che Rodilegno – o almeno ciò che ne restava – era diventato indistruttibile e pressoché immortale. Il cubo traeva energia direttamente dal sole, per cui non lo si poteva nemmeno spegnere: un risultato alquanto paradossale per un tentativo di suicidio malriuscito.

— Quindi prima di ucciderla devo trovarla? — commentò Bombix.

— Ovvio.

— In tal caso la mia tariffa raddoppia.

— Lo immaginavo — ribatté Rodilegno senza sollevare obiezioni.

— C'è un limite di tempo?

— Per ucciderla? Certo che c'è un limite di tempo. Un mese di calendario a partire da oggi. Ma ovviamente prima è e meglio è.

Bombix fece qualche rapido calcolo. A un mese esatto da quel giorno ricorreva il sedicesimo compleanno della Principessa Culmella... E così quel lavoro aveva a che fare con la successione al trono! Si chiese se fosse il caso di porre una domanda diretta a Sua Signoria, ma decise di evitarlo. Probabilmente era meglio non sapere. Trasse un respiro profondo. — Tariffa tripla per i lavori urgenti.

— Affare fatto — convenne Rodilegno.

Bombix assunse un'espressione pensosa e prese a mordicchiarsi il labbro inferiore. — Istruzioni particolari?

— Una sola — rispose la testa di Rodilegno. — Devi portarla qui per ucciderla.

Bombix sgranò gli occhi. — Qui? Nel vostro castello?

— Proprio così.

Capiva che Rodilegno volesse vedere morta quella ragazza elfumana, ma non aveva alcun senso farla ammazzare in casa propria. — Ma se viene uccisa qui non sospetteranno di voi?

— Lascia che sia io a preoccuparmene — ribatté la testa mozzata. — I termini del nostro accordo saranno questi: la trovi, la porti qui e la uccidi.

— In questo caso... — esordì Bombix.

— Lo so, lo so — lo interruppe Rodilegno irritato. — La tua tariffa è quadruplicata. — Finalmente riprese il controllo degli occhi e rimase a fissarlo con sguardo penetrante. — Posso quindi supporre che accetti l'incarico?

Bombix sorrise benevolo. — Oh sì, Lord Rodilegno, certamente.

Il volasvelto da spionaggio era segnalato da una minuscola bandiera imperiale infilata in un vaso di fiori a pochi metri dalla porta laterale. Per quanto non vedesse l'ora di andarsene senza farsi notare, Bombix non riuscì a non darsi un'occhiata alle spalle mentre si avvicinava al velivolo. Il castello di Rodilegno si ergeva in un groviglio di blocchi di ossidiana e torrioni di granito abbarbicati lungo una rupe a precipizio su un mare in tempesta. Violenti scrosci di pioggia sferzavano la roccia e i venti ululavano senza sosta a causa di una sfilza di tempincanti che si diceva fossero stati creati con tanta arte che nessuno sarebbe mai stato in grado di disattivarli. Girava anche voce che quel luogo fosse maledetto. Non appena Panolis, Duca di Flammea, vi si era insediato, i demoni si erano impossessati di lui. E poco tempo dopo che Lord Rodilegno aveva a sua volta preso possesso del castello, egli stesso aveva tentato il suicidio gettandosi dalle mura.

Bombix non avrebbe saputo dire se per Rodilegno quello fosse stato un giorno fortunato o meno. Di certo aveva avuto fortuna a non rimetterci la pelle, ma dato che era la morte ciò che voleva, era stato anche sfortunato. Per sua fortuna Panolis aveva installato degli incantesimi di sicurezza per sorreggere gli ospiti che il vento strappava dalle terrazze, ma per sua sfortuna era atterrato con la testa all'interno della zona coperta dagli incantesimi, mentre il corpo inzuppato di pioggia si era spappolato contro le rocce circostanti. Erano passati quasi sei mesi prima che qualcuno lo trovasse – era un periodo di vacche magre e aveva licenziato la servitù – e a quel punto il cadavere era ormai marcio. La testa però si era conservata perfettamente. Un suo fedelissimo gli aveva procurato il primo *Corpo in Scatola*, la versione economica di base in grado di mantenere le funzioni cerebrali, ma che tuttavia non consentiva alcuna forma di comunicazione. In ogni caso Rodilegno aveva sviluppato un codice basato sui battiti di ciglia e si era messo d'impegno per ricostruire la propria fortuna. Ora, dopo soltanto sedici anni, era tornato a essere uno degli elfi più ricchi e potenti del Regno, anche se pochissimi ne erano al corrente. E nutriva ancora delle ambizioni al trono, a giudicare dagli ultimi sviluppi.

Bombix si avvolse nel mantello ombra che lo rendeva invisibile e mentre saliva sul volasvelto, anch'esso invisibile, un ghigno gli affiorò sulle labbra. Si poteva ben dire che Rodilegno aveva tutte le intenzioni di diventare il *capo* assoluto del Regno!

TRE

Il topo stava tornando. Sulfureo lo sentiva. Ne avvertiva l'odore e ne percepiva i piccoli pensieri malevoli di ratto. Il topo voleva ucciderlo, ovvio. Tutti volevano ucciderlo ultimamente. In particolare il dottor Philenor.

Sulfureo se ne stava acquattato in un angolo della cella per farsi accarezzare dal timido raggio di sole che scivolava dentro dall'unica finestrella in alto sulla parete. Era il suo cantuccio preferito, segnato dalle striature e dalle macchie di sangue ormai brunastre che aveva lasciato sulle lastre di pietra quella volta che aveva provato a scavarsi una via d'uscita a mani nude. Di solito si rannicchiava in quel punto senza nulla indosso o ricoperto di escrementi, invece oggi era vestito con un completo elegante. Oggi era un giorno speciale.

Aguzzò i sensi per scoprire cos'altro potesse minacciarlo. Lasciò fluttuare la mente per l'intrico di corridoi del Manicomio del Monte Doppiafortuna fino a quando non si agganciò all'orecchio sinistro di una delle infermiere, un'Elfa della Notte formosa e seducente, che in quel momento stava pensando che a fine turno avrebbe comprato delle sardine per il suo gatto. Le sardine erano in offerta speciale da un pescivendolo davanti al quale passava per tornare a casa. Poteva comprarne quattro con un risparmio del tredici per cento e farle a fettine per Mignolo, a cui piaceva mangiarle crude. Quattro sardine tagliate a fettine sarebbero state una cena decisamente soddisfacente per Mignolo e, una volta sfamato il gatto, l'infermiera sarebbe potuta tornare indietro nel cuore della notte, quando il manicomio fosse stato più tranquillo, e usare il suo passepartout per entrare e uccidere Sulfureo. Era proprio come tutte le altre infermiere. Volevano tutte uccidere Sulfureo. E lo voleva anche il gatto dell'infermiera. E il pescivendolo. E le sardine.

C'erano scarafaggi sulle pareti. Con i suoi sensi acuiti, Sulfureo li sentiva picchiettare e mangiucchiare e intonare marcette militari. Stavano progettando di attaccarlo, quegli scarafaggi, non appena avessero messo insieme truppe a sufficienza. All'interno delle pareti stazionava un intero esercito di scarafaggi: non erano ancora abbastanza numerosi per ucciderlo, ma si stavano riproducendo implacabilmente in fattorie speciali dove i giovani venivano addestrati all'assalto. Quando ce ne fossero stati abbastanza, diciamo pressappoco 3,7 miliardi, si sarebbero calati a sciami lungo le pareti e avrebbero iniziato a mangiarlo a partire dai piedi. Gli scarafaggi ti mangiavano sempre a partire dai piedi e lasciavano gli occhi per ultimi, così li potevi guardare mentre facevano il loro sporco lavoro.

Un moscone si infilò dentro attraverso una crepa nel vetro della finestra e prese a ronzare pigramente in giro per la cella. "Quasi certamente una mosca-spia degli scarafaggi" pensò Sulfureo. Gli insetti si davano tutti una mano, quando si trattava di far fuori una persona. Gli insetti e i germi. Naturalmente il dottor Philenor stava allevando germi giganti, dei bestioni grandi come passeri. Li teneva nascosti dentro vecchi fazzoletti usati e al momento del bisogno li sguinzagliava contro i nemici. Ti volavano su per il naso e ti facevano ammalare.

Il moscone ronzò a un metro da Sulfureo, che lo catturò con una mossa fulminea e lo divorò in un boccone.

Il topo si stava decisamente avvicinando... *e non era solo!* Grazie alla straordinaria portata dei suoi sensi ipersviluppati, Sulfureo si accorse che la creatura aveva con sé moglie e figli, quattro giovani topastri affamati, grandi meno della metà dei genitori ma con affilati denti da piranha. Era una gita di famiglia. Obiettivo: uccidere Sulfureo.

Tutti volevano uccidere Sulfureo: i topi e le mosche-spia e l'esercito degli scarafaggi e i germi giganti del dottor Philenor e le infermiere e i loro gatti e le sardine e i pescivendoli e qualsiasi altra cosa potesse scavare, volare, strisciare o riuscire in qualsiasi altro modo a entrare nella sua cella imbottita. Ma Sulfureo non aveva paura.

C'era George a proteggerlo.

Ci fu un "grat-grat" alla porta della cella e per un istante Sulfureo si chiese se la famiglia dei topi non lo avesse aggirato con un'abilissima mossa tattica, ma poi, quando la porta si aprì, si rese conto che doveva essere l'inserviente Nastes.

— Siamo vestiti? — chiese una voce d'uomo mentre un vassoio faceva capolino dall'uscio. — Ma certo che lo siamo! Molto bene, Silas. È un giorno importante per noi, vero? Lo sai perché è un giorno importante, Silas?

— Sì — rispose Sulfureo corrucciato.

— Ma certo che lo sai! — esclamò tutto allegro l'inserviente Nastes. Era un tizio pelato e grassoccio con una buffa pronuncia blesa e una coppia di baffoni spioventi che cercavano di imitare quelli del dottor Philenor. — È il giorno in cui incontreremo il comitato di valutazione. E questo significa mettersi il vestito della festa, giusto? Perché dobbiamo avere un aspetto pulito e ordinato. — Appoggiò il vassoio per terra accanto a Sulfureo. Conteneva una tazza di birra medicinale, un tozzo di pane raffermo e un pezzo di formaggio ammuffito.

— 'azie — bofonchiò Sulfureo facendo attenzione a non incrociare lo sguardo dell'inserviente Nastes. Era importante non incrociare lo sguardo degli inservienti, i quali erano dotati di un meccanismo speciale inserito negli occhi che ti sparava raggi invisibili dentro la testa e ti scioglieva il cervello. Allungò una mano verso il formaggio e cominciò a sminuzzarlo in pezzetti minuscoli.

— Come sta George? — chiese Nastes in tono indifferente, tanto per fare un po' di conversazione.

"Perché non glielo chiedi direttamente?" pensò scocciato Sulfureo. George si era fatto vivo in fretta, come accadeva sempre quando c'era del formaggio in circolazione. Al momento incombeva su di loro, le zanne scoperte, le spalle contro la parete più lontana. Ma l'esperienza aveva insegnato a Sulfureo che gli idioti come Nastes spesso non riuscivano a notare cose che si trovavano proprio sotto il loro naso, così borbottò: — Bene. — George sorrise e annuì.

L'inserviente diede un colpetto di tosse. — A buon intenditor, poche parole... Silas, io se fossi in te non parlerei di George con il comitato. — Si picchiettò il naso. — Capito la dritta?

— Sì — rispose Sulfureo. Voleva che se ne andasse subito, così avrebbe bevuto la birra e avrebbe dato il formaggio a George. Se George aveva fame – e George aveva *sempre* fame – poteva magari all'improvviso inghiottirsi l'inserviente Nastes al posto del formaggio. E lui come avrebbe fatto a spiegarlo al comitato?

Ma l'inserviente era già sulla porta. — Adesso fai una bella colazione, Silas — disse. — Tra poco viene l'infermiera a portarti alla visita di controllo. — Diede una scrollata al portachiavi e scelse le tre chiavi che chiudevano la porta. — Be', buona fortuna.

Non appena se ne fu andato, Sulfureo sparse le briciole di formaggio sul pavimento e le dispose in file perfettamente allineate, come piaceva a George. Ma George non doveva avere fame, perché non prese nulla e il cibo rimase intatto finché il topo non sgusciò fuori da un buco nel muro. Per un po' rimase a fissare Sulfureo che se ne stava seduto immobile nell'angolo, poi avanzò guardingo e cominciò a sbocconcellare la briciola più vicina. Sulfureo lo catturò e lo trangugiò a partire dalla testa, perché non era uno scarafaggio, lui.

Era ancora più buono del moscone.

QUATTRO

I vestiti analoghi erano davvero *strani*. Aveva seguito le immagini e si era messa dei pantaloni blu (come un ragazzo!) che le stringevano sul sedere e una specie di camicia di cotone senza bottoni con una scritta sul davanti. La scritta diceva: APERITIVO CATEGORICO. Mella non aveva la minima idea di cosa volesse dire – non aveva mai sentito parlare di aperitivi, nel suo mondo – ma la ragazza del negozio le aveva assicurato che era un look davvero *fico*.

Anche il Mondo Analogo era parecchio strano. Ormai si era abituata alle carrozze meccaniche. Ci aveva addirittura fatto un giro. Aveva ascoltato le scatolette che parlavano e ti suonavano la musica nelle orecchie. Si era seduta su un letto d'albergo a guardare una finestra che dava su una scena che continuava a cambiare e che le aveva mostrato degli umani che facevano le cose più curiose (e a volte anche abbastanza schifose). Ma erano soltanto giocattoli magici, anche se il diario di suo padre diceva che in quel mondo la magia non esisteva. La cosa che trovava *veramente* strana era il groviglio di grandi strade di catrame e pietre frantumate che attraversava il mondo come un'immensa ragnatela. Ora stava camminando lungo il marciapiede di una di quelle strade, affascinata dalle case sui due lati.

Erano più piccole del palazzo Reale, naturalmente, ma anche di quasi tutti gli altri edifici del Regno degli Elfi, dove le case di città avevano raramente meno di tre piani e quelle di campagna sfoggiavano parchi, giardini e immensi poderi. Anche quelle che vedeva ora venivano chiamate "case di campagna" (nel senso che erano state costruite a una certa distanza dalla città più vicina), eppure i loro terreni consistevano in appena pochi metri di giardino, qualche fiore, qualche cespuglio e ogni tanto un albero solitario. Nessuna di quelle abitazioni si ergeva oltre i due piani. Molte ne avevano uno soltanto. Nessuna era costruita in pietra: il materiale che sembrava andare per la maggiore erano mattoni color ruggine. A Mella pareva impossibile che suo padre un tempo avesse vissuto in quel posto.

Raggiunse una specie di riparo protetto da una tettoia, con un cartello appeso a un palo che la fece sorridere. Il cartello diceva: FERMATA BUS. Nel suo mondo "bus" voleva dire "bacio", però qui naturalmente era il diminutivo di "autobus", un carro meccanico gigante che portava un sacco di gente su e giù per le strade. Ma Mella stava sorridendo anche per un altro motivo: quella era la stessa fermata dell'autobus che suo padre usava un sacco di anni prima quando tornava da scuola. Il che significava che la sua vecchia casa doveva trovarsi a pochi passi da lì.

Rallentò per ripetersi un'altra volta la storia che avrebbe raccontato. Dal diario privato del padre sapeva che lui aveva dato a intendere di vivere ora in Nuova Zelanda. Mella non aveva la minima idea di dove fosse la Nuova Zelanda, ma immaginava che dovesse essere molto lontana da quella città e ancora più lontana dal Regno degli Elfi. Henry aveva scelto la Nuova Zelanda perché era il paese in cui in teoria viveva anche il signor Fogarty. Mella non aveva mai conosciuto il signor Fogarty, che era morto prima che lei nascesse, ma gli aveva parlato un paio di volte e lui era sempre stato disponibile a rispondere alle sue domande. Le aveva raccontato la storia che avevano propinato alla madre di Henry, rafforzandola con qualche buon incantesimo in modo da non suscitare in lei alcun dubbio. Fondamentalmente la povera donna credeva che il figlio avesse sposato una ragazza neozelandese e che non potessero venire a trovarla in Inghilterra perché dovevano badare al signor Fogarty, che ormai aveva novantanove anni ed era costretto a letto. (Il defunto signor Fogarty aveva trovato la cosa estremamente divertente.) Altri incantesimi assicuravano che anche il padre di Henry credesse a questa storia. A nessuno dei due era stato detto che quindici anni prima erano diventati nonni, perché, sapendo di avere una nipote, probabilmente sarebbero voluti andare a trovarla in Nuova Zelanda, dove tutta la messinscena sarebbe crollata.

Da quello che aveva letto nel diario, il padre di Henry era una persona gentile ma senza polso. Quando la moglie lo aveva buttato fuori di casa, si era messo con una ragazza che aveva la metà dei suoi anni. Adesso viveva con lei in un posto nel Buckinghamshire.

La madre di Henry era tutta un'altra storia. Mella era affascinata da lei. Era direttrice di una scuola femminile. Era dura come un chiodo di ferro e tosta come un paio di stivali di cuoio. Era intelligente, supponente, prepotente e indipendente. E aveva una *fidanzata*, che si chiamava Anais.

(Mella aveva fatto un po' fatica a capire questa cosa quando aveva letto per la prima volta il diario. Suo padre aveva scritto che la madre era "gay", e lei pensava volesse dire che era una tizia gaia, sempre felice e contenta. Ma da quanto riferiva Henry, Martha Atherton non sembrava affatto felice e contenta. In effetti a volte sembrava addirittura inquietante, ed era abbastanza chiaro che il figlio aveva paura di lei. In seguito Mella aveva scoperto che la parola "gay" nel Mondo Analogo aveva tutto un altro significato.)

Comunque, la cosa più eccitante era che Martha Atherton era *umana*. Anche il padre di Mella era umano, naturalmente, ma aveva passato così tanto tempo nel Regno che era praticamente diventato un Elfo della Luce. Parlava come loro e si comportava come loro, e Mella sospettava che per lo più pensasse anche come loro. Sua nonna era diversa: non era mai stata nel Regno degli Elfi. Era umana al cento per cento e lei non vedeva l'ora di incontrarla.

"Buongiorno, nonna... Io sono Mella."

Aveva passato buona parte dell'ultimo mese a modificare quella semplice frase fino a portarla alla perfezione assoluta. Aveva escluso a priori discorsi del tipo: "Tu non mi conosci, ma forse ricordi di avere un figlio che si chiama Henry..." Fuori discussione anche approcci come: "Per te potrebbe essere una notizia un po' sconvolgente, ma noi siamo parenti strette." Oppure: "Ciao, sono appena arrivata dalla Nuova Zelanda e indovina un po' chi sono?" E assolutamente da evitare: "Buongiorno, signora Atherton, io sono sua nipote." Se tutto quello che aveva scritto Henry era vero, lei avrebbe capito subito. Sarebbe stato un bel colpo, naturalmente, ma non l'avrebbe mai dato a vedere. Avrebbe detto con la sua voce severa, seria e terribilmente umana: "Entra, Culmella, ti presento la mia fidanzata." Sarebbe stato *fichissimo*!

Ciò che sarebbe successo dopo – dopo che fosse stata invitata in quella casa tutta al femminile e dopo che avesse conosciuto Anais (che a quanto diceva Henry era molto carina) – Mella non lo aveva ancora previsto. Ma avrebbe avuto a che fare con gli usi e i costumi degli umani. Probabilmente l'avrebbero invitata a fermarsi. Magari l'avrebbero portata a fare shopping, a comprare altri vestiti (aveva dell'oro in borsa, che a quanto aveva scoperto tornava estremamente utile in quell'esotico Mondo Analogo). A Mella piaceva pensare che ciò che sarebbe successo era *nelle mani degli Dei*. I Vecchi Dei, quelli che amavano le avventure.

Le avrebbero chiesto di suo padre, questo era certo, ma

dato che aveva letto il diario sapeva esattamente cosa rispondere. Aveva preparato alla perfezione la sua storia, e aveva persino consultato dei libri sulla Nuova Zelanda nel caso avessero voluto dei dettagli sul posto in cui viveva.

Una caratteristica curiosa di quelle case era che nessuna aveva dei guardiaincanti, che nel Regno degli Elfi erano lo standard. Là bastava appoggiare una mano sul cancello d'ingresso perché una voce sussurrasse il nome della casa e quello del proprietario, e informasse chi era in casa e se la tua visita era gradita. La maggior parte aveva anche delle misure di sicurezza che paralizzavano i visitatori indesiderati e poi, se insistevano, li ricoprivano di pece e piume. Invece qui non c'era niente del genere, nemmeno un semplice annunciatore. Alcune abitazioni avevano delle targhette con un nome, tutte avevano dei numeri, ma non c'era modo di capire chi ci vivesse dentro, se non lo sapevi già. E non c'era nemmeno modo di capire se eri o no il benvenuto.

E allora in quale casa aveva vissuto suo padre? In quale casa viveva ancora sua nonna insieme ad Anais? Un pensiero terrificante la colse all'improvviso: e se sua nonna non vivesse più lì? E se avesse venduto la casa e si fosse trasferita da qualche altra parte? Nel Regno degli Elfi un guardiaincanto le avrebbe dato tutte quelle informazioni, e le avrebbe anche spiegato la strada per arrivare al nuovo domicilio della persona che cercava. Ma qui...

Mella avrebbe voluto prendersi a calci. Perché non ci aveva pensato prima?

Rallentò il passo per esaminare con più attenzione ogni singola casa. Era assolutamente certa che suo padre nel diario non aveva mai parlato di un numero. Perché avrebbe dovuto? Lui sapeva dove viveva, e il diario doveva essere privato. (Come se ci si potesse aspettare che qualcosa restasse privato senza una protezione magica... Ma era pur vero che lui era allergico agli incantesimi.) Aveva mai fatto cenno a un nome? Mella non ne era sicura. E se anche ne avesse menzionato uno, lei di certo non se lo ricordava. Che fare?

Forse avrebbe dovuto bussare a una porta a caso e chiedere dove vivesse la signora Atherton. Le sembrava terribilmente maleducato presentarsi a uno sconosciuto per chiedere aiuto, ma quali altre opzioni aveva? Eppure indugiava. Cosa avrebbe fatto se avessero chiamato la polizia? Sapeva della polizia perché nel diario si parlava di quando sua madre era andata nel Mondo Analogo. Sapeva anche che il suo rango di Principessa del Regno in quel mondo non contava un fico secco. Se la polizia l'avesse arrestata e gettata in una segreta, ci sarebbe potuta restare per il resto della sua vita. Continuò a camminare lentamente, leggendo i numeri e le targhe con i nomi.

CHATLEIGH. Quella parola le risvegliò improvvisamente la memoria. Era incisa su una targa di metallo, decorata con alcuni disegni floreali ormai sbiaditi. Chatleigh. Suo padre aveva citato quel nome da qualche parte nel diario. Ne era sicura. E perché l'avrebbe fatto, se quella non fosse stata la casa in cui viveva?

Guardò al di là del cancello e vide che la casa corrispondeva alla descrizione che ne aveva dato Henry. (Come del resto quasi tutte le case di quella zona, ma Mella cercò di non pensarci.) Prese un profondo respiro e sentì qualcosa sfarfallare nello stomaco. Il momento era arrivato. Anche senza guardiaincanto, il suo istinto le diceva che c'era qualcuno in casa, ed era assolutamente certa che quel qualcuno era sua nonna. Non poteva essere altrimenti. Aveva fatto così tanta strada, aveva corso così tanti rischi. Gli Dei non sarebbero mai stati a tal punto crudeli da deluderla proprio adesso.

Spinse il cancello, irrigidendosi inconsciamente in attesa della paralisi destinata ai visitatori indesiderati, poi si ricordò dove si trovava e si rilassò. Lì non funzionava così. Quello era tutto un altro mondo.

Da vicino la casa sembrava più grande e decisamente più carina. In giardino c'erano dei fiori e il prato era stato tagliato da poco. Sua nonna era evidentemente una donna ordinata. Si avvicinò alla porta d'ingresso e attese di essere annunciata con il cuore che le martellava nel petto, poi si ricordò di nuovo dov'era, sorrise, allungò una mano e premette il piccolo pulsante illuminato. Sentì suonare il campanello e staccò il dito.

Per un lunghissimo istante sembrò che la casa fosse deserta, che il suo istinto si fosse sbagliato. Ma all'improvviso sentì qualcuno che si muoveva all'interno. La silhouette di una donna comparve dietro il pannello di vetro smerigliato su un lato dell'ingresso. Poi ci fu il tintinnio metallico dei buffi lucchetti che usavano in quel mondo e la porta si aprì.

— Buongiorno, non... — esordì Mella, ma subito si bloccò.

La donna sulla porta non era assolutamente sua nonna. Troppo giovane. Aveva più o meno l'età di suo padre, o magari era anche più giovane. E in effetti i suoi occhi ricordavano quelli di Henry. Ma se non era la madre di suo padre, chi poteva essere? C'era qualcosa in lei – una posa altezzosa del capo, un lampo di arroganza nello sguardo – che diceva a Mella che di sicuro non si trattava di una domestica.

Doveva chiederglielo. Racimolò tutto il coraggio che le restava e chiese: — Martha Atherton vive qui? — Poi ricordò gli usi degli analoghi e si corresse: — La signora Atherton vive qui?

— Sei una delle sue studentesse?

Mella era una Principessa, per cui non era abituata a essere interrogata o a dover dare delle spiegazioni. — No — sibilò gelida, fissando l'altra negli occhi.

La donna le restituì l'occhiataccia, ma alla fine, quando lei rifiutò di abbassare lo sguardo, disse: — È in vacanza. — Esitò qualche istante e infine si decise ad aggiungere: — Io le faccio da baby-sitter alla casa.

Era una frase strana, ma Mella decise di ignorarla. Aprì la bocca per fare un'altra domanda, ma ciò che sentì uscire dalle proprie labbra fu: — Io sono sua nipote.

La donna sulla porta rimase come impietrita con la bocca mezzo aperta. Fissò Mella per alcuni lunghi istanti, questa volta senza ostilità. Sembrava piuttosto sorpresa, forse addirittura scioccata. Deglutì, distolse lo sguardo, tornò a fissarla e infine disse: — Lei non ha una nipote. — Era un'affermazione, senza tono di sfida.

Mella ribatté con aria estremamente seria: — Lei *non sa* di avere una nipote. — Raddrizzò le spalle e si allontanò un ricciolo dal volto. — Vengo dalla Nuova Zelanda.

La donna si sporse in avanti, la bocca ancora mezzo aperta, per esaminare più da vicino il viso della ragazza. Dopo una lunghissima pausa prese fiato e disse, quasi tra sé e sé: — Non ci posso credere. Sei la figlia di Henry.

Mella sorrise per la prima volta. — Mi chiamo Culmella — annunciò fiera. — Tu chi sei?

— Sono tua zia Aisling — rispose la donna. — La sorella di tuo padre.

CINQUE

Nel suo quarto anno come Principe Consorte, Henry si era dedicato alla riforma dei servizi segreti di Aurora. Ma adesso cominciava a desiderare di non averlo mai fatto. All'epoca gli zombie gli erano sembrati una buona idea – non avevano paura della morte e non potevano essere uccisi, visto che erano già morti – ma come guardie lasciavano francamente parecchio a desiderare. Non facevano che perdere pezzi e per di più emanavano un puzzo nauseabondo. Madama Circe aveva persino cercato di licenziarne un bel po', ma a quel punto loro avevano fondato un sindacato, tant'è che alla fine qualsiasi riforma si era rivelata impossibile. Ora marciavano fieri al fianco di Henry, canticchiando sottovoce nelle loro splendide uniformi rosse, attraverso il labirinto che si dipanava sotto il palazzo e che portava al nuovo quartier generale dei servizi segreti. Henry sospirò. Almeno gli facevano risparmiare le spese per i tracciatori, che altrimenti sarebbero stati indispensabili per muoversi in quel dedalo di corridoi. E le spese per il cibo.

L'intrico di specchi al centro del labirinto gli fece salire una leggera nausea, e uno zombie gli afferrò gentilmente un braccio per aiutarlo a reggersi in piedi. Henry chiuse gli occhi un istante per evitare la vista dei riflessi multipli e aspettò di essere annunciato. — Il Principe Consorte Henry, Vostra Signoria — sussurrò lo zombie con una voce che scricchiolava come foglie secche. Henry attese ancora qualche minuto, infine si decise a riaprire gli occhi. I riflessi erano scomparsi, e così anche gli zombie; si trovava in una spaziosa sala arredata con mobili antichi. Madama Circe, vestita con un abito variopinto e diafano, fluttuò verso di lui, radiosa.

— Henry, caaavo! — esclamò mentre lo abbracciava. Si era fatta fare da poco un tiraggio cranico che l'aveva lasciata con i capelli corvini e la faccia di una venticinquenne, anche se il corpo sotto la vestaglia era esile e delicato come lo scheletro di un uccellino.

Henry la salutò con un bacio leggero e subito si sciolse dall'abbraccio. — Culmella è scomparsa — disse senza perdere tempo in convenevoli.

Fino a quel momento non si era accorto che la mano dello zombie gli era rimasta attaccata al braccio. Madama Circe le diede un colpetto e la mano cadde sul pavimento in un'esplosione di polvere. — L'ho saputo... ne parlano tutti. Sai com'è, le voci girano veloci a palazzo — disse. — I miei agenti ci stanno già lavorando con la massima priorità. — Gli gettò un'occhiata alle spalle. — La Regina Aurora è con te?

Henry si avvicinò a una delle poltrone. — No, è sconvolta, ovviamente. Il medico di palazzo le ha dato un sedativo. Ho promesso che avrei pensato io a tutto. — E dopo un attimo aggiunse: — Finché lei non deciderà altrimenti, il che probabilmente accadrà oggi pomeriggio.

— In effetti mi ha già fatto convocare per la tarda mattinata — replicò Madama Circe con un sorrisetto.

Era tipico di Aurora: non riusciva a delegare a nessuno le cose importanti. Henry aveva smesso da tempo di prendersela. — Be', intanto possiamo cominciare a darci da fare — disse senza scomporsi.

Madama Circe si adagiò con grazia su una nuvola fluttuante e si appoggiò a un gomito. — Povera Aurora. A volte i figli possono essere un tale peso... — Sulle labbra le affiorò un sorriso rassicurante. — Ma anche una benedizione. — Il sorriso svanì. — Temo che Mella abbia preso da sua madre. Anche Aurora ha escogitato fughe rocambolesche, da giovane. Prima che tu la incontrassi, naturale: hai dimostrato di avere un'influenza molto stabilizzante su di lei.

Henry non ne era affatto sicuro, ma preferiva concentrarsi sulle questioni più urgenti. — Pensate che si tratti di questo? Che sia scappata?

— Credo sia la cosa più probabile, visto quello che sappiamo di Mella. Non è la prima volta che lo fa.

— Ma è la prima volta che usa un lete su di noi — ribatté Henry, amareggiato. Era questa la cosa che lo preoccupava di più. I conincanti lete erano una magia potente e costosa, soprattutto i modelli sofisticati a memoria selettiva che erano stati utilizzati su di lui e Aurora. Se era stata davvero Mella a usarli, doveva averlo fatto per un motivo estremamente importante, non solo per scherzo. E se non fosse stata lei a usarli? Se fosse stato qualcun altro? — Possiamo escludere un rapimento?

— Non si può mai escludere nulla — rispose seria Madama Circe. — *Suppongo* che la spiegazione più probabile sia una fuga, ma è pur vero che i rapimenti meglio riusciti vengono organizzati proprio in modo da lasciar sospettare una cosa del genere.

— Però non ci sono state richieste di riscatto — disse Henry. — Nel caso di un rapimento, a questo punto ce ne sarebbe già stata una.

— Se i rapitori avessero motivazioni economiche.

Henry aggrottò la fronte. — Che altre motivazioni potrebbero avere?

Madama Circe gli rivolse un'occhiata grave. — Politiche.

— Ah... — bofonchiò lui. Distolse lo sguardo e si mordicchiò un labbro. — Vi riferite al suo compleanno?

— Certamente. Se Mella non sarà presente a palazzo per il suo passaggio ufficiale alla maggiore età, equivarrà a una rinuncia al trono.

— Be', sì e no — obiettò Henry. — Ci ho riflettuto parecchio. Così facendo rinuncia al diritto legale a *pretendere* il trono alla morte di Aurora. Ma gli elfi sono sempre stati molto pratici su questo genere di cose: se non c'è nessun altro in linea di successione, lei salirà comunque al trono.

— Solo se tu e Aurora non avrete altri figli.

— Non abbiamo in programma di averne — ribatté Henry.

Sul viso di Madama Circe si illuminò uno sguardo saggio che prese a scrutarlo con insistenza. — Tu sei un uomo vigoroso, Henry. Aurora non è una donna fredda. Chi sa cosa può succedere dopo mezzanotte quando la luna è piena?

Henry arrossì, e per nascondere l'imbarazzo borbottò: — In ogni caso *adesso* non ci sono altri figli. Perciò chi avrebbe motivo di rapirla? Chi potrebbe trarne beneficio?

— Colias? — suggerì Madama Circe.

Henry la guardò sorpreso. Colias era suo cognato, il fratellastro di Aurora. Era stato un bambino odioso, ma in qualche modo crescendo era riuscito a diventare un uomo bello, coraggioso e gentile. — Colias può avanzare pretese al trono?

— Solo in senso lato, lo devo ammettere. Se Mella rinunciasse al trono e Aurora abdicasse senza che ci fossero altri figli e si dimenticasse di emettere un decreto, allora Colias potrebbe appellarsi al principio del legame di sangue prima del matrimonio, per reclamare la precedenza su di te, per esempio.

"Può reclamare quello che gli pare" pensò Henry: le sue ambizioni riguardo al trono strisciavano in un limbo molto al di sotto dello zero. Ma Colias non poteva avere rapito Mella, a meno che in qualche modo non fosse riuscito a farlo tramite qualcun altro. Mancava da casa da almeno tre anni, impegnato a sopprimere un'invasione di pirati nel Triangolo di Galiston.

— Colias è per mare — disse.

— In tal caso l'unico altro indiziato sei tu.

Henry le rivolse un breve sguardo affettuoso. Madama Circe era paranoica quasi quanto il signor Fogarty: faceva parte del suo lavoro e le permetteva di svolgerlo magnificamente. — Immagino che abbiate già verificato ogni mossa che ho fatto negli ultimi sei mesi.

Lei sospirò. — Mi devi scusare, Henry... niente di personale.

— Lo so. E suppongo che non abbiate trovato niente di sospetto, vero? — *Sapeva* che Madama Circe non aveva trovato niente di sospetto, altrimenti in quel momento sarebbe già stato a marcire in un sotterraneo. Principe Consorte o no.

— Non che me lo aspettassi — lo rassicurò lei.

— Be', almeno non dobbiamo più preoccuparci del nostro vecchio amico Rodilegno — commentò Henry.

Madama Circe sorrise. — Questa è una gran bella cosa, caaavo. Proprio una gran bella cosa.

SEI

Il comitato di valutazione era diretto dal dottor Philenor, che ora sedeva dietro i suoi baffoni neri su una pedana rialzata. Cinque dei suoi colleghi raccolti al tavolo da riunione si erano fatti crescere baffi simili ai suoi con risultati più o meno apprezzabili. Il sesto collega era una donna e portava dei baffi finti fatti di crine di cavallo. Lo stemma del Manicomio del Monte Doppiafortuna – due siringhe ipodermiche incrociate che sormontavano un bisturi da lobotomia – era fissato alla parete proprio sopra la testa del dottor Philenor. Accanto al suo piede destro c'era una valigetta: Sulfureo capì subito che doveva essere piena di germi giganti. O di elementali assassini. O di entrambe le cose.

Sulfureo era legato a una sedia inchiodata al pavimento di fronte al tavolo. Un inserviente – non Nastes, ma un suo collega tutto pelle e ossa che puzzava di birra rancida – gli aveva imbullonato alla testa un casco di pelle di canvero, col risultato che una fitta rete di tentacoli eterici si stava già insinuando nel suo cervello, dandogli una fastidiosissima sensazione di prurito. I controlli del casco si trovavano nel bracciolo della sedia del dottor Philenor.

— Buongiorno, dottor Sulfureo — lo salutò il dottor Philenor in tono affabile. Naturalmente lui era specializzato in medicina psichiatrica, mentre Sulfureo lo era in demonologia, una disciplina obsoleta da quando Aurora era diventata Regina di Infera. Sulfureo non si era mai fatto chiamare "dottore" nemmeno quando praticava la professione, ma Philenor teneva moltissimo alle formalità, soprattutto quando aveva a che fare con i propri pazienti. Tempo prima aveva pubblicato un saggio intitolato *Pazzi furiosi: l'importanza della cortesia nella loro cura.*

— Buongiorno, dottor Philenor. — Sulfureo sorrise benevolo. Il trucco, nelle sedute del comitato, era restare calmo, fingersi sottomesso, dare a intendere che la cura aveva funzionato e nascondere tutti i sintomi.

— Come ci sentiamo questa mattina, dottor Sulfureo? — chiese il medico, mentre faceva un segno di spunta su un foglio fissato alla cartellina che stringeva tra le mani.

Sulfureo sapeva di essere abbastanza al sicuro, visto che il casco di canvero non si era ancora attivato. Il trauma subito da quelle creature quando venivano scuoiate interferiva con il fattore di percezione della verità del casco. Spesso ci volevano cinque minuti buoni perché si mettesse a funzionare. Il suo sorriso si allargò in un vero e proprio raggio di sole.

— Meravigliosamente — disse. — Direi proprio meravigliosamente. Non ho parole per ringraziare voi e il vostro gentilissimo gruppo di lavoro per le mie terapie. Che pasticche! Che interventi chirurgici! E che pozioni! Infusioni! Trasfusioni! Solo grazie ai vostri preziosissimi sforzi il mio livello di salute, e in particolare di salute *mentale*, è più elevato di quanto non sia mai stato negli ultimi cinquant'anni! — Si chiese se non stesse esagerando, ma Philenor sembrava bersi quelle idiozie senza la minima difficoltà.

Il dottore diede un colpetto di tosse. — Nessuna... ehm... minaccia di qualche tipo? Al vostro... ehm... benessere? — La valigetta ai suoi piedi fremette.

Stava cercando qualche traccia di quella che chiamavano "paranoia". Era un termine medico inventato per farti abbassare la guardia quando tutto quello che avevi intorno ti voleva far fuori. Sulfureo sgranò gli occhi e batté le palpebre. — Minacce, dottor Philenor? — gli fece eco.

— Come si potrebbe mai provare un senso di minaccia in una struttura così ben gestita come la vostra eccellente clinica? Giusto l'altro giorno facevo notare all'inserviente Nastes quanto io qui mi sia sentito protetto e al sicuro da quando mi avete salvato da quello sfortunato... episodio.

Si levò uno scroscio di applausi dal gruppo di medici attorno al tavolo, immediatamente messi a tacere da un'occhiata severa del dottor Philenor. Ma i suoi tratti si ammorbidirono quando tornò a rivolgersi al paziente.

— Ora, dottor Sulfureo, una domanda cruciale: su una scala da uno a dieci, dove uno rappresenta la follia totale e dieci la perfetta salute mentale, come valutereste la vostra condizione attuale?

— Digli *undici*! — ringhiò George, che incombeva invisibile sopra la spalla di Sulfureo dall'inizio del colloquio.

Sulfureo aprì la bocca per rispondere, ma si rese subito conto che un ganglio eterico gli si era avvolto attorno alla corteccia prefrontale, segno certo del fatto che ora il casco stava funzionando. Chiuse immediatamente la bocca. Ma perché era successo proprio in quel momento? Una volta attivato il casco, la pelle di canvero mandava dei segnali direttamente alla consolle di controllo nel bracciolo della sedia di Philenor. Se lui avesse continuato a mentire, Philenor se ne sarebbe accorto all'istante. Peggio ancora: il dottore doveva solo premere un pulsante per attivare il programma chirurgico d'emergenza inserito nel casco e progettato per lasciare il paziente in stato vegetativo – e quindi incapace di creare problemi – per diciotto mesi. Quando era arrivato al manicomio, il personale medico gli aveva spiegato che si trattava di una terapia, non di una punizione, ma era una terapia che lui al momento non si poteva assolutamente permettere.

— Cosa posso dirle, dottor Philenor? — replicò cauto. — Solo un pazzo potrebbe presumere di giudicare la propria sanità mentale. Io preferisco lasciare questa valutazione ai gentili, premurosi e soprattutto perfettamente qualificati specialisti riuniti in questa stanza. — Abbassò pudicamente gli occhi di fronte al mormorio di approvazione che fece il giro del tavolo.

— Ottima risposta. — Il dottor Philenor annuì e fece un altro segno di spunta sul modulo di valutazione. Sollevò di nuovo lo sguardo su Sulfureo e sorrise. — E queste notizie che mi arrivano di un suo compagno invisibile?

Sulfureo si bloccò. Qualcuno doveva avere fatto una soffiata, e adesso era in trappola. Sapeva bene di essere l'unico a vedere George, perciò ammetterne l'esistenza voleva dire richiedere una diagnosi di schizofrenia delirante, un biglietto di sola andata per l'incarcerazione a vita. D'altra parte, se avesse negato l'esistenza di George con indosso un casco di canvero in funzione, i medici avrebbero capito che stava mentendo e si sarebbe beccato diciotto mesi di vita vegetativa. Ma c'era sempre un piano B. Dopotutto non si era mai illuso di riuscire a convincere il comitato con le chiacchiere. Sollevò il mignolo della mano sinistra e lo ruotò in senso antiorario: era il segnale segreto che aveva concordato con George. Lui si raddrizzò, si leccò le labbra e ringhiò tutto soddisfatto.

In ogni caso si trattava soltanto di un segnale di allerta. Nonostante tutto, restava la possibilità di scappare senza usare la violenza. Sulfureo resse lo sguardo del dottor Philenor e gli sorrise. — Immagino che stiate parlando del mio compagno *immaginario* — disse senza scomporsi. — Il piccolo amico che io... ho evocato... per farmi compagnia nei lunghi giorni e nelle lunghe notti del mio solitario ma terapeuticamente necessario e medicalmente etico isolamento. — C'era una vaga possibilità che il casco non reagisse. Ciò che aveva appena detto non erano bugie assolute. Lui aveva *davvero* evocato George dalle pericolosissime regioni infernali al di sotto dei pozzi più profondi di Infera. E le tecniche che aveva usato comprendevano *eccome* l'immaginazione visiva. Un canvero vivo si sarebbe accorto immediatamente dell'inganno, ma un casco poteva anche lasciarselo sfuggire.

Il dottor Philenor guardò lo schermo in miniatura incastonato nel bracciolo della sedia, ma se si fosse accesa la luce rossa (o anche solo quella ambrata) non lo diede a intendere mentre chiedeva: — Avete dato un nome a questo compagno?

Sulfureo represse il desiderio di guardarsi alle spalle. — George — rispose.

Il dottor Philenor lo guardò con aria interrogativa. — Chiedo scusa?

— George — ripeté Sulfureo a voce un po' più alta.

— Gli avete dato il *mio* nome di battesimo?

Sulfureo annuì vigorosamente. — Sì, certo. Quale migliore compagno avrei potuto volere nel momento del bisogno? Ho passato molte ore in conversazioni immaginarie cercando di figurarmi la saggezza che mi avreste trasmesso se voi foste stato davvero presente, cosa che naturalmente non ho mai creduto. — Anche questa volta in quelle parole c'era verità a sufficienza per ingannare il casco... se era molto, molto fortunato.

Quell'idiota di Philenor non manifestò nemmeno ora una qualsiasi reazione. — Mi state dicendo, dottor Sulfureo, che non credete che questo compagno esista veramente?

George si chinò per sussurrare: — Quale vuoi che ammazzi per primo?

— Nessuno, finché non ti do il segnale — sibilò Sulfureo a denti stretti. Cominciava a nutrire il sospetto che il casco fosse rotto: le strumentazioni psichiatriche erano sempre molto delicate. Per verificare questa ipotesi, disse chiaro e forte al dottor Philenor: — Certo che sì. Si tratta a tutti gli effetti di un costrutto della mia immaginazione. — Non era possibile che una menzogna così spudorata potesse superare la prova del casco di canvero, a meno che non fosse fuori uso. Naturalmente era un rischio, ma se avesse capito che il casco non funzionava senza che il dottor Philenor ne fosse al corrente, avrebbe potuto evitare un massacro. Se invece fosse scattato l'allarme, poteva sempre passare al piano B e ordinare a George di sterminare il comitato e aiutarlo a uscire dal manicomio con un bel combattimento.

Accadde una cosa molto strana. Sulfureo vide chiaramente il lampo rosso sul bracciolo della sedia di Philenor. Eppure, anziché far scattare l'allarme, il dottore annunciò in tono tranquillo: — Molto bene, dottor Sulfureo — e spuntò un'altra casella. Appoggiò la cartellina sul tavolo e si voltò verso i colleghi. — Mi sembra di poter dire che il paziente si è completamente ristabilito. Quando entrò nella nostra clinica era un rottame dal punto di vista mentale ed emotivo e ora, grazie alla nostra pazienza, alle nostre cure e alle nostre capacità, è un uomo dalla mente completamente sana, pronto a riprendere il proprio posto di membro intelligente e produttivo nella società. — Fece una pausa, dopodiché aggiunse: — Posso avere la vostra preziosa opinione?

Sei paia di baffoni (uno dei quali falso) si voltarono verso Sulfureo, poi verso Philenor e infine diedero voce al proprio consenso.

— Sì.

— Decisamente.

— Assolutamente.

— Certamente, dottor Philenor.

— Avete fin troppa ragione, capo!

— Corretto in ogni dettaglio, maestro.

Philenor consentì loro di strisciare ancora per un istante e infine li interruppe dicendo ad alta voce: — Ma...

Subito calò un silenzio scioccato tra i medici che lo fissavano allibiti. Approfittando di questa loro distrazione, Sulfureo si diede un'occhiata alle spalle. George, tutto zanne e piume e muscoli tesi, era pronto a scattare al suo segnale.

— Ma... — ripeté il dottor Philenor — sarebbe ben poco gentile da parte nostra limitarci a lasciarlo andare, a *gettarlo su una strada*, per così dire.

— No.

— Oh, no.

— Nemmeno per idea.

— Avete fin troppa ragione, capo!

— Assolutamente no.

— Mai!

Sulfureo scrutò il medico con attenzione. A che gioco stava giocando quel vecchio ciarlatano? Il casco gli aveva detto che il paziente stava mentendo, ma lui l'aveva ignorato. Ma anche prima di questo, Sulfureo non poteva credere che si fosse bevuto la storia della riabilitazione. Nemmeno uno psichiatra poteva essere tanto stupido. Philenor stava tramando qualcosa, e a Sulfureo non piacevano le trame, a meno che non fosse lui a tramarle. Si sporse un po' in avanti e – con sua grande sorpresa – sentì allentarsi le cinghie che lo trattenevano.

— Quindi ciò che propongo... — annunciò Philenor.

— Sì?

— Cosa?

— Diteci.

— Illuminateci!

— La vostra proposta?

— Sono tutto orecchi.

— ... È di rilasciare il dottor Sulfureo *in custodia* — proseguì il dottor Philenor.

— Geniale.

— Magnifico.

— Idea grandiosa.

— Perché non ci abbiamo pensato noi?

— Siete così saggio, dottor Philenor.

— Soluzione perfetta.

In custodia? Sulfureo aggrottò la fronte. In custodia di chi? E poi cosa significava "in custodia"? Si sarebbe ritrovato un'infermiera sempre alle costole? Qualcuno avrebbe gestito per lui le sue proprietà? Avrebbe dovuto fare rapporto a un funzionario per la libertà vigilata? Philenor aveva un piano, ne era sicuro. Sulfureo si accigliò ancora di più. Forse alla fine avrebbe dovuto davvero sguinzagliare George.

— E chi potrebbe badare meglio a lui — proseguì il dottor Philenor — se non il nostro più generoso benefattore, colui che nelle ultime settimane ha donato un'enorme quantità di fondi al nostro manicomio, colui grazie al quale abbiamo costruito una nuova ala e raddoppiato il nostro fondo pensionistico, colui che mi ha firmato un assegno personale di... — tossì — ... be', la cifra non ha importanza. Parlo naturalmente di colui che ha atteso pazientemente dietro quella tenda per tutta la nostra riunione... — indicò il punto con gesto teatrale — per poter dare di nuovo il benvenuto a un vecchio amico. Sto parlando naturalmente di... — La tenda si aprì.

— George! — sibilò Sulfureo, ma si fermò appena prima di dare l'ordine di attacco. Batté le palpebre. Due volte. Il tizio dietro la tenda era l'ultima persona che si sarebbe aspettato di vedere. O che *volesse* vedere, a dire il vero.

Il tizio dietro la tenda, che ora sorrideva con i suoi denti tempestati di incantesimi, era Jasper Bombix.

SETTE

Bombix doveva avere fatto fortuna. Un vailà truccato fluttuava in attesa accanto all'ingresso principale. Sulfureo vi si arrampicò dentro con una netta sensazione di nervosismo. Il problema era che l'ultima volta che si erano visti lui aveva cercato di sacrificare Bombix al serpente Jormungand. Erano passati sedici anni buoni, in effetti, ma di certo Jasper non poteva essersene dimenticato. Sulfureo decise che per il momento sarebbe andato sul sicuro e non avrebbe affrontato l'argomento. Chiese invece: — Come facevi a sapere dov'ero?

— Non lo sapevo. Ma sapevo che eri pazzo e non ci sono molte strutture come questa nel Regno. Le ho fatte controllare tutte.

Anche George stava salendo sul vailà, il che diede a Sulfureo un senso di tranquillità. — Come lo hai convinto a lasciarmi andare?

— Philenor? L'ho corrotto, naturalmente. — Bombix aveva un aspetto molto diverso rispetto all'ultima volta che Sulfureo l'aveva visto. In primo luogo aveva perso peso, e poi si vestiva molto più alla moda. Lo vide picchiettare sul tetto del vailà con il suo bastone di Malacca e l'autista avviò l'incantesimo di partenza. Il velivolo si sollevò delicatamente e con una velocità sorprendente per il peso e le dimensioni che aveva.

Sulfureo guardò fuori dal finestrino. Il Manicomio del Monte Doppiafortuna stava svanendo in lontananza. Da quell'altezza ci si rendeva conto che i suoi edifici e cortili erano stati progettati perché riproducessero, una volta visti dall'alto, la parola PHILENOR. Il buon dottore aveva evidentemente un ego in ottima salute. Sulfureo distolse lo sguardo. Era arrivato il momento della domanda cruciale. Con la mano fece il segnale che metteva George in allerta e chiese: — Cosa vuoi da me, Jasper?

Ai vecchi tempi Bombix avrebbe fatto finta di restarci male. Avrebbe assunto un'espressione ferita. Uno dei suoi orrendi incantesimi estetici gli avrebbe fatto lampeggiare la parola DOLORE sulla fronte. Si sarebbe prodotto in un sorrisetto triste e in qualche sciocchezza sul fatto che erano vecchi amici e colleghi d'affari. Invece il nuovo Bombix non fece nulla di tutto ciò e scelse di rispondere con una domanda: — È vero del danzanubi?

Era vero, ma perché Bombix lo voleva sapere? Sulfureo lo guardò con aria sospettosa. Soppesò i pro e i contro di mentire senza giungere a una conclusione. Il fatto era che la storia del danzanubi era di dominio pubblico, almeno nel manicomio che aveva appena lasciato. Se Bombix poteva corrompere Philenor perché lo lasciasse andare, poteva certamente avere anche una copia della sua cartella clinica. — Sì — rispose con cautela.

— Mi hanno riferito che è stato Lord Rodilegno a scatenartelo contro.

Sulfureo scrollò le spalle. — Probabilmente sì. Non me lo ha mai detto.

Intravide per un istante il vecchio Bombix quando si leccò le labbra con aria da depravato. — Cos'è successo, esattamente?

Era davvero difficile capire dove volesse andare a parare, a meno che non si stesse semplicemente godendo le sue sventure. Il che per Sulfureo non era affatto strano, visto che anche lui lo faceva spesso. — È successo che... — esordì.

Per quanto poteva ricordare, era successo che la creatura lo aveva trovato al limitare del deserto del Buthner, vicino alle Montagne della Follia. I danzanubi erano bevitori di sangue che normalmente vivevano in altre dimensioni della realtà. Quando entravano nel Regno, avevano difficoltà a mantenere una forma fisica, ma era proprio questa esistenza immateriale a consentire loro di scandagliare le menti degli elfi e portare alla luce i loro segreti. All'epoca Sulfureo conservava gelosamente un segreto piuttosto scottante: era riuscito a rapire un angelo e aveva lottato con ferocia per tenerselo tutto per sé.

In quel momento fu attraversato da un brivido. Ricordava la scena come se fosse stato ieri. Un tramonto rosso prometteva un indomani radioso. L'angelo era intrappolato e immobilizzato. Tutto sembrava procedere secondo i piani. Poi in lontananza, al limitare del deserto, aveva notato un movimento. Sembrava un demone della sabbia o un djinn. Ma quando fu più vicino, capì che non era né l'uno né l'altro, e quando si rese conto di cosa si trattava, la creatura gli era praticamente addosso.

Qualche studioso sosteneva che il danzanubi, come specie, era imparentato alla lontana con i vampiri. Comunque, era alto e magro e incappucciato e zannuto e pallido e trasparente come un fantasma. Malgrado la sua fragilità, era in grado di violente aggressioni fisiche – si raccontava di danzanubi che avevano prosciugato tutto il sangue delle proprie vittime – ma in ogni caso non era questo il pericolo peggiore. Il pericolo peggiore era che quegli esseri potevano entrarti nella mente, e fu proprio ciò che fece quello.

Chiunque altro sarebbe crollato subito. Ma Sulfureo era un demonologo esperto e aveva passato nove anni alla Scuola Arcana a studiare le tecniche mentali che ai vecchi tempi, prima che la Regina Aurora rovinasse tutto, gli avevano consentito di comunicare con i demoni. Quegli studi gli avevano irrobustito la mente tanto da consentirgli di reggere l'attacco iniziale.

Subito dopo avere respinto la creatura, Sulfureo aveva creato un forziere immaginario di rovere massiccio con rinforzi metallici e lo aveva usato per chiudervi tutti i pensieri e i ricordi che riguardavano l'angelo. Poi lo aveva avvolto in catene immaginarie, aveva chiuso le catene con un triplo lucchetto e aveva inghiottito la chiave immaginaria. Il danzanubi si era ripreso e si era lanciato sul forziere. Sulfureo si era concentrato così tanto che la robusta cassa aveva resistito all'attacco. Il danzanubi aveva raddoppiato la carica, ma il forziere non aveva ceduto. A quel punto Sulfureo si era concesso un sorrisetto.

E quello era stato probabilmente un errore, perché aveva scatenato nel danzanubi un tale moto d'ira che, anziché scagliarsi ancora contro l'inaccessibile forziere, si era tuffato dentro la sua gola alla ricerca della chiave. Sulfureo gli aveva afferrato mentalmente i piedi e aveva iniziato a trascinarlo fuori. Il danzanubi era riuscito a liberarsi scalciando come un ossesso, gli si era infilato dentro la testa e per ripicca aveva preso a smantellargli il cervello.

— Dopodiché mi sono sentito un po' confuso — concluse Sulfureo.

— Ma non ha mai scoperto dell'angelo?

— No, mai.

— Ti ha soltanto fatto andare fuori di zucca?

Sulfureo sbuffò. — È quello che succede quando ti smantellano il cervello.

Bombix si stava di nuovo leccando le labbra, ma questa volta il suo sguardo non aveva più la luce perversa di prima, il che voleva dire che stava per fare una domanda importante. — È vero che quando vieni attaccato da un danzanubi, poi diventi particolarmente sensitivo?

— Di solito muori.

— Sì, ma se non ti uccide, come nel tuo caso? Se non ti uccide, è vero che diventi particolarmente sensitivo?

Sulfureo prese tempo e appoggiò un gomito sul bordo del finestrino. Certo, Bombix aveva intenzione di ucciderlo, come la maggior parte dei suoi ex amici, ma probabilmente non subito. Le sue domande, il modo in cui si comportava, i movimenti involontari delle sue orecchie, tutto suggeriva che stava tramando qualcosa... qualcosa per cui aveva bisogno del suo aiuto. Fece a George un segnale per dirgli di tenersi pronto e disse: — Oh, sì, molto sensitivo. — Si sporse in avanti per fissare Bombix negli occhi. — Davvero *molto* sensitivo. — Si lasciò sprofondare nella poltrona di pelle imbottita del vailà. — Almeno dopo che riescono a rimetterti in sesto il cervello.

Bombix non colse il sarcasmo perché troppo indaffarato a tirarsi fuori di tasca qualcosa di bianco e orlato di pizzo, che gli sventolò davanti alla faccia.

Sulfureo si ritrasse subito. — Cos'è?

— È un *fazzoletto*.

— Per fare cosa?

— Per soffiarsi il naso.

Sulfureo rabbrividì. — Ti sarei grato se la smettessi di sventolarmelo davanti alla faccia.

— Non è pericoloso — disse Bombix. — Non lo ha ancora usato nessuno per soffiarsi il naso. — Si sporse in avanti. — Ascolta, Silas: voglio che lo annusi.

— No — disse Sulfureo.

— Appartiene a... una certa persona.

— Chi? — chiese immediatamente Sulfureo.

— Preferirei non dirtelo. — Bombix assunse un'espressione premurosa. — Sarebbe *meglio* per te non saperlo.

Il che poteva anche essere vero, pensò Sulfureo, considerato che Bombix stava cercando di risucchiarlo dentro un altro dei suoi contorti intrighi. — Cosa vuoi? — chiese stizzito.

— Quello che voglio da te è che annusi questo fazzoletto e mi dica dov'è adesso il suo proprietario. — Bombix sorrise. — Ora puoi farlo, vero? Ora che sei sensitivo...

Sulfureo esitò. Probabilmente poteva farlo. Di certo aveva sviluppato poteri molto particolari da quando il dottor Philenor gli aveva rimesso in sesto il cervello. Poteva vedere George, per esempio, mentre tutti gli altri non ci riuscivano. E sentiva gli scarafaggi che parlavano tra loro. Seguire le tracce di qualcuno poteva non essere impossibile. E anche se non ci fosse riuscito, poteva valere la pena fingere. I suoi fondi erano limitati – buona parte delle sue proprietà erano state vendute per pagare le cure – e Bombix in passato era sempre stato la sua mucca da mungere.

Lo guardò dritto negli occhi. — E io cosa ci guadagno? — chiese.

OTTO

Era così emozionante! Mella non aveva mai visto una cucina umana prima di allora, e questa era completamente diversa dalle cucine del palazzo Reale. Quelle erano immense, con grandi stufe nere che bruciavano ciocchi di legno, enormi spiedi per l'arrosto e non meno di sette cuocicelle ronzanti di energia magica. Questa cucina umana in confronto era estremamente piccola, senza spiedi né camini né stufe a legna, e l'unica cosa che assomigliasse vagamente a una cuocicella era una scatola di metallo bianco su un ripiano, dentro la quale sarebbe entrato a fatica un pollo, figurarsi un manzo. E tutto questo la costringeva a porsi una domanda: come faceva quella gente a cucinare? Non c'era nulla, assolutamente nulla, in quel posto che desse l'impressione di poter servire a tale scopo. Però c'erano padelle e pentole appese a ganci sulle pareti, per cui da qualche parte dovevano pur farlo.

— Quello cos'è? — chiese a zia Aisling indicando un armadio che sembrava una bara piazzata in verticale contro un muro. Come buona parte delle cose presenti nella stanza, era dipinto di bianco, per cui era improbabile che contenesse un cadavere. Ma non si poteva mai essere sicuri. Alcune vecchie leggende elfiche parlavano di umani che *si mangiavano tra loro*!

Aisling la guardò sbalordita. — È solo un frigorifero. Non ce l'avete a casa vostra?

Mella riuscì a evitare di fare una smorfia. In teoria "casa vostra" era la Nuova Zelanda, dove immaginava non potessero non avere i frigoriferi, qualsiasi cosa fosse un frigorifero. In ogni caso si riprese velocemente. — Oh, sì, certo. È solo che i nostri... hanno una forma diversa. — Doveva stare molto attenta. L'ultima cosa che voleva era far insospettire zia Aisling, anche se era decisamente improbabile che indovinasse da dove veniva veramente. Mella si concesse un sorrisetto.

— Ti andrebbe una tazza di tè? — chiese Aisling.

Il sorriso svanì all'improvviso. Suo padre le aveva detto che c'erano due bevande pericolose per gli elfi nel Mondo Analogo. Be', non proprio pericolose in senso stretto, tipo velenose o roba del genere, però creavano parecchi problemi. Una era il caffè, che sembrava avere pochissimo effetto sugli umani – li teneva semplicemente svegli – ma agli elfi scatenava esperienze allucinogene psichedeliche. L'altra era il tè, che zia Aisling le stava offrendo adesso. Il problema era che Mella non riusciva a ricordare cosa le avesse detto Henry a proposito degli effetti del tè sugli elfi. Ne aveva fatto cenno soltanto una volta, quando lei era ancora piccola e non gli aveva prestato molta attenzione. Esitò, poi si rese conto che la sua esitazione sarebbe potuta sembrare sospetta, pensò che il consumo di tè era un rituale comune tra gli umani, che ci si aspettava che tutti lo bevessero, che probabilmente in Nuova Zelanda doveva essere *obbligatorio*, e si ricordò anche che lei era un elfo solo per metà, per cui probabilmente non le avrebbe fatto alcun effetto particolare, così infine disse: — Sì, grazie.

— Metti su tu il bollitore — disse Aisling. — Io intanto cerco la teiera. Earl Grey va bene per te? Mamma ha solo quello.

Chi era Earl Grey? *Cosa* era Earl Grey? Forse esistevano tipi diversi di tè. Prese un respiro profondo. Ormai era in ballo, perciò aveva poca importanza quale tè avrebbe bevuto: non aveva idea di cosa le avrebbe provocato, a prescindere dal tipo. — Sì, va bene — disse. Aveva sentito da qualche parte che le ragazze umane della sua età per dire che una cosa andava bene usavano l'espressione "fico", ma aveva anche letto che il fico era un frutto che non c'entrava niente con il tè, per cui preferì evitare di ingenerare confusione. La vita nel Mondo Analogo si stava rivelando più difficile di quanto si fosse aspettata.

Il bollitore fu abbastanza facile da trovare. La forma era molto simile a quella che aveva nel Regno degli Elfi, e anche se l'esemplare sul ripiano era più piccolo di quelli delle cucine del palazzo Reale e aveva un buffo tubicino che usciva dal fondo, si trattava decisamente di un bollitore. Lo prese e si guardò di nuovo attorno alla ricerca di un fuoco. — Dove lo metto a bollire?

— C'è già dentro l'acqua? — chiese Aisling.

"Oh, Dei!" pensò Mella. Dov'era il pozzo, in quella piccola cucina? Aveva una pompa o avrebbe dovuto tirare su l'acqua con un secchio? Non c'erano *incantesimi*, questo era il problema. Lì dovevi fare tutto da te. Agitò un po' il bollitore e fu sollevata di scoprire che era mezzo pieno. — Sì.

— Attaccalo alla presa accanto al lavandino.

"Attaccalo alla presa?" Quando i servitori volevano far bollire dell'acqua senza usare un conincanto, appendevano il bollitore sopra un fuoco. Ma *attaccarlo a una presa*? Come si attaccava un bollitore a una presa? Per guadagnare un po' di tempo Mella si avvicinò lentamente al lavandino – almeno sapeva cos'era un lavandino – e si guardò un po' attorno.

— La presa è dietro il microonde — disse Aisling per venirle in aiuto.

E cos'era un microonde? Per la prima volta da quando era arrivata nel Mondo Analogo, Mella cominciò a sentirsi persa. Poi all'improvviso notò la scritta sulla cuocicella da pollo: SIEMENS HF26056GB 1000 WATT MICROONDE. Fantastico. E adesso? Doveva attaccare il bollitore al microonde? No, zia Aisling aveva detto «dietro il microonde». Mella sentì la mente inserire una marcia più alta, come faceva a volte quando si trovava ad affrontare un'emergenza. C'erano diversi oggetti dietro il microonde, ma solo uno aveva l'aria di essere quello che stava cercando: un serpente nero gommoso con un tubicino corto e spesso all'estremità. Una presa? *Poteva* essere una presa. Poteva essere *la* presa. Ma la cosa interessante, la cosa importante, le disse la sua mente frastornata, era che la presa sembrava potersi incastrare alla perfezione nel tubicino che spuntava dal bollitore. Cercò di spingerla dentro. All'inizio non ci riuscì, ma poi la girò leggermente e quella si incastrò! Mise giù il bollitore con espressione esultante.

— Devi accenderla sul muro — disse Aisling.

Lo sguardo di Mella scivolò lungo il serpente nero. All'estremità opposta rispetto al bollitore, entrava nel muro attraverso una specie di piastra. Sulla piastra c'era un interruttore. E Mella sapeva come usare un interruttore. Lo abbassò con una sensazione di trionfo. Per fortuna zia Aisling non la stava più guardando, ma aveva aperto una dispensa e ne aveva tirato fuori un secondo bollitore, più piccolo e panciuto, con una maniglia sul retro. A differenza dei veri bollitori, questo tipo di oggetto non veniva usato nel Regno degli Elfi, ma lo aveva già visto in alcune illustrazioni: era una teiera. Osservò affascinata zia Aisling prendere alcune cucchiaiate di erbe secche da un contenitore giallo e rovesciarcele dentro.

— A me non piacciono le bustine per il tè, e a te? — chiese Aisling.

— Le odio con tutte le mie forze — rispose Mella senza sapere di cosa la zia stesse parlando.

Qualche minuto dopo Aisling versò due tazze di liquido ambrato. — Spero che tu non metta il latte nell'Earl Grey — mormorò.

Mella ostentò un brivido mentre portava la propria

tazza in tavola. — Neanche morta. — Poteva sopravvivere a quella conversazione, sapeva di potercela fare. Per il momento se l'era cavata alla grande, perché era chiaro che zia Aisling non sospettava nulla. Adesso doveva soltanto mantenere la rotta e non distrarsi. E scoprire tutto quello che poteva sul Mondo Analogo. Zia Aisling, secondo il diario del padre, era piuttosto stupida. Non era male poter fare un po' di pratica con lei prima di incontrare la nonna, che non era *affatto* stupida. Mella sorrise affettuosa ad Aisling e bevve il primo sorso di tè Earl Grey.

Sentì subito il sapore del bergamotto e le piacque il modo in cui si fondeva con l'aroma fumoso e denso del tè. Non c'era da meravigliarsi se quella bevanda era così popolare nel Mondo Analogo: era proprio deliziosa. Bevve un altro sorso prima di ricordarsi che sarebbe stato meglio andarci piano. Benché lei fosse soltanto *mezza* elfa, c'era comunque un cinquanta per cento di possibilità che quell'infuso le facesse effetto. — Un ottimo tè — commentò. Le sembrava una cosa sicura ed elegante da dire.

Aisling le chiese all'improvviso: — Quanti anni hai, Mella?

— Quindici. Quasi sedici. Perché me lo chiedi, zia Aisling?

— Ero soltanto stupita che Henry ti avesse lasciato fare questo viaggio da sola. — Rivolse alla nipote uno sguardo serio. — Senza dircelo. Ti potevamo venire a prendere all'aeroporto.

Mella, che si era aspettata una simile obiezione, sorrise. — In effetti anch'io ero stupita che non ci foste. Ho pensato che magari la nonna non aveva ricevuto la lettera di papà. — Batté le palpebre con espressione innocente. Questo era il cuore della storia che si era inventata e che aveva perfezionato non solo per spiegare la sua comparsa inaspettata, ma anche perché tutti quanti si sentissero in colpa al riguardo. Naturalmente non esisteva nessuna lettera: come avrebbe potuto?

— Henry ha scritto a mamma del tuo arrivo?

Mella annuì con entusiasmo. — Oh, sì, certo. Le annunciava la mia visita e le chiedeva se potevo stare da lei. Non era preoccupato del fatto che volassi da sola: ha detto che voleva che imparassi a essere indipendente. Ma pensava che la nonna sarebbe venuta a prendermi all'aeroporto o avrebbe fatto in modo che ci venisse qualcuno. — Bevve un altro sorso di tè e guardò la zia con aria benevola. — Non è stato un gran problema, però. Ho preso un taxi.

— Cosa? — chiese Aisling. — Sei venuta in taxi dal Paese delle Fate?

NOVE

L'Azienda Servizi Magici Unificati aveva fatto un buon lavoro con il Corpo in Scatola, che tuttavia presentava un fastidioso difetto. Il cubo in onice non era dotato di ruote e il delicato circuito di incanti solidi faceva in modo che non potesse esservi attaccato nient'altro dopo che era stato sigillato in fabbrica. Di conseguenza, quando Lord Rodilegno voleva andare da qualche parte, l'intero aggeggio doveva essere caricato su una carriola e spinto a destinazione con la testa che vi ciondolava sopra. L'unico domestico di cui si fidava abbastanza per affidargli questo compito era un vecchio servitore di famiglia di nome Battus Polydamas, che non faceva altro che sibilare e lamentarsi, ma sapeva tenere un segreto e avrebbe dato la vita per il suo padrone.

— Attenzione, Batty! — urlò Rodilegno quando la carriola colpì una protuberanza nel terreno e il cubo ondeggiò pericolosamente. Se si fosse ribaltato, c'era il rischio che il collegamento si rompesse e la sua testa rotolasse a terra. Naturalmente la cosa non l'avrebbe ucciso – la testa era indistruttibile grazie ai sicurincanti – ma si trattava pur sempre di un'esperienza disorientante. E poi la riconnessione era dolorosa e poteva richiedere anche una settimana, durante la quale lui era incapace di comunicare se non battendo le palpebre.

— *Attenzione*? Senti chi parla di fare *attenzione*... — borbottò Batty. — Che maniere, padrone! Non cercate di insegnare a fumare a una ciminiera. — Ansimando, strattonò la carriola per svoltare un angolo. Il cubo si mise a ondeggiare nella direzione opposta.

I violenti tempincanti che caratterizzavano l'ambiente circostante al castello di Lord Rodilegno contrastavano fortemente con quelli posizionati nel cielo sopra il cortile centrale dell'edificio. Quando il castello apparteneva al Duca di Flammea, questa vasta area era lastricata di granito e usata esclusivamente per le esercitazioni militari. Una delle prime cose che aveva fatto Rodilegno quando aveva iniziato a recuperare la propria fortuna, era stata chiamare squadre di gnomi per spaccare la pietra, importare tonnellate di terra di prima qualità e assumere il famoso creatore di paesaggi della Foresta Elfica, Celadon, per creare un giardino. Naturalmente nessuna delle piante volute da Celadon (a parte l'erba) sarebbe cresciuta a una latitudine elevata come quella del castello, ma Rodilegno era rimasto affascinato dal progetto e aveva approvato il costo dei tempincanti che l'avrebbero reso possibile. Il risultato era stata una creazione straordinaria – e a tratti straordinariamente difficoltosa – che non aveva pari in tutto il Regno. Ora vi viveva in pianta stabile la sua pronipote, per cui soltanto Rodilegno visitava il giardino. Le misure di sicurezza magiche lungo il suo perimetro erano impostate a livelli spettacolarmente mortali. Batty era l'unico servitore che le potesse superare indenne, e comunque solo se trasportava il cubo.

Rodilegno avvertì l'aria calda e umida sul volto mentre entravano nel corridoio che conduceva al cortile e provò una sorta di piacevole impazienza. Quelle brevi gite in giardino gli piacevano per più di un motivo. La sua pronipote era una creatura deliziosa, e aveva l'età in cui i bambini smettono di essere bambini e si formavano proprie opinioni magnificamente fatue su qualsiasi cosa. Ma a differenza della maggior parte degli elfi adolescenti – fossero essi della Luce o della Notte – lei era sempre gentile e affettuosa. La si sarebbe potuta definire persino amorevole. Ovviamente Rodilegno l'aveva cresciuta proprio a quello scopo, ma per lui costituiva comunque un'esperienza insolita. Aspettava con una certa ansia quelle visite, anche se le limitava di proposito a una alla settimana: non avrebbe mai funzionato se la ragazza gli fosse diventata troppo familiare. Al momento continuava a provare soggezione nei confronti del prozio, una reazione utile che poteva essere conservata solo grazie al distacco. In base all'esperienza di Rodilegno, la familiarità conduceva troppo spesso alla scoperta delle debolezze dell'altro, e al momento lui ne aveva troppe che aspettavano solo di essere messe in luce, e tutte avrebbero potuto rivelarsi fatali per i suoi piani. L'ultima cosa di cui aveva bisogno era essere costretto a farla uccidere. Avrebbe significato buttare via anni di lavoro e ricominciare da capo, cosa a cui non voleva nemmeno pensare.

Mentre ballonzolava attraverso l'arco che dava sul giardino, la bellezza lussureggiante di quel luogo lo colpì quasi come un pugno. Per certi versi la perdita del suo corpo naturale si era rivelata un vantaggio, e questo era certamente uno di quei casi. Il cubo esaltava tutti i suoi sensi, a parte il tatto, cosicché quando si imbatteva in qualcosa di esteticamente piacevole, tipo un dipinto, un concerto, un olbonium o una meraviglia naturale come quel giardino, il suo piacere veniva elevato all'ennesima potenza. Si chiedeva spesso come sarebbe stato quando avesse governato sull'intero Regno e si fosse fatto portare sulla soglia di casa tutte le meraviglie del mondo. Era difficile immaginare il puro piacere che avrebbe provato, ma di sicuro non vedeva l'ora.

Naturalmente le misure di sicurezza magiche erano invisibili e distribuite a caso, ma chiunque si avventurasse al di là della bassa siepe perimetrale poteva essere certo che sarebbe stato vaporizzato nell'arco di dieci secondi, quindici al massimo. Con qualche eccezione, naturalmente. Rodilegno poteva andare e venire quanto gli pareva, trasportato in carriola da Batty. La ragazza no. Gli incantesimi non l'avrebbero uccisa, ma era comunque confinata nei giardini interni per evitare che qualcuno – si trattasse di servitori o di visitatori – potesse scorgerla. In ogni caso dentro quei giardini ogni suo bisogno era soddisfatto. Aveva una casa nuova tutta sua. Aveva una vasta scelta di intrattenimenti magici. Aveva due cuccioli di canvero che le tenevano compagnia: nessuno dei due avrebbe sviluppato l'uso della parola per almeno un altro anno, e a quel punto sarebbe stato troppo tardi per rovinare i suoi piani. I servitori di quella zona del castello erano golem di un modello molto avanzato, programmati per autodistruggersi piuttosto che rivelare l'esistenza della ragazza.

Batty continuava a spingere la carriola. Ora procedevano sull'erba e stavano seguendo un sentiero che attraversava un filare di alberi, dietro cui si celava il fiume argentato che segnava il confine dei giardini interni. Qui il sentiero si biforcava: una diramazione costeggiava il fiume, l'altra portava a un ponte. Dato che non si fidava della guida di Batty al punto da fargli affrontare il ponte, Rodilegno gli ordinò di seguire il fiume. Raggiunsero un cancello aperto e i circuiti del cubo emisero un sonoro "ping" quando rilevarono il campo magico che allungava lo spazio, rendendo i giardini interni sensibilmente più vasti di quelli esterni.

E qui iniziava la parte davvero strana. Fronde variopinte si protendevano per accarezzarli al loro passaggio (— Alla larga! — borbottò Batty). Grandi danzafiori tubolari piroettavano con delicata grazia per attrarre la loro attenzione. Trubongi spiraliformi rimbalzavano al rallentatore nel sottobosco. Minuscole pianticelle – Rodilegno non ne ricordava il nome – scoppiavano a cantare quando le ruote della carriola le schiacciavano. I sentieri serpeggiavano cineticamente per mostrare tutto il paesaggio possibile senza mettere alla prova la pazienza del viaggiatore: erano le parole testuali che aveva usato Celadon quando aveva illustrato il proprio progetto. E in effetti mettevano raramente alla prova la pazienza di Rodilegno, visto che i sentieri mobili facevano in modo che ogni visita suscitasse sempre una certa quantità di sorprese. Questa, per esempio, rivelò un'imponente statua in marmo che ritraeva lo stesso Rodilegno (ancora dotato del suo corpo originario), seminascosta in una macchia di felcentaglio.

Rodilegno sorrise benevolo mentre le piante tropicali cedevano gradualmente il passo all'arboreto forestale che nascondeva alla vista la casa della pronipote. Celadon aveva avuto carta bianca nella zona tropicale, ma quest'area era nata proprio dalla fantasia di Rodilegno, e il giardiniere l'aveva sviluppata in ogni dettaglio affinché fosse la ciliegina sulla torta dell'intera opera. Il sentiero nella foresta si snodava con un impianto statico in modo che il percorso d'arrivo non potesse mai variare e in fondo si apriva in una radura. Al centro esatto di questa radura faceva capolino la casetta più deliziosa che si potesse immaginare. Era tutta coperta di rose. In un angolo un barile d'acqua, nell'altro una pila di ciocchi di legna appena tagliata. Un pozzo con una tettoia spuntava a pochi metri dalla porta d'ingresso, accanto alla cuccia dei canveri. Rodilegno sapeva perfettamente che sul retro c'era un orto con verdure ed erbe aromatiche. Un ricciolo di fumo di legna danzava pigro dal comignolo, mentre un piccolo incanto assicurava che dalla cucina si spargesse costantemente nell'aria, a mo' di benvenuto, un'intensa fragranza di pane appena sfornato.

L'edificio era la ricostruzione esatta, riprodotta in ogni minimo dettaglio, di una casetta descritta in una delle favole umoristiche più popolari del Regno degli Elfi. La storia era quella di Cappuccetto Mannaro, una ragazzina più o meno dell'età della sua pronipote, che aveva avuto la sfortuna di discendere da una famiglia di lupi mannari. Il gene era regressivo e si era manifestato pienamente solo nella nonna di Cappuccetto Mannaro, che era stata bandita dalla famiglia ed esiliata in una casetta nella foresta per la propria sicurezza e quella altrui. Cappuccetto Mannaro era piuttosto affezionata alla vecchietta e andava spesso a farle visita. Ma – e questa era la parte della storia che di solito faceva esplodere gli ascoltatori in risate fragorose – una sera la ragazzina si era dimenticata che c'era la luna piena e, quando era arrivata alla casetta della nonna, aveva trovato il suo letto occupato da un lupo grigio che l'aveva immediatamente divorata.

A dare una svolta inattesa alla storia – e a scatenare ulteriori risate da parte degli ascoltatori – era il fatto che il fidanzato di Cappuccetto Mannaro, un cacciatore con il doppio dei suoi anni di nome Pierino, aveva dato la caccia al lupo e lo aveva ucciso... solo per scoprire di avere fatto fuori la povera vecchia nonna. L'incidente aveva dato inizio a una faida tra le famiglie di Pierino e di Cappuccetto Mannaro che aveva causato una lunga serie di ammazzamenti, finché alla fine la peste si era portata via entrambe le casate. Ah, da sbellicarsi dal ridere!

Quando aveva iniziato a lavorare al progetto dei giardini, Rodilegno aveva fatto in modo che la casetta originale venisse smontata, trasportata e ricostruita pietra su pietra al centro dei giardini. E ora, pensò, la sua cara e dolce pronipote si stava godendo la vita proprio in quel luogo dove si era compiuto un momento cardine del folclore elfico. La ragazza doveva avere sentito il rumore della carriola, perché stava uscendo proprio in quel momento dalla porta della casetta.

— Buongiorno, Mella! — esclamò tutto allegro Rodilegno. — Vieni a dare un bacio allo zio.

Mella fece un gran sorriso e corse verso di lui.

DIECI

Il ristorante apparteneva a Triniani Arancione, che facevano anche da gestori, cuochi e camerieri, il che voleva dire che il cibo era buono, il servizio fantastico e i prezzi astronomici. Per fortuna avrebbe pagato Bombix. Sulfureo ordinò una bistecca con contorno di denti serviti su un letto di patatine fritte, più pomodori alla griglia e cialde di funghi dell'inchiostro. Era molto più di quanto mangiasse di solito, ma non aveva messo nello stomaco nulla dopo il topo di quella mattina e inoltre aveva voglia di festeggiare. Era uscito dal manicomio, era di nuovo in contatto con la sua vecchia fonte di entrate e – cosa migliore di tutte – aveva il pieno controllo della situazione.

— Vino, signore? — chiese il sommelier rivolgendosi a Sulfureo, evidentemente il più autorevole dei due commensali.

— Due brocche — rispose lui. — Una di rosso e una di verde.

— Per il rosso posso consigliare un Malvae? — mormorò il sommelier. — Un'annata piuttosto pretenziosa non particolarmente diffusa sul mercato, ma con qualche caratteristica interessante.

I consigli di un triniano erano sempre eccellenti. — Benissimo — rispose Sulfureo. — E può portare mezza bottiglia di qualcosa di poco costoso per il mio amico? — Rivolse un sorriso astuto a Bombix, che fece una smorfia ma non protestò, un altro segno di quanto avesse disperatamente bisogno dei suoi servigi.

— Naturalmente, signore.

Quando il nano scomparve in cucina, Sulfureo disse bruscamente: — Sono stato fuori circolazione per un bel pezzo. Sarà meglio che tu mi aggiorni su quello che sta succedendo.

Bombix scrollò le spalle. — Aurora è ancora Regina, questo lo sai. È pure Regina di Infera, anche se ha dovuto affrontare due sfide. L'ultima è stata parecchio difficile, ci è quasi rimasta secca, ma alla fine se l'è cavata. Lo sai che ha sposato quell'umano amico di suo fratello? — Sulfureo annuì. Con la coda dell'occhio vide il cibo in arrivo, perciò il suo cenno del capo coincise con un gorgoglio proveniente dallo stomaco. Bombix proseguì: — Acciaio Invitto. Ora noto anche come Sua Maestà il Principe Consorte Henry, titolo privo di qualsiasi valore. — Si diede un'occhiata attorno, come preoccupato che altri avventori potessero origliare le sue dichiarazioni antipatriottiche, ma alla fine parve decidere che nessuno lo stava ascoltando e continuò: — Tu hai avuto un battibecco con il fratello, giusto?

Sulfureo batté lentamente le palpebre, chiudendo gli occhi come le membrane di un serpente. — Con il giovane Pyrgus? Lo abbiamo avuto tutti e due, se ricordo bene. Ha fatto chiudere la nostra fabbrica di colla.

— Ci si guadagnava benino, vero? — disse pensoso Bombix. — Peccato che tu abbia cercato di sacrificarlo al Principe delle Tenebre.

Questa volta toccò a Sulfureo scrollare le spalle. — Facciamo tutti qualche errore, di tanto in tanto.

— Adesso gestisce un rifugio per animali da qualche parte nel Sud — proseguì Bombix.

Sulfureo sbuffò. — Quel ragazzo è solo spazio sprecato. Ti immagini voler dedicare la propria vita al benessere di animali puzzolenti?

— Forse non è spazio *completamente* sprecato. Laggiù ha anche un vigneto. Il rosso che hai ordinato è uno dei suoi.

— E allora brinderò alla sua salute — rispose sarcastico Sulfureo. — Altre notizie dalla Famiglia Reale?

Il loro tavolo fu circondato all'improvviso da triniani che trasportavano vassoi traboccanti di cibo. Oltre la cerchia più interna di camerieri, fluttuava il sommelier con i suoi aiutanti e le brocche di vino. Sulfureo si ritrovò a fissare la propria bistecca, un enorme taglio di carne con un contorno di denti tremanti. Si rese conto all'improvviso di essere così affamato da poter mangiare un cammello intero e si ficcò i denti in bocca. Il contatto con le gengive innescò l'incantesimo e i denti presero a digrignare e a battere, impazienti di passare all'azione. Sulfureo infilzò la bistecca e lasciò che i denti ne staccassero un morso e lo facessero a brandelli con grande soddisfazione.

Quando i triniani si ritirarono, Bombix disse in tono leggero: — Il fratello minore Colias, o forse dovrei dire fratellastro, è partito per una qualche eroica missione in mare. Madama Circe è ancora a capo dei servizi segreti. A parte questo non sta succedendo granché. Oh, Fogarty è morto, ma probabilmente lo sai già.

La cosa fantastica dell'essere pazzo era che la gente tendeva a sottovalutarti. Ai vecchi tempi Bombix era quello con i soldi e Sulfureo quello con il cervello. Bombix era ancora quello con i soldi, ma adesso si riteneva molto più intelligente del suo vecchio socio. Molto più intelligente, molto più pericoloso, molto più acuto, saggio, accorto, assennato e furbo, senza dubbio. Ed era per questo che pensava di poter deviare l'attenzione di Sulfureo, non dirgli nulla di significativo, evitare l'unico argomento davvero importante.

Sulfureo si versò mezzo bicchiere di rosso, poi aggiunse un po' di verde e guardò il vino diventare melmoso. — Aurora e Henry hanno avuto figli? — chiese con aria innocente.

Bombix fece il possibile per assumere un'espressione distaccata. — Figli? — ripeté. — Non è certo che gli elfi e gli umani si possano riprodurre tra loro, giusto?

— Ma certo che possono — ribatté Sulfureo. — Producono degli elfumani. — Sorrise con aria interrogativa. — Aurora e Henry non hanno avuto un figlio elfumano?

Bombix si accigliò. — Mi pare di avere sentito qualcosa. Non so bene se è un maschio o una femmina. Non presto molta attenzione a queste cose.

Sulfureo riuscì a non lasciar trapelare alcuna emozione, ma Bombix mentiva senza ritegno. Pur essendo chiuso in un manicomio, aveva sentito parlare dell'elfumana reale, una ragazza di nome Culmella Chrysotenchia, più comunemente nota come Mella. Non era proprio credibile che una persona con gli interessi di Bombix non sapesse tutto ciò che c'era da sapere su di lei. E allora perché fingeva di non saperne nulla? La risposta ovvia era che voleva distogliere la sua attenzione da quella creatura. E perché voleva farlo?

Tutto ciò chiaramente aveva a che fare con il fazzoletto che al momento riposava nel suo taschino. Quando l'aveva annusato, su insistenza di Bombix, aveva capito subito che non era mai appartenuto a un elfo, che fosse della Luce o della Notte. Ma non sembrava appartenere nemmeno a un triniano, a uno stregone Halek, a un canvero o a qualsiasi altra razza vivesse al momento nel Regno degli Elfi. La possibilità che si trattasse di un umano aveva attraversato la mente di Sulfureo, ma le vibrazioni non sembravano combaciare nemmeno in quel caso. Adesso però che parlavano di *elfumani*... avrebbe dovuto ricontrollare per esserne certo, ma avrebbe scommesso la sua ritrovata libertà che il fazzoletto era di proprietà di un elfumano; e non di un elfumano qualsiasi, ma proprio dell'elfumana di cui al momento Bombix stava facendo di tutto per non parlare.

Era uno sviluppo interessante. La marmocchia era scomparsa? Bombix era stato ingaggiato per ritrovarla? Ma soprattutto: come poteva lui, Silas Sulfureo, volgere questa situazione a proprio vantaggio?

Prese un sorsetto di vino fangoso per buttare giù la bistecca dilaniata e impostò i denti in modalità automatica mentre lasciava che la mente lavorasse. Bombix pensava che lui avesse bisogno di annusare il fazzoletto, o almeno di tenerlo in mano, per rintracciarne il proprietario, ma ovviamente si trattava di una sciocchezza. Chiuse gli occhi, come se il sapore del vino l'avesse mandato in estasi, origliò per un istante le conversazioni in corso in cucina, fece un impercettibile cenno del capo a George, che era seduto a un tavolo in un angolo, e poi si concentrò sul fazzoletto che aveva in tasca.

L'immagine mentale si aprì come una porta. Vi sbirciò attraverso con cautela e si ritrovò a guardare dentro una di quelle ridicole e minuscole cucine tanto di moda nel Mondo Analogo. Nella stanza c'erano due persone, entrambe femmine. Una era un'umana matura, un po' sovrappeso e con un'aria scaltra. L'altra era la proprietaria del fazzoletto, certamente una ragazza elfumana – le orecchie a punta e gli occhi verdi non lasciavano dubbi – e quasi certamente la figlia di Aurora e Henry: aveva la mandibola determinata della madre e l'espressione tonta del padre. Quindi si trovava nel Mondo Analogo, cosa che Sulfureo aveva capito nell'istante stesso in cui aveva toccato il fazzoletto, anche se non aveva alcuna fretta di passare l'informazione a Bombix. Non sapeva con esattezza *dove* fosse nel Mondo Analogo. Al momento la scena era troppo generica, ma probabilmente avrebbe avuto qualche indizio in più quando la ragazza fosse uscita di casa. Una volta ottenuta una posizione precisa, avrebbe deciso come comportarsi. Poteva dirlo a Bombix oppure no. Poteva decidere cosa fare della ragazza (rapirla poteva essere un buon affare, ma anche venderla come schiava). Tutto dipendeva da cosa era meglio per lui.

Riaprì gli occhi, chiedendosi vagamente chi avesse ingaggiato Bombix e per cosa lo pagasse.

UNDICI

Henry batté le palpebre, si stropicciò gli occhi e guardò di nuovo. La ragazza – la donna, in realtà: doveva smettere di darle della ragazza, visto che la cosa la faceva arrabbiare – seduta al tavolino da toilette era Aurora. Aveva l'aspetto di Aurora. Era vestita come Aurora. Parlava come Aurora. Il suo riflesso nello specchio era il riflesso di Aurora. Ma non poteva essere Aurora, perché Aurora era in piedi accanto a lui.

— Cosa ne dici? — gli chiese l'Aurora accanto a lui. Malgrado la preoccupazione per Mella, stava sorridendo.

Henry guardò una terza volta Aurora, poi la ragazza (la donna) accanto a lui. Era stata lei ad accompagnarlo nei loro appartamenti privati. Per dirla tutta, era stata lei a pretendere che smettesse di fare qualsiasi cosa stesse facendo e l'accompagnasse nei loro appartamenti privati (cosa che suonava decisamente tipica della vera Aurora). Ma sarebbe stato tipico della vera Aurora anche fargli uno scherzo: sua moglie aveva un senso dell'umorismo piuttosto dispettoso.

— Quale di voi...? — chiese infine.

— Io — disse l'Aurora accanto a lui.

— Io — disse l'Aurora al tavolino da toilette.

Henry guardò prima l'una e poi l'altra. Erano assolutamente identiche. Gli passò per la testa il pensiero che Aurora potesse avere una gemella. Ma perché non gliel'aveva mai detto? E in ogni caso l'Aurora al tavolino da toilette sosteneva di essere Aurora, proprio come l'Aurora che aveva accanto. Questo non sarebbe stato plausibile se si fosse trattato di due gemelle monozigote. Una di loro si sarebbe chiamata Lizzie o Maud o in qualche altro modo. Quelle che aveva di fronte erano due *versioni* di Aurora, e lui non sapeva quale di loro avesse sposato.

La ragazza (la donna!) accanto a lui gli sussurrò all'orecchio: — Tu hai una piccola voglia a forma di cuore sul sedere. Lei non può saperlo, ma a me piace...

— Basta così — tagliò corto Henry, arrossendo. Comunque, la rassomiglianza era talmente incredibile che decise di verificare. — Mi sai dire dove ho una voglia? — chiese all'Aurora al tavolino da toilette.

Lei gli rivolse uno dei sorrisi adorabili di Aurora. — Sull'orecchio? — chiese.

Henry scosse lentamente il capo, sbalordito. — Che cos'è... un illudincanto?

— Un Doppio — rispose la vera Aurora al suo fianco. — Non mi posso affidare a un illudincanto per una cosa del genere.

— Credevo che i Doppi fossero pericolosi — disse Henry. In realtà quello che stava pensando era che morivi se incontravi il tuo.

— Si dice che portino sfortuna, ma è solo una vecchia superstizione. Non è fantastica?

In effetti era proprio fantastica, pensò Henry. Era Aurora fin nei minimi dettagli. Il modo in cui inclinava il capo e in cui muoveva la mano, l'espressione degli occhi mentre valutava una situazione...

— Dove l'hai presa? — chiese. — Pensavo che i Doppi si presentassero spontaneamente, come portenti del fato.

— Ci ha pensato Madama Circe — spiegò Aurora. — L'ho vista prima per parlare di Mella.

Henry avrebbe voluto sapere come era andato l'incontro, ma gliel'avrebbe chiesto più tardi. Al momento lo incuriosiva di più quel Doppio. — E Madama Circe dove l'ha trovato?

— Non gliel'ho domandato. Ma avrà sicuramente preso tutte le precauzioni necessarie. Sai anche tu com'è Madama Circe.

Spaventosa, ecco com'era Madama Circe. Proprio come Aurora quando era di cattivo umore. I Doppi erano pericolosi. Non era solo una vecchia superstizione. E adesso questo *Doppio* si trovava dentro il palazzo. La domanda era: perché?

— Cos'è questa storia, Aurora?

— Be', non posso andare a cercare Mella e lasciare il Regno incustodito, giusto?

— Andare a cercare Mella? — le fece eco Henry, trasformando come al solito un'affermazione in una domanda.

— Non crederai davvero che lo faccia fare a qualcun altro, vero?

In effetti no, ora che ci pensava. Anche se sapevano entrambi che Madama Circe non avrebbe lasciato nulla d'intentato per ritrovare la loro figliola, non c'era la minima possibilità che Aurora affidasse una questione del genere a qualcun altro.

— Così tu vai a cercare Mella e il tuo Doppio...

— Governerà il Regno al posto mio — concluse Aurora trionfante. — Be', più o meno. Eviterà che la gente pensi che me ne sono andata abbandonando i miei impegni di palazzo. Poi, quando tornerò, mi libererò di lei e riprenderò il trono e nessuno lo saprà mai.

La cosa sollevava così tante domande che Henry non sapeva neppure da dove cominciare. — Lei... lei farà... non so neanche come si chiama...

— Aurora — disse Aurora. — Si chiama Aurora. Come me. — Rivolse al marito uno sguardo gentile. — Se ti confondi, puoi chiamarla Crepuscolo.

Henry la guardò accigliato. — Perché Crepuscolo?

— Perché è il gemello dell'aurora, no? — sorrise la Regina.

— Come? — chiese Henry. — Come farà a governare il Regno?

— Non lo farà per davvero — rispose Aurora paziente. — Farà soltanto da prestanome fino al mio ritorno. Sarà perfetta: sa tutto quello che so io.

— Però non sa dov'è la mia voglia — borbottò Henry.

— Non sa le cose così *intime*. Non sa niente di voglie e cose del genere. Ma tutte le cose importanti, come salutare la folla da un vailà, come porgere la mano ai dignitari in visita... quelle le sa tutte.

— E come ti libererai di lei?

Aurora sembrò stupita. — Non voglio liberarmi di lei. Sono appena riuscita ad averla.

— Quando avrai finito e vorrai riprendere in mano il Regno, come ti libererai di lei?

Aurora scrollò le spalle. — Le dirò semplicemente di andarsene.

Henry le si accostò. — E cosa succede se lei non se ne vuole andare? — sussurrò. — Cosa succede se ci prende gusto a fare la Regina? Cosa farai a quel punto? La ucciderai?

— Non essere sciocco — tagliò corto Aurora.

Tuttavia Henry capì dalla sua espressione che la domanda l'aveva scossa e insistette: — Supponi che decida di farti mettere in carcere. Le guardie di palazzo faranno esattamente ciò che lei ordinerà. Magari sarebbero un po' confuse, ma le ubbidirebbero, soprattutto se è seduta sul trono o indossa la corona. Potrebbe portarti via il Regno senza battere ciglio!

Aurora lo fissò.— Possiamo prendere delle precauzioni — disse dopo un momento. — Ne parlerò con Madama Circe.

— C'è anche un'altra cosa — aggiunse Henry.

— Cosa? — chiese Aurora impaziente. Chiaramente non le piaceva che il suo piano venisse smontato.

— Mentre tu sei via a cercare Mella — esordì lui, cauto — io cosa dovrei fare per quanto concerne i miei... ehm... doveri?

— I tuoi doveri?

— Parla piano! — bisbigliò Henry. — Sai... i miei *doveri*. — Si schiarì la voce e deglutì. — I miei... doveri coniugali.

Aurora lo guardava sbalordita. — I tuoi doveri coniugali? — La sua espressione si dissolse e si mise a ridacchiare. — I tuoi doveri *coniugali*?

— Ma vuoi abbassare la voce?! — sibilò Henry. — Se dobbiamo fare finta che questo Doppio sia te, se dobbiamo farlo e se nessuno deve avere dei sospetti, allora io e lei dovremmo... sai com'è...

— No, non lo so — sbottò Aurora ad alta voce. — Cosa dovreste fare tu e lei?

— Condividere gli stessi appartamenti — spiegò Henry. — Condividere la stessa *camera da letto*. Accidenti, Aurora, ma che razza di piano hai tirato fuori?

— Henry, non c'è verso che tu e lei condividiate lo stesso letto, neanche se è identica a me.

— Non ho detto "letto", ho detto "camera da letto".

— Sì, però intendevi letto, giusto?

— Sì — ammise Henry. — Sì, è quello che intendevo. Se questa stupidag... — Si bloccò in tempo e si corresse al volo: — Se questa idea deve funzionare, dovrò comportarmi con il tuo Doppio esattamente come faccio con te. *Esattamente*. Altrimenti se ne accorgerebbero subito tutti, inizierebbero a fare domande, a chiedersi cosa sta succedendo. Per cui io e lei dovremo essere... insomma... affettuosi l'uno con l'altra. Darci un bacio di tanto in tanto, come facciamo noi due. Abbracciarci e roba del genere. Dormire... dormire insieme. Come facciamo noi.

Aurora lo guardò con espressione innocente. — E tu questi li consideri *doveri* coniugali?

— Be', non proprio *doveri*. È solo un modo di dire. Ma è il genere di cose che tutti si aspettano da noi. — Henry assunse un'aria seria e infine concluse in tono quasi implorante: — E io non *voglio* dormire con nessun'altra a parte te.

— Rilassati — replicò Aurora allegra. — È già stato previsto tutto.

— Sì, ma gli altri si aspetteranno... — Henry si interruppe quando un uomo uscì dallo spogliatoio adiacente con indosso la sua vestaglia.

— Non andrò da sola a cercare Mella — gorgogliò Aurora. — Ci andremo tutti e due. Insieme.

L'uomo sorrise e li salutò con un breve cenno della mano. Henry si ritrovò a fissare il proprio Doppio. — Oh, mio Dio! — esclamò.

DODICI

Mella abbozzò un sorrisetto. — Il Paese delle Fate? Non capisco cosa tu voglia dire.

— E io invece penso che tu sappia perfettamente cosa voglio dire — ribatté Aisling. — Tu non vieni dalla Nuova Zelanda, vero? Forse non sai neanche dov'è la Nuova Zelanda.

— Invece sì che lo so! — sbottò Mella. — La Nuova Zelanda è uno stato insulare dell'Oceania posto nell'oceano Pacifico meridionale. Lo stato è formato da due isole principali, l'Isola del Nord e l'Isola del Sud, e da numerose isole minori come l'isola di Stewart e le isole Chatham. Il mar di Tasmania la separa dall'Australia situata circa 2000 km a nord-ovest. La capitale è Wellington e la città più popolosa è Auckland. La Nuova Zelanda è un paese molto sviluppato che si colloca ai primi posti nel contesto internazionale in molti settori, tra cui l'istruzione, la libertà economica e la mancanza di corruzione. Le sue città inoltre sono da sempre classificate come le più vivibili al mondo. — Aveva imparato quel discorso parola per parola leggendo vari libri sull'argomento e avrebbe potuto tranquillamente proseguire con le caratteristiche geografiche del paese se non fosse rimasta senza fiato. Non che sarebbe servito a molto. Dall'espressione di Aisling era chiaro che non se la stava bevendo.

— Neanche tuo padre vive in Nuova Zelanda, vero? — le chiese.

Mella aprì la bocca, la richiuse, la aprì di nuovo e disse:

— Ah... — Capì subito di avere esitato troppo, ma a quel punto non poteva più farci niente.

— Lo sapevo! — esclamò Aisling. — Ne ero sicurissima. Quel rospetto bugiardo! — Si guardò intorno con le labbra arricciate. — È stato sempre così, sempre a sgattaiolare via per fare le cose di nascosto dalla mamma. È talmente egoista! — Scoccò un'occhiataccia a Mella.

Per non dare a vedere quanto fosse confusa, Mella bevve un lungo sorso di tè. La sua mente prese a vorticare mentre cercava di capire cosa dire per uscire da quella situazione. Guardò zia Aisling con occhi sgranati. — Ah... ah... io... ah... — farfugliò. Era strano, ma le labbra di Aisling si stavano piegando in un accenno di sorriso. Un sorriso di trionfo.

Ma poi Mella capì all'improvviso che tutto questo non importava. Cosa gliene importava se zia Aisling sapeva che lei veniva dal Regno degli Elfi? (Come l'aveva chiamato? Il Paese delle Fate?) Cosa le importava se il mondo intero sapeva di suo padre? Tanto nessuno avrebbe potuto fargli nulla. Prese un altro sorso di tè e provò una sensazione molto piacevole e calda allo stomaco. Piacevole e calda. La nonna non avrebbe certo potuto sculacciarlo. Fece un ruttino e ridacchiò. Ormai era un uomo adulto! Niente sculacciate per lui. E poi se la nonna avesse provato a sculacciarlo avrebbe dovuto vedersela con la mamma. E la mamma era una *Regina*.

Prese di nuovo un sorso di tè, allungò una mano verso la teiera e se ne versò dell'altro. Il tè era così *gradevole*. Ti faceva sentire rilassata e allegra allo stesso tempo. Ti faceva sentire grande e forte. E lei lo era, naturalmente, per cui non doveva preoccuparsi del fatto che zia Aisling avesse scoperto tutto. Né per suo padre né per se stessa.

— Allora? — chiese Aisling.

Mella scrollò le spalle. — Hai ragione — disse. — Non vengo dalla Nuova Zelanda.

— Però sei la figlia di mio fratello?

— Oh, sì. È quello che dice mamma quando faccio qualcosa di sbagliato: sei proprio figlia di tuo padre, dice. Lei dice "padre" perché lui è mio padre e naturalmente non è suo fratello, ma suo marito. Però è sempre lo stesso uomo, giusto? Mio padre, tuo fratello, il marito di Aurora.

— Aurora?

— Mamma — precisò Mella. La conversazione si era fatta molto seria.

— Quindi ammetti di venire dal Paese delle Fate? Ammetti di vivere là e che ci vive anche Henry?

Mella assunse un'espressione grave. — Non è il Paese delle Fate, ma il Regno degli Elfi. — Esitò. — In effetti noi lo chiamiamo semplicemente il Regno. Però è il Regno degli Elfi. E mia mamma lo governa.

Aisling la scrutò con estrema attenzione. — Tua mamma *governa* il Regno degli Elfi?

— È la Regina — dichiarò Mella.

Per un istante Aisling si limitò a fissarla. Poi disse: — Di bene in meglio. Henry è sposato con la *Regina degli Elfi*?

— Eshattamente — annuì Mella. Si chiese perché trovasse difficoltà nel pronunciare bene le parole e decise che un po' di tè avrebbe potuto aiutarla.

— E il signor Fogarty? — chiese Aisling all'improvviso. — È con voi o vive davvero in Nuova Zelanda?

— Morto — rispose Mella. Con una parola alla volta poteva anche cavarsela. Erano le frasi intere che le creavano problemi. In ogni caso pensò che avrebbe dovuto fare lo sforzo di spiegare meglio la questione del signor Fogarty. Trangugiò un altro profondo, rassicurante, magnifico sorso di tè. — Ammalato. Morto. Adesso gli devono parlare attraverso un'arca di Charaxes.

Aisling continuava a fissarla. — Fogarty è morto?

— Shì.

— Ma Henry gli parla ancora? Come tu stai parlando con me adesso?

Mella scosse il capo e ridacchiò. — No, no, sarebbe una cosa stupida. Ti ho detto che usano un'arca di Charaxes.

— Che cos'è un'arca di Charaxes?

— È una shcatola che ti fa parlare con i morti. Henry, papà, l'ha avuta dai suoi amici Luchti. Loro lo facevano da secoli e gliene hanno costruito una copia. Naturalmente lui era un fratello di sangue dei Luchti. Lo è diventato quando ha aiutato Lorquin a uccidere il suo draugr. — Sorrise. — È successo anni fa. Adesso Lorquin è il capo della tribù.

Aisling parve momentaneamente confusa, poi scosse il capo e disse: — Mi stai dicendo che Henry ha una scatola, una specie di macchina, che lo fa parlare con i morti?

— Shì. O almeno con il signor Fogarty.

— E il signor Fogarty gli risponde?

— Shì.

— Hai bevuto, Mella? — le chiese Aisling perplessa.

— Tè.

— Volevo dire alcol.

— Tè — ripeté Mella reggendo lo sguardo della zia.

Dopo un lungo istante Aisling aggiunse: — Resta seduta lì e non muoverti. Non andartene. Ho una cosa che ti voglio mostrare. — Si alzò e corse fuori dalla cucina. — Non muoverti — urlò senza voltarsi.

Mella non aveva alcuna voglia di muoversi, perciò rimase esattamente dov'era e bevve dell'altro tè. Il calore nel suo pancino – adesso lo chiamava "pancino", che era un po' sciocco ma molto più simpatico di "stomaco" – il calore nel suo pancino si stava diffondendo attraverso il resto del corpo e il mondo, questo Mondo Analogo, le sembrava meraviglioso. E persino quella minuscola cucina sembrava meravigliosa. Ed era davvero *meraviglioso* che fosse diventata tanto amica di zia Aisling, che aveva l'aria di essere sinceramente interessata al Regno degli Elfi e a quello che succedeva lì.

Aisling tornò con qualcosa nascosto in mano e si sedette di fronte a Mella. — Sai cos'è questo?

La ragazza batté le palpebre. Faceva fatica a mettere a fuoco le immagini, oltre che a parlare, ma anche se le ondeggiava un po' davanti agli occhi, riconobbe comunque quell'aggeggio. Fece un grosso sforzo per rispondere con chiarezza: — Sì.

— Cos'è? — chiese Aisling. Si era sporta verso di lei e pareva addirittura tremare un pochino per l'eccitazione.

— È un *teletrasporto*. Una specie di telecomando per portali portatili — spiegò Mella. Malgrado la concentrazione inciampò un po' sulle p, ma era colpa di tutta quell'allitterazione in "per portali portatili". Altrimenti non sarebbe inciampata per niente. Sicuro al cento per cento. — Li ha inventati il signor Fogarty — aggiunse. — Quando era ancora vivo, naturalmente.

— Apre un portale per il Regno degli Elfi, vero?

Mella annuì. — Shì. — Per un momento si chiese come avesse fatto zia Aisling a mettere le mani sul teletrasporto per portali portatili. Pensò che non poteva essere stato suo padre a darglielo... Da quanto raccontava nel suo diario, zia Aisling non gli piaceva un granché. E poi aveva scritto di non avere rivelato a nessuno della famiglia dell'esistenza del Regno degli Elfi.

— Sai farlo funzionare?

— Basta puntarlo e premere il pulsante.

Aisling avvicinò una sedia e si sistemò accanto a lei. — Infatti. Solo che non funziona più. Mi sai dire perché non funziona?

Mella prese il teletrasporto e se lo rigirò tra le mani. Si sentiva le dita mollicce, ma riuscì comunque a non farlo cadere. Era un vecchio modello, forse addirittura uno dei primi prototipi del signor Fogarty, più ingombrante e rozzo dei telecomandi moderni, ma i principi di base erano gli stessi. Fece scivolare il pollice su un lato e scoprì che l'interruttore di sicurezza era in posizione ON. La zia doveva averlo fatto scattare senza accorgersene. Non c'era verso che un teletrasporto aprisse un portale con quella funzione inserita. La sbloccò e restituì il teletrasporto a Aisling. — Adesso dovrebbe funzionare.

La zia lo prese come se fosse un gioiello prezioso. — E non devo fare altro che puntare e premere il pulsante?

Mella annuì. — Giushto. — Da qualche parte dentro di sé sentiva una specie di canto dolcissimo. — Però magari non dentro casa. A volte con questi vecchi modelli c'è qualche problema. — Sorrise benevola. Aisling non la stava più ascoltando, ma non importava: quel canto era così dolce...

Gli occhi della zia si illuminarono di un bagliore. — Io e te partiremo per un viaggio, Mella — disse ad alta voce. — Prima d'ora non sono mai andata molto lontano, ma adesso che ho te come guida le cose saranno diverse. Mi basta premere il pulsante, giusto? Mi basta premere il pulsante? — E premette il pulsante.

Un portale di fuoco si aprì in cucina, ma Mella non se ne accorse nemmeno. Era scivolata lentamente giù dalla sedia e stava russando sul pavimento.

TREDICI

— Penso a Poutpourri ogni volta che vengo qui — mormorò Henry con voce un po' sognante. A Poutpourri, il vecchio gatto del signor Fogarty, era sempre piaciuto bighellonare nei dintorni della sala del portale di Casa Danaus quando si trovava a palazzo, e Henry sentiva la sua mancanza.

— Mmm — fece Aurora, soprappensiero. Si guardò attorno: — Dov'è l'Ingegnere capo Phoebus?

— Non saprei — rispose Henry. — Ascolta, Aurora. Penso che sia ora che tu mi dica cos'hai in mente.

Poutpourri era un gatto anziano quando era arrivato nel Regno, ma c'era qualcosa nell'aria che gli faceva bene e aveva vissuto altri dodici anni prima di morire alla venerabile età di ventotto anni. Durante un momento particolarmente vivace di quegli ultimi dodici anni, aveva sorpreso Lancillotta, la gatta invisibile di razza purissima di Madama Circe, e da quell'incontro erano nati quattro mici perfettamente identici al padre che adesso, da adulti, cominciavano a mostrare la capacità di parlare tipica di Lancillotta. Uno di essi comparve da dietro il pannello di controllo del portale e si strofinò contro una caviglia di Aurora. — Torna tra cinque minuti — disse.

— Tu quale sei, tesoro? — chiese Aurora, che era innamorata della progenie di Poutpourri quasi quanto lo era di Henry.

I gattini erano stati chiamati Poutpouquì, Poutpouquà, Poutpoulà ed Emmeline.

— Poutpouquà — disse il gatto. — Ciao, Henry.

— Per te sono Sua Maestà il Principe Consorte Henry — precisò lui con un sorriso.

— Cosa c'è di più maestoso di un gatto? — ribatté Poutpouquà filosoficamente. — Cinque minuti. Buona caccia. — E fece per allontanarsi. Da dietro assomigliava ancora di più a Poutpourri.

— Aspetta — si affrettò a chiamarlo Aurora. — Chi torna tra cinque minuti?

— Il vecchio Phoebus — rispose il gatto senza voltarsi. — È andato a fasciarsi il moncherino. — Scomparve di nuovo dietro il portale con la coda che si torceva in un altezzoso punto di domanda.

— Ascolta — disse Henry a quel punto. — Sono contento che adesso abbiamo un po' di tempo per noi. Capisco che tu non volessi dire molto quando c'erano altre persone in giro, ma perché pensi che Mella possa essere nel Mondo Analogo?

Aurora lo guardò sorpreso. — E cosa ti fa pensare che io lo pensi?

— Il modo in cui siamo vestiti, tanto per cominciare. — Indossavano entrambi abiti analoghi: jeans e camicia per Henry, jeans e maglietta per Aurora. — E poi il fatto che siamo nella sala del portale. Non penso che tu abbia in programma una vacanza... E non lo penserà nessun altro, se speravi che la cosa passasse inosservata.

— Oh sì, lo penseranno! — lo rassicurò Aurora. — Cioè, non lo penseranno, ma sai cosa voglio dire. Questa faccenda resterà un segreto, almeno finché non troveremo Mella. Non è vero che l'Ingegnere capo Phoebus è andato a medicarsi il moncherino. Gli ho chiesto di allestire un campo magico lete intorno a questa sala... Pensavo che a quest'ora sarebbe già stato di ritorno. Ma una volta che ce ne saremo andati, nessuno si ricorderà che siamo stati qui, compresi Poutpouquà e l'Ingegnere Phoebus. E adesso che i nostri Doppi sono al loro posto, sembrerà tutto normale.

— D'accordo. — Henry annuì. Aveva sospettato qualcosa di simile. — Ma cosa ti fa pensare che Mella possa essere nel Mondo Analogo? — le chiese di nuovo. — Madama Circe non la sta cercando là.

— Madama Circe ha come priorità sondare le implicazioni politiche di questa faccenda — ribatté Aurora con fare imperioso. — Come è giusto che sia, naturalmente. Il fatto è che io ho buoni motivi per credere che Mella sia scappata nel regno umano.

— Quali motivi?

— Buoni motivi — ripeté Aurora, ostinata.

— Che non hai condiviso con Madama Circe?

— No.

— Anche se lei ha l'incarico di investigare in merito alla scomparsa di nostra figlia?

— Sì.

— Perché? — chiese Henry.

Per la prima volta Aurora sembrò imbarazzata. — Volevo prima esserne sicura — rispose.

— Non è vero.

— Infatti — ammise lei. — Ne sono abbastanza sicura. Ho trovato il diario di Mella.

— Non sapevo ne tenesse uno.

— Nemmeno io fino a quando non è scomparsa. Era nascosto molto bene. Con sicurincanti e tutto il resto. Una cosa fatta a regola d'arte. — Gli lanciò un'occhiata. — A proposito, non sapevo che anche tu ne tenessi uno.

Henry sbarrò gli occhi. — Come fai a sapere che ho un diario?

— Ne parla Mella nel suo. A quanto pare lo ha letto.

Henry non riusciva a crederci. — Stai dicendo che Mella ha letto il mio diario *segreto*?

Aurora annuì e si sfiorò il labbro superiore con la punta della lingua. — Oh, sì!

— Non è possibile! In quelle pagine ci sono scritte

cose private. *Molto* private. Insomma, cose personali. Come la biancheria intima che porto o quella cosa che hai scoperto che mi piaceva tanto l'estate scorsa. Sono cose *estremamente* private!

— Non più — disse Aurora.

— Non avrebbe dovuto leggere il mio diario segreto — mugolò Henry. Non riusciva ancora a crederci. Si sarebbe sentito in imbarazzo a sapere che sua moglie aveva letto quelle cose, figuriamoci sua figlia.

— No, e immagino che io non avrei dovuto leggere il suo — replicò Aurora. — Ma non ho intenzione di sentirmi in colpa per averlo fatto, tantomeno in queste circostanze. — Abbozzò un sorriso incerto, ma rassicurante. — Non sono più così preoccupata per la sua scomparsa come lo ero all'inizio. Madama Circe sta verificando tutte le possibili piste, dal rapimento all'assassinio e tutto quel genere di cose, ma io potrei quasi mettere una mano sul fuoco che questa è esclusivamente opera di Mella. Intendo dire che ha fatto tutto da sola, come una qualsiasi normalissima ragazzina in piena età adolescenziale, immagino. Il fatto è che gli oscuri retroscena della tua vita hanno cominciato a incuriosirla sempre di più... Prima o poi capita a tutte le figlie di porsi qualche domanda riguardo al proprio padre. Non puoi biasimarla.

— Ma io le avevo già detto tutto quello che aveva bisogno di sapere riguardo alla mia vita — protestò Henry.

— A quanto pare non le hai detto abbastanza — ribatté Aurora secca. — O forse le hai detto troppo. È affascinata dalla figura di tua madre.

— Mia madre? — le fece eco Henry. — Perché mai qualcuno dovrebbe provare il benché minimo interesse nei confronti di quella vecchia strega?

— Perché lei è umana — spiegò Aurora senza scomporsi.

— Anch'io sono umano — puntualizzò Henry.

— Sì, ma ormai Mella si è abituata a te, e poi non

vivi più nel Mondo Analogo. Tua madre invece conduce un'esistenza fantastica in uno strano, meraviglioso universo dove la gente si sposta in treno o in autobus, mangia pappette d'avena e non crede alla magia. Tu non hai idea di quanto tutto ciò possa suonare esotico alle orecchie di un'adolescente cresciuta nel Regno degli Elfi.

Ci fu un lungo attimo di silenzio, infine Henry sbottò:

— Non dire sciocchezze.

Con grande irritazione del marito, Aurora si mise a ridacchiare. — Non sto dicendo sciocchezze. Credo che Mella sia soltanto curiosa. Probabilmente l'ha solleticata l'idea di avere dei nonni umani, quelle strane creature che vivono in uno strano mondo che lei non ha mai visitato... E ritengo che sia particolarmente attratta dalla personalità stravagante di questa nonna che condivide il letto con un'altra donna. Ha *quindici* anni, Henry! Tutti abbiamo avuto la fissa del sesso a quindici anni!

— Io non ce l'avevo — replicò lui come un automa. Ci pensò un istante, decise che era una bugia e scoccò un'occhiataccia alla moglie come se in qualche modo fosse tutta colpa sua.

Aurora lo ignorò. — E qui non si tratta di semplice sesso, ma di sesso *in famiglia*. Alla sua età una cosa del genere può suscitare una curiosità irresistibile. Probabilmente muore dalla voglia di conoscere questa sua affascinante vecchia nonnina.

Henry si strinse la testa tra le mani. — Oh, mio Dio! — esclamò. — Ti sei messa in mente di andare da mia madre!

— Già — disse Aurora. — Proprio così. E credo ci sia una buona probabilità che con lei troviamo anche Mella.

— E cosa facciamo? Semplicemente ce la riportiamo indietro?

— Certo che ce la riportiamo indietro. Cos'altro dovremmo fare?

— E se mia madre non ce lo permette?

Aurora lo guardò sbalordita. — Si tratta di nostra figlia. Tua madre non ha voce in capitolo in quello che facciamo.

— Io non voglio andarci — affermò Henry, caparbio.

— Perché no?

— Mi darà l'ennesima lavata di capo. Non sopporta di vedermi conciato in questo modo, con i jeans.

— Henry, adesso sei un uomo adulto. Smettila di comportarti come un dodicenne.

In effetti si stava davvero comportando come un dodicenne: lo sapeva bene.

Il problema era che aveva paura di sua madre. Anzi no, provava un vero, puro *terrore* nei confronti di quell'arpia manipolatrice che lo aveva cresciuto a sensi di colpa e che gli aveva reso la vita un inferno. Da ragazzino non vedeva l'ora di andarsene via da lei e, quando finalmente c'era riuscito, non era mai tornato a trovarla. Quanto a lei, era convinta che il figlio fosse costretto a vivere in un angolo sperduto della Nuova Zelanda e che probabilmente non sarebbe più tornato a casa. Comunque, non le era mai importato molto: si era preoccupata sempre e solo dei fatti propri. — Vai tu. Non hai bisogno di me.

— Certo che ho bisogno di te! — replicò Aurora adirata. — Lei non sa nemmeno chi sono. Non ci siamo mai conosciute, non ricordi?

Henry deglutì e si guardò intorno come se stesse cercando una via di fuga, ma solo per riflesso condizionato. In realtà sapeva che Aurora aveva ragione. Sapeva che si stava comportando come un bambino. E soprattutto sapeva che doveva andare, che *sarebbe andato*. In quello stesso istante, quasi a conferma dei suoi pensieri, l'Ingegnere capo Phoebus superò la soglia della porta zoppicando. La sua gamba di legno sbatacchiò mentre scattava sull'attenti dinanzi ad Aurora. — Tutto sistemato, Altezza.

— Siamo pronti per partire?

— Devo soltanto impostare le coordinate e premere il

pulsante. Il lete si innescherà automaticamente. — Gettò un'occhiata verso Henry. — Impaziente di tornare a casa, signore?

— Non molto — borbottò Henry. Fece un cenno del capo verso la gamba di Phoebus. — Come va?

— Bene, signore, bene. Quella nuova è cresciuta e me l'attaccano la settimana prossima. Non vedo l'ora di sbarazzarmi di questa vecchia asse di legno.

— Lo posso immaginare — mormorò Henry in tono solidale. Si leccò le labbra. — Andiamo direttamente alla mia casa natale?

Phoebus abbozzò un sorrisetto. — Signore, temo che lì sia ancora in uso una tecnologia piuttosto antiquata. Non esistono campi magnetici nei dintorni della casa dei vostri genitori, perciò abbiamo pensato di mandarvi attraverso la vecchia casa del signor Fogarty. C'è un campo magnetico nel giardino sul retro, ricordate?

— Da lì possiamo prendere un volasvelto pubblico — intervenne Aurora, spinta dal desiderio di dare il proprio contributo. Ma subito dopo scosse il capo. — Oh, voi non ce li avete nel Mondo Analogo... Tuttavia ci deve pur essere qualcosa di simile.

— Taxi — borbottò Henry. Phoebus aveva parlato al plurale. Doveva essere stata Aurora ad architettare tutto nei minimi dettagli. Come al solito. Probabilmente aveva una scorta di denaro analogo per coprire eventuali spese impreviste.

— Dunque, se siete pronti... — disse Phoebus.

— Siamo pronti — annunciò Aurora parlando per entrambi e avanzò verso le colonne del portale.

Henry indugiò qualche istante, infine si trascinò dietro di lei.

QUATTORDICI

Quando sbucarono da dietro il cespuglio di buddleia, Henry, che ora camminava in testa, si fermò così bruscamente che Aurora gli andò a sbattere contro. — Ma cosa fai? — esclamò stizzita.

Niente era cambiato. Nel minuscolo fazzoletto di prato regnava il solito caos, la casa sembrava vuota, il pannello di vetro inserito nella porta sfoggiava ancora la stessa crepa. Niente era cambiato in sedici anni!

— È ancora tutto uguale — mormorò Henry.

— Uguale a cosa? — ribatté Aurora.

Era così complicato... Henry si era occupato della casa al posto della figlia del signor Fogarty, Angela, che viveva in Nuova Zelanda, quando Fogarty era emigrato nel Regno degli Elfi fingendo di essere morto. Poi Henry aveva sposato Aurora e lui stesso si era trasferito nel Regno degli Elfi, fingendo con i suoi genitori di essere andato in Nuova Zelanda per prendersi cura del signor Fogarty e fingendo con la figlia del signor Fogarty di essersi iscritto all'università. Aveva pensato che Angela avrebbe cercato qualcun altro che si occupasse della casa o, molto più probabilmente, che l'avrebbe venduta. E invece non c'era alcuna traccia di nuovi proprietari, né di un custode e tantomeno di un qualsiasi cambiamento. Si chiese se ci fosse ancora una chiave di riserva sotto il vaso accanto alla porta sul retro.

— Uguale a quando me ne occupavo io — disse. All'improvviso lo travolse il ricordo di quella volta che, gettando un'occhiata distratta verso il prato incolto, aveva notato due intrusi che alla fine si erano rivelati essere Pyrgus e

Nymph. In un primo momento non aveva riconosciuto Pyrgus perché la Febbre Temporale lo aveva fatto diventare vecchio all'improvviso. Ricordò anche di come il signor Fogarty gli mandasse sempre messaggi in codice e di quanta fatica facesse a decifrarli. Ricordò come quella casa allora avesse rappresentato per lui un rifugio sicuro per fuggire dalla madre e dalla sorella, come pure dalla sofferenza e dalla preoccupazione che lo tormentavano da quando i genitori avevano deciso di divorziare. — Ti dispiace se diamo un'occhiata veloce dentro? — chiese ad Aurora. — So dove potrebbe esserci una chiave.

— Penso che dovremmo cercare uno di quei taxi — ribatté lei. — Dobbiamo scoprire dove si trova Mella il prima possibile. — Scrutò il marito in viso. — Tesoro, cosa ti prende?

Henry scosse il capo. — Niente. — Ma non riusciva a fermare il fiume di lacrime che gli inondava il volto.

Sotto il vaso trovò ancora la chiave e, quando entrarono in casa, scoprì che anche la cucina era rimasta esattamente la stessa. Aprì uno dei cassetti e non fu sorpreso di trovarlo come sempre pieno delle cianfrusaglie elettriche del signor Fogarty: spire di fil di ferro aggrovigliate, vecchi transistor, bobine e pinze, circuiti su piastre ramate... Gli sarebbe piaciuto salire a dare un'occhiata al piano di sopra, ma temeva di non reggere l'emozione. E poi Aurora aveva ragione: la loro priorità era Mella. E malgrado non fosse in pericolo se davvero era andata a trovare la nonna, era opportuno assicurarsene quanto prima.

— Sarà meglio andare — disse. — C'è una stazione dei taxi a una decina di minuti a piedi.

A dire il vero c'era una fermata dell'autobus ancora più vicina, ma Henry voleva risparmiare alla moglie un viaggio in bus: era soltanto la seconda volta che Aurora andava nel Mondo Analogo, e l'intimità di un taxi l'avrebbe messa più a suo agio. Inoltre, con il taxi ci avrebbero impiegato meno tempo, anche contando la camminata di dieci minuti. Per impulso sollevò la cornetta del telefono e con suo enorme stupore si rese conto che la linea funzionava ancora. — Posso chiamare un taxi — annunciò.

— Il signor Fogarty ha trascorso qui tutta la vita? — chiese Aurora mentre aspettavano.

— Solo in parte, penso. — Henry non sapeva esattamente quando il signor Fogarty avesse comprato la casa, perché era già piuttosto anziano quando lui lo aveva conosciuto. Era stato un errore entrare: c'erano troppi ricordi in quel luogo, e l'attesa lo stava rendendo ancora più nervoso al pensiero di dover affrontare la madre. — Ascolta, andiamo fuori ad aspettare, così vediamo il taxi quando arriva.

— D'accordo — convenne Aurora.

Mentre chiudevano a chiave la porta sul retro, Poutpourri sbucò fuori dal cespuglio di buddleia come faceva sempre un tempo, ed Henry ebbe un tuffo al cuore. Sbiancò di colpo e si sentì travolgere dalla sensazione di essere stato catapultato indietro di sedici anni. A quel punto sarebbe dovuto rientrare in casa e aprire una scatoletta di cibo per gatti mentre il vecchio, caro Poutpourri gli si attorcigliava intorno alle caviglie e mugolava perché si sbrigasse. Lasciò la chiave nella serratura – all'improvviso aveva le dita troppo molli per girarla – e avanzò di un passo.

— E tu cosa ci fai qui? — chiese.

— Vi ho seguiti attraverso il portale — gli rispose il gatto, e subito Henry avvertì un'ondata di sollievo. Non si trattava di Poutpourri, naturalmente, ma di Poutpouquà, che gli assomigliava come una goccia d'acqua. Il gatto si guardò intorno. — Se non vi dispiace, credo che mi tratterrò qui. Mi pare che ci siano prospettive di caccia migliori che a palazzo.

— Ma qui non c'è nessuno a darti da mangiare — protestò Henry. — E poi non sei abituato al traffico del Mondo Analogo e...

Ma Aurora lo interruppe in tono fermo: — Poutpouquà è un gatto maturo e sa badare a se stesso. Vuole solo ripercorrere le orme del padre. — Si chinò per dargli una grattatina dietro le orecchie e, quando si rialzò, aggiunse: — Proprio come Mella, in effetti.

La vecchia casa del signor Fogarty era in fondo a un vicolo cieco in centro città, mentre quella dei genitori di Henry si trovava lungo una stradina di campagna nella prima periferia. Solitamente il viaggio in taxi, traffico permettendo, durava una ventina di minuti. Quando furono saliti nella vettura, Aurora mormorò: — Mi dispiace, Henry.

— Per cosa?

— Per averti costretto ad accompagnarmi. Sarei potuta venire da sola a prendere Mella. Davvero non immaginavo che ti avrebbe scosso così tanto.

Henry si mise comodo sul sedile e trasse un sospiro. — Non ti avrei mai permesso di partire da sola. So bene che ho detto che non volevo venire, e a dire il vero sono ancora terrorizzato all'idea di rivedere mia madre, ma non ti avrei mai lasciata ad affrontare da sola questa situazione. Mella è anche figlia mia. — Abbozzò un sorrisetto. — Invece sono io che dovrei scusarmi. Insomma, facciamo che sono *io* quello che si deve scusare. Mi dispiace… mi dispiace tanto per averti reso tutto ancora più difficile.

— Potrebbe aiutare se tua madre non ti riconoscesse? Se tu fossi un completo estraneo che si presenta per caso in mia compagnia? — suggerì Aurora.

— Impossibile — ribatté Henry. — Non sono cambiato poi così tanto in sedici anni.

— D'accordo, ma potrebbe aiutare?

— Oh, potrebbe aiutare eccome! Mamma si è sempre comportata in maniera perfettamente civile nei confronti di tutti gli altri esseri umani sulla faccia della Terra. Se la prendeva solo con me… e con papà.

Aurora tirò fuori da una tasca un cartoccino e lo aprì rivelando una minuscola pasticca bianca. — Prendi questa.

Henry rimase a fissare la pastiglia con aria diffidente: era simile a quelle compresse omeopatiche che un tempo suo padre usava per combattere l'emicrania. — Che cos'è?

— Si chiama morfoconfetto. L'avevo preso per Mella: ultimamente vanno molto di moda tra i giovani. Serve a modificare la struttura del viso. In via temporanea, s'intende. I ragazzi prendono queste pasticche per divertimento, e infatti è un po' come mettersi una maschera. Nessuno nel Regno degli Elfi cascherebbe in un trucchetto così banale, naturalmente, ma in questo mondo non sono abituati alla magia, perciò tua madre non si accorgerà nemmeno di averti di fronte. A meno che non riconosca la tua voce, il tuo modo di camminare o qualcosa del genere.

— Posso camuffare la voce e inventarmi una camminata diversa — ribatté Henry prontamente. — Stai dicendo sul serio? Mi cambierà davvero la faccia?

— Certo.

— Quanto dura l'effetto?

— Un paio d'ore, al massimo tre.

— E quanto ci mette a funzionare?

— È una trasformazione graduale, perciò è piuttosto lenta. Circa cinque minuti, forse qualcuno di più in certi casi. Ma se la prendi adesso, di certo avrai un aspetto completamente diverso quando arriveremo da tua madre.

— Mi farà più bello o più brutto?

— Oh, Henry! Che importanza ha?

Henry ingoiò la pasticca. Si tastò le guance e la fronte, poi allungò il collo per guardarsi nello specchietto retrovisore. — Che faccia ho?

— La tua! — sibilò Aurora. — Ti ho detto che la trasformazione è graduale. Non si noterà nulla per almeno tre minuti.

Henry si sistemò di nuovo sul sedile. — Allora avvertimi quando succede qualcosa.

Il taxi si lasciò alle spalle la città avanzando lento lungo una strada fiancheggiata da alberi. Henry si stava di nuovo tastando il viso, quando l'autista aprì il divisorio di vetro per chiedere: — Dovrebbe essere da qualche parte qui intorno, giusto?

Henry smise di pizzicarsi le guance per controllare la strada. — La prossima a destra — disse. Gettò un'occhiata inquieta alla moglie. — Ha funzionato?

— Meravigliosamente — rispose Aurora con un sorrisetto malizioso. — Non ti riconoscerebbe nemmeno tua madre.

Il taxi svoltò e un attimo dopo frenò bruscamente. — Accidenti! — esclamò l'autista col fiato mozzo. — Ragazzi, ma perché non si degnano di mettere almeno un cartello di avvertimento?!

La strada davanti a loro era chiusa e accanto alla barricata erano parcheggiate ben tre auto della polizia. Un agente in uniforme si staccò da un gruppo di colleghi per trascinarsi con aria svogliata verso i nuovi arrivati.

— Che problemi ci sono, capo? — chiese l'autista.

L'agente si chinò verso il finestrino del conducente, squadrò Henry e Aurora, e infine rispose: — Mi dispiace, ma di qui non si passa.

— Lo vedo anch'io. Che problemi ci sono?

L'agente gettò un altro sguardo verso i due passeggeri. — Per caso abitate qui in zona?

Subito Henry si affrettò a negare scuotendo vigorosamente la testa. — No. Nessuno dei due abita qui. — Pensò che forse Aurora si sarebbe azzardata ad aggiungere qualcosa e le strizzò una gamba per intimarle di tacere.

L'agente parve rilassarsi. — Più avanti è venuta giù una casa — cominciò a raccontare. — Ci sono macerie ovunque, anche in mezzo alla strada. Sarà impossibile passare prima che la ripuliscano.

— Caspita! — borbottò il tassista. — Non costruiscono più le case di una volta.

— Non è semplicemente caduta — spiegò l'agente. — C'è stata un'esplosione. I vigili del fuoco pensano che potrebbe essere stata una conduttura del gas, ma personalmente non ho mai visto una fuga di gas provocare danni del genere. La casa è ridotta a un mucchio di macerie, come se una bomba l'avesse centrata in pieno.

— E i miei passeggeri? — chiese il tassista, indicando Henry e Aurora con un cenno del capo verso il retro della vettura. — Possono scendere e proseguire a piedi? Devono raggiungere una casa proprio lungo questa strada.

L'agente infilò la testa nel finestrino. — Quale casa? — chiese rivolgendosi a Henry.

— Si chiama Chatleigh — rispose lui e deglutì. — Non ha un numero civico. — Aveva un brutto presentimento riguardo a quella storia, davvero brutto.

— Lei o la signora avete conoscenti in questa casa chiamata Chatleigh?

— Ci abita mia madre — rispose Henry. — Perché tutte queste domande, agente?

— Vi dispiacerebbe smontare dalla vettura, signori?

Henry prese Aurora per mano e aprì la portiera del taxi. — Andiamo — le sussurrò. Sapeva per certo cosa stava per annunciare il poliziotto, ma si proibì anche solo di immaginare una simile eventualità.

Per alcuni istanti l'agente rimase a guardarli con espressione calma. — Sono molto dolente, signore. Chatleigh è la casa che è crollata. In questo momento stanno cercando i corpi tra le rovine.

QUINDICI

Gli incantesimi di sicurezza che circondavano il castello di Rodilegno avevano la funzione di dissuadere dall'avvicinarsi venditori ambulanti, messaggeri e visitatori casuali per mezzo di una forza letale che teletrasportava i risultanti cadaveri in fondo a una cava abbandonata, e ora anche piuttosto puzzolente. Nel programma predefinito facevano eccezione gli ingegneri dell'Azienda Servizi Magici Unificati che per contratto ogni sei mesi sottoponevano a manutenzione il Corpo in Scatola di Rodilegno, e che inoltre dovevano godere di libero accesso in caso di emergenza.

L'uomo nella sala dei ricevimenti del castello non era uno di quegli ingegneri, questo era chiaro. Al posto della tuta indossava un completo confezionato su misura e più che di olio puzzava di dopobarba da quattro soldi. Rodilegno poteva soltanto presumere che la scheda di riconoscimento che regolava gli incantesimi fosse stata confusa dal logo ASMU che lo sconosciuto portava stampato sul taschino della giacca, così per sbaglio gli era stato permesso di entrare.

L'uomo si alzò in piedi in segno di riverenza quando Battus Polydamas spinse Rodilegno all'interno della stanza. — Buongiorno, Vostra Signoria. Posso dire che per me è davvero un piacere, anzi un *onore*, incontrarvi.

— Cosa vuoi? — ringhiò Rodilegno. La tolleranza che riusciva a provare nei confronti degli ospiti inattesi, da sempre molto bassa, era precipitata a zero da quando aveva perso il proprio corpo naturale. Quell'uomo aveva tutta l'aria di un contabile – capelli neri e unti, appiattiti sulla testa, e un paio di baffi sottili come matite – il che probabilmente significava che l'avevano mandato per cercare di alzare l'importo di locazione sul Corpo. Ma non ci sarebbe riuscito. I suoi avvocati avevano passato al setaccio il contratto, clausola dopo clausola.

— Mi chiamo Lyside, Lyside Kricogonia — si presentò l'uomo — e l'importante non è ciò che voglio io, ma ciò che posso fare per voi, Vostra Signoria. — Sorrise senza mai distogliere lo sguardo dall'interlocutore.

Per tutti gli Dei, ci mancava solo un venditore! Come aveva fatto a superare i mastini? Avrebbero dovuto fiutarlo a un chilometro di distanza, anche se era riuscito a ingannare il sistema di sicurezza. E a dire il vero Rodilegno stesso avrebbe dovuto riconoscerlo all'istante: quei baffetti erano un indizio palese della sua identità.

— Dallo in pasto agli alligatori — ordinò a Battus. — Dopo avermi riportato nel mio studio.

— Sissignore. — Battus cominciò a fare manovra per girare la carriola.

— Possiamo restituirvi il vostro corpo.

— Ferma! — esclamò Rodilegno. Aspettò che il servitore lo riportasse di fronte al tizio per aggiungere: — Cos'hai detto?

Lyside Kricogonia provò ad abbozzare un sorriso, colse l'espressione di Rodilegno e cambiò subito idea. Deglutì sonoramente. — Dunque, ovviamente non si tratterebbe del vostro vecchio corpo, che è andato per sempre... purtroppo. Ma forse anche no. In ogni caso noi possiamo darvi *un* corpo.

— Noi?

— Azienda Servizi Magici Unificati. — Indicò il logo stampato sulla giacca.

— So bene chi rappresenti — borbottò Rodilegno. — Possiedo già un corpo della ASMU.

— Non sto parlando di un Corpo in Scatola, signore... Intendo un *corpo vero*. Un corpo che può camminare e sollevare oggetti. — Lyside Kricogonia stava osservando Rodilegno con una certa apprensione, ma chiaramente pensava di aver guadagnato un qualche vantaggio, perché sulle labbra gli era affiorato di nuovo un sorrisetto. Subito attaccò con una noiosa tiritera da imbonitore. — E per giunta, signore, abbiamo ideato un'offerta speciale, valida soltanto oggi, per i nostri clienti già acquisiti: avete la possibilità di permutare il vostro attuale Corpo in Scatola con il nostro nuovo, elegante modello aggiornato e completamente automatizzato: CorpoBello. Se vorrete approfittare di questa incredibile offerta, non solo non dovrete sborsare alcun acconto, ma avrete anche il diritto a godere di un eccezionale sconto del dodici per cento sul prezzo d'acquisto complessivo, oltre al trasferimento e all'installazione gratuiti della testa. E per giunta, signore, se doveste optare per l'acquisto del modello deluxe, eventualità che un uomo del vostro acume e statura senza dubbio prenderà in considerazione, potrete usufruire del nostro nuovo servizio di garanzia postvendita della validità di due anni e senza costi aggiuntivi, e riceverete in dono una penna stilografica che può scrivere con inchiostro verde sott'acqua.

— Può anche camminare? — chiese Rodilegno.

Lyside aggrottò la fronte. — La penna?

— Il corpo, idiota!

Il venditore annuì con entusiasmo. — Signore, qui stiamo parlando della più importante conquista di tutti i tempi. La mia azienda ha preso la semplice tecnologia del Corpo in Scatola e l'ha totalmente rivoluzionata. Il nostro nuovo modello di base non solo può creare condizioni di vita efficienti come l'ormai antiquato cubo, ma può camminare autonomamente, afferrare e sollevare oggetti con braccia meccaniche e in generale svolgere tutte le funzioni motorie di un normale corpo.

— E così potrei davvero camminare? — insistette Rodilegno.

Ora Lyside aveva un enorme sorriso stampato in faccia. — Potrete camminare, vestirvi, mangiare da solo senza essere imboccato... con un po' di pratica, s'intende. Potrebbe interessarvi una dimostrazione?

— Sì — tagliò corto Rodilegno.

Lyside aprì la valigetta che aveva lasciato accanto alla sedia e ne tirò fuori una scatola dai colori vivaci, ma di dimensioni piuttosto modeste. Ruppe i sigilli con il pollice, la posò a terra e tolse il coperchio con gesto rapido. Dalla scatola serpeggiò fuori un flusso di vapore argenteo che subito prese la forma di un umanoide robotico senza testa che, una volta completo, si solidificò.

— A parte abbiamo anche una testa artificiale — spiegò il venditore mentre rovistava di nuovo nella valigetta. — Funziona con un cervello di gallina, perciò ha possibilità limitate, ma basterà a darvi un'idea delle potenzialità di questa invenzione. — Detto questo esibì una sfera argentata che con gesti esperti avvitò al corpo. — Cammina! — ordinò infine.

Il corpo argentato mosse passi goffi e pesanti nella direzione di Rodilegno, fece un rapido dietrofront appena prima di raggiungerlo e tornò indietro.

— Solleva quel vaso dal tavolo! — Lyside gettò un'occhiata rassicurante a Rodilegno. — Non preoccupatevi, signore, siamo assicurati contro danni.

La creatura – ora che aveva una specie di testa, Rodilegno stava cominciando a considerarla come un essere con una propria identità e indipendenza – si trascinò fino al tavolo e sollevò il vaso con sorprendente facilità.

— E adesso guardate bene! — esclamò Lyside eccitato. — Lancia in aria il vaso e afferralo!

Rodilegno non avrebbe scommesso due gnutti sul destino di quel vaso, ma la creatura lo lanciò in aria per parecchi metri e lo afferrò in discesa con presa sicura.

— Impressionante, vero? — disse Lyside.

— Impressionante — grugnì Rodilegno controvoglia.

— Bisogna ammettere che — proseguì Lyside in quel tono informale così irritante che i venditori usano sempre quando cominciano a girare intorno alla preda per sferrare il colpo di grazia — se avete particolarmente a cuore l'aspetto esteriore, questo modello lascia alquanto a desiderare. Migliora un po' con indosso gli indumenti appositamente confezionati, tuttavia, e il mio capo mi farebbe sbattere in prigione se sapesse che vi sto dicendo queste cose, a me personalmente non piace affatto il design di questo modello. La tecnologia è una meraviglia, però il design... — Scosse il capo con aria affranta, ma un istante dopo era di nuovo raggiante. — Fortunatamente il modello deluxe compensa tutto ciò in maniera significativa. — Sbatté le ciglia voltandosi verso Rodilegno e con aria innocente gli chiese: — Gradireste forse assistere a una dimostrazione del nostro modello deluxe, Lord Rodilegno?

— Sì — rispose lui e, pur entro gli angusti confini del suo attuale Corpo in Scatola, provò un fremito di eccitazione.

— Non vi sto rubando troppo del vostro preziosissimo tempo? — aggiunse Lyside.

Rodilegno si chiese vagamente quale pena fosse prevista per lo strangolamento a mani nude di un venditore. Non che avesse mani nude con cui strangolare qualcuno, ma se alla fine avesse deciso di acquistare il corpo che aveva lanciato in aria il vaso, forse sarebbe stata una delle sue prime azioni come Elfo della Notte dotato di rinnovata autonomia motoria. Per il momento, comunque, si morse le labbra per trattenere la rabbia e semplicemente rispose: — No.

Sorridendo tra sé, Lyside tornò alla valigetta. Questa

volta la scatola che ne tirò fuori non aveva i colori sgargianti della precedente. Sfoggiava invece un sofisticato disegno olografico che comprendeva lo stemma di famiglia di Sua Signoria.

A Rodilegno saltò subito all'occhio. Una tipica strategia da rappresentante di commercio, pensò. La ASMU aveva palesemente studiato una confezione su misura per il corpo che speravano di vendergli, forse persino lo stesso corpo era stato ideato su misura per lui! Il modello base – robotico, goffo, brutto e con un cervello da gallina – se ne stava ancora in mezzo alla stanza per creare un netto contrasto con quel modello deluxe ultramegagalattico. Ciò che stava per vedere doveva essere davvero molto, molto costoso... ma forse sarebbe stato anche altrettanto interessante.

Senza dubbio era parecchio diverso. Rodilegno se ne accorse subito, nello stesso istante in cui Lyside aprì la scatola. Al posto del vapore argenteo (che ovviamente si basava su una tecnologia di vecchia generazione) ne emerse un foglio da origami rosa e nero che da solo si piegò e ripiegò fino a formare un raffinato ed elaboratissimo fiore, dal centro del quale sbocciò un ologramma a grandezza naturale di una figura nuda che prese a solidificarsi a contatto con l'aria. Se il basilare robot metallico era comparso senza testa, questa sagoma era invece completa e, una volta terminato il processo di solidificazione, si voltò lentamente verso Rodilegno che soltanto in quell'istante si rese conto di avere di fronte una perfetta rappresentazione di se stesso, dalla testa ai piedi. E non con il fisico che avrebbe avuto nel presente, ma quello che aveva un tempo, quando ancora godeva di piena salute e ottima forma.

Soffocò meglio che poteva l'impulso di trasalire, reazione che di certo avrebbe assicurato a quel meschino, viscido rappresentante un certo vantaggio nella trattativa.

Il corpo era incredibile, un suo sosia perfetto in tutto e per tutto, anche se con alcune sottili eccezioni. Infatti era più alto di quanto lui fosse mai stato e decisamente più muscoloso. La pelle aveva un aspetto più sano: era più liscia e più tonica, con meno imperfezioni e anche meno peli. Quella creatura emanava un'aura di forza e potere che gli piaceva *tantissimo*.

— Naturalmente la testa è a puro scopo dimostrativo — disse Lyside, mentre con effetto sconcertante ci faceva passare in mezzo una mano a dimostrazione di quanto andava dicendo. — I nostri designer l'hanno animata soltanto perché possiate farvi un'idea dell'aspetto che potreste avere se doveste decidere di investire nel nostro nuovo CorpoBello modello deluxe. — Diede una pacchetta sulla solida spalla della creatura e la testa sorrise benevola a Rodilegno. Era un sorriso meraviglioso, pieno di profondità e saggezza.

Rodilegno sapeva che avrebbe acquistato quel CorpoBello deluxe a qualsiasi prezzo. Sapeva che doveva averlo e mettere a riposo il vecchio Battus, che ormai da lungo tempo sognava la pensione. Ma tirò forte le briglie delle emozioni e disse con voce piatta: — Vediamolo in movimento.

— Certo, Vostra Signoria. Se magari il vostro factotum potesse spostarvi indietro per lasciargli un po' più di spazio...

Rodilegno fece guizzare gli occhi per dare un cenno a Battus, che subito spinse la carriola verso la porta. — Così va bene? — chiese.

— Perfetto — rispose Lyside.

La dimostrazione fu straordinaria. La creatura scattò in movimento come un atleta. Attraversò di corsa l'intera sala con la grazia di una gazzella, poi tornò indietro esibendosi in una serie di ruote a mo' di ginnasta. Saltò sopra tavoli e sedie, quindi si lanciò in aria dove si aggrappò al lampadario e si dondolò avanti e indietro per qualche istante prima di lasciarsi cadere a terra con incredibile leggerezza, la schiena inarcata, le braccia protese e il sedere in fuori.

— Lo prendo — annunciò Rodilegno.

— Il modello base o quello deluxe? — chiese Lyside in tono innocente.

— Non fare lo stupido — ringhiò Rodilegno. — Adesso dimmi come funziona il trasferimento della testa.

Lyside sfoggiava un enorme sorriso. Probabilmente le provvigioni che gli spettavano per quella singola vendita gli avrebbero fatto guadagnare una cifra mostruosa. — Questo è un altro vantaggio riservato a chi acquista il modello deluxe, signore. Abbiamo riscontrato che i nostri clienti sono solitamente, e comprensibilmente, impazienti di sperimentare i benefici dei loro nuovi corpi, perciò questo modello viene di prassi fornito con l'innovativa tecnologia a scorrimento magnetico, la quale ci permette di evitare completamente il ricorso alla chirurgia. In sostanza, ciò che facciamo è infondere nel vostro attuale Corpo in Scatola una certa dose di particelle derivate dalla limatura di ferro, appositamente trattate. Queste vengono assorbite dalla vostra testa naturale, rendendola così magnetica. Dopodiché, un semplice stasincanto ci permetterà di rimuovere la vostra testa dalla scatola e trasferirla sulle spalle del vostro nuovo corpo, e durante questa fase proverete soltanto quella sensazione di vuoto tipica degli stasincanti. Una volta sistemata la testa, il campo magnetico del corpo basterà a tenerla ferma al suo posto: ne è stata testata la resistenza su una forza di trazione di circa sette tonnellate, ovvero molto più di quanto avrebbe mai potuto sopportare il vostro corpo naturale. Il beneficio più grande, naturalmente, è che d'ora in avanti tutte le connessioni corpo-testa saranno magnetiche, e quindi molto più efficienti rispetto alle antiquate connessioni carne-sangue-nervi di un corpo naturale.

— Quali sono i punti deboli? — chiese Rodilegno.

— Non ce ne sono. Come mi pare di avervi già accennato, la tecnologia di base è la stessa del nostro Corpo in Scatola, perciò l'unità funziona a energia solare ed è indistruttibile. Una volta collegato al corpo, sarete sostanzialmente immortale e invulnerabile.

Rodilegno aggrottò la fronte. — *Sostanzialmente?*

— La vostra testa naturale rimarrà vulnerabile — spiegò Lyside. — Tuttavia possiamo offrirvi fuori costo uno spray che, una volta applicato su tutto il capo, formerà una piastra protettiva che vi aiuterà ad arginare un po' il problema. Il corpo in sé è immortale e invulnerabile. Non richiede nemmeno interventi di manutenzione postvendita.

Rodilegno aveva uno strano luccichio negli occhi. — Suppongo che tutto ciò comporti un ricovero in una clinica della ASMU. Quanto tempo ci vuole per il trasferimento?

Lyside raccolse ancora una volta la sua valigetta e cominciò a scartabellare. — A dire il vero, signore, questo è il grande vantaggio della tecnologia a scorrimento magnetico. Una volta firmato il contratto, possiamo procedere subito con il trasferimento, senza alcun bisogno di una struttura clinica, qui a casa vostra. Normalmente l'intera procedura dura meno di mezz'ora.

— E allora passiamo al contratto — disse Rodilegno.

Appena completato il trasferimento, Rodilegno inaugurò le capacità atletiche del suo nuovo corpo tagliando la gola a Lyside, sbarazzandosi del cadavere, strappando il contratto e distruggendo accuratamente qualsiasi prova della visita del venditore. Non aveva senso far sapere ai suoi nemici che era di nuovo in grado di muoversi in modo autonomo. Alla fine lo avrebbero scoperto lo stesso, naturalmente, ma nel frattempo la scomparsa di Lyside gli avrebbe dato un certo vantaggio in termini di tempo.

Incontrò qualche problema con l'abbigliamento – il suo

nuovo corpo era più grosso di quello precedente – ma alla fine indossò un abito da cerimonia che gli stava abbastanza bene una volta tolta l'imbottitura. A quel punto si diresse – *con le sue gambe!* – verso i giardini del cortile interno.

Trovò Mella seduta su una panchina che parlava con un coniglio: come sapeva apprezzare le piccole gioie della natura quella ragazzina così dolce! E come non si lasciava turbare praticamente da nulla! Rivolse non più di un'occhiata distratta al nuovo corpo dello zio prima di concentrarsi sul volto e salutarlo con un ampio sorriso. — Oh, zio Rodilegno, che gentile da parte tua farmi visita! Oggi non è il giorno in cui di solito mi vieni a trovare, a meno che non mi sbagli.

Rodilegno si mise a sedere accanto a lei. — Non ti sbagli affatto, ma c'è qualcosa di cui vorrei discutere con te.

Mella cacciò via il coniglio – gesto alquanto opportuno, pensò Rodilegno, perché persino i conigli avevano orecchie – e si voltò a guardarlo, le ginocchia strette in posa compassata e lo sguardo rapito.

— Naturalmente sai che ho intenzione di farti diventare sovrana del nostro Regno in un futuro molto prossimo — esordì Rodilegno.

— Certo, zio, e te ne sono molto grata — gli disse Mella.

— Bene — continuò lui in tono più rilassato. — Mi è venuto in mente che ora che ho riguadagnato la mia mobilità... che ho riguadagnato il mio corpo, per così dire... — fece un cenno al suo nuovo CorpoBello e le scoccò un sorriso *magnetico* — insomma, mi è venuto in mente che potremmo sposarci, così d'ora in poi potrei sempre guidarti come tuo marito e come tuo sovrano.

— Oh, zio — mormorò Mella — che splendida idea!

SEDICI

All'improvviso l'aveva persa. Un attimo prima si trovava in quella minuscola cucina analoga, e subito dopo non c'era più. Come anche l'umana che l'accompagnava e la cucina stessa. Sulfureo estese i sensi fino al limite più estremo. Sentiva il brusio della città, si fermò ad ascoltare l'avido risucchio di una pulce sul sedere di Bombix, percepì persino la primitiva sensazione di rabbia che provavano le piantine di pizzichello a chilometri di distanza sotto di loro, ma la ragazza che Bombix voleva fargli trovare era scomparsa senza lasciare traccia.

D'istinto infilò una mano in tasca per prendere il fazzoletto, ma si bloccò subito. L'ultima cosa che desiderava era lasciare intendere al compagno che c'era qualcosa che non andava. Non avevano ancora sottoscritto un accordo ben preciso, e se Bombix avesse scoperto che la ragazza era sparita, probabilmente non ci sarebbe stato alcun accordo. Per il momento era meglio tenerlo all'oscuro e più tardi, in privato, provare a rintracciare di nuovo l'odore della ragazza. Ammesso che non fosse morta. Una storia simile – del tipo "prima ci sei, poi non ci sei più" – gli capitava sempre quando schiacciava gli scarafaggi sotto i piedi. Un attimo prima li sentiva grattare con tutti quei pensieri da scarafaggi nelle loro minuscole testoline, e subito dopo... *stomp-squish*... basta, niente, tutto finito. Proprio come era successo con la ragazza, tranne che per lo stomp-squish, naturalmente. Che sciagura se fosse davvero morta l'adorata figlia della Regina, il fiore più prezioso del Regno! Tutto quel potenziale denaro per il riscatto... svanito nel nulla! Una vera e propria tragedia. Al solo pensiero Sulfureo si sentiva pervadere da un'infinita tristezza, tanto che fu costretto a soffocare l'impulso di tirare su con il naso.

Ma forse non era morta. Dopotutto, nulla aveva lasciato pensare che vi fosse stata una minaccia. Magari giaceva da qualche parte, soltanto gravemente ferita. Ciò non avrebbe affatto compromesso il suo valore, anzi in un certo senso l'avrebbe forse aumentato. A dire il vero, ora che ci rifletteva, persino solo il cadavere poteva valere qualche gnutto. La gente si faceva sempre prendere da sentimentalismi quando si trattava di morti e del luogo dove dovevano essere sepolti, e in particolare la Famiglia Reale. Valeva la pena cercare di scoprire cos'era accaduto, anche se la Principessa era morta.

Stavano di nuovo volando sul vailà truccato – Sulfureo, George e Bombix – in viaggio verso un podere di famiglia di Bombix che si trovava in mezzo alle Piane Selvagge. Bombix aveva bevuto troppo durante il pranzo e ora gli penzolava la testa, come se facesse fatica a rimanere sveglio. Anche George era tranquillo, infatti aveva divorato ben due bistecche e un cameriere, ma nella confusione del ristorante nessuno era parso accorgersene. Forse Sulfureo poteva arrischiarsi a dare una sniffatina veloce al fazzoletto, solo per ritrovare la concentrazione.

Con una rapida occhiata verso la testa ciondolante di Bombix – in quel momento aveva gli occhi chiusi – se lo sfilò di tasca e lo annusò con aria furtiva. Subito si sintonizzò su una scena di assoluta desolazione. Un edificio completamente distrutto, ridotto a poco più che un mucchietto di macerie polverose. C'erano umani in uniforme che si arrampicavano sulle rovine, perciò si trattava presumibilmente di un edificio del Mondo Analogo, forse dello stesso edificio che aveva ospitato la cucina che aveva visto prima. Sì, era molto probabile, e se così fosse stato, tutto avrebbe avuto senso. Ma se l'edificio che ospitava la cucina era crollato e la ragazza elfumana si trovava nella cucina al momento del disastro, allora la giovane Mella doveva per forza essere morta, ed era verosimile che gli umani in uniforme stessero cercando il suo cadavere, magari nella speranza di depredarlo dei gioielli. E questa dopotutto era una buona cosa, perché di certo non sarebbero stati interessati al cadavere stesso, e ciò significava che lui avrebbe avuto ancora la possibilità di venirne in possesso.

Ficcò il fazzoletto in tasca e si mise comodo per riflettere sul da farsi. Se fosse riuscito a capire il punto esatto in cui era crollata la casa, avrebbe provato a convincere Jasper a finanziargli un viaggio nel Mondo Analogo. Solo per lui, naturalmente, o meglio, per lui e George: era sempre più sicuro viaggiare con una guardia del corpo. Prima si sbarazzavano dello stesso Bombix, meglio era. Ma se Bombix avesse avuto anche solo il minimo sospetto che lui sapeva che Mella si trovava nel Mondo Analogo, sebbene non necessariamente viva, avrebbe di certo voluto accompagnarlo. Il che riportava tutto al punto di partenza. Perciò...

Sulfureo continuò a pensare.

A pensare.

E ancora a pensare.

Perciò... quello che doveva fare era persuadere Bombix che lui non sapeva *esattamente* dov'era Mella, ma che aveva ristretto il campo a due possibilità: si trovava o nel Mondo Analogo o nel Regno degli Elfi. No, fermi tutti! Entrambe le possibilità dovevano essere nel Regno degli Elfi, meglio sviare il più possibile l'attenzione di Bombix dal Mondo Analogo. Dopodiché sarebbe stato un gioco da ragazzi convincerlo del fatto che si sarebbero dovuti dividere per una questione di rapidità e di efficienza; così alla fine Bombix avrebbe cercato invano nel Regno degli

Elfi, mentre lui si sarebbe recato di nascosto sulla scena del disastro nel Mondo Analogo.

Allora, dove era crollata la casa?

Sulfureo conosceva alcune zone del Mondo Analogo. Si muoveva abbastanza bene per i quartieri più malfamati di New York, per esempio. Tuttavia lo stile architettonico intorno all'edificio in macerie non gli era parso affatto americano. Semmai...

All'improvviso il vailà si inclinò su un lato e cominciò a scendere in picchiata. Bombix aprì gli occhi e Sulfureo posò lo sguardo fuori dal finestrino. Stavano sorvolando il podere di famiglia di Bombix: un maniero pretenzioso, rivestito di incantesimi e con un parco ben curato, abbastanza lontano dalla città da offrire un luogo appartato e accogliente, e al contempo abbastanza vicino per valere un patrimonio. (Come aveva fatto quell'idiota a non farsi soffiare via tutti i soldi? Solo gli Dei sapevano quante volte lui aveva provato a sgraffignargli qualcosa!) Un tempincanto che garantiva sempre bel tempo aggiungeva valore, come anche attrattiva, alla dimora.

Adesso sedevano insieme a bordo piscina mentre il maggiordomo di Bombix serviva cocktail a base di caffè. — Nessuna novità riguardo al fazzoletto? — chiese Bombix già dopo il primo sorso.

— Non è semplice — rispose Sulfureo. — Nemmeno per chi si ritrova con il cervello bruciato per colpa di un danzanubi. — Notò che George stava sguazzando con i suoi enormi piedi nella piscina. Gli era sempre piaciuta l'acqua.

Bombix prese una lunga sorsata prima di parlare. — Be', se non funziona, non funziona. Vorrà dire che dovrò trovare un altro modo. Ambrogeus, forse sarebbe meglio organizzare il trasferimento del signor Sulfureo nel Centro di Recupero.

— Non ce n'è bisogno, Jasper — si affrettò a ribattere

Sulfureo. — Ho solo detto che non è semplice. Non ho detto che è impossibile. — Uno sguardo malizioso gli attraversò il viso. — Inoltre, non abbiamo ancora discusso i termini del nostro accordo.

— Ah, ma allora è questo il problema! — esclamò Bombix. — Ecco l'accordo: tu mi trovi la ragazza, non le devi fare niente, non la devi catturare, la devi trovare e basta. Cinquecento in anticipo: dovresti darti una sistemata dopo il tuo soggiorno in manicomio, comprati un paio di saponette e magari fatti un bagno, ne hai bisogno. E altri cinquemila se la trovi.

Cinquemila? Era una cifra sbalorditiva: abbastanza per comprare casa in città e per vivere senza lavorare per una decina d'anni. — Dieci — disse Sulfureo d'istinto.

— Sette e mezzo — ribatté Bombix.

— Affare fatto — dichiarò Sulfureo. Forse per il compagno non era proprio un bell'affare. Settemila e cinquecento, oltre ai cinquecento di anticipo: in totale facevano ottomila. Era più di quanto avevano pagato per il riscatto del Monarca Scolitandes il Fiacco. Era evidente che Bombix voleva quella ragazza a ogni costo. Il che significava che la piccola valeva molto più di ottomila. Una situazione davvero interessante.

Nel frattempo Bombix aveva ripreso a parlare: — Avrai i cinquecento oggi stesso prima di partire, ma riceverai il resto soltanto dopo che avrò messo le mani sulla ragazza e l'avrò in mia custodia.

— Non è giusto! — protestò Sulfureo. — E se io la trovo, ma tu sei troppo imbranato per catturarla o così stupido da lasciartela scappare? Io avrei tenuto fede alla mia parte dell'accordo. Dovrei essere pagato comunque.

— Queste sono le condizioni. Prendere o lasciare.

— Dovrai coprire le mie spese personali — ribatté Sulfureo.

— Quali spese? — domandò Bombix. — Non devi fare

altro che metterti comodo, annusare il fazzoletto e concentrarti. Ti pago già tutti questi cocktail.

Sulfureo rimase a fissarlo con un sorrisetto furbo. — Non è così semplice, Jasper. Il danzanubi mi ha fatto diventare sensitivo, e grazie a questo nuovo, particolare talento riesco a percepire un'immagine mentale di ciò che stiamo cercando. Ma potrei non riconoscere il luogo in cui si trova. Ciò che intendo dire è che potrei rivelarti che la ragazza si trova sotto una quercia e che sta guardando una pecora, ma non necessariamente sono in grado di capire dove cresce l'albero o chi è il proprietario dell'animale.

— Si trova davvero sotto una quercia e sta guardando una pecora?

— No, era solo un esempio.

— Non hai proprio idea di dove potrebbe essere?

Era giunto il momento di gettare l'esca. — Ho un'immagine nella testa, non di una quercia o di una pecora, ma non sono affatto sicuro di dove si possa trovare. — Si trattava di una menzogna sincera. Sulfureo non sapeva per certo dove si trovasse Mella in quel momento e nemmeno se fosse viva o morta, ma era convinto di sapere dove era appena stata. In base alla sua esperienza nel Mondo Analogo, la scena che aveva visto non poteva essere in America, ma forse in Inghilterra e dintorni. Gli era venuto in mente che il padre della Principessa, il Principe Consorte Henry, era un umano nato e cresciuto nel Mondo Analogo. Cosa c'era di più normale per una ragazza dell'età di Mella che voler visitare la patria natale del padre? Bastava concentrarsi su quella pista e ci sarebbero state molte probabilità di trovarla.

— Dove pensi che potrebbe essere? — chiese Bombix.

— Nel Buthner — rispose Sulfureo prontamente. Indugiò qualche istante e poi aggiunse: — Oppure nella Terra di Halek.

— Dove è più probabile?

— Non lo so, ma non dovrebbe essere difficile scoprirlo. Il luogo che percepisco è molto caratteristico: una scarpata con un'enorme colonna in pietra naturale in cui è stata scolpita la rappresentazione di un drago sorridente dagli occhi color smeraldo. Mi sorprende il fatto che non sia nota come attrazione turistica, ma di certo la conosceranno nel paese in cui si trova. — Posò da una parte il cocktail e continuò a parlare con sempre più entusiasmo: — Pensavo di fare così: potrei partire per il Buthner e fare qualche ricerca. Poi, se il luogo che percepisco non si trova là, posso spostarmi nella Terra di Halek e fare lo stesso. — Annuì con aria più calma. — È per questo che prevedo di avere delle spese.

— Non ho tempo per mandarti a girovagare in due diversi paesi — obiettò Bombix senza esitazioni.

— Temo che sia necessario — ribatté Sulfureo. — Quali alternative abbiamo?

Rimase in attesa.

Finalmente Bombix abboccò. — Mi puoi descrivere nel dettaglio il luogo che percepisci, e io controllerò in un paese mentre tu controlli nell'altro. Facendo così dimezziamo il tempo.

— Senz'ombra di dubbio — convenne Sulfureo. Rimase a fissare il compagno con uno sguardo pieno di ammirazione, come se a lui quell'idea non fosse mai venuta in mente.

DICIASSETTE

Sulla scena erano presenti due autopompe, un'ambulanza e altre tre auto della polizia. Più di una decina di uomini in uniforme stavano passando al setaccio la montagna di macerie. Quattro portavano cani poliziotto al guinzaglio. Henry si avvicinò all'autista dell'autoambulanza, il quale stava parlando con un uomo tarchiato che aveva scritto in fronte "sbirro in borghese".

— Vogliate scusarmi — esordì. — Qualcuno è rimasto ferito?

Aveva rivolto la domanda all'autista, ma subito lo sbirro tarchiato prese la parola: — Mi scusi lei, signore, ma posso sapere se abita lungo questa strada?

— No, io...

— In tal caso, signore, lei non dovrebbe trovarsi qui. Non possiamo permettere che i curiosi rallentino le operazioni di salvataggio.

C'era stato un tempo in cui Henry si sarebbe allontanato senza dire una parola e sentendosi quasi in colpa: per gran parte della sua vita aveva avuto il terrore dell'autorità. Ma quel tempo era passato. Adesso era il Principe Consorte del Regno e se riusciva a tener testa ad Aurora, ce l'avrebbe fatta con chiunque altro. Si voltò per guardare quell'omone massiccio dritto negli occhi.

— Sono cresciuto in questa casa — ribatté in tono fermo. — Mia madre abita ancora qui. Dubito che questo faccia di me un curioso.

L'uomo cambiò subito tono: — Mi dispiace, signore. Avrei dovuto capire che non l'avrebbero lasciata passare se non fosse stato un parente. Davvero mi...

— Lei ha parlato di "operazioni di salvataggio" — lo interruppe Henry. — Significa che c'era qualcuno in casa al momento del crollo?

Fu l'autista a rispondere: — In realtà non lo sappiamo. Siamo partiti dal presupposto che ci fosse qualcuno, davvero non possiamo fare molto altro. Per il momento non abbiamo trovato alcun superstite, ma la buona notizia è che non abbiamo trovato nemmeno cadaveri.

— Da quanto tempo state cercando?

— Un paio d'ore.

— Quindi non da molto — commentò Henry.

— Ma ormai i cani avrebbero dovuto fiutare qualcosa se ci fosse qualcosa da fiutare — ribatté l'autista. — Fece un cenno del capo verso le macerie. — Guardateli: hanno l'aria di essere annoiati a morte, tutti e quattro.

Lo sbirro si sfilò un taccuino dalla tasca. — Dato che è qui, signore, potrebbe aiutarci dando conferma di alcuni dettagli. I vicini dicono che la proprietaria era una certa signora Atherton. Per caso lei ne conosce anche il nome di battesimo?

— Certo che lo conosco — sibilò Henry stizzito. — Si tratta di mia madre. Si chiama Martha.

— E mi è stato riferito che abita qui con un'altra donna?

Henry annuì.

— E questa sarebbe Aisling Atherton, giusto? — chiese lo sbirro consultando il taccuino.

Henry lo guardò stupito. E così Aisling abitava ancora a casa con mamma, quella fannullona! Ormai doveva avere quasi trent'anni. Perché non aveva voglia di prendere in mano la propria vita? — Aisling è mia sorella — disse. — Sono stati i vicini a riferire che abita qui?

— Sì, lei lo può confermare?

— Non proprio. Sono stato assente per un periodo piuttosto lungo.

Lo sbirro sembrò non fare una piega. — E lei come si chiama, signore?

— Henry. Henry Atherton.

— Da quanto ho capito, lei non abita qui da un po', vero?

Henry scosse il capo. — No, io non abito qui ormai da *anni*.

— Quindi stiamo parlando soltanto della signora Atherton e di sua sorella? Oppure esiste anche un signor Atherton?

— Hanno divorziato — disse Henry.

— Di recente?

— No, anni fa.

— Potrebbe aver avuto qualche motivo per far saltare in aria la casa?

Henry rabbrividì. — Cosa?

Lo sbirro chiuse il taccuino con uno scatto secco. — Signor Atherton, sono l'ispettore di polizia investigativa John Tyneside. Mi è stato affidato l'incarico di svolgere le indagini su questo caso. In via ufficiale, stiamo verificando la possibilità che sia esplosa una conduttura del gas. In via ufficiosa, quando sono cominciati ad arrivare i rapporti la prima cosa a cui abbiamo pensato è stato un attacco terroristico.

— Un *attacco terroristico*? — gli fece eco Henry. — Qui in aperta campagna?

L'ispettore Tyneside annuì. — Lo so, abbiamo abbandonato questa teoria non appena abbiamo scoperto che si trattava di una residenza privata. Ma di una cosa siamo certi: quella casa non è crollata a causa di una conduttura del gas. Basta dare una semplice occhiata per capire che si è verificata un'esplosione infernale. È un miracolo che le abitazioni intorno siano ancora in piedi. E il fatto presenta inoltre alcune curiose caratteristiche: la casa non è tanto scoppiata verso l'esterno, quanto verso l'interno. Qui stiamo parlando di alto esplosivo, signor Atherton, e non del solito Semtex: siamo davanti a qualcosa di nuovo, qualcosa che non abbiamo mai visto prima d'ora. Che lei sappia, sua madre non è coinvolta nel crimine organizzato, vero?

"Non mi meraviglierei se lo fosse" pensò Henry, acido. Ma ad alta voce disse: — No, certo che no!

— Qualcuno la voleva morta? Mi perdoni la domanda, per caso non è che suo padre sia un chimico industriale?

— Un semplice uomo d'affari — ribatté Henry. — Un alto dirigente. — Pensandoci meglio aggiunse: — Nel campo dell'industria alimentare. Niente a che fare con gli esplosivi.

— Allora non serba rancore verso sua madre? A causa del divorzio?

Henry scosse il capo. — Si è risposato e si è fatto una nuova vita.

— Che rapporto c'è tra sua madre e sua sorella?

— Tra quelle due? Molto esplos... — Si rese conto di quello che stava per dire e si affrettò a correggersi. — Vanno davvero molto d'accordo. — Un pensiero gli passò per la mente. — Però qui abitava anche qualcun altro: Anais Ward.

Tyneside aprì di nuovo il taccuino. — I vicini non hanno mai menzionato questo nome. Di chi si tratta? Forse qualcuno che risiedeva qui come inquilino?

— No, è la sua compagna — borbottò Henry. Suo malgrado si sentì salire una vampata al viso.

— Scusi?

— È la compagna di mia madre — spiegò in tono fermo. — Credo che abitasse ancora qui. Come ho detto, sono stato assente per un bel po'.

— Dovremo verificarlo — ribatté Tyneside, per nulla turbato. Guardò Henry dritto in faccia. — Ora passiamo a lei, signore.

— A me? E io cosa c'entro?

— A quanto ha detto, lei non abita più qui da qualche anno, e da quanto ho capito non è tornato molto spesso in visita. Posso sapere dove abita?

"Nel Paese delle Fate" pensò Henry. — In Nuova Zelanda — rispose.

Tyneside fece scattare la penna. — Avrei bisogno di un indirizzo esatto, signore.

"Oh, Dio!" Ma senza indugiare Henry disse: — Palm Grove Close, West Wellington Road, numero ventidue, Auckland. Nuova Zelanda, naturalmente. — Era un indirizzo del tutto falso, ma quando avessero chiamato per verificarne l'esistenza, lui e Aurora sarebbero stati già lontano.

— Ha detto "palm" come l'albero, non "Pam" come il nome di donna?

— Esatto. — Con la coda dell'occhio Henry scorse Aurora che si stava avvicinando e decise che doveva allontanarsi prima che arrivasse lei a metterci il becco. Era già abbastanza difficile tenere su quella storia fatta di bugie. Inoltre aveva saputo tutto quanto c'era da sapere da quello sbirro e dall'autista, non ne avrebbe cavato fuori altro.

Eppure Tyneside lo stava ancora guardando con curiosa insistenza. — Lei non andava molto d'accordo con sua madre, vero, signore?

Henry arrossì di nuovo. — Cosa glielo fa pensare?

L'ispettore scrollò le spalle. — Se n'è andato anni fa e non è venuto molto spesso a trovarla. Non mi sembra che lei sia esattamente l'incarnazione del figliolo devoto e amorevole, o forse mi sbaglio?

— Le scrivo — protestò Henry. Cosa che faceva davvero, anche se raramente. Le lettere venivano composte nel Regno degli Elfi (non sempre per mano dello stesso Henry) e poi trasferite tramite un fenomeno conosciuto nell'occultismo con il nome di "apporto" a un professore universitario di Wellington, che si dava il caso fosse uno spiritualista convinto di aver ricevuto l'ordine da parte dell'Aldilà di recapitarle alla madre di Henry.

— Non è che lei lavora nel campo degli esplosivi, signore?

— No — rispose Henry secco. — E adesso, se vuole scusarmi...

— Che lavoro fa, signore?

"Sono il Re degli Elfi" pensò Henry. Cosa poteva dire? Se avesse indugiato troppo, l'ispettore avrebbe capito che stava mentendo. Ma il problema era che lui non aveva mai avuto un lavoro vero, come lo intendevano nel Mondo Analogo. Non era nemmeno andato all'università: aveva sposato Aurora appena dopo il liceo e si era subito dedicato ai propri doveri di stato nel Regno. E oltretutto, non aveva mai capito bene cosa gli sarebbe piaciuto fare nella vita.

— Sono un insegnante — si sentì dire. Sua madre aveva sempre desiderato che diventasse insegnante. Ne sarebbe stata contenta, sempre che fosse ancora viva.

Quel pensiero lo bloccò. Aveva davvero bisogno di allontanarsi da quell'uomo. In sostanza non aveva scoperto molto, solo che non esisteva la conferma di brutte notizie; invece Tyneside gli aveva già estorto abbastanza informazioni false per farlo impiccare due volte. Probabilmente gli avrebbe suggerito di andare a fare una passeggiata fino alla stazione di polizia per ulteriori indagini se lui non fosse stato *estremamente* attento, e poi non aveva tempo di andare a fare passeggiate da nessuna parte. Sua figlia era scomparsa e ora la casa in cui era cresciuto era crollata, quindi anche sua madre, sua sorella e Anais erano scomparse, nessuna o tutte potevano essere morte – santo cielo! – mentre lui si stava gingillando senza approdare a nulla come al solito.

— Ascolti, come può ben immaginare — disse — mia moglie è molto turbata per tutta questa faccenda e l'ho lasciata sola troppo a lungo. Siamo alloggiati al Dorchester se ci saranno altre notizie o se avrete ancora bisogno di me.

Dio solo sapeva perché fra tutti avesse scelto proprio il Dorchester, se non per il fatto che era un hotel extralusso di Londra che gli conferiva un'aria rispettabile ("fino a quando l'ispettore Tyneside non chiamerà e scoprirà che non sei nella lista degli ospiti" bisbigliò una vocina nella sua testa). Poi, prima che la situazione potesse peggiorare ulteriormente, girò i tacchi e si allontanò.

Condusse Aurora in disparte prendendola per un braccio. — Non hanno trovato corpi — mormorò con contenuta premura — il che è una buona cosa. — Infine il suo naturale pessimismo affiorò in superficie e aggiunse: — Naturalmente potrebbero ancora trovare qualcosa, ma ci sono i cani poliziotto e io credo che se ci fosse stato qualc...

— Mella non è qui — lo interruppe Aurora. — Non c'è nessuno qui, o almeno nessun morto.

— Come fai a saperlo?

— Ho usato un segugio.

Henry la guardò scioccato. — Hai usato *cosa*?

I segugi erano demoni che da secoli pedinavano illegalmente la gente nel Regno degli Elfi. All'improvviso Henry si ricordò che non erano più illegali grazie a una delle numerose riforme che erano state introdotte da quando Aurora era diventata Regina di Infera. Ma legali o meno, ricorrere ai loro servizi era comunque ancora considerato un gesto terribilmente disdicevole.

Aurora doveva aver colto qualcosa dei suoi pensieri, perché in risposta sibilò con ferocia: — Cosa ti aspettavi che facessi? Si tratta di nostra *figlia*!

— No, no — borbottò Henry. — Hai fatto la cosa giusta. — Esitò qualche istante. — Ti ha fornito altre informazioni?

— È stata *davvero* qui — disse Aurora — proprio come avevamo sospettato. È stata qui, ma adesso non c'è più e non ci sono corpi tra le macerie.

— Allora dov'è andata?

— Non lo so.
— Non te l'ha detto il segugio?
— L'ha persa nell'esplosione. L'ho mandato a cercarla di nuovo, ma non siamo sicuri che si trovi ancora qui. È anche possibile che sia tornata a casa.
Suonava come una pia illusione, ma era comunque un pensiero confortante. — Cosa te lo fa pensare? — chiese Henry pieno di speranza.
— Guarda cosa è successo — sussurrò Aurora. — Cosa ti ricorda?
Henry spalancò gli occhi. — L'esplosione di una bomba?
— Non dire sciocchezze. Le bombe fanno esplodere le cose verso l'esterno. Guarda come è ridotta la casa di tua madre. Guarda bene dove si trovano gran parte delle macerie.
Henry si guardò attorno. La maggior parte delle macerie erano dove prima si ergeva la casa, ora ridotta a un enorme mucchio di mattoni e calcinacci.
— Cosa ti ricorda? — ripeté Aurora.
— Non lo so — rispose Henry con voce impotente.
— Hai presente i vecchi portali portatili che un tempo costruiva il signor Fogarty… i primi prototipi, quando ancora non ne controllava bene il funzionamento?
Henry annuì.
— Ti sei dimenticato cosa accadde quando tu li usasti all'interno di un edificio?
I ricordi travolsero Henry all'improvviso. Quel fenomeno non si era verificato molto di frequente, ma rammentava almeno due casi in cui il portale aveva fatto crollare un edificio. Entrambe le volte c'erano stati dei feriti, ma nessun morto. Quando il portale si chiudeva, creava un supervuoto che faceva implodere l'edificio. Aurora aveva ragione: i resti della casa di sua madre facevano pensare più a un'implosione che a un'esplosione.
— Oh, mio Dio — farfugliò con un filo di voce.

— Quell'uomo con cui stavi parlando prima ti sta facendo dei cenni. Credo voglia dirti ancora qualcosa — mormorò Aurora.

— Andiamocene di qui — incalzò Henry. Per fortuna aveva avuto il buonsenso di dire al tassista di aspettarli e ormai avevano quasi raggiunto il blocco della polizia. Mentre l'attraversavano di corsa, provò la strana sensazione che qualcuno lo stesse fissando, ma quando si voltò, non vide nessuno.

DICIOTTO

Bombix si strinse il mantello ombra intorno al corpo e sbirciò da dietro il bidone della spazzatura. Cosa ci faceva Sulfureo in via Schiumarola tra tutti i posti in cui poteva stare? In passato si era preso una camera ammobiliata nei dintorni, ma l'aveva lasciata da tempo. E sempre in quello stesso luogo avevano intrapreso insieme un'attività – la Fabbrica della Colla Miracolosa di Bombix e Sulfureo – ma avevano dovuto abbandonare anche quella, demolita dal giovane ficcanaso Pyrgus Malvae nei giorni in cui era ancora erede al trono. Forse Sulfureo si stava recando al vecchio sito della fabbrica? Sembrava alquanto improbabile. Gli edifici demoliti erano stati rimpiazzati da una scuola, ma gli impresari avevano *dimenticato* di bonificare il campo minato che circondava la fabbrica originaria, così alla fine sia la scuola che gli alunni non erano durati a lungo. Dopo questo vano tentativo, le autorità cittadine lo avevano trasformato in un deposito treni per un certo periodo, ma a causa dei frequenti atti di vandalismo era stato utilizzato soltanto di rado. Alla fine il pizzichello aveva invaso le rovine dalle vicine Piane Selvagge, tanto che ora la zona era ridotta a una desolata terra di nessuno.

Una cosa era certa: Sulfureo non si era recato in quel luogo per intraprendere il viaggio a Buthner che avevano concordato, come del resto anche Bombix non stava cercando un passaggio per la Terra di Halek. Quando gli capitavano sotto il naso, sapeva riconoscere la puzza di balle ben confezionate, e fin da subito non si era bevuto la storia del drago dagli occhi color smeraldo scolpito nella colonna di pietra che gli aveva raccontato Sulfureo. Ma questo non significava che Sulfureo non sapesse dove si trovava Mella. Quello stupido idiota lo sapeva fin troppo bene... Era solo che non voleva dirglielo! Bombix poteva soltanto presumere che avesse intenzione di catturare la ragazza e tenerla prigioniera per chiedere un riscatto o per venderla come schiava. Completa follia, naturalmente, ma dopotutto – ah, ah, ah! – Sulfureo era *davvero* pazzo, giusto? Se non gli fosse andato in pappa il cervello per colpa di un danzanubi, tanto per cominciare non sarebbe stato in grado di localizzare Mella. E in ogni caso questa follia significava che se Bombix fosse riuscito a seguirlo mentre cercava di realizzare il suo folle piano, avrebbe di certo trovato Mella. E una volta trovata Mella, non avrebbe dovuto far altro che sbarazzarsi di Sulfureo – che comunque era diventato vecchio e inutile – e infine consegnare la ragazza a Rodilegno perché la facesse fuori una volta per tutte. Missione compiuta in un battibaleno, lauto compenso intascato e via con il prossimo lavoretto! Che sballo!

Ma cosa ci faceva Sulfureo lì? Era possibile che Mella si fosse nascosta in quel letamaio?

Sulfureo si fermò davanti alla bottega di un barbiere, si gettò un'occhiata diffidente alle spalle senza accorgersi della presenza di Bombix avvolto nel suo mantello ombra, poi attraversò la strada a passetti rapidi e salì di corsa i tre gradini che portavano in uno squallido buco di negozio. Bombix aspettò qualche istante, poi si avvicinò di soppiatto. Alla porta era appeso un cartello sbiadito:

TATTOO BOUTIQUE

TATUAGGI

PIERCING & ABBIGLIAMENTO

Bombix si tolse il mantello ombra e con passo imperioso marciò nella bottega del barbiere. Proprio come ricordava, la sedia vicino alla vetrina offriva una buona visuale sul negozio di tatuaggi. — Corti dietro e sui lati — ordinò brusco mentre si sedeva.

— Non faccio più il barbiere — ribatté il proprietario, un ometto basso, grassoccio e stempiato di nome... Bombix cercò nella memoria e subito lo trovò: Nathalis. Un miserabile poveraccio, un Elfo della Notte – tutti lo erano da quelle parti – sempre pronto a burle e battute stupide, che da anni lavorava in quella strada.

— Cosa vuol dire che non fai più il barbiere? — chiese. — Sul cartello c'è scritto APERTO.

— Vuol dire che adesso faccio il *barbone*! — Nathalis si infilò una barba finta e scoppiò in una risata fragorosa che cominciò a svanire soltanto sotto l'insistente sguardo truce di Bombix. — Ah, questa è buona! Ci cascano ogni volta! Comunque, scherzi a parte, lieto di rivedervi, signor Bombix.

Lui lo guardò sbalordito. — Ti ricordi di me?

— Ma certo, signor Bombix! Questo posto non è più lo stesso da quando avete chiuso la fabbrica, e ci ricordiamo tutti di voi... Be', almeno i vecchi residenti. Abbiamo perso un sacco di clienti da quando ve ne siete andati, davvero. E poi ad alcuni di noi manca tanto quel puzzo di colla. — Afferrò un paio di forbici. — Solo una spuntatina, come al solito?

Bombix si mise comodo nella sedia. — Sì, ma fa' pure con calma.

— Certo, signore. Come preferite. — Nathalis fece scorrere le dita tra i capelli di Bombix e cominciò a rifilarli, la testa inclinata su un lato e la punta della lingua tra le labbra per aiutarsi a mantenere la concentrazione.

— Chi gestisce il negozio di tatuaggi adesso? — chiese Bombix in tono indifferente dopo qualche minuto.

— Un tizio straniero che si chiama Ricardiño Tarquinius. Be', si capisce subito dal nome che non è di qui, vero? Tutti gli stranieri hanno nomi stupidi. Pensate se vostra madre vi avesse affibbiato qualcosa di simile a "Ricardiño" da portarvi sempre addosso. A me sarebbe subito venuta voglia di buttarmi giù da un ponte. Comunque, non ci si può fare niente. Tanti di noi lo chiamano "Ric" perché è più corto, ma anche perché è l'abbreviazione di una sua piccola attività collaterale.

— *Ric... ricettatore*? Si dedica alla ricettazione di refurtiva? — chiese Bombix.

— Da me non avete sentito niente — rispose Nathalis con aria subdola. — Come dice il proverbio: a buon intenditor, poche parole.

Bombix aggrottò la fronte. Non era possibile che Sulfureo stesse cercando di piazzare merce rubata: era uscito dal manicomio da troppo poco tempo per essersi procurato già qualcosa. Magari voleva invece *comprare* qualcosa. Ma cosa di preciso? E perché? — Nessun'altra attività collaterale? — chiese.

— Bah, questo e quello... — borbottò Nathalis senza essere molto d'aiuto. Tagliò un'altra minuscola ciocca. — E voi? Siete ancora nel campo della colla, signor Bombix?

— Non più.

— Era diventata una storia troppo... vischiosa, eh? Ah-ah! Cosa fate ora, se posso essere così sfacciato da chiedere, signore?

— Sono un assassino — rispose Bombix.

— Ah! E così siete un assassino? Ammazzate la gente per guadagnarvi la pagnotta?

— Grosso modo le cose stanno così — convenne Bombix.

— E gli affari vanno bene?

— Non mi posso lamentare.

Nathalis indugiò un attimo.

— Ma al momento non state lavorando, vero? — domandò poi.

— Ho un paio di lavoretti in cantiere — ribatté Bombix. Per pura cattiveria lasciò che l'uomo sudasse ancora qualche istante, prima di aggiungere: — Comunque non in questo preciso momento, questo no.

— Ne sono sollevato, signore.

— Dunque, mi stavate raccontando delle piccole attività collaterali del signor Tarquinius — lo imbeccò Bombix.

— Contraffazione — si affrettò a dire Nathalis.

Bombix inarcò un sopracciglio per lo stupore. — Di denaro?

— Documenti. Documenti di viaggio, solitamente. Passaporti, carte di identità, cose del genere. E se la cava anche bene, da quanto si dice in giro. Dipenderà dalla vena artistica, suppongo. Non deve esserci molta differenza tra fare un tatuaggio e fare un passaporto falso.

— È caro? — chiese Bombix con aria indifferente.

— Non troppo se si è disperati. Di solito si riesce a portare via il pacchetto completo per meno di cinquecento.

Il che corrispondeva alla somma che Bombix aveva dato a Sulfureo come anticipo. — Interessante — mormorò.

Nathalis posò le forbici e spruzzò qualcosa di maleodorante sulla testa del cliente. — Ho notato che vi si stanno sfoltendo un po' sul cocuzzolo, signore. Desiderate che vi applichi il nostro magico ristrutturante per capelli? Troviamo che dia risultati eccellenti e non vi addebiterò alcun costo, in nome dei vecchi tempi.

In quello stesso istante Sulfureo uscì dal negozio di tatuaggi con un sacchetto di carta marrone stretto al petto e si incamminò di nuovo lungo via Schiumarola nella direzione di Miseranda.

— No, grazie, Nathalis — rispose Bombix in tono gentile. — La calvizie incipiente fa parte del mio travestimento.

— Mi sembrava che aveste detto che al momento non stavate lavorando.

— Ho mentito — ribatté Bombix.

Dopo aver lasciato il barbiere, con tutta calma Bombix attraversò la strada verso il negozio di tatuaggi. Le pareti erano rivestite di illustrazioni di draghi, ancore, cuori, fiori, manticore, haniel, ingranaggi di macchinari, spade e armi, insieme a una manciata di soggetti esotici come un tipico autobus londinese o un piatto di lasagne analoghe. Un uomo bruno dalle spalle larghe e nudo fino alla vita era l'unica persona all'interno del negozio. Stava pulendo una serie di aghi con uno straccio unto.

— Ehilà, Ric! — lo salutò Bombix con tono affabile. — Non ti dispiace se ti chiamo Ric, vero? È solo che trovo Ricardiño un nome così stupido!

Ricardiño scattò subito in piedi. — Vacci piano, spiritosone, se...

Bombix lo bloccò in una presa ninja al naso e gli infilò uno stimlus nell'orecchio. — Ascoltami bene, razza di idiota — sibilò. — Un tuo cliente è uscito di qui un paio di minuti fa con un sacchetto di carta marrone e non aveva un tatuaggio nuovo, di questo sono sicuro come di Infera. Vecchio mio, qui c'è puzza di demoni marci. Voglio sapere cosa gli hai venduto e voglio saperlo *subito*.

Ricardiño era paralizzato dal terrore. — Documenti di viaggio — confessò senza esitare. — Pacchetto completo.

— Destinazione?

— Mondo Analogo.

— Nello specifico?

— Londra, Inghilterra. Insomma, un posto lì vicino: non mi ricordo il nome esatto. Devo guardare nei miei registri. Scusate, vi dispiacerebbe togliere il dito dal pulsante di quel coso? Ti frigge il cervello se per caso parte da solo.

— Sempre che uno abbia ancora un cervello da friggere — ribatté Bombix allegro, senza spostare il dito. — Hai intenzione di controllare nei registri? Mi faresti questo piacere?

— Senza dubbio, signore — gli assicurò Ricardiño.

DICIANNOVE

Non era più come ai vecchi tempi.

— Non è più come ai vecchi tempi — disse Sulfureo mentre con aria distratta chiacchierava con George. Un tempo, quando lui era ancora un ragazzo, i portali verso il Mondo Analogo erano fenomeni naturali, generalmente provocati da pressioni vulcaniche, e se ne conoscevano soltanto cinque nell'intero pianeta. I portali verso Infera erano una faccenda del tutto diversa: le tecniche di magia che servivano per evocare i demoni erano conosciute – e usate malgrado i pericoli che comportavano – da secoli. Fu soltanto una questione di tempo prima che a qualcuno venisse in mente di combinare il fenomeno naturale con le tecniche di magia, e il risultato furono gli elaborati portali artificiali verso il Mondo Analogo, così costosi da installare e da gestire che soltanto le Grandi Case dell'Impero se li potevano permettere. Questi portali erano direzionali... o almeno fino a un certo punto. Si poteva mandare qualcuno in una zona del Mondo Analogo, ma solo dove esisteva già in natura un campo magnetico adatto o dove ne era stato collocato uno di nascosto.

E poi era arrivato Alan Fogarty.

Sulfureo provava una stima inconfessata nei confronti di Alan Fogarty, che era riuscito a sfruttare appieno i propri privilegi non appena arrivato nel Regno degli Elfi: era un vecchio con un brutto carattere, spietato, paranoico e scaltro. Ora, naturalmente, aveva anche il vantaggio di essere morto, ma in ogni caso prima di andarsene aveva creato l'invenzione più rivoluzionaria che si fosse mai vista da generazioni nel Regno degli Elfi: il teletrasporto portatile.

Alcuni dei prototipi iniziali erano risultati un po' macchinosi e problematici. In primo luogo non potevano essere usati al coperto, a causa di una falla intermittente che faceva crollare gli edifici. E poi si basavano ancora sulla tecnologia dei vecchi portali delle Grandi Case. Eppure rappresentavano comunque un importante progresso: i telecomandi erano abbastanza piccoli da essere trasportati in tasca, perciò era possibile aprire un portale ovunque ci si trovasse, anche se vincolati alla destinazione. E infine erano venduti a buon mercato.

Fu proprio il prezzo modico a favorire la diffusione dei portali portatili. Quando ancora era vivo il signor Fogarty, tutti ne volevano uno, e anche se Casa Danaus non ne aveva mai autorizzato la produzione in serie, gli ingegneri che lavoravano sul mercato nero ne rubarono il design e cominciarono a sfornarne copie a migliaia. In ogni caso i problemi veri si presentarono soltanto dopo la morte di Fogarty, un paio d'anni più tardi, per essere precisi. E ciò accadde quando comparve in scena un ingegnere tirocinante di nome Angelia Elettrostrymon.

Sulfureo provava una stima inconfessata anche nei confronti di Angelia, soprattutto per il nome straordinario che si ritrovava. Avrebbe inventato una sua versione del teletrasporto portatile se si fosse chiamata con un altro nome? Non lo credeva proprio. Così come anche lui non sarebbe diventato un demonologo se non si fosse chiamato Sulfureo. O Bombix non si sarebbe trasformato in un ammasso di grasso molliccio se si fosse chiamato Rambix. I nomi avevano una profonda influenza, pensò Sulfureo perso nei suoi ragionamenti filosofici. Ma a ogni modo Angelia ideò una versione del portale di Fogarty che faceva apparire l'originale come un aggeggio rudimentale, fatto di pezzi di legno inchiodati insieme. La grande innovazione del suo modello era che il funzionamento non si basava necessariamente sui campi di ricezione. Con un elettroportale si poteva raggiungere qualsiasi luogo nel Mondo Analogo soltanto impostando le opportune coordinate. Altra cosa positiva: era ancora più economico da realizzare rispetto ai vecchi telecomandi di Fogarty. Angelia aveva registrato il brevetto presso l'Azienda Servizi Magici Unificati e da allora non faceva altro che contare denaro.

I modernissimi elettroportali avrebbero innescato una rivoluzione turistica nel Regno degli Elfi, se le autorità non fossero intervenute in fretta per arginare il fenomeno. Non si poteva permettere che la gente partisse tranquillamente per il Mondo Analogo ogni volta che ne aveva voglia. Chiunque avrebbe cominciato ad avanzare pretese, come sempre accade quando viene concessa troppa libertà. Così, per quanto fossero facilmente accessibili, i viaggi verso il Mondo Analogo divennero illegali, fino a rappresentare un vero e proprio reato punibile con l'amputazione di membra, a meno che non si riuscisse a produrre la relativa documentazione, la quale era molto difficile e costosa da procurare, e prevedeva una procedura così lunga che solitamente la si riusciva a ottenere quando ormai si erano già persi parecchi giorni della prevista vacanza. Allo stesso tempo, l'Ufficio Relazioni Pubbliche dell'Impero, e nello specifico la Divisione Propaganda, lanciò una campagna per scoraggiare spontanee visite di piacere nel Mondo Analogo, e la Famiglia Reale si impegnò a dare il buon esempio usando soltanto il vecchio portale di famiglia, il portale di Casa Danaus, con tutte le spese e i noti inconvenienti che comportava.

— Si capisce perché chiunque abbia un po' di cervello si procuri documenti falsi — disse Sulfureo rivolgendosi a George, che a volte gli ascoltava i pensieri, mentre si sistemava le carte nelle varie tasche del nuovo abito da viaggio. — Bene, voglio che tu mi rimanga vicino, subito dietro le spalle. Devi muoverti in fretta, insieme a me: c'è solo un'opportunità prima che si chiuda il portale.

George annuì.

Sulfureo controllò le coordinate. Le aveva prese da una carta topografica del Mondo Analogo forse ormai sorpassata e non era affatto sicuro della loro precisione, ma anche se si fosse sbagliato di qualche metro, o di qualche chilometro, sarebbe comunque riuscito a ritrovare senza troppa difficoltà la strada per il luogo esatto che stava cercando: se necessario, una specie di bussola incorporata nel teletrasporto dell'elettroportale sussurrava indicazioni verso la destinazione richiesta.

— Sei pronto? — chiese a George.

George annuì di nuovo.

Sulfureo pigiò un pulsante sul teletrasporto e attraversò la soglia del portale.

Era crollata una casa. Sulfureo si trovava dietro una bassa siepe, ma riusciva a vedere abbastanza chiaramente le macerie dall'altra parte della strada. George arrivò subito dietro di lui spingendolo un passo in avanti, azione questa che fece chiudere automaticamente il portale. In giro c'erano parecchie persone. Sulfureo riconobbe subito le uniformi dei poliziotti e fu colto dall'istinto di nascondersi, ma si trattenne: non aveva fatto niente di male. Questa volta. O almeno per il momento. Gli sbirri non avevano prove contro di lui. Alla fine avanzò di qualche passo verso di loro e fu a quel punto che si accorse di due figure che si stavano allontanando. Rimase a fissarle fino a quando l'uomo non si voltò a guardare, costringendolo a nascondersi in fretta dietro un cespuglio.

Quell'uomo era il Principe Consorte Henry Atherton. La donna era la Regina Aurora.

VENTI

Era crollata una casa. Bombix soffocò una risatina. Non era il momento di godere delle disgrazie altrui. Si avvolse nel mantello ombra e avanzò di qualche passo per valutare la situazione, mantenendosi comunque al riparo di un albero.

Prima cosa: ovviamente c'era stato un incidente, e si trattava anche di un incidente piuttosto grave. La sua ipotesi era che qualcuno nella casa distrutta gestisse una fabbrica di esplosivi. Simili disastri capitavano tutti i giorni nel Mondo Analogo: dato che non potevano usare la magia, gli umani erano ossessionati dall'idea di ottenere qualche risultato con gli esplosivi. E ovviamente doveva trattarsi di una fabbrica *illegale*, perché c'erano poliziotti che setacciavano le macerie alla ricerca di indizi.

Secondo: perché Sulfureo era andato in quel posto? Ormai Bombix era sicuro che fosse andato *davvero* in quel posto, perché riusciva a vederlo rannicchiato con aria furtiva dietro un cespuglio dall'altra parte della strada. La risposta doveva essere che quel vecchio idiota sapeva che Mella gestiva una fabbrica illegale di esplosivi nel Mondo Analogo. Ma a questo punto la domanda sorgeva spontanea: Mella era deceduta nell'esplosione? Sembrava molto probabile. Gli adolescenti erano imprudenti per definizione, e quelli che decidevano di intraprendere affari nel campo degli esplosivi spesso finivano con il farsi saltare in aria. La seconda domanda era questa: poteva volgere tutto ciò a proprio vantaggio?

La cosa più semplice da fare sarebbe stata quella di darla

per morta, relazionare l'accaduto a Lord Rodilegno e raccontare che era stato lui a farla saltare in aria. Anche solo un piccolo brandello di corpo, che senza dubbio avrebbe potuto facilmente reperire tra le macerie, sarebbe bastato come prova. A quel punto avrebbe potuto pretendere il proprio compenso senza in realtà aver fatto nulla, cosa estremamente gratificante. L'unico inconveniente che presentava quella soluzione era che in realtà Rodilegno aveva insistito perché la ragazza venisse assassinata nel suo castello. Forse si trattava di una condizione ancora negoziabile? Rodilegno non era certo noto per la sua propensione alla trattativa, ma poteva anche non essere così stupido pensare che forse avrebbe accettato. A maggior ragione ora che lui – pur controvoglia – aveva abbassato un po' le tariffe.

Ma tutto ciò presupponeva che Mella fosse davvero morta. E per quanto potesse essere molto probabile, non era per niente certo.

Un poliziotto gli passò davanti a pochi passi di distanza, ma grazie al mantello ombra Bombix non venne scoperto. Si concesse un'altra occhiata verso Sulfureo. Con i sensi ipersviluppati che si ritrovava, probabilmente lui sapeva se la ragazza era viva o morta. Doveva escogitare il giusto inganno per convincerlo a parlare... e a dire la verità. Sulfureo non stava più osservando le rovine: teneva gli occhi fissi su qualcosa più avanti lungo la strada. Bombix seguì il suo sguardo e scoprì una coppia di analoghi che si affrettavano verso il cordone di poliziotti. La donna era troppo vecchia per essere Mella, ma aveva qualcosa di familiare. E anche l'uomo che l'accompagnava...

Bombix trasalì. La donna era la Regina Aurora! Tornò a guardarla. Impossibile, eppure era proprio lei. Inoltre, ora che lo osservava meglio, si accorse che l'uomo che l'accompagnava era Henry Atherton, il suo consorte umano. E forse non era poi così impossibile. Dopotutto erano i genitori di Mella. Niente di più normale che i due si mettessero alla ricerca della loro figlia, anche se si trattava del Principe Consorte e della Regina in persona.

Bombix aggrottò la fronte con aria pensierosa. Se Sulfureo si trovava in quel luogo, come pure i genitori di Mella, ciò non poteva che confermare che quella era la pista giusta. Anche la Principessa doveva trovarsi in quel luogo, da qualche parte nei dintorni... sempre che non fosse morta, naturalmente. A questo punto non gli restava che trovarla, rapirla, trascinarla attraverso il portale per tornare in fretta al castello di Rodilegno e tagliarle la gola sotto gli occhi di Sua Signoria. Missione compiuta, compenso intascato e via con il prossimo lavoretto!

Ma un altro pensiero gli balenò nella mente: un pensiero atroce, spaventoso, orribilmente *eccitante*. Che somma si poteva guadagnare per il rapimento della Regina Aurora? E quanto sarebbe potuta aumentare la richiesta se avesse rapito anche il Principe Consorte Henry? Oh, che pensiero stupendo! Ricchezze che andavano oltre qualsiasi sogno, ma non oltre i *suoi* sogni... In aggiunta a quanto avrebbe incassato da Lord Rodilegno per l'uccisione della loro cara figlioletta, un simile affare lo avrebbe fatto diventare l'uomo più ricco di tutto il Regno.

Bombix fece tre respiri profondi per calmarsi. Una cosa era certa: non gli si sarebbe mai più presentata un'opportunità del genere. Il sistema di sicurezza di Madama Circe era leggendario. Un monarca, il padre di Aurora, era già stato assassinato nonostante la sua vigilanza, e lei era determinata a non far mai – *mai più* – accadere una simile tragedia. Ma persino i lunghi artigli di Madama Circe non potevano raggiungere il Mondo Analogo. Bombix sospettava che la Regina si fosse allontanata seguendo il proprio impulso senza nemmeno avvertire la vecchia strega. Dopotutto Aurora aveva già alle spalle una lunga serie di viaggi in incognito. Con ogni probabilità era partita senza osservare molte misure di sicurezza, forse addirittura nessuna. E malgrado non dovesse sottovalutare il Principe Consorte Henry – una volta aveva ammazzato un vampiro a mani nude – Bombix sapeva che grazie al proprio addestramento come killer difficilmente gli sarebbe capitato di trovare qualcuno in grado di competere con lui.

Poteva farcela? Poteva catturare l'intera Famiglia Reale: Henry, Aurora e Mella? Probabilmente non da solo; anche soltanto le implicazioni logistiche di una simile operazione non potevano essere gestite da un'unica persona. Ma aveva già un potenziale alleato, nonostante a volte si fosse rivelato uno scaltro imbroglione. Insieme sarebbero riusciti a portare a termine il lavoro...

Con il cuore che gli martellava, Bombix attraversò la strada di corsa e si tolse il mantello accanto al vecchio socio d'affari.

Sulfureo lanciò un grido e fece un balzo all'indietro. Subito dopo si sporse in avanti per scrutare Bombix in viso. — E tu cosa ci fai qui?

Non aveva senso perdersi in recriminazioni. Sulfureo gli aveva mentito e con tutta probabilità aveva cercato di imbrogliarlo, ma niente più di quanto avrebbe fatto anche lui se si fosse trovato nella medesima posizione. Ora aveva bisogno del suo aiuto e sapeva che l'avrebbe fatto rigare dritto. Dopotutto ci era già riuscito in passato. — Lo stesso che ci fai tu — disse Bombix. — Cerco la Principessa Mella. Sapevi che i suoi genitori sono qui? Le due persone più preziose di tutto il Regno degli Elfi, in fatto di riscatti.

Sulfureo poteva anche essere matto, ma non era stupido. Rimase a fissare Bombix con improvviso interesse, e un guizzo gli balenò negli occhi vitrei. — Non vorrai mica rapire anche loro? — chiese.

Sul volto di Bombix sbocciò un ampio sorriso. — Adesso sì — rispose.

PARTE SECONDA

VENTUNO

— Pyrgus?

Nymphalis lo trovò nel vigneto, in ginocchio, che parlava piano a una vite. Era così concentrato sulla pianta che ovviamente non la sentì.

— Pyrgus! — ripeté lei con voce acuta.

Pyrgus Malvae voltò la testa lentamente, con quella tipica espressione intontita – quasi fosse in trance – che aveva spesso mentre accudiva i grappoli d'uva; poi un sorriso affettuoso gli increspò le labbra quando si accorse chi era stato a chiamarlo. Erano sposati da diciassette anni e il loro amore era più forte che mai. Ma quello non era esattamente il momento più adatto per scambiarsi tenerezze o per perdersi in languidi ricordi.

— La manticora è scappata — annunciò Nymph.

— Cosa? — trasalì lui. — Sei sicura?

— Certo che sono sicura. Sono appena stata al rifugio.

— Nymph, non è possibile! Come è successo?

— Ha importanza?

All'improvviso Pyrgus realizzò la gravità di quanto gli aveva appena detto la moglie. — Ora c'è qualcuno al rifugio?

Lei scosse il capo. — No.

— Assicurati che rimanga così. Non deve avvicinarsi nessuno nell'arco di cento metri, anche duecento se possibile. Non dobbiamo lasciar trapelare nulla, a ogni costo.

— Se ci riusciamo.

— Io vado — disse Pyrgus.

Il rifugio era un edificio basso e lungo, dalla struttura in legno e con speciali pannelli di luce al posto delle finestre. A Pyrgus, che aveva vissuto nel Mondo Analogo per un certo periodo, piaceva pensare che assomigliasse a un meraviglioso esemplare di architettura scandinava, ma in realtà c'erano ben poche somiglianze. L'aveva costruito per dare una dimora agli animali, e dato che lui era incline a salvare qualsiasi bestiola in difficoltà che gli capitava d'incontrare, si ritrovava spesso con le più disparate specie da accudire, ognuna con i propri bisogni. Al momento il rifugio ospitava i soliti contingenti di cani e gatti randagi, un lama delle montagne, un rarissimo haniel del deserto, due porfini, una mandria di cavispi e una colonia di zantanfi. Le spese magiche che dovevano essere sostenute per fornire un habitat protetto e personalizzato a ciascuna creatura ammontavano a una cifra piuttosto ingente, ma fortunatamente i vini del Maniero Malvae avevano riscosso molto successo, tanto che bastavano i vigneti ad assicurare i fondi necessari per il rifugio, nonché al modesto sostentamento di Nymph e Pyrgus.

Pyrgus capì subito qual era il problema. Una parte della cinta muraria meridionale era stata sfondata verso l'esterno, lasciando uno squarcio profondo che ancora sfrigolava di energia magica lungo i bordi. Attraverso il buco si scorgevano le colonne dell'ambiente che in un primo momento era sembrato calmare la manticora, ma a quanto pareva, non abbastanza. Malgrado tutto, Pyrgus provò un moto di ammirazione.

Con estrema cautela si avvicinò all'edificio. Certo, ammirava quella creatura, ma ne aveva anche un profondo timore. Per quanto amasse gli animali, non si lasciava prendere troppo dal sentimento. Se si capitava in balia di quelli più selvaggi nel momento sbagliato, da un istante all'altro ci si poteva ritrovare morti o menomati a vita; e sull'intera faccia del pianeta non esisteva bestia più selvaggia e più imprevedibile della manticora. Volendo entrare più nello specifico, la *sua* manticora era uno dei primi prototipi ed era stata creata quando gli stregoni Halek non avevano ancora compreso la necessità di incorporarvi un sistema di protezione. Si era dimostrata così problematica, così incontrollabile – nonostante le restrizioni magiche imposte – che ormai gli stregoni avevano deciso di distruggerla quando era intervenuto lui. Non che avesse ricevuto particolari ringraziamenti per il salvataggio – o meglio per il furto, come gli stregoni insistevano a volerlo definire – ma una volta che era riuscito a trasportare la povera creatura oltre il confine della Terra di Halek, questi avevano voluto evitare il rischio di un incidente diplomatico e avevano smesso di inseguirlo. Soprattutto perché li aveva sollevati da un grosso problema.

E ora, se la sua ipotesi era corretta, quegli stessi stregoni stavano per ricevere una visita inaspettata...

Usò la sua telechiave per disattivare le misure di sicurezza, che in ogni caso si erano rivelate inutili, e con passo guardingo si infilò attraverso lo squarcio nella cinta muraria. Era sicuro che la creatura fosse scappata – anche Nymph gli aveva detto che era scappata – eppure qualcosa lo avvertiva di stare in allerta. La manticora era intelligente, non doveva mai dimenticarsi di questo, e nemmeno del fatto che in quella creatura, oltre ai geni animali del leone e dello scorpione, albergavano anche quelli elfici. Sarebbe stata benissimo in grado di fingere un'evasione come esca per una trappola. Ma guardandosi intorno, Pyrgus non vide traccia della bestia e nemmeno di posti in cui si sarebbe potuta nascondere. Alla sua destra, mezzo coperto da una colonna, scorse il tavolo dove era solita nutrirsi e sul quale era stata abbandonata una ciotola in legno con foglie mangiucchiate. Pyrgus si avvicinò per annusare.

L'odore confermò immediatamente i suoi sospetti.

Si trattava di foglie di cacciadiavoli, una pianta con un blando effetto euforizzante per gli umani, un forte effetto stimolante per gli elfi, ma uno straordinario effetto eccitante sull'organismo di una creatura della Terra di Halek come una manticora. Non c'era da stupirsi che avesse trovato la forza per sfondare la cinta muraria. Ma chi le aveva dato la cacciadiavoli? Non certo Nymph, esperta e appassionata di botanica come tutti gli Elfi della Foresta; nemmeno qualcuno tra gli addetti al rifugio, perché dovevano attenersi alle severe istruzioni in merito alla dieta degli animali a loro affidati; da escludere anche i braccianti che lavoravano nei vigneti, gran parte dei quali evitava il rifugio come la peste; e tantomeno lui stesso.

Per il momento Pyrgus accantonò l'enigma. Aveva un problema più pressante da risolvere: una manticora impazzita che circolava libera e un'orrenda sensazione riguardo al luogo esatto in cui era diretta.

Si precipitò fuori dallo squarcio nella cinta muraria e per poco non andò a sbattere contro Nymph.

— Se n'è andata davvero? — chiese lei, preoccupata.

— Sì, un idiota le ha dato dell'erba cacciadiavoli.

— Per tutti gli Dei! — Nymph indugiò qualche istante. — Non penserai che sia...

— Penso che sia possibile. E non posso biasimarla dopo quello che hanno fatto quei bastardi.

— Cos'hai intenzione di fare?

— Voglio assicurarmene, tanto per cominciare. — Pyrgus si sporse in avanti e le diede un bacio sulla guancia. — In casa abbiamo ancora un po' di polvere di stelle?

— Ci avevo già pensato — rispose Nymph porgendogli un cartoccio. — Però vacci piano. Ne ho ordinata dell'altra, ma questa è la sola che ci resta fino alla prossima consegna.

— Grazie — mormorò Pyrgus. Con l'unghia del pollice aprì il cartoccio, lo strizzò e poi soffiò forte. La polvere si schiuse a ventaglio nell'aria seguendo una misteriosa corrente. Prese a luccicare quasi immediatamente e infine si posò a terra rivelando una scia di impronte scintillanti – impronte di manticora! – che conducevano dallo squarcio nella cinta muraria verso il bosco in fondo al campo. Senza indugiare, Pyrgus e Nymph s'incamminarono insieme lungo il percorso indicato e poco dopo si misero a correre quasi in preda al panico.

— Dove pensi che sia diretta? — chiese Nymph a un certo punto. Sembrava in grado di evitare gli ostacoli per istinto, dal momento che non distoglieva un istante gli occhi dal sentiero luminoso.

Pyrgus, che invece faticava a starle dietro, ansimò: — Di sicuro verso la Terra di Halek. — Moderò un po' il passo e la moglie si adeguò subito alla sua andatura. — È stata creata lì. E quindi è quello il suo paese natale.

— Forse vuole solo tornare a casa — suggerì Nymph. — Insomma, per vivere in una foresta o qualcosa del genere.

Ma Pyrgus scosse la testa. — Non c'è speranza che sia così. Qui c'è puzza di guai, Nymph. Grossi guai.

Il recinto intorno ai vigneti più meridionali correva a quasi sei chilometri dal confine con la Terra di Halek. Da un certo punto si riuscivano persino a vedere le torrette e il posto di blocco di un valico di confine ufficiale. Al di fuori di queste aree sorvegliate, gli stregoni conservavano l'integrità dei loro confini tramite scudi magici – solitamente campi di forze – che erano considerati tra i più efficienti e sofisticati nell'universo conosciuto. Le creature selvagge indigene potevano muoversi da una parte all'altra di queste barriere senza alcun impedimento. Qualsiasi altra cosa veniva respinta. I campi di forze si estendevano in profondità sottoterra e in alto sopra i cieli che coprivano la Terra di Halek. Senza i documenti necessari, niente e nessuno poteva entrare nel paese degli stregoni.

Nymph e Pyrgus attraversarono il bosco a passo svelto,

poi si fermarono fianco a fianco nel punto in cui la scia luminosa della manticora superava il limite ultimo della loro proprietà. L'alto recinto era stato abbattuto come una fila di stuzzicadenti: un giochetto per una creatura che poco prima aveva sfondato un muro massiccio. La scia si inoltrava poi nella Terra di Halek passando attraverso l'invisibile campo di forze come se non esistesse nemmeno.

— Lo scudo magico deve averla classificata come una creatura selvaggia — mormorò Nymph con la voce che le tremava.

Ma Pyrgus scosse la testa. — Lei è stata *costruita* laggiù — disse. — Tutti i suoi componenti provengono dalla Terra di Halek. Per quanto concerne lo scudo magico, lei è praticamente una *nativa*.

Rimasero a fissare davanti a sé con aria avvilita ancora per qualche istante. Quando lo scintillio cominciò a svanire, Nymph mormorò: — E adesso cosa facciamo?

— Dovrò andare nella Terra di Halek.

— Andremo insieme — disse subito Nymph.

— Non abbiamo abbastanza tempo per procurarti i documenti necessari — obiettò Pyrgus. — In qualità di Principe del Regno, io ho accesso automatico. — Era uno dei pochi vantaggi garantiti dalla discendenza reale che aveva mantenuto anche dopo l'abdicazione. — E poi uno di noi due deve restare qui a mandare avanti la baracca.

Il lato meraviglioso di Nymph era che non si metteva mai a discutere su decisioni inevitabili. Senza distogliere lo sguardo dalla scia sempre più fievole sussurrò: — Credi che riuscirà a trovare il laboratorio?

— È solo questione di tempo — rispose Pyrgus, cupo. — Sono creature straordinarie.

— *Quanto* tempo?

— Difficile a dirsi. Spero di riuscire a farle cambiare idea prima che accada.

Nymph si leccò le labbra. — E se non ci riesci, hai intenzione di avvisarli?

— Non lo so — ammise Pyrgus. — Una parte di me pensa che si meritino qualsiasi cosa ha in serbo per loro il destino.

— Ma la manticora potrebbe venire uccisa. O rimanere ferita.

— La manticora verrà uccisa di certo. Ma non prima che riesca a portare con sé nella tomba almeno alcuni dei suoi carnefici d'un tempo.

— Non puoi lasciarla morire — gemette Nymph. — Non così. Devi farle cambiare idea e riportarla indietro.

— Sempre che riesca a trovarla — borbottò Pyrgus.

VENTIDUE

— Guarda cosa hai fatto! — strillò Aisling inferocita.

Mella aprì gli occhi e si alzò in piedi. Si sentiva intontita, ma qualcosa doveva averle fatto passare di colpo la sbornia da tè. Zia Aisling le stava agitando sotto il naso il teletrasporto del portale, o perlomeno ciò che ne era rimasto. A quanto pareva ne mancava metà, e dal moncone penzolavano grovigli di cavi con attaccati brandelli di ingranaggi elettrici. L'aggeggio era irrimediabilmente distrutto.

— Dove siamo? — chiese Mella.

— Come facciamo a tornare indietro? — ribatté Aisling.

Mella si guardò intorno. Stavano a metà di una stretta scala a chiocciola in legno, che si snodava in un qualche luogo cupo dalle pareti anch'esse in legno o forse semplicemente rivestite di pannelli in legno. La scala scendeva così ripida da formare quasi uno strapiombo, eppure non aveva ringhiere sui lati, soltanto una grossa corda annodata che pendeva da un lontano soffitto.

— Dove siamo? — chiese Aisling in tono adirato, come se la nipote non le avesse appena posto la stessa domanda. Abbassò lo sguardo sul teletrasporto che stringeva in mano. — Questo stupido coso è saltato in aria. Hai sentito anche tu l'esplosione? Perché mi hai detto di premere il pulsante?

— Non so dove siamo — farfugliò Mella. Si sentiva ancora la mente annebbiata per il tè, ma non *troppo*. Era evidente che avevano attraversato un portale: era l'unica ipotesi sensata a cui riusciva a pensare. Perciò presumibilmente erano tornate nel Regno degli Elfi, ma dove esattamente non ne aveva idea.

— Devi per forza sapere dove siamo — insistette Aisling. — Sapevi come far funzionare questo telecomando!

Quella donna era sua zia, ma era come trattare con una bambina capricciosa. — Parla a bassa voce — l'ammonì Mella. Fino a quando non avesse scoperto dove erano finite, sarebbe stato opportuno non attirare troppo l'attenzione. Non ovunque nel Regno degli Elfi veniva garantita un'accoglienza amichevole.

— Io non ho nessuna intenzione di parlare a bassa voce! — sbottò Aisling con rabbia, ma almeno era sbottata in un sussurro.

All'improvviso Mella si rese conto che sua zia era terrorizzata. — Sarà meglio che non parli affatto — ribatté in tono calmo, ma deciso. Si guardò di nuovo intorno. Non c'era nessuno sulla scala, e per quanto riusciva a vedere, nessuno in fondo allo strapiombo, nessun suono di altre voci. — Adesso ascoltami bene. Il luogo in cui ti fa finire il portale dipende da come era impostato il teletrasporto. Hai fatto qualcos'altro oltre a premere il pulsante?

— No — rispose Aisling.

— Allora ci ha portate nel luogo impostato l'ultima volta che era stato usato. — Mella prese un lungo respiro e fece la domanda che avrebbe dovuto fare molto prima di finire in quel guaio. — Da dove arriva questo teletrasporto? — Dal diario del padre sapeva che zia Aisling non era mai stata nel Regno degli Elfi, che non ne conosceva l'esistenza e soprattutto che ignorava che Henry ci fosse andato. Inoltre sua zia provava una profonda repulsione nei confronti del signor Fogarty, perciò era molto improbabile che avesse ricevuto da lui il teletrasporto del portale.

Aisling indugiò qualche istante. Alla fine borbottò: — È di tuo padre.

— Sì, ma come l'hai avuto? È stato lui a dartelo?

Questa volta l'esitazione durò ancora più a lungo. — No, l'ho trovato in camera sua. L'aveva nascosto in un cassetto sotto alcune di quelle riviste che i ragazzi comprano per le immagini. Pensavo che fosse quello della televisione. Insomma, assomiglia *in tutto e per tutto* a un telecomando della televisione... o almeno un po'.

— E così l'hai preso?

— Sì.

— L'hai rubato? — Mella cominciava a pensare che alcune delle cose che suo padre aveva scritto nel diario riguardo alla sorella fossero fin troppo vere. E cominciava anche a provare una certa antipatia nei confronti della zia.

— No, naturalmente non l'ho rubato. L'ho soltanto preso in prestito.

— Ma non l'hai mai restituito. — Era un'affermazione, non una domanda.

— Non ne ho mai avuto l'occasione — protestò Aisling. — Lui era sempre in giro.

— L'hai mai usato?

— No — rispose la zia fin troppo in fretta.

Mella rimase a fissarla. — Mi sembrava di aver capito che tu l'avessi preso perché l'avevi scambiato per il telecomando della televisione: come mai te lo sei tenuto se non ti serviva a niente? Cosa te ne facevi? — E dal momento che Aisling non rispondeva, dopo qualche istante aggiunse: — Sei sicura di non averlo mai usato?

La zia arricciò le labbra in un abbozzo di broncio. — Be', forse invece l'ho usato. Una volta... o due.

— Dentro o fuori casa?

— Fuori, in giardino.

— E così lo sapevi che non era il telecomando della televisione!

All'improvviso Aisling si mise a sedere sulla scala. — Sapevo che stavano architettando qualcosa, lui e quel vecchio depravato di Fogarty. Sapevo che facevano delle cose insieme. Mamma e papà non avevano mai sospettato nulla, ma io sì. Una storia da far accapponare la pelle. Mio fratello usciva sempre di casa di nascosto e stava fuori più di quanto ci permettessero i nostri genitori. Il vecchio *costruiva* degli aggeggi… aggeggi elettrici. Nella cucina sul retro della casa. Henry non se n'è mai accorto, ma l'ho seguito due volte e ho scoperto che andava lì. Sono rimasta a guardarli dalla finestra: il signor Fogarty costruiva degli oggetti davvero strani… Non mi stupirei se fosse stato lui a costruire anche questo. — Lasciò cadere sul gradino il teletrasporto ormai inutile.

"Puoi starne certa" pensò Mella, ma non disse nulla. Continuò a fissare Aisling in silenzio ancora per qualche istante e infine chiese: — Cosa è successo?

— Quando l'ho usato? Ha aperto una specie di… coso. Proprio lì, nell'aria davanti a me. Come oggi, in poche parole.

— E tu cosa hai fatto?

— Niente, la prima volta. Insomma, mi sembrava fatto di fuoco e non volevo bruciarmi.

— E la seconda volta?

Aisling spostò lo sguardo di lato. — La seconda volta mi sono resa conto che quel coso non emanava calore, così ci ho infilato dentro un dito con estrema cautela e il fuoco non mi ha bruciata. A quel punto ho provato con il braccio intero e di nuovo non mi sono fatta niente. Ho pensato, da una conversazione che una volta avevo sentito fra Henry e il signor Fogarty, che poteva trattarsi di una specie di entrata a qualcosa. O meglio… mi sembrava di aver capito così. E quindi alla fine sono andata dall'altra parte.

Mella sgranò gli occhi. — Nel Regno?

— Una specie di luogo deserto… È il Regno degli Elfi, vero? Quello che loro chiamavano il Regno degli Elfi, lo sapevo! Ne ero assolutamente sicura!

— Alcune zone sono desertiche — spiegò Mella.
— Una volta mi sono ritrovata dentro un edificio con un lungo tappeto rosso e lampadari di cristallo.
"Il palazzo Reale!" trasalì Mella. E a voce alta chiese: — E così ci sei andata più di una volta?
— Sì, ma non sono arrivata molto lontano... sono stata attenta. Di solito facevo solo un passo all'interno, mi guardavo intorno e poi uscivo subito e chiudevo il cancello, o qualunque cosa fosse quell'affare. Non ho mai incontrato nessuno. E nessuno ha mai visto me.
— Questo è molto importante — commentò Mella. — Bene. Non hai mai toccato o mosso qualcosa sui quadranti del teletrasporto? Non so, qualche interruttore, qualche levetta, qualche cursore, qualcosa del genere? Non è che ti sei messa a trafficare con altri pulsanti oltre a quello ON/OFF? — Conosceva già la risposta. Se zia Aisling non avesse resettato il teletrasporto, questo avrebbe continuato a portarla nello stesso luogo. E invece non era stato così, perciò aveva di sicuro trafficato con le impostazioni, forse senza sapere cosa stava facendo.
— Può essere — rispose lei sulla difensiva. — Non lo so. Forse sì, forse no. E poi l'ho usato soltanto poche volte. Dopo un po' ha smesso di funzionare. Intendo dire fino a oggi, quando mi hai detto della levetta di sicurezza che lo bloccava.
Magari lo aveva impostato sull'opzione "ovunque", pensò Mella. Potevano trovarsi quindi in qualsiasi parte del Regno degli Elfi, in qualsiasi paese, amico o nemico. E ancora peggio, la zia aveva rotto il teletrasporto, perciò non avevano alcun modo per tornare indietro.
— Andiamo — mugugnò, e con estrema cautela cominciò a scendere lungo la scala tortuosa.
Aisling scattò in piedi e la seguì. — Andiamo *dove*?
— A cercare di scoprire dove siamo.
— È una mossa sicura?

Mella era già stufa di sua zia. — Cos'altro suggerisci di fare?

La scala le condusse a una stanza dal soffitto basso con una porta aperta che dava su un lungo corridoio esterno, dal quale arrivava un brusio di voci. A quel punto Aisling si bloccò di colpo. — C'è qualcuno là dentro! — sibilò.

— Già — borbottò Mella. Le voci parlottavano piano, come un gruppo di persone impegnate in una discussione. — Sarà meglio scoprire chi sono.

— Cosa succede se sono dei teppisti o qualcosa del genere? — chiese Aisling. — Potrebbero aggredirci.

Mella le scoccò uno sguardo sprezzante. — O magari potrebbero invitarci a cena. — In ogni caso zia Aisling aveva ragione: sarebbe stato sciocco lanciarsi allo scoperto senza aver prima controllato. — Daremo soltanto un'occhiata. Dobbiamo valutare la situazione senza farci vedere.

— Vai tu — tagliò corto Aisling. — Sei più piccola. — Quando Mella rimase a fissarla incredula, aggiunse: — Puoi nasconderti più facilmente.

— E tu cosa fai? — ribatté la nipote.

— Io rimango qui. — Aisling si guardò intorno, chiaramente alla ricerca di un nascondiglio.

Mella si avvicinò alla soglia aperta e guardò con molta prudenza. Quello che lei aveva scambiato per un corridoio, in realtà si rivelò un'angusta balconata. A piccoli passi raggiunse il parapetto e sbirciò oltre.

Il balcone si affacciava su una specie di sala conferenze, simile a quella del palazzo Reale dove i suoi genitori erano soliti ricevere in visita i capi di Stato. Era arredata con tre credenze e un ampio tavolo ovale, intorno al quale sedevano quattro uomini e tre donne, tutti abbigliati con la stessa identica veste rossa. Curiosi copricapi a cappuccio lasciavano il viso in ombra, perciò era impossibile distinguere chiaramente chi fossero. A un'estremità della sala si ergeva un'imponente porta a due battenti chiusa con un complicato sistema di catenacci e spranghe. Un'inebriante fragranza di magia d'incenso aleggiava nell'aria... o perlomeno Mella ipotizzò fosse magia d'incenso, perché lei non l'aveva mai vista usare prima.

Uno degli uomini stava parlando a voce alta e con modi decisi. — ... Siamo a corto di duemila unità. — Si guardò intorno. — Immagino vi ricordiate la batosta che ci siamo presi l'anno scorso. — Subito si levò un brusio di concitato consenso.

Gli occhi della donna a capotavola mandavano guizzi rossi da sotto il cappuccio. — Noi abbiamo come obiettivo una cifra di diecimila, giusto?

A ribattere fu un altro uomo dalla figura slanciata. — Quello era il preventivo militare minimo per assicurare una campagna vittoriosa. Ammesso che venga anche garantito il supporto di truppe di rincalzo, nonché un adeguato equipaggiamento e polvere magica.

— Io avevo sentito parlare anche di meno — ribatté la donna.

— Infatti — convenne l'uomo alto. — Il piano del Compagno Maresciallo Fiutosegugio ne aveva previsti soltanto quattromila e trecento, ma alla fine le truppe di rincalzo sono raddoppiate, la richiesta di polvere magica è triplicata e così anche le spese. È per questo che abbiamo abbandonato in aprile.

— Sono preoccupata per le congiunture temporali — disse la donna in tono piatto.

— In senso astrologico? — chiese un'altra.

— Sì.

— In merito sono già state fatte le opportune considerazioni — intervenne l'uomo alto.

— Non vedo come sia possibile — ribatté la donna a capotavola. — Se ancora non siamo riusciti a produrre duemila unità e se per farlo ci abbiamo messo più di un anno, ci vorranno *almeno* cinque anni per raggiungere pienamente il nostro obiettivo. Mi rendo conto che la perdita del nostro prototipo abbia creato qualche intoppo, ma ci è costata non più di un paio di mesi, da quanto ho capito. Forse mi sbaglio al riguardo?

— Non vi sbagliate, Compagna — rispose l'uomo dai modi decisi con la sua voce alta. — Ma dovete anche rendervi conto del fatto che ora non siamo più in fase di produzione, ma di *riproduzione*, un processo che si sviluppa in maniera esponenziale e pertanto è considerevolmente più veloce.

— In maniera esponenziale? — gli fece eco la donna.

— Convertire un determinato oggetto in mille oggetti in maniera esponenziale richiede lo stesso tempo necessario a eseguire undici operazioni distinte, e quindi una durata piuttosto consistente. Ma produrre i successivi mille oggetti richiede soltanto un'ulteriore operazione, e lo stesso vale per i successivi duemila e poi quattromila...

— Vorreste dire che il processo accelera?

— In modo sensazionale.

— State forse affermando — disse la donna — che riusciremo comunque a raggiungere il nostro obiettivo in tempo per l'eclissi?

— Raggiungeremo il nostro obiettivo *prima* dell'eclissi — la rassicurò l'uomo.

— E così potremo procedere all'invasione dell'Impero come pianificato?

Di colpo Mella si sentì serrare la gola. *Invasione dell'Impero?* Esisteva soltanto un Impero nel Regno degli Elfi... l'Impero governato da sua madre!

— Senz'ombra di dubbio — confermò l'uomo.

VENTITRÉ

Henry fece fermare il taxi alla vecchia casa del signor Fogarty. Come base per le loro operazioni nel Mondo Analogo poteva andare bene un posto qualsiasi, e di certo quello era meglio di tanti altri. Dato che si trovava in fondo a un vicolo cieco, non si correva il rischio di essere importunati da vicini impiccioni o passanti occasionali: senza dubbio il motivo principale che in origine aveva spinto il signor Fogarty a comprarla. Dopo l'incontro con l'ispettore Tyneside, ciò che Henry desiderava di più era un luogo tranquillo dove poter riflettere e parlare con Aurora in privato senza interruzioni.

Quando si chiusero alle spalle la porta della cucina, Aurora chiese: — Ma non c'era una specie di soggiorno? Questa stanza mi dà i brividi.

In effetti anche Henry provava una sensazione piuttosto spiacevole, malgrado fosse causata soprattutto da una serie di brutti ricordi. — Certo, anche se è un po' caotico, o almeno lo era un tempo.

Lo era ancora: ovunque si ergevano torri di libri abbandonati, ma sul divano trovarono comunque abbastanza spazio per starsene seduti vicini, fianco a fianco. Henry afferrò una mano della moglie e la strinse forte. — Cosa ne pensi?

— Lo sai già, te l'ho detto prima. Penso che Mella sia venuta qui per conoscere tua madre.

Henry fece una smorfia. — Credi che abbia usato un teletrasporto all'interno della casa e che per questo sia successo quel disastro?

— Sì.

— Credi che stia bene? — Henry fece un respiro profondo e finalmente riuscì a chiedere: — Credi che sia ancora viva?

Aurora aveva un'aria calma, ma sicura. — Sì.

— Hai idea di dove potrebbe essere adesso?

— Ci ho riflettuto un po'. Ovviamente nel Regno.

— Sì, ma il Regno è enorme! — In effetti era nientemeno che un intero pianeta!

— Credo che forse riusciremo a restringere un po' il campo delle possibilità — disse Aurora. — Il punto in cui si apre un portale dipende dalle impostazioni del teletrasporto. Bene, ti ricordi che ho detto che deve essere venuta in possesso di un vecchio teletrasporto?

Henry annuì.

— E tu per caso non ti sei chiesto dove possa averne trovato uno?

— Dunque... sì, certo... ma ho pensato che... — Henry alzò le mani e disegnò un vago gesto in aria.

Aurora rimase in attesa e concesse al marito qualche gentile istante perché si potesse spiegare meglio. Quando ciò non accadde, annunciò: — *Io* ho pensato che potesse averne trovato uno qui.

— Intendi proprio *qui qui*? Qui in questo posto? Nella casa del signor Fogarty?

— A meno che tu non ne abbia lasciato uno a casa di tua madre, non ci possono essere altri posti.

— No — ribatté Henry pensieroso. — Non ne ho lasciati da nessuna parte. — In realtà anni prima era riuscito a *perderne* uno a casa di sua madre, ma non c'entrava niente con questa faccenda. Se allora non l'aveva ritrovato lui, di certo non era finito per caso nelle mani di Mella. Ciò che diceva Aurora non faceva una piega: in quale altro luogo del Mondo Analogo si poteva recuperare un teletrasporto, se non a casa del signor Fogarty? Mella doveva essere passata da quella casa prima di andare a far visita alla nonna. Dopotutto anche questo dettaglio aveva senso: lui le aveva raccontato così tante cose riguardo al signor Fogarty che agli occhi della figlia il vecchio Viceré doveva essere sembrato un eroe. Inoltre, se aveva usato un portale a ricezione magnetica, c'era giusto un campo magnetico dietro il cespuglio di buddleia nel giardino di signor Fogarty.

— Se quel teletrasporto apparteneva al signor Fogarty, probabilmente era impostato per raggiungere il palazzo — incalzò Aurora. — Oppure il suo vecchio alloggio nel Regno.

Henry guardò la moglie con devota ammirazione. Aveva assolutamente ragione: il signor Fogarty usava i portali soltanto per spostarsi da casa sua al palazzo e viceversa. Un pensiero gli attraversò la mente: — Forse Mella ha resettato le impostazioni.

— Non credo proprio — ribatté Aurora. — Secondo me non aveva nemmeno intenzione di usare il teletrasporto. Perché avrebbe dovuto? Era appena arrivata nel Mondo Analogo! Voleva incontrare tua madre e in particolare la sua compagna, se conosco bene nostra figlia. Voleva *esplorare* questo strano mondo e vedere tutto quello che c'è da vedere. Non voleva proprio tornare subito a casa! Inoltre Mella sapeva perfettamente quanto è pericoloso usare quei vecchi teletrasporti al chiuso. Credo che lo abbia attivato per sbaglio e in questo modo sia riuscita a far saltare in aria la casa di tua madre. A quanto pare, per fortuna, non c'era nessun altro con lei in quel momento.

— Oh, mio Dio! — esclamò Henry. Come avrebbe fatto a spiegare a sua madre cos'era accaduto? Poi all'improvviso si ricordò che non era più costretto a darle spiegazioni. Provò una deliziosa fitta di perfido senso di colpa, ma si sforzò di riportare la mente alla questione più importante, che di certo non era sua madre. — Sei sicura che Mella non sia rimasta ferita quando la casa è crollata?

— Sono sicura che non c'era quando la casa è crollata. Il segugio non ha scoperto la presenza di corpi sotto le macerie, te l'ho detto. Ha trovato invece le impronte energetiche di Mella. Quindi Mella è stata in quella casa, ma ovviamente non c'era quando è crollata.

— Non capisco — borbottò Henry. — Allora cosa pensi che sia successo?

— La casa non è crollata quando il portale si è aperto, è crollata quando si è chiuso. È così che funziona con i teletrasporti di vecchia generazione. Penso che Mella abbia aperto il portale accidentalmente, poi si è resa conto che ci sarebbe stato il pericolo di un'esplosione nel momento in cui si fosse richiuso, così ha attraversato il portale in modo da trovarsi sul lato sicuro nel caso ci fosse stata *davvero* un'esplosione: è piuttosto intelligente, la nostra piccola. Almeno sa badare a se stessa.

— E così è tornata nel Regno, probabilmente a palazzo?

— Questa sarebbe la mia ipotesi — confermò Aurora.

— Così adesso andiamo a casa, la troviamo e la mettiamo in punizione per i prossimi dieci anni? — Un pensiero lo fulminò. — Aspetta un attimo: se ha attraversato il portale soltanto per essere al sicuro, non potrebbe tornare indietro subito? Il tuo segugio ha detto che non c'era nessuno tra le macerie, così probabilmente Mella non ha ancora conosciuto mia madre come aveva pianificato e quindi...

— C'è qualcuno sul retro della casa. — Aurora alzò lo sguardo. — Li ho visti passare davanti alla finestra.

— Saranno dei ragazzini — ribatté Henry in tono distratto. A volte piccoli ficcanaso giravano intorno alla casa, almeno ai vecchi tempi quando veniva lì per dare da mangiare a Poutpourri. — Tu cosa ne pensi? Non credi che potrebbe tornare subito indietro? In ogni caso sarà curiosa di vedere se la casa è davvero esplosa: non accadeva sempre con i vecchi teletrasporti.

— Magari vorrebbe anche tornare subito indietro, ma probabilmente non può — disse Aurora. — A volte la chiusura di un portale distruggeva completamente quei vecchi teletrasporti. Quindi, in tal caso, non sarebbe in grado di tornare indietro prima di essersene procurato un altro. O almeno non prima di aver raggiunto il portale di Casa Danaus. Soltanto che non riuscirà a usarlo perché ho detto all'Ingegnere capo Phoebus di non permetterglielo.

— E così — osservò Henry — se il vecchio teletrasporto non si è rotto, probabilmente in questo momento nostra figlia si aggira intorno alla casa di mia madre, o meglio al mucchio di macerie che ne è rimasto. Se invece si è rotto, probabilmente è già tornata a palazzo e sta cercando di procurarsi un altro teletrasporto. — Aggrottò la fronte. — E noi siamo qui, lontani da entrambi i luoghi. — Si voltò verso la moglie. — Dovremmo cercare di tornare a palazzo o...

Si udì bussare forte alla porta sul retro. Il rumore riecheggiò nelle stanze della casa vuota. Henry avvertì Aurora irrigidirsi al suo fianco mentre chiedeva: — Ma chi può essere?

— Sarà un rappresentante di polizze assicurative — rispose lui. A volte gli agenti assicurativi tentavano la fortuna porta a porta in quel quartiere. Ricordava bene anche questo particolare dal tempo in cui veniva a dare da mangiare a Poutpourri. — Gli dirò di andarsene. — Si alzò in piedi e si diresse verso l'ingresso sul retro, ma dopo pochi passi si fermò di colpo. — Io non credo che dovremmo tornare a palazzo. Cioè, se è là che è andata, ormai potrebbe essere già tornata qui, e anche se fosse ancora là, non faremmo in tempo a trovarla che sarebbe già tornata sempre e comunque qui.

Di nuovo risuonò il battito alla porta.

— Arrivo! Arrivo! — gridò Henry e, rivolgendosi ad Aurora, continuò: — L'altra possibilità nel caso fosse *davvero* tornata a casa, sarebbe che Madama Circe riesca a catturarla, ma se ciò dovesse accadere, di certo ci avvertirà quanto prima. Pertanto, considerando tutto nell'insieme, la cosa più assennata che possiamo fare è tornare alla casa di mia madre, o meglio a ciò che ne è rimasto, e cercarla nei dintorni... A questo punto direi che puoi anche licenziare il segugio. E se non la troviamo là, aspettiamo, perché molto probabilmente significa soltanto che non è *ancora* arrivata, ma che presto o tardi spunterà fuori. Cosa ne pensi?

— Penso che tu abbia una mente straordinaria — mormorò Aurora.

— Davvero? — ribatté lui, compiaciuto.

— Forse faresti meglio a sistemare quel rappresentante — suggerì Aurora quando i colpi alla porta si fecero insistenti.

— Certo — borbottò Henry. — Certo. — Mentre andava verso la cucina, gridò senza voltarsi: — Almeno adesso sappiamo cosa dobbiamo fare. Almeno abbiamo un piano d'azione. — Non appena entrò, scorse la sagoma del rappresentante attraverso il vetro smerigliato della porta sul retro. — Arrivo! — esclamò di nuovo, ora tutto allegro, e girò la chiave nella serratura per aprire. — Se si tratta di assicurazioni, temo davvero che...

Qualcuno sfondò l'uscio scaraventandolo all'indietro e facendogli perdere l'equilibrio. — Prendi la Regina! — sbraitò una voce. Subito dopo una figura si scagliò su di lui ma, malgrado lo stupore, Henry riuscì a tirargli un pugno in piena faccia.

— Dov'è? — chiese qualcun altro con voce lamentosa.

— Accidenti! — ansimò il tizio che Henry aveva colpito. Indossava abiti neri e una maschera, come se si fosse travestito da ninja per una festa di carnevale. Henry gli assestò un calcio in mezzo alle gambe e quello si piegò di scatto in avanti, fino a cadere pesantemente sulle ginocchia.

— Andiamo, George. — Un uomo piuttosto anziano

varcò la soglia aperta. Già alla prima occhiata Henry riconobbe in lui Silas Sulfureo. Ma in teoria il vecchio Sulfureo era rinchiuso in un qualche manicomio a mangiare mosconi. Si preparò a sferrare un altro calcio, questa volta mirando alla testa del ninja. Il vecchio sollevò un conincanto.

— Giù! — gridò la voce di Aurora.

Henry gettò un'occhiata dietro di sé e vide che la moglie stava brandendo uno stimlus modificato, di quelli che non avevano bisogno del contatto fisico per funzionare. Quegli aggeggi avevano un raggio d'azione di circa quattro metri, e lui si trovava giusto giusto sulla linea di tiro. Subito si lasciò cadere a terra e rotolò su un lato, ma per qualche strano motivo Aurora aveva difficoltà a fare fuoco.

— Quell'idiota mi ha dato un pugno! — ansimò il ninja e, malgrado avesse la voce carica di rabbiosa sorpresa, Henry la riconobbe all'istante. Quella voce apparteneva a Jasper Bombix.

Bombix e Henry si rialzarono in piedi insieme, e nello stesso momento Aurora fece una violenta torsione del corpo e finalmente lo stimlus rilasciò un dardo di energia. Andò a colpire Bombix sulla spalla proprio mentre si stava allungando verso Henry, e fu così potente da farlo voltare di scatto strappandogli la maschera dal viso. A quel punto Sulfureo spezzò il conincanto e si mise a sghignazzare, quando ne emerse una rete di filamenti che si aprì nell'aria come un pennacchio di fumo, avviluppandosi all'istante intorno ad Aurora e costringendola ad abbassare lo stimlus. Poi si sporse verso Henry, riuscendo ad afferrargli il braccio, nonostante lui si fosse scostato all'indietro con uno scatto. Nell'arco di pochi attimi, la sua vecchia allergia agli incantesimi prese il sopravvento, tanto che cominciò a vomitare sul pavimento. — Oh, Henry! — udì sospirare Aurora, non avrebbe saputo dire se spinta dall'esasperazione o dalla pietà. Infine i filamenti avvicinarono i due, tanto che Henry si ritrovò stretto contro il corpo della moglie, situazione di certo non spiacevole ma che non durò a lungo, perché subito si sentì il fiato corto, poi cominciò a fare fatica a respirare, finché si accorse di non respirare proprio più e prese a scivolare, scivolare sempre più giù nelle tenebre...

... Tenebre, silenziose tenebre.

VENTIQUATTRO

Il sistema di sicurezza automatizzato guidò il volasvelto di Pyrgus fino a farlo atterrare nella zona riservata dell'Aeroporto Internazionale di Creen, e a quel punto – Principe o non Principe – gli furono confiscati parecchi effetti personali, disarmato il velivolo e spruzzato addosso qualcosa per rimuovere tutti i microrganismi. Come se non bastasse, venne inoltre effettuata un'ispezione interna per verificare l'eventuale presenza di un wangarama nel suo sedere, e dopo aver controllato i documenti d'identità e fotografato tutti i tatuaggi, gli fu chiesto infine di rispondere a una lunga serie di domande, la prima delle quali fu: — Avete intenzione di intraprendere una qualche azione consapevolmente intesa o eventualmente incline all'abbattimento del governo legalmente costituito nella Terra di Halek?

Pyrgus resistette alla tentazione di urlare e rispose: — Richiesta di ingresso unicamente a scopo di visita. — Così finalmente venne ricompensato da un segnale che gli annunciò che i comandi del velivolo erano stati sbloccati e che ora poteva sbarcare senza correre il pericolo di essere vaporizzato.

Con tutta calma si cambiò d'abito e indossò una comunissima divisa grigio-blu da pilota, selezionò un paio di enormi occhiali scuri che lo avrebbero distinto come Elfo della Notte, si infilò in testa una parrucca a boccoli corvini, infine ordinò ai suoi elementali di fornirgli una rampa adeguata, aprì il portello della cabina e scese dal velivolo per incontrare l'immancabile comitato di accoglienza.

Il comitato di accoglienza era impegnato in un emblematico esercizio di ipocrisia applicata. Dovevano per forza sapere che era stato il Principe Pyrgus Malvae a rubare la loro manticora – un reato punibile con l'impiccagione, se l'avessero catturato – ma dato che si era presentato con il volasvelto adorno di stemmi reali, per protocollo erano costretti a ignorare il crimine e a trattarlo come l'autorità in visita quale era. Non che questo avesse molta importanza, dato che non avrebbero comunque incontrato il Principe Pyrgus Malvae come previsto.

A capo della delegazione c'era il sindaco locale, a giudicare dall'imponente catena cerimoniale che portava al collo. Nella sua divisa nuova ancora rigida, Pyrgus lo raggiunse a svelto passo di marcia e gli porse un brusco saluto. — Sua Altezza non deve essere disturbata — annunciò. — Al momento sta riposando. — Sostenne lo sguardo del sindaco e aggiunse a voce bassa in modo che soltanto lui potesse sentirlo: — Per smaltire, Vostro Onore. — Fece un leggero cenno del capo e una strizzatina d'occhio appena abbozzata.

Il sindaco si sporse in avanti. — Chiedo perdono, pilota, ma avete detto che *sta riposando per smaltire*? — ripeté in un sussurro sconcertato.

— Già, il solito vecchio vizietto. — Pyrgus annuì e rimase in attesa.

— Quale solito vecchio vizietto? — chiese il sindaco. — Non starete mica insinuando che Sua Altezza — deglutì — *sbevazza*?

— Come una spugna — tagliò corto Pyrgus. — Nessuno vi aveva avvisato?

Il sindaco scosse la testa. — Nessuno.

Pyrgus si abbandonò a un sospiro ostentato. — Questi diplomatici! Viene da chiedersi per cosa li paghiamo. Vi avrebbero dovuto avvertire quando è stata organizzata la visita. Veramente non lo sapevate?

— No, assolutamente no.

Pyrgus si avvicinò di qualche passo. — Ascoltatemi, sono molto rammaricato per quanto accaduto, davvero profondamente rammaricato. È tipico di lui, fa sempre così. Ha cominciato... — si guardò intorno per assicurarsi che nessun altro lo potesse sentire — ... insomma... — dalla gola gli salì un gorgoglio strozzato — ... poco dopo la partenza dalla capitale. In teoria io dovrei impedirglielo, ma cosa posso fare? È pur sempre un Principe del Regno, e poi si nasconde le scorte. Quando ormai avevamo raggiunto lo spazio aereo sopra Creen, stava cantando a squarciagola l'inno nazionale e cominciava a sparare idiozie, tanto che a un certo punto aveva deciso che avrebbe dichiarato guerra alla Terra di Halek. Fortunatamente ha perso i sensi appena prima di atterrare, così almeno ci siamo risparmiati un incidente internazionale.

— D'accordo, ma cosa facciamo adesso? — chiese il sindaco con voce e occhi pieni di panico.

Pyrgus si guardò intorno di nuovo, gli si avvicinò ancora di più e gli sussurrò all'orecchio: — In base alla mia esperienza, resterà privo di sensi per il resto della giornata e anche per gran parte della notte. Io suggerirei di riconvocare il comitato di accoglienza per domani nel tardo pomeriggio, tanto per essere sicuri. A quell'ora dovrebbe essere nelle condizioni di effettuare la visita.

— Ma cosa succede se si sveglia prima? Non si sentirà offeso se non ci sarà nessuno ad accoglierlo?

— Acuta osservazione — commentò Pyrgus. — Vorrà dire che chiuderò a chiave il velivolo. Sarà completamente al sicuro all'interno. Io mi farò un giretto per la città, andrò a trovare un paio di vecchi amici e tornerò in tempo per il ricevimento ufficiale di domani pomeriggio. Se davvero si sveglierà prima – non credo che accadrà, ma se dovesse essere così – nessuno potrà farlo uscire perché solo io ho la chiave. Quindi mi assumo la responsabilità totale e, dato che non vi ho detto nello specifico dove mi recherò, non potrete assolutamente rintracciarmi. — Gli rivolse un ampio sorriso. — Siete del tutto sollevato da qualsiasi incombenza.

Il sindaco era preoccupato. — Ma non vi metterete nei guai? Se si sveglia prima, intendo dire.

Pyrgus scosse la testa con vigore. — Noi piloti siamo uniti in una corporazione molto potente — ribatté. — Inoltre non vorrà di certo incorrere nell'accusa di pregiudizio razziale nei confronti di un Elfo della Notte: è ancora un argomento molto delicato nell'Impero. — Scrollò le spalle. — Comunque non si sveglierà prima, se l'esperienza conta ancora qualcosa in questo mondo. Se la dorme della grossa.

— D'accordo — disse il sindaco in tono deciso. — Allora voi chiudete a chiave il velivolo e io riconvoco il comitato per le cinque di domani pomeriggio. Vi può andare bene?

Pyrgus si sistemò gli occhiali da Notturno sul naso. — Perfetto — annunciò infine.

Malgrado fosse abbastanza sicuro che nessuno l'avrebbe seguito dopo tutte le sciocchezze che aveva dato a intendere al sindaco, lasciò l'aeroporto passando dai locali riservati ai piloti ospiti, dove affittò uno stanzino privato. Una volta innescato il sistema di sicurezza, si tolse divisa, parrucca e occhiali e li ripose in un armadietto invisibile. Poi aprì la lampo della valigia a filamenti che nascondeva nell'elastico delle mutande e ne tirò fuori il più semplice tra gli abiti che vi conservava all'interno. Senza parrucca e occhiali, aveva automaticamente di nuovo l'aspetto di un Elfo della Luce, ma l'abito piuttosto scialbo gli conferiva un'aria alquanto anonima. Semmai, assomigliava a uno di quei commessi viaggiatori che ogni anno invadevano a orde la Terra di Halek per svendere lungo le strade componenti usati per bacchette magiche e incantesimi rappezzati. Rovistò di nuovo nella valigia e si infilò il pugnale Halek nella cintura dietro la schiena, nascosto dalla giacca dell'abito. Non si aspettava di trovare guai, comunque meglio essere pronti... Ma chi stava cercando di prendere in giro? Si aspettava *eccome* di trovare guai! O meglio, a quanto pareva erano sempre i guai a trovare lui quando si imbarcava in missioni del genere. Un motivo in più per essere pronti.

La città di Creen era particolare, una bizzarra accozzaglia di stranezze. Il quartiere immediatamente a ridosso dell'aeroporto era noto – fino a prova contraria – come il luogo più spettacolare dell'intero pianeta. Qui gli stregoni avevano costruito edifici per impressionare gli occhi e le menti, ricorrendo ad alcuni degli incantesimi più ingegnosi. E il risultato era a dir poco straordinario. C'erano palazzi che fluttuavano sulle nuvole. C'erano mandrie di creature fantastiche al galoppo che comparivano e scomparivano a intermittenza casuale. C'erano cartelloni pubblicitari che strattonavano i passanti per un braccio e li ipnotizzavano fino a convincerli a comprare cose che in realtà non volevano. L'intervento più significativo rimanevano comunque le gigantesche sculture aeree, quasi simili a spettri, che riproducevano i governanti della Tavola dei Sette: i loro faccioni enormi spuntavano da dietro i tetti con un sorriso benevolo dipinto sulle labbra e lo sguardo posato sul groviglio di strade. La loro presenza dominava su tutto, immediatamente avvertita da chiunque, eppure così eterea che in sostanza non arrivava a interferire con il solito tran tran quotidiano. Era tutto molto chiassoso, molto pacchiano, proprio come ci si sarebbe aspettati da stregoni dotati più di potere che di buonsenso.

Ma al di là di quel quartiere, al di là dei finti paradisi per turisti e degli scintillanti illudipalazzi, esisteva una città del tutto diversa. Pyrgus, che spesso si recava in visita in quel paese già da prima della rivoluzione che aveva portato al potere i Sette, imboccò uno dei passaggi meno conosciuti per abbandonare la zona dell'aeroporto, una calle sporca, buia e angusta che sembrava promettere inquietanti viuzze laterali, covi di simbala, spacciatori, briganti e tagliaborse. Ma questo era un tipico caso in cui l'apparenza inganna, perché lungo la calle, una brusca torsione creava una specie di nastro di Möbius che riportava il tragitto all'istante in cui era iniziato, permettendo a Pyrgus un nuovo sbocco. Ora infatti stava camminando lungo un ampio viale che conduceva alla Città Antica.

La Città Antica risaliva alla fondazione di Creen, avvenuta circa un migliaio di anni prima, e Pyrgus l'adorava. Le strade erano strette, ma le costruzioni in legno intarsiato che si innalzavano ai lati erano mastodontiche strutture che ogni giorno sfidavano le leggi dell'ingegneria con l'aiuto di incantesimi così arcaici che ormai nessuno si ricordava più come funzionavano. Nel preciso centro della Città Antica sorgeva il *suk,* il mercato vecchio, un immenso dedalo a cielo aperto di banchi e bancarelle, perennemente baciati dal sole, che offrivano gli articoli più innovativi in ambito magico, come non se ne trovavano in nessun altro luogo del Regno: polveri e pozioni, protesi e ricambi, indumenti, manufatti, armi e macchinari. La Terra di Halek, capitale magica del pianeta, era meglio conosciuta ai suoi abitanti con il nome originario, *Creen*. E se la città di Creen era la capitale della Terra di Halek, il suk era il suo cuore pulsante. Era in quel mercato che anni addietro Pyrgus aveva acquistato uno degli oggetti più preziosi che possedeva: il suo primo pugnale Halek. Ed era proprio a quel mercato che ora era diretto.

Malgrado la calca, trovò il passaggio segreto senza troppa difficoltà. Infilarsi dentro senza farsi vedere risultò però così problematico che perse quasi mezz'ora a fingere di esaminare un servizio di recipienti in rame adatti a conservare djinn. Ma poi all'improvviso la folla si sfoltì e finalmente Pyrgus riuscì a compiere la transizione. Il passaggio lo inghiottì e lo catapultò nel labirinto sotterraneo che si snodava sotto il suk. Quando infine riemerse di nuovo in superficie, si ritrovò davanti a una fabbrica fatiscente tappezzata di cartelli con l'avviso: FABBRICATO PERICOLANTE.

Si arrampicò su una pila di vecchi bidoni per sbirciare attraverso le finestre polverose. Non poteva rischiare di violare il sistema di sicurezza e farsi cogliere in flagrante, comunque l'interno si presentava come un rudere pressoché deserto: rimanevano soltanto brandelli di macchinari arrugginiti e i resti di un fuoco, un tempo servito a scaldare un branco di occupanti abusivi. Gettò un sasso attraverso un vetro rotto e rimase in ascolto mentre rimbalzava sui lastroni in pietra del pavimento, accompagnato da una timida eco. Dalle crepe sul soffitto cominciò a scendere una lieve cascata di polvere.

Pyrgus saltò giù dalla pila di bidoni e si diede qualche occhiata intorno per assicurarsi che nessuno lo stesse guardando, infine si appoggiò alla colonna spezzata che si ergeva a lato dell'ingresso sprangato con assi di legno. Subito il rivestimento magico riconobbe il suo DNA e lo risucchiò dentro.

Alla reception trovò un demone femmina dagli occhi scuri, uno dei pochissimi che gli fosse mai capitato di incontrare ai quali veniva concesso di lavorare al di fuori di Infera. Non appena lo vide arrivare, il demone gettò un'occhiata nella sfera di cristallo che torreggiava sul bancone e subito dopo gli sorrise. — Principe Pyrgus — lo salutò in segno di riconoscimento. — Come può esservi utile oggi la Società?

— Corin è ancora vivo? — chiese Pyrgus. Da sempre si verificava un alto tasso di selezione naturale nella Società per la Tutela e la Protezione degli Animali: gli stregoni davano la caccia ai suoi membri senza la minima pietà.

— Certo — gli rispose il demone in tono affabile. Poi rimase a guardarlo con aria d'attesa. Attenersi alla lettera

era una caratteristica particolare degli abitanti di Infera. I demoni non sembravano mai in grado di *interpretare* ciò che veniva detto, non cercavano mai di fare un passo avanti nella comprensione (se non per insinuarsi nella mente di qualcuno, naturalmente, cosa che Aurora aveva decretato come illegale) perciò reagivano a ogni domanda con una frase alla volta.

— È ancora il vostro Segretario Esecutivo?

— Certo, Principe Pyrgus.

— Avrei la possibilità di vederlo?

— Certo.

Dopo qualche istante Pyrgus aggiunse: — Ora?

— Naturalmente, Principe Pyrgus — rispose il demone con entusiasmo. Allungò una graziosa mano affusolata verso un simbolo incastonato nel bancone.

— Adesso sono semplicemente Pyrgus Malvae — le disse Pyrgus. — Non mi avvalgo più del titolo.

— Naturalmente, Pyrgus Malvae. — La tizia aveva un sorriso piuttosto piacevole nonostante i denti aguzzi. Con le dita sfiorò il simbolo. — Che i vostri Dei possano accompagnarvi.

La transizione nell'ufficio di Corin fu istantanea. Lo stesso Corin si stava già alzando da dietro la scrivania con la mano tesa e un sorriso raggiante dipinto sulle labbra. — Pyrgus, ragazzo mio, che bello rivederti! Come sta la nostra adorata Nymphalis? Avete già bambini? No, certo che no! Sarete troppo occupati per questo genere di cose. Così poco tempo e così tanti animali bisognosi d'aiuto, eh? E mi è arrivata voce che adesso ti sei messo anche a fare il vino: annate spettacolari, da quanto mi hanno detto.

Pyrgus gli strinse la mano e ricambiò il sorriso. — Te ne manderò qualche dozzina di bottiglie. Volevo portartene una di persona, ma sono uscito di casa in fretta e furia. Temo si tratti di un'emergenza.

— Mi dispiace — disse Corin facendogli cenno di accomodarsi. Era un ometto di mezza età, basso e grassoccio, e ormai senza capelli. A giudicare dall'aspetto si sarebbe detto lontano anni luce dall'icona tipica dell'eroe, eppure era probabilmente l'uomo più coraggioso che Pyrgus avesse mai conosciuto. — Niente di grave, spero.

— La mia manticora è scappata — gli disse Pyrgus senza tanti giri di parole.

Corin sussultò. — Il prototipo? Quella che avevi liberato?

Pyrgus annuì. — Non so cosa sia successo. Per più di diciotto mesi mi è sembrata assolutamente felice, poi all'improvviso è fuggita.

— Sarà andata in calore — suggerì Corin. — Per caso non è che ha mangiato un po' di erba cacciadiavoli?

Pyrgus lo guardò sconcertato. — Proprio così! Ma non ho idea di chi gliel'abbia data.

— Nessuno, mi azzarderei a ipotizzare. Una manticora adulta è perfettamente in grado di materializzare qualche foglia di prima scelta se le viene voglia di qualcosa in particolare: si tratta di un'abilità magica instillatale dagli stregoni. Quando vanno in calore, nulla le stuzzica più che la cacciadiavoli.

— Davvero non lo sapevo. Non sapevo che avessero la capacità di materializzare oggetti — replicò Pyrgus. — Non l'aveva mai fatto prima.

— Probabilmente perché non si era reso necessario. Ricorrono alla materializzazione solo quando sentono il bisogno di qualcosa. Questo può andare soltanto a tuo credito, Pyrgus. Significa che con te era felice. Significa che tu le davi tutto ciò di cui aveva bisogno. Fino a quando non è andata in calore, ovviamente. A quel punto è partita come un razzo alla ricerca di un compagno e di altra cacciadiavoli.

Per la prima volta da quando Nymph gli aveva detto della fuga, Pyrgus cominciò a provare una piacevole sensazione di rilassamento allo stomaco. Si era rivolto ai suoi vecchi amici della Società nella speranza che Corin potesse radunare un po' di gente disposta ad aiutarlo a rintracciare la manticora, ma da come sembravano mettersi le cose, forse non sarebbe stato necessario. — E io che pensavo che fosse diretta al laboratorio. Il luogo in cui l'hanno costruita.

— Cosa? Pensavi che volesse tornare dagli stregoni? Magari per vendicarsi della sofferenza che le hanno causato?

— Qualcosa del genere — ammise Pyrgus. — Il desiderio di vendetta è una pulsione caratteristica delle manticore. — Guardò Corin con espressione seria. — In verità non ero tanto preoccupato per gli stregoni, quanto per quella povera creatura. Se avesse assalito il laboratorio, l'avrebbero uccisa. Sarebbero stati costretti a farlo e non avrebbero nemmeno indugiato. Pensavo che l'unica possibilità sarebbe stata quella di farle cambiare idea e direzione, anche con la forza. È per questo che sono venuto qui. Speravo che tu potessi prestarmi un paio dei tuoi uomini.

Sulle labbra di Corin affiorò un vago sorriso. — Lascia che ti mostri qualcosa. — Pigiò il tassello di un intarsio sulla sua scrivania e uno schermo ultrapiatto emerse dal pavimento dietro di lui. Pyrgus notò che si trattava di un modello molto all'avanguardia, dotato di tutte le più innovative funzioni di immersione tridimensionale: ultimamente la Società doveva aver rapinato un bel po' di banche! Corin armeggiò di nuovo con il tassello e un attimo dopo lo schermo prese vita.

Gli immersincanti trascinarono via Pyrgus all'istante. Sapeva di trovarsi ancora seduto nell'ufficio di Corin, naturalmente, tuttavia provò la netta sensazione di essere fuori, all'aria aperta, sul fianco di una dolce collina erbosa. Una leggera brezza gli scompigliava i capelli mentre osservava in lontananza le rovine di un edificio, ora ridotto a un mucchietto di macerie ancora fumanti.

— Che cosa sarebbe quello? — chiese.

— Il laboratorio — rispose Corin. — Lo abbiamo fatto saltare in aria.

Pyrgus si catapultò fuori dall'illusione e si voltò a fissarlo con espressione sbigottita, ma nello stesso tempo esultante. — Io non ne sapevo niente!

— I Sette hanno fatto il possibile per tenere nascosta la notizia: silenzio stampa assoluto e oscuramento totale delle informazioni. Dopotutto si trattava del loro più importante centro di ricerca. Sarebbe stato deleterio per la loro immagine ammettere che non erano stati in grado di proteggersi da un branco di elementi sviati, come si divertivano a descriverci. — Guardò Pyrgus con espressione benevola. — Davvero non hai alcun bisogno di preoccuparti che la tua manticora possa assalire il laboratorio, perché il laboratorio non esiste più. — Spostò indietro la sedia per poter guardare meglio le immagini sullo schermo. — Abbiamo usato esplosivi a energia campo zero che per anni impedisce la ricostruzione: nessun intervento magico potrà mai più funzionare in quel luogo, almeno fino alla fine di questo secolo.

— Quante vittime?

— Eh dai, Pyrgus! Sembra quasi che tu non ci conosca! L'attacco è avvenuto di notte, dopo che tutti erano andati a casa, e prima di dar fuoco all'esplosivo abbiamo portato fuori gli animali. L'unico a farsi male è stato uno dei nostri perché si è tagliato un dito con uno dei loro orribili strumenti per la vivisezione.

Pyrgus aveva la fronte corrugata. — Secondo me, potrebbe comunque andare là. Dopotutto lei non sa che lo avete fatto saltare in aria. — Si grattò il naso con fare pensieroso. — Non vorrei davvero che venisse catturata di nuovo. Soltanto il cielo sa cosa sarebbero capaci di farle, anche senza il loro prezioso laboratorio.

— Non andrà là se è in calore — lo rassicurò Corin. — Credimi, la vendetta sarà l'ultimo dei suoi pensieri. E in ogni caso, anche se non dovesse essere in calore, non ci sono molte probabilità che si avvicini a quel luogo. È da un po' che non vieni a Creen, vero?

— Quasi due anni, perché?

— Sono successe tante cose nel frattempo — spiegò Corin. — Lascia che ti mostri qualcos'altro. — Con le dita sfiorò una specie di tatuaggio disegnato sul piano della scrivania e subito l'immagine cambiò.

Per un attimo Pyrgus si ritrovò a fluttuare in alto sopra il terreno. Sotto di lui si apriva una distesa di praterie e foreste. Poi tutt'a un tratto si sentì sprofondare di migliaia di metri fino a quando non riuscì a distinguere qualche dettaglio del paesaggio. Brulicava di selvaggina, un vasto branco di... di... — Cosa sono? — Ma prima che Corin potesse rispondere, la scena si spostò su una veduta ravvicinata. — Santi Numi! — esclamò. — Quelle sono manticore! Ce ne sono decine e decine!

— A voler essere precisi in quel branco che vedi ce ne sono parecchie centinaia — puntualizzò Corin con tutta calma. — È uno dei più grandi.

— Com'è possibile? — chiese Pyrgus. — Quando portai via la mia, ce n'erano soltanto quattro nell'intero paese.

— Gli stregoni costruirono altri due prototipi, poi passarono dalla fabbricazione alla riproduzione e all'allevamento. Sono creature alquanto fertili, queste manticore. Basta procurarsi un paio di esemplari da accoppiare e subito dopo ci si ritrova con un branco intero! Quelle che vedi vagano libere per le praterie che circondano il luogo dove un tempo sorgeva il laboratorio. Se è andata in quella direzione, di sicuro si unirà al branco... È la sua natura! E se invece è finita da qualche altra parte, vorrà dire che troverà altri suoi simili: ora ci sono branchi di manticore sparsi per tutto il paese... a centinaia!

Pyrgus provò un'ondata di sollievo travolgente. — Allora posso davvero smettere di preoccuparmi per lei?

— Sì.

— E quindi posso anche... tornare a casa?

— Sì.

Un leggero cipiglio affiorò di nuovo sul suo viso. — Voglio assicurarmi al cento per cento che stia bene, che sia stata accolta in un branco e che possa tornare a vivere allo stato brado.

— Ci penseremo noi — lo rassicurò Corin. — Monitoriamo i branchi quotidianamente. Non dovrebbe essere difficile individuarla dato che si tratta di un primo prototipo. Non appena la rintracceremo, te lo faremo sapere.

— Grazie — mormorò Pyrgus con profonda riconoscenza. — Mi hai tolto un gran peso. Grazie di cuore, Corin.

VENTICINQUE

Mella avvertì una presenza dietro di sé e si voltò a dare un'occhiata, scoprendo che zia Aisling aveva raccolto abbastanza coraggio da avventurarsi sulla balconata. Teneva lo sguardo fisso verso la sala sotto. — Cosa succede? — bisbigliò. — Chi sono quelli? Possono aiutarci?

Mella la spinse indietro oltre la soglia e si chiuse la porta alle spalle facendo molta attenzione. Persino con la porta chiusa, parlava a bassa voce. — Non dobbiamo fare rumore. Credo che ci troviamo nella Terra di Halek — mormorò.

Aisling rimase a guardarla con espressione vuota. — Vuoi dire che allora non siamo nel Paese delle Fate? O nel Regno degli Elfi, o come accidente lo chiamate voi?

— Certo, certo — replicò Mella impaziente. — La Terra di Halek è un paese nel Regno degli Elfi.

— Credo proprio — disse Aisling in tono severo — che per noi due, per me e per te, sia arrivato il momento di fare una bella chiacchierata su tutto quello che è successo. Sapevo che Henry stava combinando qualcosa, l'ho sempre saputo... per anni! Allora, adesso vive davvero in pianta stabile in questo Regno degli Elfi?

Mella annuì.

— E davvero si è sposato con la Regina degli Elfi?

Mella annuì di nuovo.

Sul volto di Aisling sbocciò di colpo un sorriso glaciale. — Non riesco a credere che Henry abbia *sposato* una fata! È una cosa folle, persino per lui! — Un istante dopo il sorriso le svanì dalle labbra e un'espressione pensosa le balenò negli occhi. — Se si è sposato con la Regina, vuole dire che lui è diventato Re, giusto?

— Be', in realtà Principe Consorte. — Mella non sapeva dove voleva andare a parare la zia con quella discussione, ma qualcosa nel tono della sua voce non le piaceva affatto.

— Comunque, ciò significa che rimane pur sempre un uomo molto importante, vero? Intendo dire che ha sudditi e servitori e cose del genere? *Governa* il popolo?

— A dire il vero aiuta mamma a governare — la corresse Mella. — Le dà consigli e suggerimenti e qualche volta lei lo ascolta anche.

— Immagino che adesso sia ricco. Possiede oro e gemme, vive in un palazzo?

Mella cominciava a sentirsi a disagio. — Zia Aisling, noi...

— È ricco? — sbottò Aisling. — Voglio sapere se è ricco!

— Riceve un assegno statale — spiegò Mella di malavoglia. — Immagino che si tratti di una cifra piuttosto ingente. E metà degli averi di famiglia di mia madre sono passati automaticamente nelle sue mani quando si sono sposati, anche se non penso che li abbia presi davvero... E poi, sì, vivono in un palazzo perché mamma è la Regina e papà è il Principe Consorte.

Uno sguardo incantato si posò sugli occhi di Aisling. — Mio fratello è Re del Regno degli Elfi! — esclamò con un filo di voce. — Mio fratello è *Re* del Regno degli Elfi! — Un attimo dopo tornò di colpo a rivolgere la propria attenzione a Mella. — Io sono la sorella del Re e tu sei la figlia del Re. Mi spieghi perché mai dovremmo restarcene qui nascoste come fossimo dei criminali? Adesso ordiniamo a quella plebaglia là sotto di interrompere quella loro stupida, insignificante riunione e di procurare un mezzo di trasporto che ci porti a palazzo. Voglio scambiare due parole con tuo padre. Si è comportato in maniera ignobile, per *anni*. Perciò credo sia arrivato il momento che si sforzi di riparare, non trovi? E non soltanto nei miei confronti, ma anche nei confronti di nostra madre. Non oso nemmeno *immaginare* cosa penserà quando le racconterò tutta questa storia. Ma prima voglio parlare con Henry! — Si voltò per aprire di nuovo la porta.

Mella si affrettò a bloccarla per un braccio. — Non puoi semplicemente ordinare a quelle persone di procurarti un mezzo di trasporto... Qui siamo nella Terra di Halek!

Aisling la fissò senza capire. — E questo cosa vuol dire?

— Qui papà non è sovrano. La Terra di Halek è un paese indipendente. E poi mamma non è davvero Regina del Regno, o almeno non di *tutto* il Regno: quello è soltanto uno dei suoi titoli. Si chiama Regina Aurora e governa l'Impero degli Elfi, che in effetti è piuttosto vasto. Ma esistono comunque dei paesi al di fuori di esso e uno di questi è proprio la Terra di Halek.

— E tu come fai a sapere che qui siamo nella... cos'è che hai detto? Terra di Halek? Questo edificio in cui ci troviamo potrebbe essere ovunque.

Mella si leccò le labbra in un gesto nervoso. — Non ne sono sicura. Tuttavia penso che potrebbe trattarsi di un'assemblea della Tavola dei Sette, e la Tavola dei Sette governa la Terra di Halek.

— La Terra di Halek è nemica dell'Impero? — chiese Aisling.

Mella rimase a fissarla soprappensiero. Per quanto ne sapeva, la Terra di Halek non aveva stretto alleanza con l'Impero, ma d'altra parte non aveva mai sentito nemmeno descrivere quel paese come nemico. E poi lei non si era mai interessata molto di politica. Gli stregoni non avevano molti contatti al di fuori della loro cerchia, se non quando si trattava di commerci, e oltretutto erano *estremamente* diffidenti riguardo alle persone che potevano o non potevano entrare nel loro paese per scopi diversi da quelli commerciali (particolare che avrebbe reso le cose doppiamente difficili se *davvero* erano finite nella Terra di Halek). Questo era quanto sapeva. Fatta eccezione ovviamente per la frase che aveva sentito poco prima: «E così potremo procedere all'invasione dell'Impero come pianificato.» Non era possibile che la Terra di Halek avesse pianificato di invadere l'Impero, o almeno non l'Impero di sua madre: era troppo vasto, troppo potente. Un paese da solo non avrebbe mai potuto anche solo sperare di vincere una guerra contro di esso; inoltre i governanti della Terra di Halek erano troppo sospettosi nei confronti di chiunque, perciò di certo non avevano stretto alleanze. Mentre si spremeva il cervello nel tentativo di ricordare se per caso esistesse un altro impero nel Regno degli Elfi, Mella si ritrovò a rammaricarsi di non essere stata abbastanza attenta durante le lezioni di geografia, o durante quelle di politica, o quelle di...

Un attimo, fermi tutti! Una volta il suo insegnante di storia non aveva forse menzionato un certo Impero Chlorostrymone? Era crollato centinaia e centinaia di anni prima, ma non aveva sentito dire che ne era rimasta traccia da qualche parte verso nord? Una piccola coalizione di staterelli un tempo parte del grande Impero Chlorostrymone? Forse era proprio quel residuo d'impero che i Sette stavano pianificando di invadere, anche se in tutta sincerità non riusciva proprio a immaginarne il motivo: ora quei poveretti lassù al Nord non possedevano altro che grasso di foca. Doveva assolutamente tornare subito a casa per riferire ai genitori ciò che aveva sentito: ci avrebbero pensato loro a sistemare la faccenda. In cuor suo, però, si era già data una risposta: nessuno pianificava un'invasione per assicurarsi una bella scorta di grasso di foca. Comunque, per il momento doveva risolvere un problema più incombente: sua zia, che ancora le stava col fiato sul collo.

— Non ne sono sicura — ripeté.

— Oh, non essere ridicola! — sbottò Aisling. Spalancò la porta e fece un cenno del capo nella direzione della balconata. — Credi davvero che quello sia il Consiglio di Governo della Terra di Halek?

— Sì. — Più ci pensava, più ne era sicura. Avrebbe tanto voluto che la zia la lasciasse in pace a riflettere su quella situazione. Anzi, avrebbe tanto voluto che la zia se ne andasse proprio via!

— Bene — disse Aisling in tono fermo. — Se la Terra di Halek non è un paese nemico, dovrà essere per forza un paese amico o perlomeno neutrale. E quello laggiù è il Consiglio di Governo. Se tu sapessi come funzionano queste cose, Mella, non avresti difficoltà a capire che in qualità di sorella del Re e di figlia del Re abbiamo il diritto a essere trattate come autorità in visita ufficiale, e *saremo* trattate come autorità in visita ufficiale. Adesso scendo e vado a spiegare che ci troviamo qui a causa di uno sfortunato incidente con un portale, e poi chiederò, con estrema educazione e gentilezza, malgrado io rappresenti un potente impero che farebbero meglio a rispettare... Insomma, chiederò che ci organizzino il trasporto a palazzo, dove, te lo posso assicurare, parlerò molto schiettamente con il *Principe Consorte* Henry. Molto, molto schiettamente.

— Zia Aisling, io non...

Ma ormai era troppo tardi. Aisling scivolò fuori dalla porta e, senza fare il benché minimo tentativo di nascondersi, avanzò a falcate decise lungo la balconata verso la scala che conduceva alla sala del consiglio sottostante. Mella fece per lanciarsi dietro di lei, ma dopo pochi passi si bloccò. Se alla fine i Sette avessero deciso di condannarla all'impiccagione per violazione del sistema di sicurezza o per eccesso di impertinenza o magari di stupidità, non sarebbe stata colpa di nessuno, se non della stessa Aisling. Non era il caso che la zia trascinasse anche lei sul patibolo.

Meglio aspettare e vedere cosa succedeva. Con estrema cautela Mella strisciò fino al bordo della balconata e abbassò di nuovo lo sguardo.

Un drappello di Guardie Goblin comparve prima che Aisling arrivasse a metà scala. Una volta per questo sistema di vigilanza venivano usati veri e propri goblin, ovvero demoni evocati da Infera agghindati in una tuta argentea e obbligati a fornire i propri servizi anche a costo di arrivare al sacrificio, in talune occasioni. Ma ancora al tempo in cui la madre di Mella era una ragazzina, le guardie demoniache erano state rimpiazzate da illusioni intelligentemente fabbricate, dotate di sufficiente solidità per aggredire e ammazzare con la stessa ferocia di un goblin reale. In origine questa tecnica del ricorso all'illusione si era sviluppata dentro i confini della Terra di Halek, ma si era poi diffusa in fretta non appena gli stregoni avevano deciso di metterla in vendita. Mella capì che stava per arrivare una guardia ancora prima che si manifestasse, quando all'improvviso avvertì quel loro caratteristico stridio, quasi un frinire d'insetto, accompagnato da un ritmico clic-clac simile al ticchettio di chele di granchio.

— Non muoverti, zia Aisling! — gridò mentre i goblin cominciavano a materializzarsi. Ecco a cosa era servito tenersi indietro per aspettare e vedere cosa sarebbe successo. Sette teste si voltarono a guardarla. Era stata colta in pieno. Ma cos'altro poteva fare? Dopotutto Aisling era sua zia e le Guardie Goblin *ammazzavano* la gente.

Aisling si bloccò sul posto. Naturalmente prima di allora non aveva mai visto qualcosa di simile ai goblin in vita sua, ma a essere sinceri li affrontò senza batter ciglio. Pur gridando dalla posizione arroccata a metà scala, si rivolse con estrema calma ai sette personaggi raccolti intorno al tavolo: — Sono Lady Atherton, sorella di Sua Maestà il Principe Consorte Henry del Regno degli Elfi. Vi chiedo di garantire che queste creature non mi facciano del male.

Lady Atherton? Non si poteva fare a meno di ammirarla. Ma almeno i demoni non stavano più avanzando e non si sarebbero mossi fin tanto che lei rimaneva ferma. Anche Mella decise di rimanere perfettamente immobile: al minimo movimento, l'avrebbero di sicuro aggredita, e per raggiungerla avrebbero travolto Aisling senza tante cerimonie.

La donna a capotavola si abbassò il cappuccio rivelando un viso dai tratti spigolosi, quasi crudeli. Rimase a fissare Aisling con sguardo truce. — Come avete ottenuto accesso alla nostra sala? — chiese con voce carica di rancore.

Dovevano per forza trovarsi nella Terra di Halek, pensò Mella. Soltanto in quel paese avrebbero fatto per prima una domanda del genere. Non "cosa volete?", non "cosa ci fate qui?", non "chi avete detto di essere?", ma "come avete fatto a entrare?". All'improvviso le venne in mente che il sistema di difesa doveva essere impostato per impedire qualsiasi tentativo di ingresso tramite portale proveniente dal Regno degli Elfi o da Infera. Probabilmente gli stregoni non si erano mai posti il problema su come proteggersi dalle intrusioni in arrivo dal Mondo Analogo, dove nessuno usava i portali, nessuno si serviva di alcun genere di magia e per di più nessuno credeva all'esistenza degli stregoni.

— Non ne ho la più pallida idea — rispose Aisling, come se si trattasse di una domanda senza particolare importanza. — Ma vogliate gentilmente ordinare a questi bestioni di farsi da parte e di lasciarmi passare, così posso scendere senza essere costretta a gridare. Ho necessità di darvi alcune disposizioni.

Uno degli uomini intorno al tavolo borbottò: — Il Principe Consorte Henry, Signore del Regno degli Elfi, non ha una sorella in questo Regno.

Subito l'attenzione di Mella si concentrò su tre parole ben precise di quell'affermazione: *in questo Regno.* Non aveva detto "non ha una sorella", ma «non ha una sorella in questo Regno». Senza dubbio si trovavano nella Terra di Halek. L'efficienza dei servizi segreti coordinati dagli stregoni era leggendaria, o almeno venivano considerati alla pari, se non anche qualcosa in più, di quelli gestiti da Madama Circe. Così sapevano che suo padre aveva una sorella nel Mondo Analogo, e probabilmente sapevano anche come si chiamava. Mella sperava solo che alla zia non venisse in mente di mettersi a raccontare bugie. Già aveva rischiato grosso annunciandosi come Lady Atherton, davvero un'uscita infelice.

— Io non vengo da questo Regno — precisò Aisling scandendo ogni singola parola con voce chiara e decisa. — Io vengo da... — ammutolì di colpo, mentre ovviamente si chiedeva come quegli esseri alieni potessero chiamare il suo mondo, e infine concluse: — ... vengo dal Regno degli Umani.

Subito un brusio concitato corse lungo tutto il tavolo e, anche se non riusciva a sentire una parola, Mella capì che all'improvviso quei Sette si erano ritrovati a discutere di vecchie preoccupazioni, ovvero come era potuto accadere che un abitante del Mondo Analogo fosse riuscito a sfondare le loro difese e a penetrare nella loro sala. La voce dell'uomo che aveva parlato poco prima si sollevò sopra il brusio per chiedere: — Qual è il vostro nome? — Aggrottò la fronte, come alla ricerca del termine più corretto, e poi specificò: — Il vostro nome *di battesimo*?

— Mi chiamo Lady Aisling — rispose lei, probabilmente dopo aver pensato che forse "Lady Atherton" poteva non essere il modo esatto di presentarsi.

— *Lady* Aisling? — le fece eco l'uomo inarcando un sopracciglio.

Le cose non si stavano mettendo bene, proprio per niente. Mella si chiese se non avrebbe fatto meglio a tagliare la corda e a lasciare che Aisling se la sbrigasse da sola.

Ma dove poteva andare? Il teletrasporto era rotto, perciò non c'era alcun portale aperto ad aspettarla. Scappando da dove era arrivata forse sarebbe riuscita a uscire da quell'edificio, ma forse anche no. La scala su cui si erano ritrovate all'inizio magari conduceva semplicemente a un piano superiore. E anche se fosse riuscita a uscire, a cosa sarebbe servito? Si sarebbe ritrovata sperduta in una qualche parte non ben definita della Terra di Halek. Ovviamente un articolato sistema di sicurezza circondava l'edificio in cui si radunavano i Sette. Sarebbe stata catturata nell'istante stesso in cui avesse messo piede fuori. Catturata o uccisa.

Una figura incappucciata si sporse in avanti per sussurrare qualcosa all'orecchio della donna a capotavola. Entrambi si voltarono a guardare Mella. — Ne siete sicuro, Compagno Aubertin? — chiese la donna.

— L'ho vista una volta durante una cerimonia ufficiale, Compagna Ysabeau — rispose l'uomo.

La strana donna di nome Ysabeau gridò: — Siete Culmella Chrysotenchia?

Mella deglutì. — Sì, signora — rispose, urlando a sua volta.

— E questa... *Lady* Aisling, è la sorella di vostro padre? Viene dal Mondo Analogo?

— Sì, signora — ripeté Mella.

Ysabeau fece un rapido cenno con la mano e le Guardie Goblin svanirono. Si alzò in piedi e si avvicinò alla scala. — Lady Aisling, Principessa Culmella, a nome della Tavola dei Sette vi do il benvenuto nella Terra di Halek.

VENTISEI

Compagna Ysabeau le condusse in una suite con camere magnificamente arredate, dove avrebbero potuto darsi una rinfrescata.

Aisling era in estasi. — Hai visto? — continuava a ripetere. — Hai visto? Non ti avevo detto che saremmo state trattate come vere e proprie autorità in visita ufficiale? Te l'avevo detto o no? — Si precipitò nella sua camera e pochi istanti dopo ne uscì di corsa. — Mio Dio, Culmella, vieni subito a vedere!

Mella la seguì da brava nipote ubbidiente. Zia Aisling aveva spalancato tutte le ante di un gigantesco guardaroba. — Guarda! — esclamò. — Guarda cosa mi hanno preparato! — C'erano vestiti di ogni foggia e colore: abiti da sera, da cerimonia e anche più informali, da giorno; completi, giacche, maglie con le maniche lunghe, con le maniche corte e anche senza maniche; camicie, calzoni eleganti e sportivi, tuniche e casacche; capi in seta, in raso e intessuti di fili d'oro; cappelli, sciarpe e foulard; soprabiti, cappotti in pelle e pellicce; tessuti con disegni, tessuti con stampe e persino tessuti con immagini animate grazie a semplici incantesimi. — E sono tutti della mia taglia! — strillò Aisling. — Mi calzano a pennello.

"È ovvio che ti calzino a pennello" pensò Mella seccata. "Si tratta di un banale vestincanto creato apposta su misura per te... Ma da dove vieni?"

— Guarda! — Incapace di contenere l'entusiasmo, Aisling tirò un cassetto così forte da farlo scivolare fuori dalle rotaie, e tutto il suo contenuto si riversò sul pavimento in una cascata luccicante. Persino Mella rimase basita davanti a quello spettacolo. Il cassetto era pieno zeppo di monili e orpelli vari, realizzati soprattutto con gemme e pietre preziose. Riconobbe opali, zaffiri, ametiste, rubini, smeraldi, tormaline, spinelli, topazi, pietre del sole e pietre della luna, agate, turchesi, acquemarine, diaspri sanguigni, coralli lucidati, giade e granati, olivine, zirconi e diamanti a volontà. Alcune erano incastonate in spille, bracciali e pendenti, mentre altre erano chiaramente pensate per decorare abiti e accessori, ma tutte, senza eccezione, erano state rivestite con una mano di vernice magica. Di conseguenza luccicavano di un bagliore intenso, canticchiavano con voce soave e inoltre emanavano le fragranze più paradisiache. Come se non bastasse, alcune danzavano con movenze sinuose o ruotavano lentamente su se stesse.

— Voglio solo... — borbottò Mella gettando un'occhiata verso la porta.

— Devi assolutamente vedere *questo*! — la interruppe lo strillo della zia mentre spalancava le ante di un altro armadio. — Scarpe! — cinguettò inebriata.

L'armadio era stato trattato in modo che, una volta aperte le ante, lo spazio interno si espandesse fino a diventare una sorta di ripostiglio delle dimensioni di un piccolo magazzino. Conteneva file su file di rastrelliere, impilate le une sulle altre come scaffali, ognuna carica di centinaia di scarpe. Faretti si accendevano e spegnevano a intermittenza per illuminare un paio dopo l'altro e facilitarne così la visione.

Non era la prima volta che Mella vedeva usare quel sistema, ma soltanto in contesti commerciali e in scala notevolmente ridotta. — Ci puoi anche entrare — disse nella speranza di sbarazzarsi di Aisling. Aveva bisogno di riflettere. *Sentiva* che non doveva fidarsi di quella Compagna Ysabeau, e nemmeno degli altri incappucciati. Aveva bisogno di allontanarsi dalla zia sovreccitata e prendersi un po' di tempo per organizzare le mosse successive, lontano da quei futili entusiasmi per abiti e scarpe tipici di una ragazzina. Doveva assolutamente avvertire i genitori di quella *invasione dell'Impero*.

Alla fine Aisling ci entrò davvero, come in trance, con un'espressione di totale beatitudine dipinta in viso, e Mella colse l'occasione per lasciare la camera. Si trovava nella zona giorno – vasta, accuratamente illuminata, arredata con mobilio intarsiato d'oro e di strati su strati di incantesimi magici, più di quanti ne avesse mai visti in qualsiasi altro luogo dell'intero Regno degli Elfi – quando zia Aisling ricomparve, palesemente più alta di quanto non fosse stata pochi attimi prima.

— Guarda! — tubò come una tortorella. — Oh, Mella, *guarda*!

La ragazza mugugnò qualcosa di incomprensibile. Doveva mettere fine a quell'assurdità. Erano nei guai – lei *sapeva* che erano nei guai – e dovevano trovare un modo per uscirne al più presto. — Aisling, io...

Ma la zia non la stava ascoltando. Aveva indossato un abito da sera di lamé dorato con un ampio scollo a barchetta e lungo fino alle caviglie che in qualche modo la faceva sembrare ancora più alta, e ora stava piroettando in mezzo alla stanza per farsi ammirare. — Hai visto che roba? Guarda che scarpe!

Mella abbassò lo sguardo: Aisling portava scarpette dorate, con i tacchi alti e tempestate di gioielli, che fluttuavano – o meglio levitavano – circa dieci centimetri sopra la superficie del pavimento, sollevandola in aria.

— Non sono *divine*? — gorgheggiò zia Aisling. — Non sono le calzature più incantevoli che si siano mai viste? E poi sono così *comode*! Davvero, devi...

Ma Mella ne aveva abbastanza. — Adesso vorrei farti vedere *io* qualcosa, zia Aisling — la interruppe in tono deciso e camminò fino alla porta della suite che dava sul corridoio esterno. Rimase in attesa.

— Be', non c'è bisogno di parlarmi con quel tono — ribatté Aisling imbronciata. — Se guardi bene nell'armadio della tua stanza, sono sicura che troverai qualche bel vestitino adatto a una ragazza della tua età. Compagna Ysabeau non si sarà certo dimenticata di te, perciò non c'è alcun motivo di essere così invidiosa. Ascolta, perché non andiamo insieme in camera tua, ti aiuterò a scegliere qualcosa di carino. Immagino che stiano organizzando una specie di ricevimento, probabilmente persino un banchetto in mio – nostro – onore, perciò dovrai agghindarti come una vera e propria Principessa. Insomma, non puoi mica presentarti con gli stracci che hai indosso!

Mella le scoccò un'occhiataccia. — Vieni... *subito*... qui!

Aisling sussultò. — Davvero, Mella, non capisco cosa ti prenda adesso. — Ma si avvicinò comunque di qualche passo alla nipote.

— Prova ad aprire quella porta — disse Mella, ora in tono calmo.

— Cosa?

— Prova ad aprire quella porta — ripeté con un cenno verso la maniglia dorata.

Aisling la guardò con sospetto. — Perché? — chiese. — Perché vuoi che esca?

— Prova ad aprire quella *stramaledetta* porta! — sibilò Mella con furia. Aveva imparato quell'espressione dal padre, che una volta le aveva spiegato come quell'aggettivo avesse un forte impatto sugli umani, mentre invece l'effetto andava completamente perduto nel Regno degli Elfi, dove la parola "maledizione" veniva usata soltanto come esclamazione e in realtà non se ne conosceva nemmeno il significato.

E in effetti ebbe davvero un forte impatto su Aisling, che trasalì visibilmente e in un istante la diffidenza che portava dipinta in viso si trasformò in profondo turbamento. — Mella! — riuscì soltanto a esclamare, ma in ogni caso volò su quelle divine scarpette magiche che aveva appena scoperto, facendo attenzione a passare alla larga dalla nipote come se avesse la lebbra, e finalmente afferrò e abbassò la maniglia.

La porta era chiusa a chiave, proprio come aveva sospettato Mella.

Ed era chiusa dall'esterno.

VENTISETTE

Giacevano fianco a fianco su un letto a baldacchino. Henry batté le palpebre e si ritrovò tra morbide lenzuola nere di seta. I drappi di broccato splendevano di un rosso vivo, così intenso da provocargli quasi una morsa allo stomaco. Le tende in fondo al letto erano state scostate quel tanto che bastava per offrirgli uno scorcio della camera: sulla parete di fronte, un affresco animato frutto di un incantesimo rappresentava una classica scena di ninfe che con aria quasi annoiata correvano in perenne fuga da un branco di satiri. Dal pavimento la moquette mandava guizzi di un giallo bilioso. Si mise a sedere sul letto e all'improvviso si sentì la testa pulsare, come se la sera prima avesse bevuto fino a stare male.

— Che gusto schifoso — farfugliò.

Aurora emise quel buffo, fievole gemito che le scappava sempre di bocca appena prima di svegliarsi, e infatti pochi attimi dopo aprì gli occhi. Guardò Henry, le tende che li circondavano e infine l'affresco in movimento. Aspettò ancora qualche istante e infine anche lei si mise a sedere. Indossavano ancora gli abiti che avevano scelto per il viaggio nel Mondo Analogo.

— A quanto pare siamo tornati nel Regno — annunciò Henry. L'affresco era un chiaro indizio. A meno che non avessero usato una retroproiezione.

— Già — bofonchiò Aurora. Allungò i piedi fino a terra e si alzò. — Hai idea di quanto a lungo sono rimasta priva di sensi?

— No. — Henry scosse il capo e subito si pentì di averlo fatto. — Anche tu hai mal di testa?

— Sì.

— Comunque, abbastanza per farci passare di nuovo da un portale e portarci qui — disse Henry in risposta alla domanda della moglie. — Erano Bombix e Sulfureo.

— Già — ripeté Aurora.

— Pensavo che fosse pazzo.

— Sulfureo? Lo era e probabilmente lo è ancora. — Aurora indugiò un istante. — Non ho la *sensazione* di essere rimasta priva di sensi per un lungo periodo, ma è difficile dirlo.

Henry raccolse un po' di coraggio e provò anche lui a mettersi in piedi. Per qualche attimo la testa gli dondolò, ma non la vide rotolare via dal collo. Chiuse gli occhi e li strizzò forte, poi li aprì di nuovo e si sentì un po' meglio. — Per catturarmi devono avermi buttato addosso una specie di rete magica.

— Anche a me — disse Aurora. — Un acciuffincanto piuttosto comune, ma questi giochetti tipici di Infera rischiano di arrecare seri danni al sistema nervoso. In ogni caso l'effetto dovrebbe passare in fretta adesso che siamo svegli.

Si guardarono intorno. Lo stile sgargiante della stanza si riproponeva in tutto il mobilio, ma il pezzo senza dubbio più impressionante era una toeletta con specchiera che si illuminò di luce propria quando Henry toccò la sedia che vi stava accanto. Si vide di sfuggita nello specchio e pensò che, malgrado tutto, aveva un aspetto piuttosto dignitoso.

— Distorsione positiva — borbottò Aurora, irritata. — Questa è la camera da letto di una persona vanitosa.

— Bombix? — chiese Henry. Ipotesi sensata dal momento che erano stati catturati da Bombix e Sulfureo! Ma perché Bombix li aveva rinchiusi a chiave nella sua camera da letto? Perché non in una cella segreta in un qualche luogo sperduto e sconosciuto? Anche se per lui era ancora difficile crederci, loro erano il Re e la Regina... D'accordo, il Principe Consorte. Non aveva senso rapire il Re e la Regina e rinchiuderli a chiave nella propria camera da letto, dove chiunque poteva entrare e trovarli e non c'era un adeguato sistema di sicurezza. Sembrava l'inizio di una fiaba inventata da un bambino. Quella però poteva anche non essere una vera e propria camera da letto. Magari era una cella segreta tirata a lustro per sembrare una camera da letto. Comunque, reale o finto che fosse quel posto, rimaneva soltanto una domanda: — E adesso come facciamo a scappare da qui?

— Dalla finestra? — suggerì Aurora. Si avvicinarono insieme e posarono lo sguardo su un giardino ben curato.

Henry fece scorrere con delicatezza il palmo della mano lungo la superficie del vetro e provò il familiare prurito causato dalla sua intolleranza alla magia. — È rivestito di incantesimi — mormorò. All'improvviso gli balenò il pensiero che quel giardino curato potesse essere soltanto un'illusione creata dal rivestimento magico sul vetro. Là fuori in realtà poteva esserci un mare in tempesta, un lago di lava o una foresta gremita di dinosauri.

— Non per questo è indistruttibile, anche i vetri ricoperti di incantesimi possono rompersi — replicò Aurora.

Henry ne dubitava. Bombix e Sulfureo non li avrebbero mai imprigionati in una stanza con finestre *non* indistruttibili. In ogni caso si guardò bene dall'intavolare una discussione con la moglie, che diventava ancora più testarda quando si metteva in mente qualcosa. Si guardò intorno e alla fine gli occhi andarono a posarsi sulla sedia della toeletta. — Stai indietro — disse mentre la sollevava.

Aurora si fece da parte quando il marito la scagliò contro il pannello della finestra. La sedia colpì il vetro con un sonoro "tonk" e rimbalzò indietro con furia.

— Vetri antisfondamento — osservò. — Non sarà facile come pensavamo.

Henry, che non aveva mai pensato che sarebbe stato facile, sistemò con cura la sedia accanto alla toeletta. — Chissà se qui dentro c'era un camino...

— In una camera da letto? — chiese Aurora sorpresa.

— Certo, se è una casa vecchia. Un tempo — spiegò Henry — nelle camere da letto delle vecchie case del mio mondo c'era sempre un camino. Magari era lo stesso anche qui.

— Non da quando abbiamo scoperto la magia — ribatté Aurora. — Non so se li abbiamo mai usati in camera da letto. Comunque, qui non c'è nessun camino.

— Lo so che non c'è. Ma questa o è una costruzione nuova o è una casa vecchia ristrutturata. Se è una costruzione nuova, non c'è di certo un camino, ma se è una casa vecchia ristrutturata, allora potrebbe essercene uno nascosto. — Se ce ne fosse stato uno nascosto, avrebbero potuto sfondare la parete e arrampicarsi lungo la canna fumaria, ammesso che il camino non fosse stato chiuso completamente sul tetto. Henry cominciò a tamburellare le dita sulla parete, come un medico intento ad auscultare il busto di un paziente, nella speranza di rilevare una cavità.

Aurora distolse lo sguardo disgustata e si avvicinò di nuovo alla finestra. — C'è qualcosa in quel giardino... — mormorò.

— Io ho pensato che potrebbe non esserci affatto — ribatté Henry. Fino a quel punto ogni singolo centimetro della parete che tastava risuonava solido come roccia, forse perché il muro era davvero fatto di roccia.

— Cosa potrebbe non esserci affatto?

— Tutto questo. Pensavo a quella specie di illudincanto — bofonchiò Henry. — Quel rivestimento patinato e di cattivo gusto che usano nelle minuscole case di città per farti credere di vivere in un podere di campagna. — Decise di non menzionare la teoria della cella segreta tirata a lustro perché probabilmente sarebbe servito soltanto a turbare Aurora o, peggio ancora, a farla arrabbiare. Tastò un altro tratto di muro: solido anche quello.

— Ne dubito — ribatté Aurora. — Quelli sono obbrobri da quattro gnutti. Se li si guarda da una certa angolazione, quasi sempre si scorge una patina che smaschera il trucco. Non c'è niente del genere su questa finestra.

— Aurora... — mormorò Henry.

— Inoltre c'è qualcosa di strano in quel giardino là fuori, qualcosa di...

— Aurora... — ripeté Henry.

— ... familiare. Come se...

— Aurora! — chiamò di nuovo Henry. — La porta è aperta.

Lei si voltò e sul viso le affiorò un'espressione di stupore, che un attimo dopo si trasformò in ammirazione. — Come diamine hai fatto?

Henry si stava chiedendo esattamente la stessa cosa. Stava tastando la parete quando all'improvviso era arrivato alla porta e per qualche strano motivo – forse solo per forza d'abitudine – aveva abbassato la maniglia e spinto verso l'esterno. La porta si era aperta senza problemi. Per un attimo prese in considerazione l'eventualità di vantarsi del fatto di aver scassinato la serratura – adorava quello sguardo incantato – ma sapeva che a quel punto la moglie avrebbe preteso ulteriori spiegazioni e sarebbe scoppiata una lite, perciò non ne valeva proprio la pena. Così alla fine disse semplicemente: — Io non ho fatto niente: non era chiusa a chiave.

— Ne sei sicuro? — chiese Aurora.

Henry indicò la porta aperta e inarcò le sopracciglia.

— Suppongo di sì — commentò lei. Gli si avvicinò, lo prese per mano e uscirono insieme dalla stanza.

Si ritrovarono nell'ala delle camere da letto di una residenza arredata con lusso, anche se un po' pacchiano. Nessuna porta era chiusa a chiave e non era in funzione alcun sistema di sicurezza magico. Non c'erano nemmeno guardie: a dire il vero, loro due sembravano gli unici esseri viventi in casa.

Quando entrarono in un ampio salotto, Aurora esclamò: — Avevi ragione!

— Davvero? — chiese Henry. — Riguardo a cosa?

— Guarda quel pianoforte bianco con le gambe ornate di cristalli. Siamo a casa di Bombix, non c'è dubbio. Sono già stata qui: ecco perché il giardino aveva un'aria così familiare. Una volta ci sono venuta con Ciancia.

Henry si guardò intorno. Perché Bombix li aveva rapiti per poi lasciarli con la casa a completa disposizione? — Perché mai ci... — esordì.

— Fu quando ancora si spacciava per un rinomato decoratore d'interni kitsch per nascondere il fatto che in realtà era una spia di Lord Rodilegno — lo interruppe Aurora. — Ha lasciato questo posto esattamente com'era allora. Vieni a vedere il giardino, non crederai ai tuoi occhi!

Lo condusse fuori attraverso un'ampia portafinestra che dava su un prato curato alla perfezione, e imboccarono un sentiero costeggiato da aiuole di digitali e campanelle che li accompagnarono con il loro canto soave mentre camminavano lungo il perimetro del palazzo. A un certo punto il sentiero si inoltrò nel giardino, serpeggiando attraverso un boschetto a forma di cuore e oltre un campo da croquet con porte color rosa fosforescente.

— Preparati — disse Aurora.

Svoltarono un angolo e Henry si ritrovò a guardare una piscina intagliata in un blocco unico di ametista, bordata d'oro e colma di acqua frizzante mossa da un apposito macchinario installato per mantenerne l'effervescenza. L'intero paesaggio era baciato da caldi e perpetui raggi di sole.

— Mio Dio! — esclamò.

— Niente male, eh? — commentò Aurora.

Henry distolse a fatica lo sguardo dalla piscina. — Quello che non capisco è perché ci abbiano rapiti e portati qui. Insomma, tu sapevi che questo posto appartiene a Bombix, e devono saperlo anche altre persone. È il primo luogo in cui verranno a guardare quando presenterà una richiesta di riscatto.

— Ammesso che abbia intenzione di presentare una richiesta di riscatto — ribatté Aurora a denti stretti.

— Be', cos'altro... Oh... oh, mamma mia! Pensi che potrebbe...?

— Non lo so, probabilmente vuole un riscatto, ma hai ragione riguardo al fatto che è strano che ci abbia portati qui.

— E per di più senza guardie — aggiunse Henry. — Immagino però che ci sia un sistema di sicurezza, anche se non lo abbiamo ancora scoperto. Un campo di forza che circonda la proprietà o qualcosa del genere.

Aurora scosse il capo. — Non ne ha bisogno. Questo posto si trova nel bel mezzo delle Piane Selvagge. Siamo circondati da pizzichello. L'unico modo sicuro per entrare e uscire da questo palazzo è per via aerea.

— E noi non abbiamo un volasvelto — commentò Henry.

— E noi non abbiamo un volasvelto — confermò Aurora.

Camminarono insieme nel giardino finché non raggiunsero il confine del podere, dove si fermarono a osservare la distesa selvaggia delle Piane. Il pizzichello ribolliva e si contorceva come un oceano in tempesta. Un basso recinto rivestito di incantesimi gli impediva di invadere la proprietà di Bombix.

— Qualcuno è mai sopravvissuto là fuori a piedi? — chiese Henry.

— Una volta un tizio ce l'ha fatta per quasi due chilometri in un'auto blindata, però il veicolo si è dissolto subito dopo. E una leggenda racconta che ai tempi di Scolitandes il Fiacco due prigionieri in fuga attraversarono tutte le Piane a piedi, ma in realtà non ci crede nessuno.

— Nondimeno — disse Henry — se non riusciremo a recuperare un volasvelto, dovremo provarci anche noi.

Aurora annuì. — Lo so. Per il bene di Mella.

ꙮ VENTOTTO ꙮ

— Simbala? — suggerì Corin. — C'è un salone molto carino giusto dietro l'angolo.

— Dovrei tornare a casa — disse Pyrgus poco convinto.

— Solo un bicchierino prima del viaggio.

Sulle labbra del Principe affiorò un sorrisetto. — Oh, e va bene allora! Ma solo uno, e solo se offro io.

— Mi sembra ovvio — ribatté Corin.

Lasciarono il quartier generale della Società attraverso una porta sul retro, dalla quale emersero in un vicolo puzzolente traboccante di immondizia. — Scusami — disse Corin. — Il fetore tiene lontana la gente, così nessuno viene a investigare su questo lato dell'edificio: è un espediente di certo più economico degli incantesimi. Tappati il naso e saremo fuori in un attimo.

— Ma com'è la situazione politica? — chiese Pyrgus. — Devi combattere ancora contro soprusi e persecuzioni?

— Più che mai — rispose l'amico. — Non è che gli stregoni abbiano qualcosa in particolare contro gli animali... È solo che li trattano come se fossero una loro *proprietà*. Il solito, vecchio atteggiamento. Una volta che ti sembra di essere padrone del mondo, credi sia tuo diritto trattare gli animali come ti pare e piace, sfruttarli e farne ciò che vuoi. Siamo arrivati al punto che non devono nemmeno più provare dolore, così li possono tagliare a pezzi nei laboratori senza sentirsi in colpa.

— Be' — disse Pyrgus — non soltanto qui a Creen: anche da me c'è lo stesso atteggiamento. Magari non così diffuso, ma...

Finalmente uscirono dal vicolo e proseguirono lungo una stradina angusta.

— In realtà questo non rappresenta più un problema — continuò Corin. — Dopotutto stavamo facendo progressi ai vecchi tempi. Non così tanti come avremmo voluto, ma qualcuno sì. Avevamo una buona organizzazione per la propaganda, il messaggio era stato divulgato e la gente cominciava a prestare attenzione. Chissà come sarebbe andata... — Prese Pyrgus per un gomito. — Attraversiamo qui.

Raggiunsero il marciapiede opposto e Corin si fermò accanto a una rampa di stretti gradini in pietra che scendevano in un qualche recondito seminterrato. — No, il vero problema è la Tavola dei Sette. Santi Numi, il vecchio Consiglio degli Stregoni era una tragedia, e sono il primo a ricordare quanto fosse corrotto fino al midollo, ma i Sette sono dieci volte peggio!

Cominciarono a scendere con Corin in testa.

— Pensavo che fossero contrari alla corruzione — osservò Pyrgus. — Pensavo che tutti avessero accolto con gioia la rivoluzione.

— Oh, sì! Persino io ero contento. E ti dirò la verità, Pyrgus, anche se mi vergogno ad ammetterlo, ma ho sostenuto concretamente la causa dei Sette. A quel tempo parlavano di diritti degli animali. Fatto sta, però, che quando sono saliti al governo, tutto quel potere gli ha dato alla testa.

— Capita spesso — disse Pyrgus.

Arrivarono in fondo alla scala che dava su un cortiletto acciottolato. Corin lo attraversò per raggiungere una stretta porta in legno nascosta sotto un arco. — Vogliono avere il controllo su tutto, e se non lavori attivamente per loro, sei contro di loro. Devi aver notato quanto siano diventate severe le restrizioni quando si entra ed esce dal paese.

— Già — borbottò Pyrgus.

— Fu solo quando la Società per la Tutela e la Protezione degli Animali si rifiutò di diventare un'agenzia governativa ufficiale che la Tavola dei Sette ci dichiarò fuorilegge. Lo sapevi?

— No, non lo sapevo — rispose Pyrgus. — Pensavo che si fossero arrabbiati con te perché avevi fatto saltare in aria il loro laboratorio di vivisezione.

Corin spinse la porta e subito li travolse un'ondata di calore e di voci. — Quel fatto accadde dopo — spiegò con uno sbuffo sprezzante. — Quando decisero di rendere tutto illegale e tutto ciò che non era legale, obbligatorio. Questa è un po' un'esagerazione, ma hai capito cosa intendo dire.

Avanzarono nella penombra del salone simbala. Si trattava di un ambiente molto semplice: le pareti erano ricoperte di un rivestimento insonorizzante marrone scuro, e la scorta di bottiglie dietro il bancone era alquanto limitata. Almeno sedie, poltrone e divani erano ben disposti e molto comodi.

— Questo locale è legale? — chiese Pyrgus.

— Non dire scemenze — ribatté Corin.

Pyrgus fece un ghigno. — Cerca un bel posto dove sederci, io vado a prendere la musica.

Ordinò al barista due bicchierini da mezz'ora, poi decise che era troppo poco e che avrebbe fatto la figura dello spilorcio, così cambiò l'ordine e li prese doppi. Trasportò i bicchieri stracolmi di note su un vassoio fino all'angolo in cui Corin si era già disteso su un divano e gliene passò uno. Poi avvicinò una poltrona in modo che potessero chiacchierare indisturbati e si gustò il primo sorso di simbala. La musica gli scivolò lungo la gola come oro liquido. Appoggiò indietro la testa e chiuse gli occhi, mentre quella dolce sinfonia gli si diffondeva nel corpo.

— Hai ancora contatti con il governo del Regno? — chiese Corin in tono distratto.

Era una domanda strana, formulata in modo strano.

Pyrgus socchiuse le palpebre e rispose: — La Regina Aurora è ancora mia sorella, se è questo che intendi.

— Sì, lo so. Ma tu non hai niente a che fare con la politica spicciola da quando hai abdicato, giusto? Insomma, non hai contatti regolari con i suoi consiglieri o cose del genere?

— Non ha molti consiglieri ufficiali... Diciamo che in linea di massima manda avanti la baracca da sola: è sempre stata un piccolo tiranno. Perché me lo chiedi? — Come accadeva sempre, la musica si avvolgeva intorno alle parole donando loro una delicata melodia. Con la coda dell'occhio Pyrgus scorse Corin tracannare metà del contenuto del bicchiere in un sorso solo. Il volume all'interno del suo corpo doveva essere assordante.

— Girano voci che la Tavola sia in procinto di realizzare qualcosa di significativo. Mi chiedevo se anche il servizio di sicurezza della Regina Aurora ne avesse sentito parlare.

— In che senso "qualcosa di significativo"?

— Non lo so. Una specie di azione repressiva, forse? Ovviamente io sono preoccupato per la mia organizzazione... Tuttavia, potrebbe anche non trattarsi di un'iniziativa interna. Poco prima che tu arrivassi, ho saputo che al momento la Tavola trattiene due forestieri che sostengono di essere rappresentanti dell'Impero.

— A che livello? Hanno detto se sono diplomatici, o una sorta di delegazione commerciale, o altro?

— Non lo so. Ma se la Tavola ha deciso di trattenerli, ovviamente sospettano qualcos'altro.

— Spie? — chiese Pyrgus. La Tavola dei Sette era paranoica, ma questo non significava che i loro sospetti fossero sempre sbagliati: Madama Circe era del tutto capace di mandare agenti segreti nella Terra di Halek, malgrado il paese fosse considerato un cordiale vicino. E ne era capace anche la sua sorellina.

— Suppongo di sì.

Pyrgus aggrottò la fronte. — Abbiamo i nomi?

La musica doveva essere entrata nel flusso sanguigno di Corin, perché gli era comparso sulle labbra un sorrisetto soddisfatto che gli dava l'aria di essere la persona più spensierata del mondo. Però si riprese in fretta e subito il sorrisetto svanì. — Soltanto uno — rispose. — Avete una spia di nome Chirotentia?

Pyrgus scosse la testa. — No, ma non conosco il nome di tutte le nostre spie. A dire il vero non ne conosco praticamente nessuna. Persino quando mi preparavo a diventare Monarca, per quanto riguardava l'identità degli agenti segreti mi erano state fornite soltanto le informazioni strettamente necessarie a garantire l'espletamento del servizio.

— Camelia Chirotentia? — insistette Corin. — O forse Camelia Kissotentia? Qualcosa del genere. Potrebbe essere anche Camilius. La mia fonte soffre di una malformazione congenita al palato, la cosiddetta "gola di lupo".

Pyrgus scosse di nuovo la testa. — Questi nomi non mi dicono niente, ma come ho già detto... — Ammutolì di colpo, mentre un pensiero improvviso gli guizzava per la mente. Era assurdo. Lei era tornata a palazzo, e anche in caso contrario, era impossibile che fosse nella Terra di Halek. E se invece fosse *davvero* nella Terra di Halek, si sarebbe trattato di una vera e propria visita di stato accuratamente organizzata con tutte le formalità del caso. La gente di quel paese non l'avrebbe mai trattenuta contro la sua volontà. Non avrebbero mai osato! Un simile gesto andava contro il protocollo. A meno che, naturalmente, non si fosse infiltrata illegalmente, nel qual caso sarebbe scoppiato un incidente diplomatico. Fatto che di certo gli sarebbe arrivato alle orecchie, perciò non era accaduto e quindi non valeva la pena preoccuparsi... Eppure, Pyrgus non riusciva a smettere di pensarci, o per essere più precisi, non riusciva a smettere di pensare a tutte le marachelle che sua sorella Aurora era riuscita a combinare da ragazzina. Spesso quel genere di natura selvaggia e sfrenata si tramanda ereditariamente. Ma quale natura selvaggia avrebbe mai spinto una ragazzina a infiltrarsi nella Terra di Halek illegalmente? E *come* poteva una ragazzina infiltrarsi nella Terra di Halek? Corin gli aveva appena ricordato quanto fossero diventate severe le restrizioni di frontiera. No, non poteva essere accaduto.

— No! — gridò all'improvviso.

— No cosa? — chiese Corin.

— Non era per caso Chrysotenchia, vero? — farfugliò Pyrgus.

Rimanendo comodamente sdraiato sul divano, Corin aggrottò la fronte. — Potrebbe essere...

— Culmella Chrysotenchia?

Corin si mise a sedere di scatto. — La Principessa Reale? Oh, non penso proprio... — Guardò Pyrgus con aria sconcertata. — Non è possibile, vero?

— Non è probabile... — ribatté l'amico (Aurora si travestiva sempre da ragazzo e si ficcava in ogni genere di guai!) — ... ma è possibile. — Afferrò Corin per un braccio. — Andiamo!

— Dove?

Pyrgus si precipitò alla porta. L'improvvisa scarica di adrenalina gli aveva spazzato via dall'organismo fino all'ultima nota di musica. — Torniamo al quartier generale della Società a chiedere alla tua fonte se il nome era davvero Culmella Chrysotenchia... Se ne avremo conferma, credo proprio che mia nipote sia in un mare di guai.

~ VENTINOVE ~

Bombix sembrava muoversi con disinvoltura nel castello di Lord Rodilegno, pensò Sulfureo. Senza dubbio era stato riconosciuto dal sistema di sicurezza, altrimenti entrambi sarebbero già morti. Tuttavia, il fatto di essere stato riconosciuto non significava necessariamente che sarebbe stato accolto con gioia, come ben presto scoprirono quando raggiunsero Sua Signoria.

— Cosa ci fa quello qui? — sibilò Rodilegno con evidente irritazione.

Sulfureo gli scoccò un'occhiataccia diffidente. Qualcosa non tornava in quella storia. Bombix gli aveva raccontato che Rodilegno adesso era ridotto a un moncone di testa senza corpo, ma chiaramente gli aveva mentito. Ce l'aveva eccome un corpo, in tutto e per tutto simile a quello di una volta, in piena forma e in ottima salute, a giudicare dal colorito crudele che aveva in viso. Sembrava persino che si fosse alzato di qualche centimetro, ma forse era lui che si ricordava male. Era evidente che Bombix contava proprio sulla sua cattiva memoria. Probabilmente pensava che avesse dimenticato ciò che aveva detto riguardo a quel "moncone di testa senza corpo". Ovviamente Lord Rodilegno e Bombix avevano ordito un efferato complotto per ucciderlo. Ma lui non era certo preoccupato per questo: ora aveva George a proteggerlo. Un moscone volò dentro dalla finestra aperta. Sulfureo lo catturò con un gesto esperto e se lo infilò in tasca come spuntino per dopo.

— Mi aiuta con le ricerche — rispose Bombix.

Rodilegno accolse l'informazione con una scrollata

di spalle. Si stiracchiò con evidente piacere, si avvicinò alla finestra e posò lo sguardo sulle alte scogliere battute da impetuosi scrosci di pioggia magica e da un mare in tempesta. — Una volta sono quasi morto su quelle rocce — osservò tra sé di punto in bianco, apparentemente senza motivo. Un attimo dopo si voltò di scatto, con un inquietante luccichio negli occhi. — Dov'è la ragazza?

— Non ce l'abbiamo — rispose Bombix, ma subito si affrettò ad aggiungere: — Non ancora.

— Il tempo stringe — ringhiò Rodilegno.

Bombix annuì. — Lo so.

— Allora cosa ci fai qui, per tutti i demoni di Infera! — sbraitò di colpo Rodilegno. — Ti diverti tanto a farmi perdere tempo e a perderne anche tu? Perché non sei là fuori a cercarla? Pensi davvero che ti paghi quelle cifre scandalose perché tu possa presentarti a casa mia a prendere una tazza di tè ogni volta che ti pare?

— No, signore — farfugliò Bombix, e in quel momento Sulfureo si rese conto che per quanto facesse il gradasso, il vecchio socio aveva ancora paura di quel piccolo bastardo... O grande bastardo, come sembrava essere diventato.

— Allora dimmi una cosa... — sibilò Rodilegno. — Cosa ci sei venuto a fare qui?

— Ci sono stati sviluppi — rispose Bombix compassato.

— Oooooh, *sviluppi*! — esclamò Lord Rodilegno. Si esibì in una breve danza con ampi movimenti delle braccia tese verso l'alto.

Sulfureo rimase a guardarlo incantato e pensò che, dopotutto, forse Bombix non gli aveva raccontato una bugia riguardo a quel "moncone di testa senza corpo", perché Rodilegno si stava comportando proprio come se il fatto di avere un busto con gambe e braccia fosse una grande novità per lui. Da quando erano entrati non era rimasto fermo un attimo. Ma dove aveva trovato quel corpo nuovo?

— Bene, allora ti prego di dirmi — proseguì Rodilegno

allargando le mani e battendo a terra con il piede destro per scandire ogni singola parola — a che genere di sviluppi ti riferisci.

Bombix sfoderò un sorriso compiaciuto. — Abbiamo catturato la Regina Aurora e il Principe Consorte Henry.

Nella sala calò un silenzio assoluto, e per una volta Lord Rodilegno restò immobile come uno stoccafisso. Fissava Bombix quasi incapace di credere alle proprie orecchie. — Avete... catturato... *chi*? — chiese infine.

Bombix, che rimaneva pur sempre un idiota e non riusciva mai a cogliere negli altri i segnali più sottili – o anche non poi così sottili, a dire il vero – lasciò che un ghigno gli si aprisse sul volto. — La Regina Aurora e il Principe Consorte Henry — ripeté. — Li abbiamo catturati entrambi. Li teniamo nella mia villa. Si trovano là, proprio in questo momento, mentre stiamo parlando.

Rodilegno indietreggiò di qualche passo e prese tra le mani un uovo ornamentale di marmo che si trovava su un tavolino. Lo soppesò con delicatezza in un palmo, gli occhi fissi su Bombix. — E così tieni la Regina e il suo Consorte nella tua villa? Rinchiusi sottochiave?

Senza togliersi dalle labbra quel sorriso ebete, Bombix scosse la testa. — Oh, no! Hanno la villa a loro completa disposizione, come veri e propri ospiti d'onore. Non possono scappare: il palazzo si trova nel cuore delle Piane Selvagge. — Questa volta doveva aver colto l'espressione di Rodilegno, perché si affrettò ad aggiungere: — Se proveranno a fuggire, il pizzichello li fermerà.

— Il pizzichello... — gli fece eco Rodilegno.

— Sissignore — confermò Bombix con entusiasmo. — È una pianta carnivora che cresce selvatica e infesta le Piane in lungo e in largo. L'unico modo per raggiungere la mia villa...

— ... è per via aerea — concluse la frase Rodilegno. Stava parlando molto, molto piano. — E mentre la nostra

Regina e il suo Consorte hanno la tua villa a loro completa disposizione come "veri e propri ospiti d'onore", anche se il pizzichello li scorticherà vivi se dovessero provare a fuggire, senza dubbio avrai inoltrato una richiesta di riscatto all'attuale Viceré. — Aggrottò la fronte. — Chi è adesso? Non sono molto al corrente... Ah sì, al momento è uno dei ruoli ricoperti da Madama Circe, giusto? Accogliere richieste di riscatto, come pure dare la caccia a chi le inoltra, dato che è anche capo della Sicurezza di stato. Spero che tu non abbia rivelato dove li tieni prigionieri, altrimenti le rovineresti tutto il divertimento.

Sulfureo, che apprezzava molto il sarcasmo, si allontanò da Bombix in caso Sua Signoria avesse deciso all'improvviso di rimpiazzare l'approccio verbale con un'aggressione fisica, e si trovò un posticino comodo accanto al camino. In qualunque modo si fosse evoluta la faccenda - e di certo qualcosa si stava evolvendo - riguardava soltanto quei due. L'idea di rapire la Regina e il Principe Consorte era stata di Jasper, lui non c'entrava niente.

— A dire il vero — esordì Bombix (e già si sentivano i rintocchi delle vanghe sul terreno mentre si scavava una fossa ancora più profonda) — non ho ancora inoltrato una richiesta di riscatto. A nessuno. — Di nuovo quel sorriso incrostato di incantesimi, quel sorriso magico smagliante, scintillante, abbagliante che indirizzava verso Rodilegno con aria così spensierata. Grazie ai suoi sensi ipersviluppati, Sulfureo riusciva quasi ad avvertirne l'effetto sul proprio corpo. Ora Rodilegno sembrava teso come una molla, pronto a sparare metafore in un'esplosione incontrollata.

— Ah, davvero? — chiese fingendosi sorpreso.

E Bombix ancora *non* coglieva i segnali! — A dire il vero — ripeté — pensavo che vi sarebbe piaciuto averli.

"Non offrirli in vendita" pensò Sulfureo. "Non offrirli in vendita."

— A fronte di un piccolo compenso, naturalmente — concluse Bombix.

Risuonò qualcosa che parve un colpo di pistola. Sulfureo ci mise qualche istante a rendersi conto che Lord Rodilegno aveva stretto l'uovo di marmo così forte che gli si era frantumato in mano. Una cascatella di polvere gli gocciolava dalle dita ancora serrate. — Cosa ne dici — suggerì, gli occhi fissi su Bombix — se il piccolo compenso consiste nel fatto che ti concedo di vivere ancora qualche settimana della tua miserabile vita?

Bombix batté le palpebre, perplesso. — Prego?

— Lasciali andare, brutto cretino! — urlò Rodilegno. Aveva il viso paonazzo e una vena gli pulsava sulla fronte. — Vattene subito da qui e lasciali andare!

Bombix spalancò la bocca. — Non li volete? Potreste chiedere un riscatto molto più alto di quanto vi chiederei io.

— Imbecille! Superbabbeo! Fabbricafesserie! La tua stupidità potrebbe rovinare tutti i miei piani! Torna alla tua villa e lasciali subito andare. Liberali *immediatamente*!

— Ma se voi non li volete, potrei chiedere io il riscatto e...

— Niente riscatto! — strillò Rodilegno. — Lasciali andare! Devi scusarti! Prostrarti ai loro piedi! Devi dire che hai commesso un terribile errore! Inventati una qualche storia. Prendi un volasvelto e accompagnali fuori dalla tua villa! Accompagnali a casa! Accompagnali ovunque vogliano andare!

— Ma Vostra Signoria, la mia intenzione era...

A Rodilegno erano rimasti scarsi residui di pazienza, che a quel punto si prosciugarono completamente. Sulfureo aveva avvertito che c'erano guai in vista, perciò con estrema discrezione aveva cominciato ad allontanarsi dal camino per cercare riparo dietro un divano. Fece cenno a George di tenersi lontano e rimase a guardare mentre

Rodilegno attraversava di corsa la sala per scagliarsi contro Bombix. Lo prese per il bavero della giacchetta griffata, lo sollevò di peso da terra e lo sbatté contro una parete, gesto che sarebbe stato impossibile per lui, quando era meno muscoloso e più basso.

A quel punto accadde qualcosa di strano. Sulfureo arrivò alla conclusione che Bombix doveva aver esagerato con l'addestramento ninja, perché subito reagì per riflesso condizionato senza pensare alle conseguenze. Mentre Sua Signoria lo teneva, cominciò infatti a sferrare una gragnola di colpi, muovendosi quasi più rapidamente di quanto l'occhio riuscisse a seguirlo, e travolse Rodilegno con pugni, mani, gomiti e piedi.

Nessuna reazione da parte di Rodilegno.

— Accompagnali a casa — si limitò a ripetere. — E poi portami Culmella.

Era affascinante. Sulfureo avrebbe scommesso che Bombix stava ancora agendo per istinto quando esibì un lungo coltello a sega e lo affondò nel cuore di Lord Rodilegno.

Ancora nessuna reazione.

Rodilegno rilasciò la presa quel tanto che bastava perché Bombix scivolasse giù dalla parete. — Adesso vai a cercare Culmella e portamela qui. — Afferrò il coltello e lentamente se lo sfilò dal cuore producendo un risucchio alquanto disgustoso. Si avvicinò fino a pochi centimetri dal viso di Bombix e fece un enorme sorriso. — Altrimenti verrò io a cercare *te*.

— Poteva andare meglio — commentò Sulfureo nel vailà.

Bombix gli scoccò un'occhiataccia, ma non disse nulla.

— Adesso ti sei conquistato l'ostilità della Regina del Regno e del suo Principe Consorte, e anche di Lord Rodilegno. Nemici potenti.

Bombix gli scoccò un'altra occhiataccia, ma non disse nulla.

— E non sai dove trovare la Principessa Mella — gli ricordò Sulfureo. — Perciò non ci sarà modo per tornare nelle grazie di Rodilegno.

Bombix gli scoccò l'ennesima occhiataccia, ma ancora non disse nulla. George gli sedeva accanto con le ginocchia tirate al petto perché aveva le gambe troppo lunghe persino per un levitocarro. Non che Bombix se ne fosse accorto.

— Inoltre — continuò Sulfureo in tono allegro — bisognerà risolvere il problema di come nascondersi dopo aver liberato la Regina Aurora. Lei sa chi è stato a rapirla: deve averti visto chiaramente prima che io spezzassi il conincanto... e poi conosce la tua villa. Questa volta non te la caverai con la tua solita abilità oratoria, eh? Quando tornerà a palazzo, ti metterà alle calcagna ogni singola guardia, ogni singolo soldato del Regno. Eppure, almeno c'è una consolazione...

— E quale sarebbe? — chiese Bombix, aprendo la bocca per la prima volta da quando avevano lasciato il castello di Lord Rodilegno.

— Peggio di così non potrebbe andare! — ridacchiò Sulfureo.

Ma si sbagliava. Quando raggiunsero la villa di Bombix, scoprirono che la Regina Aurora e il Principe Consorte Henry erano scomparsi.

TRENTA

— Non avrai mica di nuovo fame? — chiese Aurora stupita. — In un momento come questo?

Henry la guardò con espressione vuota, poi si rese conto di come sarebbe proseguita la discussione. — No, no... questa è una cucina e in una cucina ci sono coltelli. Di certo Bombix non ci ha lasciato altre armi, ma potrebbe aver dimenticato qui qualcosa di interessante. — Dato che non si vedevano coltelli esposti, cominciò a tirare i cassetti.

— Non ci avevo pensato — commentò Aurora, e subito si diede da fare per aiutare il marito.

In pochi attimi si ritrovarono entrambi armati di lunghi coltellacci da cucina. Henry brandiva anche una mannaia.

— Credi che basteranno a respingere il pizzichello? — chiese Aurora.

— Non ho ancora finito — le rispose il marito.

La condusse di nuovo fuori in giardino e insieme tornarono al confine della proprietà, dove Henry afferrò il basso steccato di cinta con entrambe le mani e cominciò a strattonarlo violentemente.

— Cosa stai facendo? — gli chiese Aurora.

— Sto cercando di staccare un pezzo di legno da questo steccato — spiegò lui. — In realtà me ne servono due, di pezzi... — Rinnovò l'attacco, questa volta con ancora più forza.

Aurora rimase a guardarlo perplessa. Dopo qualche istante domandò: — A cosa ti serve?

— Il legno è impregnato di incantesimi repellenti al

pizzichello, vedi come le piantine non si azzardano ad avvicinarsi allo steccato? Pensavo che potremmo usare un pezzo di questo legno come scudo.

— Che marito intelligente! — esclamò Aurora con un ampio sorriso. E senza aggiungere altro s'incamminò di nuovo verso il palazzo.

— Dove stai andando?

— A vedere se trovo della corda o dello spago — rispose lei senza voltarsi. — Se useremo degli scudi, avremo bisogno di qualcosa con cui sorreggerli. Posso provare a costruire una specie di impugnatura.

Tornò con una matassa di corda proprio mentre Henry stava spaccando in due un grosso pezzo di legno che era riuscito a strappare dallo steccato. Aurora usò il coltello da cucina per tagliare la corda della misura che le serviva e l'avvolse intorno al legno in modo da formare una croce. Una volta che l'ebbe annodata, riusciva a reggere quello scudo improvvisato sul braccio. A quel punto posò lo sguardo sullo squarcio nello steccato. — Ma non entrerà il pizzichello?

— Oh, sì! — esclamò Henry. — Ma non prima che ce ne siamo andati. — Imitò Aurora e si infilò lo scudo al braccio. — Con un po' di fortuna, forse divorerà l'intero palazzo prima che il nostro caro Bombix torni a casa. — Prese per mano la moglie e la condusse verso il cancello d'ingresso della proprietà. Al di là delle sbarre si scorgeva un breve tratto di strada rettilinea, chiaramente protetta da incantesimi dato che era priva di vegetazione. Dopo pochi metri, però, finiva e cominciava il pizzichello. Ovviamente quel tratto di cemento non era una strada vera e propria, quanto invece una pista di atterraggio per vailà. — Adesso apro il cancello... Sei pronta?

Aurora deglutì e sfoderò il coltello. — Sì.

Henry cominciò ad aprire. — Per quanto ne so, le Piane non sono *completamente* ricoperte di pizzichello. Per esempio non cresce sulla roccia e tende a evitare le zone di appostamento delle Mazzerosse. Inoltre ci sono arbusti e siepi di rovi che gli danno del filo da torcere, anche se noi probabilmente non riusciremo nemmeno ad avvicinarci a quei luoghi. Comunque, qua e là ci sono alcuni tratti di strada, se riusciamo a trovarli.

— Davvero? — Aurora lo guardò meravigliata.

— Soltanto resti — spiegò Henry. — L'ho letto da qualche parte negli annali del Regno. A quanto pare, un tempo esisteva una vera e propria rete di strade, tutte protette da incantesimi. Questo prima dell'invenzione dei volaincanti. Quando ciò accadde, la gente smise di usare le strade, tanto che alla fine andarono in rovina. Però ne sono rimasti dei pezzi e alcuni conservano ancora il loro rivestimento magico. Immagino che se superiamo il groviglio più intricato che circonda la proprietà di Bombix, forse riusciremo a trovare quelle antiche strade e a vedere fino a dove possono portarci. Certo non è la via più facile, ma... — Guardò la moglie lasciando morire la frase.

— E pensare che ci troviamo così vicini alla città — osservò Aurora. — Se solo avessimo un volasvelto.

— Be', non ce l'abbiamo. Perciò dovremo farcela da soli. — Henry le regalò un ampio sorriso. — Forza e coraggio, vecchia brontolona... abbiamo passato di peggio!

Aveva cercato di fare una battuta di spirito, ma Aurora non riusciva ancora a capire bene l'umorismo analogo e non rispose al sorriso del marito. Rimase invece a fissare la strada che si interrompeva così bruscamente nella massa aggrovigliata di vegetazione. — Henry... — mormorò.

— Mmm?

— Se nel caso... — si voltò a guardarlo con aria seria — ... insomma, sai...

Lo sapeva eccome. Al di là dei coltelli, degli scudi e di tutti i bei discorsi coraggiosi sull'antica rete di strade, avevano ben poche possibilità di uscire vivi dalle Piane.

— Mmm — farfugliò di nuovo.

— Voglio che tu sappia che non mi sono mai pentita un solo istante della nostra vita insieme da quando ci siamo sposati — gli sussurrò Aurora. — Voglio che tu sappia che ti amo.

Lui la prese per mano e insieme camminarono lungo la pista di atterraggio, allontanandosi dalla villa. Quando arrivarono a pochi metri dalla vegetazione, le loro mani si separarono per preparare scudi e coltelli. Il pizzichello si sporse nella loro direzione, come se in qualche modo li avesse sentiti arrivare. Negli annali del Regno, Henry aveva letto anche qualcos'altro riguardo alle Piane, e nello specifico qualcosa riguardo a quella pianta... Però non lo aveva raccontato alla moglie. Non ti strangolava, come pensavano in molti. Secerneva una resina tossica sulle spine e le usava per iniettartela sotto la pelle. Dopo alcuni istanti, quando la resina raggiungeva il flusso sanguigno, cominciavi a provare una sensazione prima di piacevole calma, poi di strano torpore e infine di assoluta stanchezza. A quel punto una strisciante paralisi si diffondeva nel corpo, immobilizzandone ogni singola parte, fatta eccezione per le palpebre, il cuore e i polmoni. Quindi rimanevi perfettamente sveglio, in grado di vedere, sentire e avvertire tutto ciò che accadeva mentre il pizzichello ti si arrampicava sopra la pelle e ti scorticava, pezzetto dopo pezzetto, per raggiungere le sostanze nutritive sottostanti. Era una morte atrocemente lenta, spesso lunga giorni o persino settimane, e secondo quanto scritto negli annali, forse la più straziante che si potesse sperimentare. Gli venne in mente che se Aurora fosse stata aggredita mentre lui aveva ancora libertà d'azione, avrebbe potuto usare il coltello per risparmiarle tutto quell'orrore. Rabbrividì.

— Anch'io ti amo, Aurora — mormorò mentre camminavano insieme verso la vegetazione.

Il pizzichello si ritrasse davanti agli scudi.

— Sembra promettere bene! — esclamò Aurora.

— Già, trovi anche tu? — Henry si fermò a considerare la situazione. — Il problema sarà la schiena. Una volta che ci inoltreremo nella vegetazione, il pizzichello ci potrà attaccare da dietro. Ma forse potremmo provare con un trucchetto che usavano i Romani...

— Chi sono i Romani?

— Un'antica civiltà del Mondo Analogo. Se venivano circondati in battaglia, i legionari combattevano schiena contro schiena. In questo modo, lo scudo proteggeva non solo te sul davanti, ma anche il tizio dietro di te, e a sua volta il suo scudo proteggeva te alle spalle. Se io e te avanziamo nel pizzichello schiena contro schiena – basta andare avanti piano piano e continuare a girare come una trottola con gli scudi bene in alto, assicurarsi che le schiene rimangano sempre attaccate e sferrare colpi con i coltelli facendo molta, molta attenzione – allora, se avanziamo così, forse riusciremo a farci strada senza problemi.

— Oppure — esordì Aurora — potremmo staccare un altro pezzo di steccato e legarci uno scudo anche sulla schiena.

Henry la guardò con la bocca spalancata, si rese conto di ciò che stava facendo e subito la richiuse. — Già — convenne — potremmo proprio fare così.

Tornarono allo steccato e Henry staccò senza difficoltà altri pezzi di legno. Se li legarono intorno alla schiena e ai glutei.

— Come sto? — chiese lui con un ghigno.

— Molto affascinante — rispose Aurora. — Pensi che funzionerà?

— Credo proprio di sì. Mi sorprende il fatto che nessuno ci abbia mai provato... Cioè, non a legarsi pezzi di staccato al sedere, ma a inventarsi una tuta magica da indossare nelle Piane.

— Suppongo che attraversarle in volo sia molto più semplice — replicò Aurora. — Non penso che ci sia tanta gente che ha voglia di venire qui per farsi una bella passeggiata in mezzo alla natura.

— No, decisamente no. Vogliamo andare?

Lasciarono la pista di atterraggio con una certa trepidazione, ma subito intere fronde di pizzichello si allontanarono con uno scatto come se fossero state punte da qualcosa. Dopo aver percorso un centinaio di metri, Henry cominciò a ridacchiare. — È un gioco da ragazzi! — esclamò. — Stiamo anche avanzando nella direzione giusta, almeno credo. Adesso dobbiamo soltanto trovare una strada. — Si voltò per sorridere alla moglie.

— Penso di essermi graffiata la mano con qualcosa — disse lei, accigliata.

TRENTUNO

Una volta, quando ancora era ragazzo, Pyrgus Malvae si era schiantato con un volasvelto contro un albero che cresceva accanto all'ingresso principale del palazzo. Ora aveva appena schivato per un pelo quello stesso albero e, precipitandosi a sirene spiegate, arò un discreto tratto di terreno del giardino.

Anche tutti gli allarmi di palazzo si misero a squillare come impazziti quando Pyrgus si lasciò cadere a terra dal velivolo. Non era proprio del tutto consapevole del fatto che senza stemma reale – particolare che in quegli ultimi giorni dimenticava spesso di mostrare – il sistema di sicurezza lo avrebbe fatto saltare in aria da un istante all'altro. Fatto sta che un fiume di guardie si stava riversando fuori dal palazzo e montava come un'onda nella sua direzione. Anche lui si mise a correre verso di loro, confidando che il capitano fosse qualcuno che lo conosceva. Ma tutte le sue speranze vennero spazzate via quando, una volta avvicinatosi, scoprì che a capo del drappello c'era una giovane donna che non riconobbe.

— Sono il Principe Pyrgus — annunciò a gran voce. — Fratello di sangue della Regina Aurora e fratello acquisito del Principe Consorte Henry. È in mio potere chiedervi di accompagnarmi subito da loro.

Le guardie, con suo enorme sollievo, abbassarono le armi e la donna si fermò a pochi passi da lui. Gli rivolse un sorriso benevolo e disse: — Né Aurora né Henry possono riceverti al momento, Pyrgus. Magari potresti accontentarti di me?

Quella voce gli suonava familiare... — Chi siete? — chiese Pyrgus in tono un po' brusco.

Con suo immenso stupore, la giovane donna avanzò verso di lui, lo strinse in un forte abbraccio e gli scoccò un bacio affettuoso sulla guancia. — Oh, sei un ragazzo così dolce... e lo sei sempre stato! Sono Madama Circe... Brintesia, Pyrgus. Mi sono fatta un tiraggio cranico.

— Santo cielo, Brintesia! Siete uno *splendore*!

— Grazie, Pyrgus. Negli ultimi tempi mantenersi in forma richiede molti sforzi, ma è sempre bello sapere di essere apprezzati.

— Perché Aurora e Henry non possono ricevermi?

Madama Circe gli infilò una mano sottobraccio. — Dunque, mio caaavo, credo si tratti di un argomento di cui dovremmo discutere in privato. E vorrei anche conoscere il motivo di questa tua piacevole visita a sorpresa.

Pyrgus si lasciò condurre non a palazzo, come era evidente dal sentiero che aveva imboccato Brintesia, ma verso una casetta sperduta nel parco. Notò che la loro scorta si fermò non appena arrivarono a un centinaio di metri dalla porta. — Adesso svolgete voi le mansioni di Viceré, vero? — chiese.

— Da quando è morto il povero Alan. Non uso spesso la casetta, in un qualche strano modo la considero ancora casa *sua*, ma è dotata di un sistema di sicurezza eccellente: uno dei benefici della paranoia.

— Parlate ancora con lui?

— Non quanto Henry. Temo che per me sia molto difficile.

Varcarono la soglia e subito Pyrgus udì quel familiare "clic" di sicurincanti che entravano in azione. — Perché Aurora e Henry non possono ricevermi? — chiese di nuovo.

— Perché in realtà non sono qui.

— La bandiera sventola alta. — Lo aveva notato mentre precipitava con il volasvelto, malgrado la velocità. La bandiera issata in quel modo significava che la Sovrana si trovava nella propria dimora. Magari Henry poteva essere andato da qualche parte, ma Aurora doveva di sicuro essere lì.

— Temo si tratti di un piccolo sotterfugio — gli confidò Madama Circe. — In questa situazione d'emergenza, io e la Regina Aurora abbiamo reputato più opportuno che a palazzo tutto sembrasse normale e andasse avanti come sempre. Quando sono partiti, li ho sostituiti con dei Doppi: quelle povere creature sono troppo stupide per governare, naturalmente, ma se la cavano a pronunciare qualche breve discorso in occasione di cerimonie di stato e a salutare il popolo agitando una mano dal balcone.

— Quale situazione d'emergenza? — si affrettò a chiedere Pyrgus.

Madama Circe sospirò. — Temo che Culmella ne abbia combinata un'altra delle sue. Vuoi bere qualcosa? O forse è meglio di no, visto che devi volare. A meno che tu non ti voglia fermare per la notte. Anche se non so dirti davvero quando tornerà tua sorella. Mella è scomparsa... è scappata via! Henry e Aurora la stanno cercando in prima persona e io, ovviamente, ho messo al lavoro i miei agenti migliori. Senza grandi risultati, devo ammettere. Ho il sospetto che per il momento le cose non siano andate molto meglio a Henry e Aurora, dato che da giorni non ho loro notizie.

— Credo di sapere dove si trova Mella — mormorò Pyrgus.

Madama Circe, che stava armeggiando nell'angolo bar, posò una bottiglia sul bancone con un gesto brusco. — Cosa?

— Potrebbe essere nella Terra di Halek.

— Non riesco a immaginare un posto meno probabile — replicò Brintesia, ma dal tono si capiva che lo stava prendendo molto sul serio. La sua abilità di adattarsi alle situazioni più imprevedibili era proprio ciò che la rendeva un eccellente capo dei Servizi Segreti. Per qualche istante rimase a fissare Pyrgus con aria severa. — E precisamente *dove* nella Terra di Halek?

— Viene tenuta prigioniera dalla Tavola dei Sette.

Questa volta Madama Circe non riuscì a nascondere il proprio turbamento. — Ne sei sicuro?

— No, non ne sono sicuro. Ma sono venuto a saperlo da qualcuno di cui mi fido, il quale mi ha assicurato che la notizia arriva da fonti affidabili.

— La Tavola dei Sette conosce la sua identità?

— Non lo so. Forse no, ma non sarebbe da escludere che sia stata lei a rivelarla di propria spontanea volontà.

— A meno che non stia architettando uno dei suoi soliti, stupidi scherzetti. Cosa ci fa nella Terra di Halek? Immagino che sia entrata nel paese illegalmente.

— Non so nemmeno questo.

Madama Circe cercò a tastoni una sedia e si mise a sedere. Malgrado il tiraggio cranico, all'improvviso Pyrgus si accorse di quanto fosse vecchia... e preoccupata. Aveva una profonda stanchezza negli occhi, ma anche una ferma determinazione. — Devi aiutarmi, Pyrgus: riesci a immaginare un qualsiasi motivo che abbia potuto spingere tua nipote a recarsi nella Terra di Halek?

— Se devo dirvi la verità, non conosco Mella così bene — ammise lui. — Insomma, la vedo di tanto in tanto e ogni volta mi accorgo che sta diventando sempre più grande, ma da quando ho rinunciato al trono, mi sono tenuto lontano da palazzo, come del resto anche voi ben sapete, perciò non sono in rapporti stretti con lei. Però posso dirvi perché *io* decisi di andare nella Terra di Halek alla sua età...

— Perché? — chiese Madama Circe.

— Per comprare un pugnale Halek. Non credo che un simile oggetto potrebbe attrarre così tanto l'interesse di Mella, comunque in genere ci si va per trovare le più svariate forme di magia, dai manufatti a rari incantesimi prodotti a mano... Tutte cose che non si ha la possibilità, o il permesso, di procurarsi a casa.

— E così tu pensi che sia andata là per procurarsi un po' di magia sottobanco?

— È una possibilità.

— I suoi genitori credono che sia nel Mondo Analogo.

— È là che la stanno cercando?

— Sì.

— Ma secondo voi si sbagliano? — chiese Pyrgus.

— Fin dall'inizio non ne sono stata convinta — rispose Madama Circe. — Motivo per cui ho concentrato gli sforzi altrove. Strano davvero... La Terra di Halek è stato uno dei paesi del Regno a cui ho rivolto più attenzione.

— Ma se avete appena detto che non riuscivate a immaginare un posto meno probabile in cui potrebbe essere Mella.

— E infatti è così. Tuttavia sta succedendo *qualcosa* nella Terra di Halek. Ormai lo sospettiamo da parecchi mesi, sebbene non siamo stati in grado di scoprire dettagli specifici. Per esperienza so che quando ci si trova di fronte al verificarsi simultaneo di due eventi inconsueti, vale sempre la pena cercare delle connessioni, per quanto le situazioni possano apparire ben distinte. E così adesso mi dici che Mella si trova prigioniera nella Terra di Halek... Ciò suggerisce che i due fatti potrebbero essere davvero collegati.

— Ma che genere di attività avete registrato nella Terra di Halek? — le chiese Pyrgus.

— Militare — rispose Madama Circe senza giri di parole.

Pyrgus avvertì un brivido. Era passato parecchio tempo da quando le guerre degli elfi avevano minacciato di dilaniare il Regno. Molti erano convinti che un simile rischio non si sarebbe più verificato, ma lui non si faceva troppe illusioni. La natura degli elfi non sarebbe mai cambiata, e sia all'interno che all'esterno dell'Impero c'erano sempre quelli che, spinti dalla brama di potere, alla fine sceglievano di percorrere la via della violenza. — Movimenti di truppe? — chiese.

Madama Circe sospirò. — No, è proprio questo che appare strano.

— Allora cosa?

— Aumento dei segnali, controlli di frontiera più severi, incremento dell'attività di spionaggio... *notevole* incremento dell'attività di spionaggio. Te ne sarai accorto anche tu in occasione della tua recente visita.

— Ma non... — Pyrgus ammutolì di colpo. — Come fate a sapere che di recente sono stato nella Terra di Halek? Non sono stato io a dirvelo.

Sulle labbra di Madama Circe spuntò un sorrisetto furbo.

— Ah, giusto! — esclamò Pyrgus. — Siete il capo dei Servizi Segreti. Basta che un membro della Famiglia Reale faccia uno starnuto e voi lo venite subito a sapere. E questo riguarda anche i membri che hanno deciso di ritirarsi dagli affari.

— Qualcosa del genere — ribatté Madama Circe annuendo soddisfatta. — Ma se si leggono attentamente i rapporti che nelle ultime settimane i nostri agenti segreti hanno inviato dalla Terra di Halek, tutto lascia supporre che siamo alle prese con una nazione che si sta preparando alla guerra. E non mi riferisco soltanto a quanto ho menzionato poco fa: ormai si verificano riunioni più frequenti della Tavola dei Sette, repressioni violente nei confronti degli elementi sovversivi, evidenti avvisaglie di trasformazione nell'ambito dell'industria magica verso una maggiore produzione di armi... Tutti segnali che sembrano presumere la volontà di scendere in guerra. E qui arriva il bello: dal tempo della rivoluzione, nella Terra di Halek esiste un esercito permanente di dimensioni notevoli, eppure le mie spie non vi hanno registrato alcuna attività insolita o sospetta. Nessun trasferimento di truppe, nessun reclutamento supplementare, nessun annullamento di permessi e congedi. L'esercito dovrebbe essere un tassello fondamentale nel quadro generale, perciò i conti non tornano.

— Potrebbe semplicemente trattarsi della loro solita paranoia — suggerì Pyrgus.

— Forse hai ragione. Ma in ogni caso non mi piacciono tutti questi indizi di intenti ostili, tantomeno se adesso tengono prigioniera Mella. — Madama Circe si alzò in piedi. — Mi accompagni nella sala visioni? Devo avvertire la Regina Aurora.

La sala visioni era un'invenzione del signor Fogarty: una delle stanze più stravaganti di tutto il Regno, frutto di un azzardato miscuglio fra tecnologia analoga e magia delle comunicazioni di origine elfica, condite con importanti innovazioni nel campo della psicotronica apportate dallo stesso Fogarty. Nel complesso l'effetto era inquietante, dava l'idea di una distesa di funghi hi-tech a rapida propagazione. Gli schermi presero vita non appena Madama Circe entrò nella sala, ma con un rapido cenno lei li spense immediatamente tutti, tranne uno.

— Hai visto qualcosa? — chiese a Pyrgus.

— Qualcosa *di cosa*? — ribatté lui, stordito.

— Be', immagino che non userai le informazioni che ci sono qui per scopi sovversivi, mio caaavo. Forza, vieni a sederti accanto a me. Adesso stabilirò un contatto con tua sorella, immagino che sarà contenta di avere tue notizie, malgrado tutte le preoccupazioni che ha in questo momento.

Pyrgus scivolò sulla sedia accanto a Madama Circe e la guardò con attenzione mentre con dita affusolate e sottili, ma anche morbide e lisce come quelle di una diciottenne – doveva essersi fatta tirare anche le mani! – accarezzava una serie di manopole organiche bulbiformi. Lo schermo rimase luminoso, ma vuoto. Madama Circe schiacciò il pulsante rosso RESET con il pollice, attese qualche secondo e poi provò di nuovo. Lo schermo rimase ancora vuoto.

— Qualcosa non va? — domandò Pyrgus sottovoce.

— A quanto pare ho perso il contatto con tua sorella — rispose Madama Circe crucciata.

— Dove si trovavano l'ultima volta che avete parlato?

— Nel Mondo Analogo. — Le dita di Madama Circe si muovevano in una danza intricata da una parte all'altra del pannello di controllo. Singole immagini o intere scene si formavano e riformavano senza sosta sullo schermo, ma nessuna vi rimaneva più a lungo di un nanosecondo e nessuna mostrava Aurora o Henry.

— Ah già, me l'avevate detto... Non arriva niente da laggiù?

— Non si trovano più nel Mondo Analogo. *Non è possibile* che si trovino ancora là: si è interrotto il flusso interdimensionale associato al loro codice. Adesso sto cercando nel Regno, ma non dovrebbe essere necessario eseguire questo procedimento manualmente. Dovrebbe scattare un semplice sistema di ancoraggio che lega subito Aurora a questo mondo, una sorta di "recupero automatico" che di solito funziona sempre.

— Non sono previste situazioni in cui non funziona?

Madama Circe si voltò a guardarlo negli occhi. — Soltanto quando l'obiettivo di ancoraggio è morto.

Rimasero a fissarsi per un lunghissimo istante, infine Pyrgus mormorò: — Forse dovreste provare a impostare Henry come obiettivo di ancoraggio.

Madama Circe si voltò di nuovo verso il pannello senza dire una parola. Quasi immediatamente un'immagine cominciò a prendere forma sullo schermo. Si stabilizzò su una classica veduta dall'alto, poi cambiò e la videro scendere in una folle zumata. Pyrgus si sporse in avanti e con un braccio quasi sfiorò quello di Madama Circe. Insieme rimasero a fissare la scena che finalmente occupava tutto lo schermo in un nitido primo piano.

— Oh, santi Numi! — esclamò Madama Circe inorridita.

TRENTADUE

— Perché ci avete chiuse dentro a chiave? — domandò Mella con voce offesa. Diventava sempre rossa come un peperone quando era turbata, fatto davvero irritante nelle occasioni in cui voleva apparire impassibile, matura e sofisticata. E questa era assolutamente una di quelle occasioni, soprattutto perché Aisling non la smetteva di trattarla come se fosse una *poppante* e continuava a venirsene fuori con commenti che volevano essere rassicuranti, ma che in realtà erano soltanto stupidi e non c'entravano nulla con quanto stava succedendo. Forse.

Compagna Ysabeau si era tolta la veste incappucciata e aveva indossato un abito elegante. Guardò Mella con leggero stupore. — Per sicurezza — disse. — A palazzo non vi chiudono dentro a chiave nelle camere?

— Me di sicuro no — replicò Mella con fermezza.

— Temo che qui sia la consuetudine. Direi ancor meglio, un *automatismo*.

— Scommetto che voi non siete chiusa dentro a chiave quando vi ritirate nella vostra camera — ribatté Mella in tono acido.

— Ma certo che lo sono, cara. — Ysabeau le fece un sorriso raggiante. — Tutti noi della Tavola dei Sette lo siamo. È una normale precauzione.

Precauzione contro *cosa*? Contro *chi*? Come poteva la gente di Halek vivere in quel modo? Sempre sottochiave, sempre a proteggersi le spalle con mille incantesimi contro intrusi e intrusioni di ogni tipo. Era come essere in prigione. Anche se forse non *tutti* quelli di Halek erano così, forse lo erano solo i governanti. Mella non ne era certa, ma aveva l'impressione che la Tavola dei Sette fosse un'istituzione piuttosto nuova in quel paese. Non erano saliti al potere soltanto l'anno prima? O era stato l'anno prima ancora? Magari era per quello. Magari non si erano ancora abituati a governare. Non c'era da stupirsi che fossero così nervosi: doveva essere orribile mettersi alla guida di un paese senza alcuna preparazione. Nel Regno la Famiglia Reale era al potere da secoli, e fin da piccoli si era abituati a conoscere i propri doveri e ad accettare il proprio destino. E questo faceva una bella differenza.

Zia Aisling stava sogghignando in quel suo modo incredibilmente insopportabile. Aveva continuato a ripeterle che ci sarebbe stata una spiegazione del tutto ragionevole e adesso la guardava con la tipica espressione di chi era sul punto di dire: "Te l'avevo detto io!" Quelle parole parevano quasi trasudarle da ogni singolo poro della pelle. Come se ci si potesse fidare davvero degli stregoni. Tutti sapevano che erano degli esseri subdoli.

Mella fece un altro tentativo: — E cosa succede se si vuole uscire? Cosa succede se si vuole andare... — stava per dire "al bagno", ma si rese conto all'ultimo momento che nella loro suite c'era anche un'enorme, magnifica stanza da bagno e quindi mormorò — ... da qualche parte?

— Semplicemente si bussa alla porta — le rispose Ysabeau, come se fosse la cosa più ovvia al mondo. — Tutti i sicurincanti sono costruiti su misura per l'individuo protetto. Avete il controllo completo in qualsiasi momento.

— Ah... — fece Mella.

— Hai visto? — si intromise Aisling con voce squillante. — Non ti avevo detto che ci sarebbe stata una spiegazione del tutto ragionevole? — Si voltò verso Ysabeau con un sorriso affettato. — Temo che mia nipote sia un po' troppo giovane per conoscere le formule di etichetta più opportune. Perciò permettetemi di esprimervi tutta la nostra gratitudine per la straordinaria ospitalità che ci avete concesso. Le nostre camere sono una vera *delizia*, per non parlare degli abiti e dei vari servizi che ci avete fornito... Davvero, semplicemente non riesco a immaginare come farò a rinunciarvi quando ce ne andremo.

Ysabeau fece un gesto sprezzante con la mano. — Le scarpe e gli abiti sono un piccolo dono di accoglienza — disse. — Potrete portare via tutto ciò che più vi aggrada quando partirete. Naturalmente vi forniremo adeguate valigie a filamenti. Ora — continuò in tono brusco — parteciperemo a un piccolo ricevimento ufficiale con banchetto organizzato in vostro onore. — Gettò un'occhiata di disapprovazione nella direzione di Mella. — Non è strettamente richiesto l'abbigliamento formale, Vostra Altezza, e i miei colleghi stanno già aspettando, pertanto in ogni caso non avreste tempo per cambiarvi. Inoltre ormai a quest'ora sarete affamata, perciò vogliate accompagnarmi... — Si avviò prendendo sottobraccio Aisling, che non la smetteva di ridacchiare e chiacchierare, senza risparmiarsi sguardi adulatori. E tutto per una manciata di abiti e qualche paio di scarpe che sarebbero svaniti non appena arrivata a casa: tutti conoscevano quel trucco. Mella si augurava che la zia li indossasse nel momento in cui svanivano, biancheria intima compresa. In pubblico. Se lo meritava davvero.

La sala da pranzo non era molto ampia e per di più era stipata di mobili laccati. Mella trovò quell'ambiente alquanto opprimente, e tutte quelle superfici splendenti le davano la nausea. Per fortuna anche gli altri della Tavola dei Sette si erano tolti l'inquietante veste rossa che avevano indosso poco prima e sembravano avere un aspetto quasi normale, o almeno il più normale possibile per degli stregoni che rimanevano pur sempre tali. Ysabeau si occupò delle presentazioni ufficiali e questa volta le rese il dovuto onore, come prevedeva la consuetudine cerimoniale.

— Principessa Culmella — esordì — lasciate che vi presenti la Compagna Oudine...

Una donnina bassa con fattezze d'uccello e capelli ormai brizzolati stava contemplando Mella con occhi malvagi, scintillanti.

— La Compagna Amela...

Amela era alta e slanciata, e per qualche strano motivo si era vestita da uomo. Aveva un viso lungo e lugubre. Il copricapo magico che indossava sembrava in corto circuito, considerando i crepitii e le scintille che mandava di tanto in tanto, ma forse, pensò Mella, era soltanto un modello all'ultimo grido nella Terra di Halek.

— Il Compagno Maresciallo Fiutosegugio...

Mella aveva capito che si trattava di un militare ancor prima che Ysabeau dicesse il suo nome, e avrebbe capito che si trattava di un militare anche se non avesse indossato la divisa. Lo aveva capito dai capelli cortissimi e dalla schiena dritta come un palo e dai folti baffi che gli adornavano il viso (quasi sicuramente tinti, anche se lei non era proprio esperta di queste cose). In gioventù doveva aver avuto un fisico in perfetta forma, ma ora si portava in giro un pancione che lo precedeva come una corazzata.

— Il Compagno Aubertin...

Un uomo alto e magro, che poteva forse essere il fratello di Amela – c'era una forte rassomiglianza tra i due – rimase a fissarla con occhi da pesce lesso. Mella decise che quel tizio non le piaceva affatto.

— Il Compagno Naudin...

Nel vederlo, subito Mella pensò agli gnomi contabili che giravano a palazzo: bassi, grassi, stempiati e molto precisi. Tra tutti i Compagni della Tavola dei Sette, era quello agghindato nel modo più strano. Indossava un abito appena troppo piccolo per lui, ma nel complesso appariva ineccepibilmente in ordine.

— E il Compagno Senestre.

Finalmente, pensò Mella, uno stregone che aveva tutta l'aria di un vero e proprio stregone, con tanto di occhi infossati e barba a punta. Non faceva fatica a immaginarselo con indosso una veste svolazzante mentre scagliava palle di fuoco nel furore di una battaglia. Se avesse avuto vent'anni di meno, forse le sarebbe persino piaciuto.

— Felice di fare la vostra conoscenza — mormorava la Principessa con garbo mentre stringeva la mano a ogni singolo Compagno.

— Felice di fare la vostra conoscenza — rispondevano loro, uno dopo l'altro.

Si trattava delle solite procedure di presentazione traboccanti di ipocrisia, eppure Aisling sembrò godersi l'esperienza fino all'ultimo istante, quando venne il suo turno.

Una volta sbrigate le formalità, Compagna Ysabeau si accomodò a capotavola con Mella alla sua destra e Aisling alla sua sinistra. Attese finché anche gli altri Compagni non ebbero preso posto, poi suonò un minuscolo campanellino d'argento. I rintocchi serpeggiarono visibilmente verso l'alto e volteggiarono intorno alle teste dei commensali, prima di schizzare fuori dalla stanza in un'improvvisa esplosione in tutte le direzioni. All'istante un paio di guanti bianchi fluttuarono all'interno della sala reggendo quella che ben presto si rivelò una bottiglia di vino inesauribile. Cominciando da Mella, fecero il giro della tavola per riempire i bicchieri e poi si ritrassero con discrezione in un angolo a mezz'aria. Mella, che a casa non aveva il permesso di bere vino, prese subito un rapido sorso e scoprì che non le piaceva molto, anche se questo non l'avrebbe certo persuasa a rinunciarvi ora che finalmente aveva la possibilità di berne quanto voleva.

Aisling ne trangugiò metà in una sola lunga sorsata, poi

chiuse gli occhi e mormorò: — *Sublime!* — Prontamente i guanti si avvicinarono per riempirle il bicchiere.

A palazzo i pasti si svolgevano tendenzialmente secondo lo stesso semplice ordine che avevano nel Mondo Analogo – un antipasto, un piatto unico, un dolcetto e ogni tanto un qualche surrogato del tè o del caffè – ma si era presa questa abitudine soltanto per far sentire il Principe Consorte un po' più a casa. In tutte le altre abitazioni del Regno degli Elfi i pasti erano in realtà molto più elaborati: tre antipasti, una tazzina di ambrosia, foglie di insalata con pesce, selvaggina arrosto, una portata di verdure bollite, poi una pausa per la digestione e un canto di calorosi ringraziamenti, e per concludere fette di pane e miele. Nella Terra di Halek gli stregoni seguivano una pratica ancora del tutto diversa. Due tazzine delle dimensioni di un ditale vennero poste di fronte a ogni commensale da lacchè in livrea. In una, Mella trovò gocce di un liquido argentato, nell'altra di un liquido dorato, entrambi chiaramente distillati alchemici. Con la coda dell'occhio guardò cosa stava facendo Compagna Ysabeau e scoprì che la corretta procedura consisteva nel bere l'argento seguito dall'oro. L'argento la faceva sentire subito sazia, mentre l'oro ribaltava l'effetto facendole venire una fame da lupi. Mella notò che le poche gocce di liquido in ogni tazzina si rigeneravano ogni volta che le beveva.

Arrivarono portate su portate, dolci e salate in alternanza, in porzioni che non erano né particolarmente generose né particolarmente avare. Sempre osservando la padrona di casa, ben presto Mella capì come andava consumato il pasto e come usare le pozioni alchemiche. Se una portata era troppo modesta e ti lasciava la voglia di mangiarne ancora, bastava sorseggiare l'argento e ti sentivi subito soddisfatto. Se invece la porzione era troppo grande, si sorseggiava l'oro e subito montava una fame incontrollata che ti aiutava a finire tutto il piatto. Le due pozioni assunte insieme ti cambiavano immediatamente il palato, a tal punto che cibi che poco prima ti disgustavano subito dopo diventavano squisiti. Individuò inoltre l'esistenza di finezze alchemiche – argento seguito da oro entro tre battiti di cuore faceva venire sete, per esempio – ma riuscì a scoprirne soltanto alcune prima che Compagna Ysabeau le rivolgesse la parola distraendola dai suoi esperimenti.

— Forse, Vostra Altezza — esordì in tono indifferente — vorrete raccontarci come mai siamo stati onorati da tale piacevole visita da parte vostra e della vostra illustre zia. — E dopo un istante aggiunse: — E magari anche come siete riuscite ad arrivare qui...

Mella mise da parte con cura la forchettata di alghe che stava per gustare. Era una domanda ovvia e che si aspettava: anzi, era sorpresa che ci avesse messo così tanto ad arrivare. Ci aveva pensato molto e non vedeva motivo per non dire la verità. Adeguatamente infiorettata, naturale, per conformarsi ai vezzi diplomatici. Rivolse a Ysabeau un sorriso imperscrutabile.

— Da lungo tempo era nostro desiderio — esordì adottando con scioltezza il "noi" reale, sempre così d'effetto quando lo sentiva dalla bocca della madre — visitare il vostro affascinante paese per vedere con i nostri occhi i frutti della vostra gloriosa rivoluzione.

— Davvero? — mormorò Ysabeau con aria ugualmente sibillina.

— Tuttavia non abbiamo avuto l'opportunità — continuò Mella — di organizzare una visita ufficiale. — Prese un sorso distratto della pozione dorata e si ritrovò a lottare contro l'impulso selvaggio di divorare le alghe che l'attendevano. — Pertanto siamo molto lieti di trovarci qui ora — si affrettò ad aggiungere. Si trattava di una spiegazione molto meno soddisfacente di quella che aveva provato e riprovato dentro di sé, ma doveva bastare. Brandì di nuovo le alghe e si infilò una forchettata in bocca.

— E con quali mezzi siete entrate nel nostro paese? — chiese Compagna Ysabeau.

Mella sapeva che di fronte a quella domanda non se la sarebbe cavata con una risposta approssimativa: la gente di Halek era troppo preoccupata per la propria sicurezza. Allo stesso tempo, però, le alghe erano veramente gustose. Poi si ricordò all'improvviso della pozione argentata, ne bevve un sorso e quella fame smisurata scomparve all'istante. Mise da parte le alghe, mandò giù controvoglia il boccone che le era rimasto in gola e disse: — Si è trattato di un incidente. Siamo arrivate qui tramite un portale, per sbaglio. — Mentre parlava, si rese conto che la conversazione tra lei e Ysabeau era al centro dell'attenzione dell'intera tavolata.

Ysabeau gettò un rapido sguardo ai suoi Compagni e poi tornò a fissarla. — Per sbaglio? — chiese.

Mella prese un respiro profondo. — Stavamo usando un vecchio teletrasporto che era stato impostato male, ma noi non lo sapevamo e non sapevamo nemmeno verso *dove* era stato impostato, naturalmente, e zia Aisling era un po' impaziente... — scoccò alla zia un'occhiata di traverso, breve e fulminea, che bastò a ripagarla di tutti i "te l'avevo detto io" che le aveva inflitto — e così, invece di andare dove volevamo, siamo finite qui. — Rivolse a Ysabeau un sorriso raggiante. — Non sapevamo nemmeno dove eravamo quando siamo arrivate. Ma è stato così bello ritrovarsi nella Terra di Halek!

Il viso di Ysabeau rimase impassibile. — Vi siete teletrasportate dal palazzo Reale?

Mella avvertì subito l'improvvisa tensione che si era creata nella sala, ma non capiva bene perché. Aveva detto qualcosa di sbagliato? Se era così, non aveva idea di cosa potesse essere e perciò di come rimediare. Per quanto provasse a rifletterci con attenzione, non riusciva a vedere il motivo per cui non avrebbe dovuto raccontare la verità. Scosse la testa. — Oh, no... dal Mondo Analogo. Sapete, mio padre è un umano e io ero andata a fare visita a... — indugiò qualche istante — ... a mia zia nel Mondo Analogo. — Dopotutto non c'era motivo di raccontare *tutta* la verità, e il desiderio di conoscere la nonna che l'aveva spinta a partire non li riguardava di certo.

L'atmosfera nella sala si alleggerì all'improvviso sfociando in un brusio sommesso. Alcuni dei commensali si azzardarono persino a fare qualche sorriso tirato. — Ah, il Mondo Analogo! — esclamò Ysabeau, come se quelle parole spiegassero tutto. Si voltò verso il Compagno Maresciallo Fiutosegugio e chiese con voce secca e tagliente: — Abbiamo protezioni contro i portali analoghi?

— Non le abbiamo — rispose Fiutosegugio, per nulla intimorito dal tono della donna. — Dato che non ci sono portali nel Mondo Analogo.

— O almeno così credevamo — intervenne Compagno Naudin continuando a spostare lo sguardo da Fiutosegugio a Ysabeau.

— E a quanto pare ci sbagliavamo — borbottò lei sottovoce. Si voltò di nuovo verso Mella. — Ci sono altri teletrasporti nel Mondo Analogo?

— Non lo so. Non penso — rispose la Principessa. — Quello che abbiamo usato noi era un modello molto vecchio che era appartenuto a mio padre e che zia Aisling aveva trovato per caso.

— E dov'è adesso?

— Nella mia camera — rispose Mella. — Ma è rotto. — Con la coda dell'occhio vide la sagoma di Compagno Aubertin scivolare in silenzio fuori dalla sala.

Ysabeau si voltò verso Fiutosegugio: — Compagno Maresciallo, dobbiamo installare un sistema di sicurezza contro qualsiasi eventuale intrusione proveniente dal Mondo Analogo. E dobbiamo farlo immediatamente.

— Sì, Compagna capo — annuì lui.

— Livello dieci — precisò Ysabeau.

— Naturalmente. — Fiutosegugio annuì di nuovo.

— Voglio che siate voi a occuparvene personalmente.

— Sarà fatto, Compagna capo. Sarà attivo nell'arco di un'ora. — Detto questo, il Maresciallo cominciò a parlottare dentro una delle medaglie che sfoggiava sul petto.

Del tutto inaspettatamente, Ysabeau si voltò di nuovo verso Mella con un sorriso smagliante. — Devo ringraziarvi, Vostra Altezza, a nome dell'intera Tavola dei Sette.

Mella sgranò gli occhi. — Davvero?

— Ma certo! — esclamò Ysabeau, ora in tono allegro e affabile. — La vostra visita, che da parte nostra è stata accolta con enorme piacere, ci ha allertati riguardo a una potenziale falla nel nostro sistema di difesa nazionale. — Si sporse in avanti per darle un colpetto amichevole sulla spalla. — Ovviamente non avremmo mai considerato voi o la vostra incantevole zia come una minaccia al nostro paese, ma il fatto che vi siate trovate qui, nel cuore del nostro governo - sebbene per puro caso, questo ora ci è chiaro - certamente dimostra che un nemico si sarebbe potuto infiltrare seguendo lo stesso percorso. Un assassino, per esempio... o addirittura, se posso parlare apertamente, un intero esercito pronto a invadere il nostro paese. So che una tale eventualità potrà sembrare improbabile a una ragazza così giovane e innocente come voi, ma credetemi... — Lasciò morire la frase e dopo qualche istante aggiunse: — Comunque sia, la falla verrà riparata al più presto e chiusa per sempre.

Fiutosegugio alzò lo sguardo dalla medaglia: — Fatto, Compagna capo.

— Ah, ecco! Vedete, è già chiusa! E tutto grazie a voi, Principessa Culmella. — Di punto in bianco il sorriso le svanì dalle labbra. — Bene — continuò con voce dura e ferma. — Ora voglio che mi diciate cosa avete sentito della nostra discussione nella sala del consiglio.

Mella rimase come paralizzata. Quella domanda improvvisa l'aveva colta del tutto alla sprovvista. Ormai si era quasi convinta che quell'accenno a una possibile invasione di un impero non potesse riferirsi all'*Impero*, e quasi era riuscita a togliersi di mente quel pensiero. Almeno fino a quando non fosse tornata a casa dove se ne sarebbe occupato qualcun altro. Ma ora, improvvisamente, c'era qualcosa nel tono di Ysabeau che le fece capire con chiarezza che per la Tavola dei Sette quello che aveva sentito era molto più importante della falla nel sistema di sicurezza; e considerato quanto quelli erano fanatici al riguardo, significava che si trattava di un argomento davvero *importantissimo*. Pensò che fosse arrivato il momento di smetterla con l'idea di dover raccontare la verità a tutti i costi. Ora doveva mentire e doveva farlo anche in maniera convincente, altrimenti – e questo glielo gridava l'istinto – si sarebbe ficcata nei guai fino al collo. Aprì la bocca per parlare, ma prima di riuscire a pronunciare anche solo una parola, zia Aisling disse ad alta voce: — Be', ovviamente io non ho sentito niente.

Ysabeau si voltò lentamente verso di lei. — Davvero?

— Mi trovavo nell'altra stanza, al piano di sopra, troppo lontana. Cioè, si sentivano delle voci, ma non cosa stavano dicendo. Ho provato a dire alla ragazzina che magari si trattava di una riunione privata, ma è proprio figlia di suo padre e perciò *alquanto* testarda, così... Voglio assicurarvi che io, personalmente, non ho sentito niente, e lei non mi ha raccontato niente di quello che potrebbe aver sentito. Niente di niente.

"Grazie, zia Aisling!" pensò Mella e, rivolgendosi a Ysabeau, disse: — A dire il vero anch'io non ho sentito molto. Qualcosa riguardo a delle zucche, mi sembra. Ma non ne sono sicura. Con tutta onestà, eravamo così confuse... Non sapevamo dove fossimo finite e come avremmo fatto a tornare indietro...

— Zucche? — le fece eco Ysabeau. Una smorfia delle labbra sbocciò in un sorriso divertito e infine in una risata. — Zucche! — esclamò di nuovo. Subito i suoi compagni si unirono alle risa, tanto che in un attimo la sala si riempì di un'inconsueta ilarità.

— No, davvero... — protestò Mella. Ma a quel punto, all'improvviso, l'inconfondibile fragranza del lete le riempì le narici – lo aveva usato abbastanza spesso per saperlo riconoscere all'istante – e la sedia su cui sedeva si rovesciò a terra con fragore mentre cercava di scappare dalla sala. Ma prima che riuscisse a raggiungere la porta, aveva dimenticato perché stava correndo e dove si trovava, aveva persino dimenticato chi era e senza dubbio aveva dimenticato tutto quello che aveva visto e sentito da quando era arrivata nella Terra di Halek.

TRENTATRÉ

— Non morire, tesoro — bisbigliava Henry. — Amore mio, ti prego... non morire. Oh, Aurora... — Aveva il viso inondato di lacrime e cullava in grembo la testa della moglie, accarezzandole i lunghi capelli rossi. — Non lasciarmi, Aurora... non posso vivere senza di te.

Sedeva su uno spiazzo roccioso sopra un grosso macigno che si ergeva dalle Piane Selvagge come la prua di una imponente nave. Aurora giaceva a terra in una posa scomposta, come se fosse precipitata da un dirupo. Erano circondati da un oceano di pizzichello che infuriava e ribolliva e si protendeva nella loro direzione, ma senza riuscire – almeno apparentemente – a penetrare nella roccia.

C'era una pozza di sangue ai piedi di Henry. Il suo sangue. Gli mancava un brandello di carne dall'avambraccio e aveva lesioni sul viso, sulle gambe e sulle mani. Aurora invece mostrava soltanto un paio di graffi... eppure era morta. — Non puoi... — mormorò Henry disperato. — I tuoi sudditi hanno bisogno di te. *Io* ho bisogno di te. Non puoi essere morta. — Aurora aveva gli occhi aperti, ma vuoti e fissi verso il cielo lontano. Il suo petto non si alzava e abbassava ritmicamente e dalle labbra non usciva un alito di respiro. Nessun battito, nessuna pulsazione.

Henry continuava a rivedere nella mente quanto era accaduto. All'inizio era andato tutto bene. Gli scudi fatti con lo steccato avevano funzionato alla perfezione: Bombix doveva aver sborsato un sacco di gnutti per quel rivestimento magico, perché il pizzichello non riusciva nemmeno a sfiorarli. Avvertiva la loro presenza, si protendeva verso di loro con smania famelica, ma poi si ritraeva di scatto quando ancora si trovava a qualche decina di centimetri di distanza. Si trattava di un puro e semplice distanzincanto, del tipo più costoso. In quel momento Henry si era convinto che quello fosse il passaporto che li avrebbe riportati a casa.

Invece avrebbe dovuto usare un po' più di buonsenso. Le Piane avevano stroncato centinaia di vite. Se il trucco per attraversarle incolumi fosse stato così semplice, qualcuno lo avrebbe scoperto già da tempo.

E adesso Aurora era morta. Non riusciva a crederci. Non riusciva a credere che tutto fosse accaduto così in fretta. Quando aveva visto come reagiva il pizzichello, si era voltato per sorriderle. Si ricordava proprio di aver detto: «È un gioco da ragazzi! Adesso dobbiamo soltanto trovare una strada.» E a quel punto Aurora aveva borbottato una frase del tipo: «Penso di essermi graffiata la mano con qualcosa.»

Era stato stupido, stupido, *stupido*! Quasi non si vedeva nemmeno il graffio sul dorso della mano, tanto era piccolo. Stava per dirle di non fare storie, quando da un istante all'altro, senza preavviso, lei era crollata a terra. Una caduta terrificante. Non l'aveva vista inciampare, barcollare, scivolare... semplicemente era collassata. Gli occhi le si erano ribaltati all'indietro, tanto che per un momento era sembrata uno degli zombie di Madama Circe, poi avevano ceduto le ginocchia e infine era sprofondata su se stessa come un sacchetto di carta schiacciato.

Lo scudo le era caduto di mano.

Il pizzichello le si era avventato addosso in un istante. La schiena era protetta, ma le fronde scoccavano frustate feroci verso il busto e il viso, malgrado lei non mostrasse la minima espressione mentre veniva flagellata. "Doveva essere già morta" pensò Henry. Ma in quel momento non aveva pensato a niente, semplicemente aveva agito.

Si era scagliato in avanti con un ruggito, sferrando colpi alla cieca con il coltello. Volavano foglie e gambi e il pizzichello, avvertendo l'aggressione, si era voltato nella sua direzione. Henry aveva provato la sensazione di essere punto da centinaia di minuscoli aghi quando l'erbaccia aveva cominciato a scorticarlo, staccandogli lembi di carne dalle braccia e dalle gambe. Qualcosa gli aveva scavato un buco nell'avambraccio facendogli perdere molto sangue, ma non poteva arrendersi. Usando lo scudo, si era spostato tra il pizzichello inferocito e Aurora, l'aveva afferrata per un braccio e l'aveva sollevata.

Chissà perché, aveva sperato che riuscisse almeno a stare in piedi da sola, magari persino a camminare se sorretta, invece era in tutto e per tutto un peso morto. Con un grido di rabbia si era lanciato di nuovo alla carica brandendo il coltello. L'erba strisciante si era ritratta di qualche centimetro, ma poi – da non crederci! – si era messa a girare lentamente intorno a loro come un animale alla ricerca di un punto debole dove attaccare. Una volta che si ebbe caricato il corpo di Aurora sulle spalle, Henry aveva cominciato a barcollare e aveva dovuto piantare bene i piedi a terra per non cadere. Il suo scudo le copriva le gambe, il pezzo di steccato che lei portava ancora legato alla schiena le proteggeva il resto del corpo. In preda alla disperazione, si era gettato in avanti, in una folle corsa con il solo, inconsulto desiderio di allontanarsi da quell'erbaccia mortifera e di trovare un posto sicuro, anche solo per qualche minuto, dove provare a rianimare Aurora.

Di quanto accaduto dopo quello scatto, Henry ricordava poco e male, come un incubo che uno lascia riaffiorare alla memoria soltanto a brandelli: un oceano... una foresta di pizzichello... e lui che correva, correva, correva tra graffi e frustate, mosso dalla più cupa disperazione, delirante per il dolore e la paura... Fino a quando, di colpo, non era emerso in quello spiazzo roccioso.

Con estrema delicatezza aveva posato a terra Aurora e per un attimo era rimasto a guardarla, con il respiro affannato. Sapeva di avere viso, braccia e gambe imbrattati di sangue. Al suo confronto, Aurora appariva completamente indenne. Se le avesse chiuso gli occhi, avrebbe avuto un aspetto quasi sereno. Ma non voleva chiuderle gli occhi, perché un simile gesto avrebbe significato ammettere che era davvero morta.

— Oh, Aurora... — gemette.

Udì un rumore dietro di sé. Si voltò di scatto, non vide nulla, ma si affrettò a posare a terra la testa di Aurora e si alzò in piedi. Per un attimo pensò che il pizzichello stesse invadendo anche la roccia, e invece, pur circondandolo in tutte le direzioni, si manteneva a debita distanza. Henry non scorgeva nulla che potesse spiegare il rumore che aveva appena sentito. Forse era stato un ciottolo smosso. Ma *cosa* o *chi* lo aveva smosso? In un ambiente meno ostile avrebbe ipotizzato un piccolo animale – un coniglio o un topo – ma nessun animale sopravviveva nelle Piane, almeno non nelle aree infestate dal pizzichello. Tutti quelli che si avventuravano nel territorio venivano divorati vivi.

Stava per tornare verso Aurora – o meglio, verso il *corpo* di Aurora, come continuava a ricordargli selvaggiamente il buonsenso – quando un movimento su un dirupo attirò la sua attenzione. Qualcosa stava strisciando fuori da un buio anfratto qualche metro sopra di lui. Emerse del tutto e cominciò a scendere lentamente, tenendosi aggrappato alla roccia.

Henry rimase a guardare, incantato. La creatura aveva le fattezze di un uomo, ma era molto, molto più piccola... appena poco più grande di un gatto, a dire il vero. Il pensiero che si potesse trattare di una scimmia gli attraversò la mente, ma subito l'allontanò: si trovava nel Regno degli Elfi, e *non* c'erano scimmie lì. Mentre la creatura si avvicinava, Henry si rese conto che in ogni caso aveva un aspetto umanoide piuttosto superficiale. Il piccolo "uomo" non aveva tratti somatici distintivi: niente bocca, niente naso, niente occhi e orecchie, semplicemente una sfera bulbiforme al posto della testa. Anche il corpo era incompleto. Malgrado l'accenno rudimentale di mani e piedi, non aveva dita. Era come se qualcuno avesse cominciato a intagliare una figura umana in un pezzo di legno e avesse lasciato il lavoro incompleto. Eppure quella figura, di un colorito nero-grigiastro, poteva muoversi. E anche velocemente. Aveva già raggiunto lo spiazzo roccioso e stava avanzando verso di lui.

A Henry non era saltato in mente che poteva trovarsi in pericolo. Dopotutto, quell'omino era troppo piccolo per fargli del male, ma quando lo vide proseguire verso Aurora – verso il *corpo* di Aurora – si fece subito avanti e gli si piazzò di fronte. L'omino si fermò. Non era chiaro come avesse fatto ad avvertire la sua presenza, comunque ci era riuscito. Rimase immobile qualche istante, la testa inclinata all'indietro quasi lo stesse guardando con occhi invisibili, e infine con estrema cautela fece un passo o due verso destra, come con l'intenzione di aggirarlo. Quando Henry si spostò per bloccarlo, l'omino sgambettò di nuovo verso sinistra e ancora una volta si fermò trovandosi il passaggio sbarrato. Era come uno scherzetto dispettoso tra bambini, e quella creatura avrebbe avuto anche un'aria tenera e innocente se non fosse stata così determinata a raggiungere il corpo esanime di Aurora.

Henry decise di mettere fine al gioco e si sporse verso l'omino con un rapido, breve scatto, nella speranza di spaventarlo e mandarlo via. Fu a quel punto che la testa della creatura esplose.

Una nube soffocante di spore investì il viso di Henry accecandolo per un attimo. In un violento attacco di tosse, sentì le spore entrargli nel naso, nella bocca, negli occhi e nelle orecchie. Per alcuni istanti si ritrovò a lottare contro rantoli e conati, poi finalmente cominciò a riprendersi. Le spore bruciavano come fuoco dove aveva la carne scoperta, ma mentre se le spazzava via dalla pelle, si accorse che lo squarcio nell'avambraccio non stava più sanguinando. Batté le palpebre più volte per schiarirsi la vista e scorse l'omino, ora senza testa, che si stava arrampicando di nuovo lungo il dirupo verso la sua caverna. Mentre lo seguiva con lo sguardo, notò che il cielo era diventato di un verde fosforescente. Un verde fosforescente stomachevole.

Gli venne voglia di vomitare. Ma in breve l'ondata di nausea svanì e si sentì l'interno della bocca avvolto in un freddo glaciale.

Un improvviso senso di vertigini lo travolse. La roccia che lo sorreggeva non era più solida e ferma, ma ondulata come la schiena di un'enorme bestia che volesse disarcionarlo. Per un attimo gli parve *realmente* come un'enorme bestia, ma un istante dopo posava di nuovo i piedi su solido terreno roccioso.

L'aria prese a cantare. Una volta Pyrgus lo aveva portato in un salone simbala e l'effetto non era stato molto diverso, tranne che allora la musica gli era penetrata all'interno del corpo, mentre adesso lo circondava totalmente in un panorama che si espandeva verso orizzonti lontani. Riusciva non soltanto a sentire la musica, ma anche a *vederla* e ad *annusarla*... perché aveva un odore! Gli bastava allungare una mano e forse l'avrebbe persino *toccata*.

Aurora si mosse.

Henry si precipitò da lei, ma non si era svegliata, non era tornata dal mondo dei morti. Semplicemente il suo corpo stava fluttuando, trasportato in alto dalle correnti tonali di quel mare di musica. Le note la accarezzavano in un lugubre lamento.

Uccelli giganti volavano scivolando pigramente in un cielo lontano, poi cominciarono a scendere in volute sempre più strette, e allora Henry vide che si trattava di avvoltoi, determinati a pranzare con il cadavere di Aurora. Cominciò ad agitare le braccia in aria e a lanciare grida inferocite, ma uno degli uccelli stava piombando in picchiata, sempre più grande, sempre più grande, tanto che arrivò a oscurare il sole e poi l'intero cielo. Henry sentì il puzzo fetido del suo respiro, un tanfo ripugnante di morte e putrefazione, quando atterrò accanto ad Aurora.

A quel punto l'uccello si squarciò lo stomaco e ne tirò fuori un gigantesco uovo di un colore smorto.

Mentre Henry fissava la scena allibito, dall'interno dell'uovo arrivarono dei battiti sordi. All'improvviso si aprì una crepa nel guscio, che poi si frantumò in mille pezzi. Ne venne fuori, in una folle corsa, Beep Beep, inseguito da Willy il Coyote.

TRENTAQUATTRO

Era bello uscire di casa di tanto in tanto. Poco dopo l'alba, Lord Rodilegno smontò dal suo vailà personale placcato in oro e posò lo sguardo sul Kremlin Karcist, la roccaforte di Creen, cuore governativo della Terra di Halek e punto d'incontro della Tavola dei Sette. Quel posto aveva un'aria molto meno appariscente di quanto ricordasse dai tempi prima della rivoluzione. Niente bandiere, niente stendardi, niente decorincanti. Al loro posto, un rivestimento di sicurezza a chiazze mimetiche bruno-grigiastre e una sfilza di cartelli intimidatori che avvertivano riguardo all'uso di forze letali. La morbida serpentina del viale d'accesso era stata rimpiazzata da uno stradone dritto che puntava senza tante cerimonie alla scalinata d'ingresso. In questo modo era molto più semplice difendere la roccaforte, dato che si poteva avvistare l'avanzata del nemico già quasi a un chilometro di distanza. Persino le aiuole, i cespugli e gli arbusti ornamentali erano stati estirpati per fare spazio a una lunga fila di spogli avamposti di guardia. Stranamente, erano presidiati da guerrieri armati fino ai denti: per quanto la Terra di Halek fosse famosa in tutto il mondo per l'uso assiduo della magia cui tutti ricorrevano, era evidente che i Sette non facevano completo affidamento sui complessi sistemi automatizzati di incantesimi. La paranoia era una cosa meravigliosa, pensò Lord Rodilegno: rendeva le persone così facili da manipolare!

Anche le sue guardie personali presero posizione: quattro soldati a stretta sorveglianza del vailà – sarebbe stato un disastro se qualcuno avesse scoperto cosa vi teneva nascosto all'interno – e gli altri tutt'intorno allo stesso Rodilegno per proteggerlo. In realtà non aveva alcun bisogno di protezione ora che possedeva un corpo che assomigliava più a un'armatura corazzata che a un semplice organismo, tuttavia non era auspicabile rinunciare al forte impatto psicologico che una scorta poteva esercitare in ogni occasione. Non bastava che avesse finanziato il colpo di stato dei Sette e nemmeno che conoscesse tutti i loro segreti più meschini. Per avere il controllo totale, doveva suscitare una grande impressione, e questo significava montare uno spettacolo d'effetto. Cosa non facile da realizzare, finché era confinato nel suo castello sotto forma di testa mozzata e scorrazzato in giro dentro a una carriola. Ma ora che possedeva un nuovo corpo, poteva finalmente imporsi in tutta la sua magnificenza, e la cattura di Mella rappresentava la scusa perfetta. Abbozzò un sorriso, fece un respiro profondo e s'incamminò a lunghe falcate verso la scalinata.

Compagna Ysabeau comparve sulla soglia per accoglierlo, accompagnata dal Maresciallo Fiutosegugio: un buon segno, suggeriva che i preparativi militari erano già in atto. Il Maresciallo scattò subito sull'attenti – un altro buon segno – ma fu Ysabeau a scendere dalla scalinata saltellando e a corrergli incontro come una bimba emozionata. Lo salutò con un elegante inchino e un sorriso ossequioso prima di dire tutta eccitata: — Sono così onorata della vostra presenza, Lord Rodilegno. Non avrei mai pensato che un giorno avrei avuto il piacere di ospitarvi qui nella Terra di Halek in carne e ossa. — Il suo sguardo lo accarezzò leggero come una piuma. — E da quanto vedo, in splendida forma!

Ysabeau non era riuscita a nascondere lo stupore, cosa che lusingò Rodilegno enormemente. Era stato molto indeciso sull'opportunità di intraprendere o meno quel viaggio. Da una parte, avrebbe potuto chiedere che Mella venisse trasportata direttamente nel suo castello e, così facendo, si sarebbe mantenuto su un'ormai assodata linea di condotta che lo voleva nell'ombra. Dall'altra, i tempi stavano cambiando. Ora aveva un corpo nuovo e mancavano soltanto pochi giorni all'invasione delle manticore. Non doveva più nascondere le proprie aderenze con gli attuali governanti della Terra di Halek: anche se Madama Circe avesse scoperto la vera natura dei loro rapporti, non avrebbe mai potuto intuire ciò che stava per accadere. Inoltre quel viaggio presentava uno straordinario pretesto di copertura: lui era venuto per negoziare il rilascio della Principessa Culmella. Che occasione d'oro per inaugurare la sua ricomparsa sulla scena politica! Che occasione d'oro per preparare la *vera* ricomparsa che sarebbe avvenuta di lì a poco!

— Vi ringrazio — disse rivolgendosi a Ysabeau, e subito dopo aggiunse senza tanti giri di parole: — Vorrei vedere la Principessa immediatamente. — Non era ancora del tutto convinto che avessero fatto prigioniera Mella. Non riusciva proprio a immaginare come, o perché, fosse finita nella Terra di Halek. Probabilmente quegli incapaci della Tavola dei Sette si erano sbagliati e avevano catturato una qualche povera ragazzina che semplicemente aveva la sfortuna di *assomigliare* alla sua cara pronipote.

— Naturalmente — rispose Ysabeau annuendo. — È già pronta e vi sta aspettando. — Indugiò un istante. — C'è solo una cosa...

Rodilegno la scrutò con sospetto. — Cosa?

— Abbiamo dovuto cancellarle la memoria. Come precauzione, lo capite bene anche voi.

— Come precauzione contro cosa?

— Ci ha sentiti parlare del piano di invasione, o almeno, *potrebbe* averci sentiti.

Rodilegno aggrottò la fronte. — Com'è possibile? — Il

piano di invasione delle manticore era il segreto meglio custodito in tutta la storia della Terra di Halek. Era inconcepibile che una ragazzina lo avesse scoperto per caso!

Ysabeau serrò le labbra. — Sono in corso le indagini. La ragazza non era sola. Tra non molto avremo alcune risposte.

Rodilegno non aveva difficoltà a crederci. Gli inquisincanti di Halek erano leggendari, anche se la Tavola dei Sette sarebbe stata riluttante, e a ragione, ad applicarli su un membro della Famiglia Reale – a volte potevano provocare la morte e spesso danni cerebrali – ma se era accompagnata... — Chi c'era con lei?

— Una donna che sosteneva essere sua zia.

Il cipiglio sulla fronte di Rodilegno si fece ancora più profondo. Non gli sembrava che Mella avesse una zia. — L'interrogatorio è già cominciato?

— Non ancora, ma...

— Non fate niente fino a quando non l'avrò vista io. — Per quanto fossero rinomati per la loro abilità, Rodilegno non si fidava di nessun altro metodo di interrogatorio che non fosse il suo. E, possibilmente, preferiva usarlo su qualcuno che non aveva ancora subito danni cerebrali o che non fosse già stato ridotto a un cadavere.

— Come desiderate, Lord Rodilegno, ma...

— È così che desidero — tagliò corto lui. Aveva avuto una breve relazione con Ysabeau prima di finanziare la rivoluzione, davvero una bella sfida per un poveretto ridotto a un cubo spigoloso come era a quel tempo. E già allora quella donna aveva l'abitudine di parlare troppo.

— Certo, naturalmente — rispose lei, un po' imbronciata.

Rodilegno decise di sondare altri dettagli più tardi. Per il momento la sua priorità era assicurarsi che avessero catturato la persona giusta. — Molto bene — disse a denti stretti. — Ora portatemi dalla Principessa.

L'interno del Kremlin Karcist era ancora più deprimente della sua nuova facciata. L'edificio era stato dimora ufficiale – dimora invernale, da quanto Rodilegno ricordava – dell'antica casata Staretz, una lunga dinastia di zar che un tempo aveva governato la Terra di Halek. Notoriamente la famiglia era specializzata in contatti con spiriti d'eccellenza e vantava una lunga tradizione di raffinato buongusto in campo artistico, tant'è che allora il palazzo si era trasformato in una vera e propria esposizione di opere d'arte con dipinti di grandi maestri, meravigliose sculture e installazioni magiche che arrivavano a toccare l'anima con la loro semplice, pura, delicata bellezza. Ora era tutto sparito – o meglio, rimosso – per fare spazio a spogli ma funzionali corridoi, dotati di controlli di sicurezza automatici ogni venti metri. Forse era stato un errore appoggiare la rivoluzione della Tavola dei Sette, pensò Rodilegno, per quanto si fosse rivelata vittoriosa. Comunque, una volta completata l'invasione e ottenuto il controllo diretto sia sulla Terra di Halek sia sul Regno, vi avrebbe posto rimedio. Per il momento i Sette gli tornavano piuttosto utili, ma essenzialmente erano dei pesci piccoli e insignificanti nella dinamica del gioco, troppo instabili nella loro paranoia per mantenere a lungo il potere. Non appena fosse diventato Governatore Supremo – non appena lo fosse diventato *apertamente* – li avrebbe eliminati e sostituiti con una squadra di architetti arredatori d'interni. Se non altro, il palazzo sarebbe stato un po' rimodernato.

Un controllo di sicurezza nascosto emise un flebile "piip" per indicare che il visitatore non era armato (come se avesse avuto bisogno di proteggersi con armi, ora che possedeva quel supercorpo) e Ysabeau si fermò davanti a una porta sorvegliata da due guardie dal volto arcigno. — La Principessa si trova qui dentro — annunciò. — Immagino che la vogliate interrogare.

Interrogare. Era così che ragionavano quelli. In realtà l'unica cosa che voleva fare lui era semplicemente assicurarsi che là dentro ci fosse la Principessa Mella, e in caso positivo tirarla fuori dal Kremlin per dare seguito agli altri piani che aveva in mente. Comunque, si limitò ad annuire.

Ysabeau rimase a fissarlo con sguardo grave. — Da solo, o preferite che una guardia o anche più guardie vi accompagnino all'interno come scorta?

Rodilegno quasi scoppiò a ridere. Persino quando era soltanto una testa sopra un cubo non avrebbe avuto bisogno di protezione contro una ragazzina di quindici anni. Si sforzò di mantenere un'espressione seria. — Da solo.

Ysabeau sembrò quasi offesa. — Ne siete sicuro? Insomma non si... — Lasciò morire la frase e ammutolì sotto il suo sguardo fulminante. — Naturalmente, Lord Rodilegno.

La ragazza nella stanza era Mella, senza dubbio. Lo capì non appena si chiuse la porta alle spalle: aveva trascorso fin troppo tempo in sua compagnia per non esserne certo. Sembrava godere di ottima salute, malgrado tutte le disavventure che forse aveva dovuto affrontare nella Terra di Halek, eppure negli occhi aveva un'espressione vuota. Ysabeau l'aveva fatta rinchiudere in una stanzetta piuttosto angusta, non esattamente una cella, ma di certo un locale disadorno con pochissimi mobili e un'unica finestra che si apriva troppo in alto sulla parete per rappresentare una possibile via di fuga. Le guardie davanti alla porta completavano il quadro: non più Principessa Mella, ma Prigioniera Mella. Be', non c'era dubbio che era stata lei a mettersi in quel guaio, con le sue stesse mani.

Sedeva su una seggiolina apparentemente scomoda e instabile, ma non si disturbò ad alzarsi quando lo vide entrare. — Chi siete? — chiese con quel tono pungente e stizzoso che lui ammirava tanto.

Non c'era alcun motivo di mentirle. — Sono tuo zio, Lord Rodilegno.

— Non mi ricordo di voi.

Rodilegno si appoggiò con la schiena contro la porta e la squadrò con attenzione. — Questo perché la tua memoria è stata rimossa con un incantesimo lete. Ricordi almeno chi sei tu?

Per un istante l'espressione smarrita si trasformò in uno sguardo incerto. — Non ne sono molto sicura — farfugliò infine la ragazza.

— Non preoccuparti. Il lete rappresenta un problema soltanto se non si sa come affrontarlo. Una volta che ti avrò portata a casa, sarà un gioco da ragazzi rimuovere i cristalli, e dopo ricorderai di nuovo alla perfezione. — In realtà non ne era del tutto sicuro. In effetti era piuttosto semplice rimuovere il lete convenzionale se ci si poteva avvalere delle competenze di un medico elementale, ma forse gli stregoni avevano usato un incantesimo speciale, uno di quelli che utilizzavano per nascondere i segreti militari, e questo avrebbe decisamente complicato le cose. Non che importasse molto, a dire il vero. Alla fine il lete non avrebbe poi interferito granché con i suoi piani.

— Andiamo a casa? — si affrettò subito a chiedere Mella. Una reazione interessante. Solitamente i più chiedevano maggiori dettagli riguardo alla propria identità e ai metodi per ripristinare la memoria perduta.

— Sì.

A quel punto la ragazza scattò in piedi. — Quando? — Con la memoria o senza, rimaneva la solita Principessa di sempre. Quasi un peccato, pensando a ciò che l'aspettava.

— Presto — promise Rodilegno. Rimase a fissarla con sguardo severo. — C'era qualcuno con te quando sei arrivata nella Terra di Halek?

— Non mi ricordo.

— Te lo dico io, c'era qualcuno... qualcuno che potrebbe essere tua zia — insistette Rodilegno. — Adesso voglio scambiare due parole con lei e poi ti porterò a casa.

— E mi sistemerai la memoria? — chiese Mella.

Lui annuì. — E ti sistemerò la memoria. — Allungò una mano dietro la schiena e diede un paio di colpi secchi alla porta.

Ysabeau stava ancora aspettando all'esterno.

— Quella donna che si è presentata con la Principessa Mella è davvero sua zia? — le chiese Rodilegno.

— Sostiene di essere la sorella del Principe Consorte Henry.

L'enfasi con cui aveva pronunciato la parola "sostiene" poteva significare che vi erano grossi dubbi, o poteva semplicemente indicare un'estrema cautela. — Non sapevo che Henry avesse una sorella. Perlomeno non nel Regno degli Elfi — replicò Rodilegno.

— La Principessa lo ha confermato. Quando ancora era in possesso della memoria.

— Questa creatura ha un nome? Suppongo che sia umana.

— È senza dubbio umana. Il nome che ci ha fornito è Lady Aisling. — Ysabeau indugiò un istante e poi aggiunse: — Sembra proprio... sicura di sé.

— Forse intendete dire *piena* di sé? — Rodilegno si voltò di scatto a guardare Ysabeau e la sorprese mentre lo stava esaminando con particolare intensità. Davvero uno sviluppo interessante. Era ben consapevole del fatto che la loro breve relazione, quando lui era ancora soltanto un cubo con sopra una testa, era stata completamente sollecitata da parte di Ysabeau perché voleva ingraziarselo e cavargli fuori un po' di gnutti per mettere in atto la rivoluzione. Ora, però, quello sguardo luccicante tradiva un desiderio vero, profondo. Bene, magari quando avesse avuto più tempo da dedicare ad altro, sarebbe stato interessante sperimentare le prerogative che ora gli offriva il suo nuovo corpo.

Ysabeau distolse in fretta gli occhi, arrossendo leggermente. — Già... — farfugliò. — Intendevo proprio *piena* di sé.

— Voglio vederla — annunciò Rodilegno e subito dopo, anticipando la domanda successiva, aggiunse: — Per l'interrogatorio.

— Avete bisogno di conincanti?

— No, userò... — batté lentamente le palpebre, come una lucertola — ... i miei metodi.

Ysabeau si leccò le labbra. — Potrei guardare? — chiese col fiato sospeso.

Per la prima volta Rodilegno le concesse un sorriso. — Oh... naturalmente, mia cara! — esclamò.

Era evidente che Lady Aisling non era stata trattata meglio della nipote. La porta della stanza in cui era rinchiusa, come quella di Mella, era sorvegliata da guardie.

Rodilegno si voltò verso Ysabeau. — Ho bisogno di qualche minuto da solo con lei, poi vi manderò a chiamare. — I giochetti con Ysabeau dovevano passare in secondo piano rispetto ai suoi interessi più urgenti. Qualunque informazione fosse riuscito a estrarre dalla misteriosa compagna di Mella, voleva tenerla soltanto per sé... almeno per il momento. Non si poteva mai sapere a priori cosa fosse utile e cosa non lo fosse, cosa bisognasse tenere segreto e cosa invece si potesse dire.

Spinse l'uscio e finalmente entrò nella stanza.

Fu come se l'avesse colpito un fulmine.

TRENTACINQUE

— Cosa gli prende? — chiese Sulfureo incuriosito. Persino George stava guardando con interesse.

— *Beep-beep!* — esclamò Henry facendo vorticare le gambe in una corsa sfrenata. Dato che giaceva su un fianco, non stava andando molto lontano, ma per la spinta si muoveva comunque in cerchio su se stesso. Negli occhi gli brillavano strane luci rosa che ogni tanto si spegnevano in turbinose spirali.

— Sembra proprio opera delle Mazzerosse — borbottò Bombix. Se ne stava inginocchiato accanto al corpo immobile della Regina Aurora e le controllava le pulsazioni. Gettò un'occhiata verso Sulfureo, si accorse dell'espressione attonita che aveva in viso e aggiunse: — Si tratta di funghi particolarmente sensibili che si trovano soltanto nelle Piane. Le loro spore provocano allucinazioni.

— In guardia, Coyote! — gridò Henry all'improvviso.

— Secondo te cosa sta vedendo? — Sulfureo indietreggiò in fretta quando Henry agitò un piede in maniera convulsa e per poco non gli sferrò un calcio sulla gamba.

— Una qualche scena della sua infanzia — azzardò Bombix. — Capita spesso quando si tratta di allucinazioni. O magari qualcosa che ha visto o letto in un libro. È un umano, quindi sarà senza dubbio qualcosa di strampalato. Ascolta, Silas, mi serve il tuo aiuto.

— Sembra che stia correndo — commentò Sulfureo. — Se non fosse disteso a terra, a quest'ora sarebbe già arrivato a Gnammeth Croz.

— *Beep-beep! Vruum!* — gridò di nuovo Henry.

In risposta, un rombo risuonò da qualche parte in alto sopra di loro. Sulfureo alzò lo sguardo. I suoi occhi non erano più quelli di un tempo, malgrado i sensi ipersviluppati, ma riuscì comunque a distinguere alcune sagome in lontananza che potevano essere dei volasvelti. Chissà se il vailà truccato di Bombix andava davvero più veloce...

— Silas — sbottò Bombix, con voce più brusca questa volta — vieni qui e aiutami a metterla nella posizione di rianimazione.

— Rianimazione da cosa? Ormai è già morta, no?

— *Beep-beep! Uaaa!* — farfugliò Henry agitando le braccia in aria come se stesse precipitando da un dirupo. — *BUM!* — esclamò e rimase immobile. Dopo una manciata di secondi spalancò gli occhi, fece una smorfia e il suo corpo venne attraversato da un tremito violento come se gli fosse cascata un'incudine sulla testa. Ben presto però i suoi movimenti cominciarono a diventare meno bruschi, e in viso gli apparve un'espressione ebete, quasi stesse scivolando nel sonno.

Bombix annuì pensieroso. — Temo sia stata morsicata da quell'erbaccia. Ecco cosa combina il pizzichello...

Sulfureo si chiese se fosse il caso di far notare al compagno i volasvelti che si stavano avvicinando, ma alla fine si lasciò prendere dalla curiosità. — Significa che è morta, sì o no? — chiese. — A me sembra proprio morta stecchita.

— Certo che è morta, però aiutami comunque a metterla nella posizione di rianimazione. Dobbiamo essere in grado di poter dire a Rodilegno che abbiamo tentato tutto il possibile prima di ammettere che ha tirato le cuoia.

— Io penso che sarebbe meglio metterla nel vailà — commentò Sulfureo. — Stiamo per ricevere visite.

Bombix seguì il suo sguardo. — Stupido idiota, perché non me l'hai detto prima? — Scattò in piedi nello stesso istante in cui il primo volasvelto cominciava a volteggiare sempre più in basso alla ricerca del posto adatto dove atterrare. — Okay, non facciamoci prendere dal panico. Nessuno sa che siamo stati noi a rapirli e loro non possono contraddirci. La storia da raccontare è questa: stavamo volando in città, quando all'improvviso li abbiamo avvistati quaggiù e siamo atterrati per vedere se potevamo essere d'aiuto.

Sulfureo gli rivolse un sorriso benevolo. — Oh, io non mi lascio affatto prendere dal panico, questo mai, Jasper. Non è nella mia natura. — Inoltre ci avrebbe pensato George a sistemare qualsiasi problema fosse sorto.

Il volasvelto atterrò poco lontano dal loro vailà e subito dopo ne uscì una giovane donna molto attraente.

— Grazie agli Dei, siete qui! — esclamò Bombix a gran voce. — Non abbiamo idea di come questi poveretti siano finiti in simili condizioni, ma sembra che abbiano avuto un qualche incidente... non per colpa nostra, però! Noi siamo solo atterrati qui nella speranza di poter prestare soccorso, e a quanto pare ci troviamo davanti a nientedimeno che Sua Altezza la nostra adorata Regina Aurora e al suo onorato Principe Consorte Henry e... Caspiterina, siete proprio voi!

Grazie ai suoi poteri straordinari, Sulfureo aveva riconosciuto subito Madama Circe, anche se era evidente che la vecchia arpia si era fatta un tiraggio cranico. Soffocò un ghigno divertito: la faccenda si stava facendo molto interessante! Infatti Bombix era terrorizzato da Madama Circe, e a ragione, perché quando lavorava per lei come agente segreto, l'aveva tradita facendo il doppio gioco. Ora aveva addirittura rapito la Regina, perciò l'animosità fra loro non era più soltanto personale, ma anche politica.

Madama Circe lo ignorò e fece un segnale agli altri tre volasvelti che stavano sorvolando la zona. Nell'arco di pochi istanti lo spiazzo roccioso venne invaso da truppe imperiali, mentre Bombix non la smetteva di balbettare: — Li abbiamo visti dall'alto... nostro dovere di bravi cittadini... nessuna idea che fossero Sua Maestà la Regina e il Principe Consorte... tutto quello che potevamo per aiutare... temiamo che la Regina... gesto che probabilmente gli ha salvato la vita...

— Non trovate che ci dovrebbe essere una ricompensa? — gridò Sulfureo mentre nell'agitazione generale il corpo immobile della Regina e il corpo fin-troppo-mobile del suo consorte in preda al delirio venivano caricati nel volasvelto di Madama Circe. — Anche solo una manciata di gnutti per due fedeli cittadini che hanno dedicato parte del loro tempo per aiutare la coppia reale in difficoltà?

Madama Circe gli scoccò un'occhiataccia. — Ovviamente devo portare la coppia reale da un guaritore il prima possibile — ribatté con freddezza. — Ma indagherò a fondo su questo incidente, e se dovessi mai venire a scoprire che voi due avete qualcosa, *qualsiasi cosa*, a che fare con le condizioni in cui si trovano ora la Regina e il suo Principe Consorte, giuro che vi darò la caccia e vi prenderò e vi punirò in modo esemplare. Ci siamo capiti?

— Madama Circe... — balbettò Bombix — vi posso assicurare che noi non abbiamo nulla, *assolutamente* nulla a che fare con...

Ma la donna stava già montando sul volasvelto e lo ignorò. Fece segno alle truppe di scorta di seguirla e tutti e quattro i velivoli decollarono uno dopo l'altro, in un ordine ben preciso.

Bombix si voltò a guardare Sulfureo con astio. — Hai visto? Adesso mi hai ficcato in un altro bel guaio! — sibilò.

TRENTASEI

Henry socchiuse le palpebre. C'era qualcuno chino su di lui e piano piano, mentre gli occhi mettevano a fuoco e il viso prendeva forma, si rese conto che si trattava di Pyrgus. — Aurora? — sussurrò. C'era una giovane donna in piedi alle spalle dell'amico, ma non era sua moglie.

— Sta bene — lo rassicurò Pyrgus. — Se la caverà.

— Cosa? — gracchiò lui. Si sentiva la bocca gelida, la lingua il doppio più grossa del normale e la gola arsa.

— Se la caverà — ripeté Pyrgus.

Henry si mise a sedere a fatica. — Era morta. L'avete resuscitata? — Fu attraversato da un brivido. I resurrincanti erano una trovata piuttosto recente e non sempre funzionavano correttamente. A volte la persona in questione tornava in vita, ma con danni cerebrali permanenti.

— Non era morta — spiegò Pyrgus.

— Dimmi la verità — mugolò Henry con aria affranta. — So che è morta sulle Piane. È stato il pizzichello a ucciderla.

Pyrgus lo guardò con un sorriso. — Le tossine del pizzichello hanno un effetto quasi identico a quello di uno stasincanto. Tutto si ferma, compreso il campo temporale di un individuo. Se la pianta non arriva a divorare la carne della vittima, di solito si torna a stare bene quando svanisce l'effetto delle tossine. Aurora è a letto che riposa... La sua morte è stata soltanto temporanea, ma ha fatto prendere a tutti un grande spavento!

Anche la giovane donna che stava in piedi alle spalle del Principe intervenne per tranquillizzarlo: — Le hanno fatto un bel trattamento, caaavo. I guaritori mi hanno assicurato che ora sta dormendo normalmente.

Solo allora Henry si accorse che si trattava di Madama Circe nel suo nuovo aspetto. — Voglio vederla — disse.

— Certo, non appena si sveglia. E a dire il vero i guaritori non ci hanno ancora dato il permesso di farti alzare.

— Ma io sto bene — ribatté Henry. — Poi, preso da curiosità, aggiunse: — Posso sapere cosa mi è successo?

— Sei stato aggredito dalle Mazzerosse. Le spore producono uno stato di follia temporanea. — Pyrgus lo guardò e si mise a sghignazzare. — Mi stupisco che qualcuno abbia notato la differenza tra prima e dopo.

Ecco il vecchio Pyrgus, sempre pronto a scherzare. E allora Henry capì che forse era davvero tutto a posto. — Aurora sta *veramente* bene?

— Ha solo bisogno di riposo, e a quanto pare anche tu — rispose l'amico. — Potrai magari avere qualche breve ricaduta, ma ti hanno tirato fuori dal sistema tutte le spore e non dovrebbero esserci problemi. Però... — esitò qualche istante prima di aggiungere: — Se te la senti, c'è qualcosa di cui dovremmo discutere con te.

— Me la sento.

Henry fece per alzarsi dal letto, ma Pyrgus gli posò una mano sulla spalla per fermarlo. — In verità dovremmo parlarne con Aurora — gli spiegò — ma i guaritori hanno detto che è meglio lasciarla dormire ancora, e la situazione presenta una certa urgenza...

— Si tratta di Mella? — chiese Henry, ricordandosi all'improvviso della figlia.

— Mella c'entra in parte, caaavo. — Madama Circe avvicinò una sedia al letto e si mise comoda.

— Non è stata ancora ritrovata?

— No, purtroppo, ma almeno sappiamo dove si trova.

— E dov'è? — domandò Henry. Una volta tornati tutti a casa, l'avrebbe messa in punizione per un mese intero. Anzi, per *sei* mesi, per quanto lo riguardava.

— Si trova nella Terra di Halek — rispose Pyrgus.

Henry rimase a fissarlo con sguardo vuoto. — E cosa ci fa nella Terra di Halek?

— A quanto pare viene trattenuta dalla Tavola dei Sette — spiegò il Principe.

— Viene trattenuta dalla Tavola dei...? — Henry fece un altro tentativo per uscire dal letto e questa volta l'amico lo lasciò fare. Madama Circe gli allungò una vestaglia. Mentre se l'infilava, Henry riprese a parlare: — L'unica cosa di cui io e Aurora eravamo certi era che si trovava nel Mondo Analogo. Si era messa in testa di conoscere mia madre, poi in qualche strano modo era riuscita a fare saltare in aria la sua casa. Avevamo pensato che probabilmente sarebbe tornata nel Regno, ma perché proprio nella Terra di Halek? E cosa significa che è stata trattenuta dalla Tavola dei Sette? È loro ospite?

— Meglio definirla loro prigioniera — precisò Madama Circe in tutta tranquillità.

Henry guardò prima l'uno e poi l'altra. — Scusate, facciamo un attimo marcia indietro. Posso sapere cosa ha combinato nella Terra di Halek per finire in prigione? — Sua figlia aveva un animo selvaggio come la madre, è vero, ma questo era molto più di quanto si sarebbe mai aspettato.

— È proprio questo il punto — disse Madama Circe. — Da quanto abbiamo capito, lei non ha fatto nulla. La motivazione sembra essere politica.

— Politica? Come politica? Perché politica? La Terra di Halek è un paese amico. Un po' paranoico, certo, ma non siamo in guerra con loro e non ci sono nemmeno particolari attriti.

— Non ancora — precisò Pyrgus.

Henry lo ignorò. — D'accordo, allora perché la tengono prigioniera? Avrete pur chiesto al nostro ambasciatore di metterli davanti a questa semplice domanda.

— Sostengono di non essere assolutamente a conoscenza della faccenda e negano tutto.

— Dunque noi pensiamo che la tengano prigioniera e loro affermano di non averla neanche mai vista?

— Grosso modo le cose stanno così.

— Presto sapremo la verità — intervenne Madama Circe. — Abbiamo un agente sotto copertura nel Consiglio di Governo. A breve dovrebbe darmi ulteriori chiarimenti.

— Ma c'è dell'altro — aggiunse Pyrgus.

Il tono dell'amico catturò subito l'attenzione di Henry. — Va' avanti.

— Pensiamo che la Terra di Halek si stia preparando alla guerra.

— Contro chi? — esclamò Henry, stupefatto.

— Temo si tratti proprio di noi, caaavo — rispose Madama Circe.

Lui fissò entrambi con l'espressione di chi si chiede se non lo stiano prendendo in giro. — Non possono entrare in guerra contro di noi — disse infine. — Non hanno abbastanza uomini. — La Terra di Halek era un paese importante, e anche piuttosto ricco grazie alla specifica competenza nel campo della magia che vantava ormai dalla notte dei tempi. Tuttavia, a fronte di un'ampia estensione geografica, era scarsamente popolato. Possedeva un esercito ben addestrato, ma nulla che potesse competere con le forze dell'Impero. All'improvviso un pensiero gli balenò nella mente. — Non avranno mica sviluppato una super-arma magica, vero? — Stava pensando a qualcosa di simile a una bomba all'idrogeno. Per fortuna nel Regno degli Elfi non esistevano armi atomiche, ma gli stregoni sarebbero stati perfettamente capaci di inventarsi qualcosa di altrettanto pericoloso. Oltre ai numerosi articoli magici di largo consumo, la seconda grande risorsa di reddito nazionale era infatti l'industria delle armi. Fino a quel momento gli stregoni avevano concentrato i propri sforzi nel perfezionamento di armamenti tradizionali – ovvero archi che scoccavano da soli, lance autoincendiarie, mazze dotate di una forza smisurata – ma prima o poi erano destinati a prendere in considerazione la possibilità di produrre armi di distruzione di massa.

— In un certo senso si tratta proprio di questo — rispose Pyrgus con molta calma. — Stanno allevando manticore.

— Manticore?

— Già.

— Ormai è da anni che si dilettano con queste manticore, giusto? — replicò Henry. — Continuo a leggere articoli riguardo al fatto che ne hanno costruite delle altre nei loro laboratori. A dire il vero non è che ne legga così tanti di questi articoli: immagino di averne visti un paio negli ultimi cinque anni. Allora sarebbe questo il problema? In effetti le manticore sono creature spaventose, ma ci vogliono un paio d'anni per costruirne una, perciò credo che non possano davvero rappresentare una minaccia per la sicurezza nazionale.

— Non ho detto che le stanno *costruendo*. Ho detto che le stanno *allevando*.

— Ma è impossibile... allevare manticore è impossibile!

— A quanto pare no — ribatté Pyrgus. — Ora ce ne sono a branchi.

— *A branchi?* — Henry si voltò verso Madama Circe. — E noi eravamo a conoscenza di questo particolare?

Per la prima volta da quando la conosceva, Madama Circe arrossì leggermente. — Ebbene no.

— E perché no?

— In parte perché si tratta di sviluppi molto recenti, ma francamente anche perché la Terra di Halek non è mai stata una priorità per i nostri servizi segreti. E tantomeno le manticore, a essere proprio sinceri. Il succo della questione è che non abbiamo mai considerato quel paese come una vera minaccia.

— E qual è il loro piano? Questo almeno lo sappiamo?

— Non ancora nel dettaglio. Ma possiamo avanzare alcune ipotesi.

— Bene, allora vediamo queste ipotesi — borbottò Henry.

— Tu ne sai qualcosa di manticore? — gli chiese Pyrgus.

— Sono enormi, spaventosi animali magici. Hanno il corpo da leone, la coda da scorpione, la testa da essere umano e tre file di zanne, come uno squalo. Nel mio mondo sono considerate creature mitologiche. A dire il vero, sono considerate *impossibili*. Nel mio mondo anche gli unicorni sono considerati creature mitologiche, ma non è difficile immaginarsi come potrebbero essere generati da un cavallo. Però nessuno potrebbe mai immaginarsi come si genera una manticora.

— Invece gli stregoni se lo sono immaginato, eccome — ribatté Pyrgus in tono aspro. — A dire il vero, a me piacciono molto le manticore. Sono intelligenti, anche se non ragionano come ragioniamo noi. La coda le rende velenose: se ti pungono, sei morto. Il corpo da leone e le zanne da squalo le rendono guerrieri terrificanti... Meglio non pensare alle conseguenze di un combattimento corpo a corpo con una manticora. Possono uccidere un cavallo con un colpo solo, e con la stessa facilità decapitare un uomo ricoperto da un'armatura. Quella che avevo io si è fatta strada a forza di morsi in un muro di pietra sfondandolo e quando...

— Tu avevi una manticora? — lo interruppe Henry.

— Già, un meraviglioso esemplare femmina — rispose Pyrgus con entusiasmo. — L'avevo chiamata Henry come te. Ma poi è scappata... Credo sia tornata nella Terra di Halek. A dire il vero, è proprio in questo modo che abbiamo scoperto cosa stanno architettando gli stregoni. L'ho seguita nella Terra di Halek e...

— Hai chiamato una *manticora* come me? — esclamò Henry, inorridito. — Una manticora *femmina*?

— Aveva una testa umana — replicò Pyrgus.

— Suvvia — intervenne Madama Circe — meglio non perdersi in discussioni insensate. Cerchiamo di limitarci alla questione principale.

— Giusto, limitati alla questione principale, Pyrgus — ringhiò Henry.

— Allora — esordì l'amico — la questione è che gli stregoni Halek hanno creato delle manticore e ora le stanno allevando e riproducendo. I miei contatti nella Società per la Tutela e la Protezione degli Animali mi hanno spiegato che si tratta di manticore modificate.

— Cosa significa "manticore modificate"?

— Diverse da come sono allo stato brado.

Henry rimase a fissarlo sconcertato. — *Non* esistono manticore allo stato brado. Gli stregoni le hanno create in laboratorio, sei stato proprio tu a dirmelo appena adesso.

— D'accordo — mugugnò Pyrgus impaziente. — Il termine "modificate" lo si usa quando le si confronta con i miti e le leggende che parlano delle manticore allo stato brado, se proprio vuoi essere così pignolo. E io sono del parere che ne esistano *alcune* allo stato brado, se solo riuscissimo a trovarle, però. Nymph dice che...

— Ci troviamo in una situazione critica — lo interruppe Madama Circe in tono fermo. — Vi prego, torniamo al nostro problema.

Pyrgus scoccò un'occhiataccia a Henry. — La questione è che nella Terra di Halek ci sono manticore protette da incantesimi e quindi terribilmente difficili da uccidere. Combattono come demoni, anzi meglio di demoni... molto meglio di demoni. Per magia sono tenute a ubbidire agli ordini e non temono nulla. In combattimento sono intelligenti tanto quanto te e me, e sotto alcuni aspetti lo sono persino di più, perché ragionano in maniera diversa da noi, e questo le rende *creative*. Ci sono *tante* manticore... migliaia e migliaia e continuano a riprodursi. Riesci a immaginarti che genere di esercito possono formare?

Henry se lo poteva immaginare fin troppo bene. — Dobbiamo svegliare Aurora — disse.

— Non ce n'è bisogno, sono già sveglia — annunciò la voce di Aurora dalla soglia.

TRENTASETTE

— Dove siamo? — chiese Sulfureo. Sapeva perfettamente dov'erano. Si erano persi, ecco dov'erano. Stavano camminando – strisciando in realtà – sotto una volta frondosa che oscurava gran parte del sole, immergendoli in una costante penombra verdognola. Il sentiero che avevano imboccato si era trasformato ormai da tempo in una striscia di terreno sempre meno battuto, fino a svanire completamente lasciando posto all'erba e al sottobosco. Intorno a loro la foresta si estendeva all'infinito in tutte le direzioni.

Bombix grugnì.

Sulfureo non era particolarmente preoccupato: confidava nel fatto che George lo avrebbe sempre tirato fuori dalle situazioni più difficili. Allo stesso tempo stava cominciando a pensare che forse era arrivato il momento di separarsi da Bombix. Il vecchio socio si era rivelato molto utile per farlo uscire dal manicomio e all'inizio, almeno per un certo periodo, era sembrato avere un paio di programmi interessanti. Inoltre l'incarico di rapire la Principessa avrebbe dovuto fargli guadagnare un bel po' di gnutti. Ma com'era tipico di Bombix, invece di portare a termine la missione che gli era stata affidata, aveva incasinato le cose per bene. Non solo aveva fatto andare Lord Rodilegno su tutte le furie, ma era anche riuscito a uccidere la Regina, a far diventare matto il Principe Consorte e a suscitare qualche profondo sospetto nella mente del capo dei Servizi Segreti. E cosa peggiore di tutte, aveva coinvolto lui in quel pasticcio. In tali circostanze era difficile capire a cosa gli sarebbe servito continuare a restare in sua compagnia. Forse avrebbe fatto meglio a tagliargli la gola e rubargli il portafoglio... Poteva tornare comunque nella capitale, tenere un profilo basso per qualche tempo e poi, non appena si fossero calmate le acque, aprirsi un negozietto con gli gnutti che gli aveva rubato.

L'unica cosa che lo faceva desistere era che Bombix aveva usato un nascondincanto sul vailà quando lo avevano abbandonato, e lui non aveva la minima idea di quanto ci si mettesse a raggiungere la capitale a piedi. Chissà se George lo poteva portare in braccio...

Sulfureo estese la propria coscienza per vedere se questo poteva aiutare a capire meglio le distanze. La foresta brulicava di vita come non mai: i suoi vecchi nemici di sempre, gli scarafaggi, erano ovunque in trepida attesa, o meglio in agguato, così come intere colonie di termiti e insetti di ogni genere e dimensione. (Se non avesse avuto George al suo fianco per proteggerlo, senz'ombra di dubbio ormai lo avrebbero già divorato vivo.) C'erano lupi e tassi, slith e haniel, per non parlare di quelle cose morte che mangiano foglie marce e carne d'elfo. Quel posto ne era pieno zeppo.

— Dove siamo? — ripeté.

— Dove siamo? — lo scimmiottò Bombix seccato. — Dove siamo? Dove siamo? Siamo in un tunnel assassino, così riusciamo a superare le difese magiche.

"Quali difese magiche? E di chi?" pensò Sulfureo. E a voce alta chiese: — Cos'è un tunnel assassino?

— Un tunnel assassino — esordì Bombix con voce paziente — è un nodulo spaziotemporale istituito dalla Gilda degli Assassini che permette ai propri membri libero – e soprattutto *segreto* – accesso a ogni paese del Regno. Tutti lo sanno.

"Tutti chi? Io non ne so niente" pensò Sulfureo distrattamente. Doveva trattarsi di una nuova invenzione che avevano sviluppato mentre lui se ne stava rinchiuso al Doppiafortuna. C'erano stati così tanti progressi tecnologici in quegli anni: era davvero sconcertante! Per mantenere viva la conversazione prima che Bombix si rifugiasse di nuovo dietro i soliti grugniti, disse: — E così stiamo camminando in un nodulo spaziotemporale?

— Già.

— Messo qui dalla Gilda degli Assassini?

— Già.

— Però non si sente proprio la differenza.

— Ma cosa ne vuoi sapere tu delle differenze che si sentono in un nodulo spaziotemporale, stupido idiota! — borbottò Bombix, e non troppo a bassa voce, considerando i sensi affinati del compagno.

— Dove stiamo andando? — chiese Sulfureo.

— Terra di Halek — tagliò corto Bombix. — Il tunnel ci permette di aggirare le difese magiche.

Sulfureo spalancò la bocca per fare un'altra domanda, ma la richiuse subito. La Terra di Halek era probabilmente il posto migliore dove potessero andare. Si trattava di uno stato indipendente dal Regno, e malgrado i due paesi fossero in rapporti piuttosto amichevoli, tra loro non esisteva alcun trattato di estradizione, a meno che le cose non fossero cambiate nel frattempo. Perciò, anche se Madama Circe avesse scoperto che Bombix aveva avuto responsabilità diretta nella morte della Regina Aurora e nella follia del Principe Consorte, non avrebbe potuto fare nulla, almeno non per via legale. Probabilmente sarebbe riuscita comunque a farlo fuori, questo è ovvio, ma non si sarebbe mai presa il disturbo di sistemare anche lui, che in realtà aveva avuto soltanto un ruolo minore nell'intera faccenda. Be', perlomeno di minore importanza. Di certo *non* la parte principale, e comunque poteva sempre appellarsi all'infermità mentale. In ogni caso sarebbe stato prudente restare nell'ombra per un po' di tempo, e sarebbe stato ancora più prudente restare nell'ombra nella Terra di Halek, piuttosto che nella capitale.

La cosa migliore da fare, pensò Sulfureo, era seguire quel misterioso "tunnel assassino", il che in pratica significava seguire Bombix. Una volta arrivati, avrebbe potuto tagliargli la gola e rubargli il portafoglio. A pensarci bene, la Terra di Halek sarebbe stato un posto ancora più adatto per aprire un negozietto. Non esistevano stupide regolamentazioni in fatto di magia nera, e grazie alla sua esperienza come demonologo certamente sarebbe riuscito a fabbricare qualche incantesimo interessante. L'industria della magia era molto sofisticata nella Terra di Halek. Magari non era nemmeno necessario aprire un negozio: forse gli sarebbe bastato vendere i conincanti all'ingrosso a qualche distributore per invadere il mercato nazionale nell'arco di pochi mesi. E forse sarebbe diventato ricco.

— Acqua in bocca — bisbigliò rivolto a George.

— Scusa? — chiese Bombix.

— Mi stavo solo schiarendo la gola — rispose Sulfureo.

Per quanto ne sapeva o non ne sapeva, camminare in un nodulo spaziotemporale non era molto diverso rispetto a camminare in una normale foresta. C'erano gli stessi alberi, le stesse sterpaglie, gli stessi cespugli, le stesse piante, gli stessi fiori, bacche, frutti accompagnati dalla comparsa o dal fruscio occasionale di un animale. Comunque, dopo un po' Sulfureo cominciò ad avvertire la peculiarità di quel posto. Pur non essendo visibile un sentiero, in qualche strano modo continuavano ad avanzare senza sosta. Tronchi e arbusti bloccavano il passaggio, eppure loro due riuscivano a evitarli. I suoi sensi ipersviluppati lo avvertivano che erano circondati di vita brulicante, eppure non erano ancora stati aggrediti da nessun animale. Si percepiva qualcosa di bizzarro anche nei rumori. Il canto degli uccelli rimbombava in un'eco sinistra, raccapricciante. Il fruscio di una qualche creatura di passaggio rimaneva appeso nell'aria per molto tempo dopo che il movimento si era concluso.

Poi, all'improvviso, tutto cambiò. Avevano di nuovo un sentiero sotto i piedi e i sospiri del vento sibilavano esattamente come dovevano sibilare. Proseguirono ancora per un centinaio di metri prima di emergere dagli alberi e ritrovarsi in un'ampia prateria.

— Siamo nella Terra di Halek? — chiese Sulfureo. Annusò l'aria in cerca di fragranza di magia, ma avvertì soltanto un lontano sentore di letame.

— Sì.

— Pensavo che saremmo arrivati in una città. A Creen o in un posto simile.

Bombix si abbandonò a un lungo sospiro. — Non è che un tunnel assassino si può aprire in un complesso urbano... sarebbe troppo sotto gli occhi di tutti. Creen dista circa una giornata di cammino, se non riusciamo a recuperare un qualche mezzo di trasporto. Comunque abbiamo già superato i controlli di frontiera e io ho procurato per entrambi documenti falsi che ci permetteranno di muoverci in tutta libertà. — S'infilò lo zaino in spalla. — Andiamo!

Sulfureo indugiava ancora. — Cosa sono quelli? — chiese.

Bombix seguì il suo sguardo. — Cosa sono cosa?

Grazie alla sua vista acuta, Sulfureo aveva avvistato un branco di creature che pascolavano sulla linea dell'orizzonte. Avrebbero potuto essere bovini, solo che lui sapeva che non lo erano. Il problema era che non distingueva esattamente *cosa* fossero. La sua percezione continuava a scivolare via da quelle creature come se non riuscisse ad afferrarle. Tutto ciò poteva significare soltanto una cosa: erano magiche. Eppure non aveva mai sentito parlare di creature magiche che si muovevano in branchi, e di certo non in branchi di simili dimensioni: quello che vedeva era vastissimo. Puntò un dito verso l'orizzonte. — Laggiù — disse. — Vicino a quel boschetto.

— Una mandria di buoi — affermò Bombix prontamente. — I contadini devono averli portati al pascolo.

Sulfureo aggrottò la fronte. — Quelli non sono buoi. — Era difficile a dirsi per via della distanza, ma pareva proprio che fossero più grandi di buoi. Molto più grandi di buoi. Comunque di una cosa era sicuro, *assolutamente* sicuro: il branco li aveva visti e si stava muovendo verso di loro.

— Mucche, allora — disse Bombix. — Non è che importi molto. Non ci importuneranno se non saremo noi a disturbarle. Adesso andiamo, però... Non possiamo perdere tutta la giornata. — Si voltò e cominciò a camminare a passo spedito verso occidente.

Sulfureo indugiava. Il suo compagno non riusciva ancora a sentirlo, ma un rombo simile a grappoli di tuoni soffocati montava dalla direzione del branco. Era il rumore più sinistro che avesse mai udito. Quelle bestie stavano per importunarli eccome... Il rombo che sentiva era il rumore di un assalto travolgente.

Bombix si fermò e si voltò di nuovo. — Allora, ti decidi a venire o no? — gridò impaziente.

Non avevano alcuna via di fuga in quella prateria aperta. Le creature si stavano già muovendo veloci. Anche se si fosse trattato soltanto di bovini, avrebbero travolto qualsiasi cosa si trovasse sul loro cammino. Ma il rumore che facevano sul terreno non era quello di zoccoli, a meno che non fossero stati rivestiti da cuscinetti. Ora Sulfureo era certo che non si trattava di animali comuni, ma di una sorta di mostri magici. Erano giganteschi, e il branco sembrava estendersi per chilometri e chilometri. L'unica possibilità di sopravvivenza, per lui e Bombix, era quella di tornare al riparo nella foresta e magari infilarsi di nuovo nel tunnel assassino. Ma quando si gettò un'occhiata alle spalle, si rese conto che si erano allontanati dalla foresta più di quanto pensasse.

— Cos'è questo rumore? — chiese Bombix all'improvviso. — Non si metterà mica a piovere?

Sulfureo disattivò i sensi espansi, ma anche con una percezione normale ora riusciva a vedere il branco e a sentire il rombo incombente. Si stava avvicinando a una velocità incredibile. — Guarda! — esclamò puntando di nuovo il dito.

— Oh, per tutti gli Dei! — trasalì Bombix.

Il branco riempiva l'orizzonte, pronto a travolgerli. In quelle creature c'era qualcosa che ricordava gli insetti. A ogni singolo istante si facevano sempre più vicine e finalmente Sulfureo riuscì a distinguere i sinuosi pungiglioni che fungevano da coda. Il loro odore le precedeva, trasportato da una brezza intensa, fastidiosa. Era una calda fragranza di magia. Un improvviso, atroce terrore lo attanagliò.

— Manticore! — gridò. Era impossibile, eppure le stava guardando con i suoi stessi occhi mentre si avvicinavano. Ora ne scorgeva persino le facce, gli occhi ardenti. Avevano soltanto una possibilità. — Dobbiamo tornare nella foresta!

Bombix stava già scappando, senza preoccuparsi di abbandonare il compagno al proprio destino. Era più giovane e più forte di Sulfureo, eppure le sue possibilità di fuga erano praticamente uguali a zero. Ormai il branco li stava per travolgere.

Sulfureo si concesse soltanto l'ombra di un gelido sorriso: forse l'avrebbe salvato se Bombix avesse giocato pulito, ma lui aveva deciso che ognuno doveva fare per sé. Cosa che gli andava più che bene.

— George — chiamò in tono imperioso. — Portami subito nella foresta. Mi raccomando, soltanto me. Bombix lascialo qui.

Con sua grande sorpresa, non accadde nulla. Le manticore che vedeva avanzare spietate erano gigantesche. Si guardò intorno in preda alla disperazione per cercare George. Ma quell'enorme, inetto idiota invisibile stava saltellando allegro incontro alle manticore con uno smagliante sorriso stampato in faccia. All'improvviso Sulfureo si accorse che ormai era troppo tardi per scappare. Con o senza George, il branco gli era addosso.

TRENTOTTO

Lord Rodilegno aveva sentito spesso parlare di quello strano fenomeno. Già quando era piccolo e trascorreva i pomeriggi al parco giochi, tra bambini lo si definiva, con parole mezzo sussurrate, come una delle cose più straordinarie che ti potesse capitare. E secondo quanto si raccontava nelle storie, capitava sempre all'improvviso, proprio quando meno te lo aspettavi. Ti cambiava la vita perché cambiava *te*. Ti trasformava in un essere sempre sorridente e sbavante, a volte piagnucoloso, ma più spesso stupidamente felice e disgustosamente imbambolato sdolcinato smidollato, sempre intento a lavarsi e ad agghindarsi, nonché a scribacchiare versi svenevolmente smancerosi... E tutto questo per...

Be', poteva essere chiunque, ovviamente, ma al parco giochi l'opinione diffusa era che molto probabilmente sarebbe stata una *bambolina* di cui ti saresti innamorato follemente, così su due piedi, tanto che saresti stato disposto ad assecondarla in tutto e per tutto, persino a *leccarle i piedi*, fino alla fine dei tuoi giorni.

C'era chi trasaliva a questa rivelazione, ma c'era anche chi ridacchiava e chi – soprattutto i più schizzinosi – inorridiva e si allontanava con un'espressione dubbiosa o disgustata stampata in faccia. Il giovane Rodilegno non era certo tra questi, perché già a sei anni aveva capito che la depravazione non aveva limiti. In ogni caso, non riusciva davvero a immaginare che questa pratica del "leccare i piedi" lo avrebbe mai attirato particolarmente.

Il fenomeno veniva chiamato "Colpo di Fulmine" a

causa della somiglianza con un'arma un tempo usata dagli Antichi Dei per punire – o meglio per annientare – gli elfi disubbidienti. Il Colpo di Fulmine originale, come si leggeva nelle fiabe, aveva sempre un effetto imprevisto, straordinario e assoluto.

In seguito il Colpo di Fulmine era tornato a essere argomento di seria discussione quando il giovane Rodilegno aveva raggiunto l'adolescenza. Era stato quello il tempo in cui l'enfasi si era spostata sull'interessante mito che diceva che il Colpo di Fulmine non colpiva mai uno solo. Se capitava a te, invariabilmente e automaticamente colpiva anche l'oggetto del tuo interesse. Con tutti quegli ormoni che schizzavano e vorticavano nel flusso sanguigno, quello era un punto di importanza fondamentale, anzi, *vitale*. Preso com'era dall'eccitazione, un giovanotto di quell'età non stava più tanto a pensare cosa avrebbe dovuto fare per la ragazza dei suoi sogni, ma gli interessava piuttosto cosa avrebbe potuto fare quella ragazza dei suoi sogni per *lui*... e leccare i piedi era soltanto l'inizio.

Una volta arrivato all'università, Rodilegno era venuto a conoscenza del cosiddetto Club del Colpo di Fulmine, un'associazione studentesca dedita a compiere studi e ricerche sul fenomeno. Si era iscritto più che altro per curiosità ed era rimasto alquanto deluso nello scoprire che l'istituzione aveva un taglio strettamente accademico e si occupava generalmente di esaminare il Colpo di Fulmine come sistema di credenze su un piano teorico. Alle varie conferenze che venivano organizzate, i relatori presentavano studi scientifici che andavano a sondare le radici di questo mito risalendo fino alla preistoria. Una volta, un giovanotto particolarmente sagace aveva suggerito che il termine "Colpo di Fulmine", con il sottofondo di violenza che portava con sé, forse poteva davvero derivare dalla consuetudine preistorica di conquistare e assoggettare le femmine elfiche a suon di clava. Quando il giovane Rodilegno, ormai annoiato a morte, aveva deciso di interpellare i compagni membri e aveva chiesto loro se credevano che il fenomeno del Colpo di Fulmine, così come veniva descritto nei miti, esistesse davvero, alla fine la fazione del NO aveva raggiunto un massiccio novanta per cento e lui era sprofondato nella delusione e nella disillusione più totale. Anche se era ancora un giovane uomo, aveva deciso che il Colpo di Fulmine rientrava nella stessa categoria di Babbo Astrale, della misteriosa Elfana Epifania e dell'Umano dei Dentini.

E ora, con suo enorme stupore, il Colpo di Fulmine invece aveva colpito proprio *lui*.

Pur indossando abiti chiaramente elfici, la donna nella stanza era umana, lo aveva capito a colpo d'occhio: tanto per cominciare portava i capelli molto corti, che non andavano certo di moda nel Regno, e senza il minimo accenno a colpi di sole rossicci e, cosa altrettanto evidente, negli occhi non aveva alcuna caratteristica tipica né degli Elfi della Notte né di quelli della Luce. Al primo sguardo si capiva anche che era davvero la sorella di Henry. La parentela era inequivocabile, malgrado la somiglianza fosse minima: fortunatamente non possedeva gli stessi lineamenti delicati del Principe Consorte. Aveva determinazione nella mascella, acciaio nello sguardo e una punta di sottile, astuta crudeltà nelle labbra. Rodilegno riusciva bene a immaginarsela mentre dilaniava il proprio partner dopo l'accoppiamento, come facevano sempre gli umani. O forse erano i ragni che facevano così? Non importava, quel pensiero lo eccitava lo stesso.

Deglutì e si leccò le labbra, all'improvviso secche. Avanzò di un passo, ma subito dopo si fermò. Lei lo stava fissando in una sorta di adorazione sbalordita. *Il Colpo di Fulmine non colpiva mai uno solo!* Oh, che gioia! Oh, che beatitudine! Oh, che giornata favolgioiosa! A ogni scoccare di secondo, quella creatura sembrava sempre più bella, più affascinante, più *deliziosa* del precedente. Aveva un'aria scaltra e spietata, feroce e forte: tutte qualità che lui aveva sempre cercato in una donna e che non era mai riuscito a trovare. Per una volta gli Dei lo avevano senza dubbio assistito. Se quell'incontro – speciale, incredibile, miracoloso – fosse accaduto soltanto un mese prima, sarebbe stato un disastro. Come avrebbe fatto lei con quella carriola e quel cubo? E lui... *lui* come avrebbe fatto?

Un pensiero lo paralizzò per un istante. La passione che provava era un aspetto del Colpo di Fulmine o una caratteristica particolare del suo straordinario nuovo corpo? Senza dubbio ora si sentiva davvero elettrizzato dalla testa ai piedi, fino all'ultimo nervo e centimetro di pelle, una sensazione molto più intensa anche rispetto all'ebbrezza che aveva provato subito dopo il trapianto. Ma importava davvero se veniva prima l'uovo o la gallina? Dopo una breve, ma attenta riflessione, arrivò alla conclusione che non importava affatto.

La donna fece un passo verso di lui. Era la creatura più meravigliosa che avesse mai visto. Gli occhi di lei si incollarono subito ai suoi e un'unica, graziosa perla di sudore le scivolò sulla fronte. In viso aveva un'espressione affamata quando con voce roca ansimò: — E voi... voi chi siete?

Per qualche strano motivo, invece, la *sua* voce si bloccò. O forse a bloccarsi in realtà era stato il cervello? All'improvviso trovò impossibile rispondere a quella semplice domanda. "Il mio nome è Lord Rodilegno..." Faceva il suo effetto, certamente, ma suonava troppo formale; c'era bisogno di calore, intimità, accenni a future delizie e meraviglie. "Sono Rodi..." Ma forse lei non l'avrebbe riconosciuto come un soprannome, inoltre sapeva che nel Mondo Analogo esisteva un'isola che si chiamava così, e probabilmente quel termine le avrebbe creato soltanto confusione. Magari poteva provare con: "Sono Testa di Legno..." Il Duca di Flammea lo chiamava sempre così, quando erano ancora amici, ma si trattava di un nomignolo scherzoso tra ragazzini e, avulso da quel contesto, lo faceva sembrare soltanto un po' duro di comprendonio, quindi come primo approccio non sarebbe andato affatto bene. Inoltre, presentandosi soltanto con il nome o un soprannome, avrebbe perso qualsiasi riferimento al proprio status e sapeva bene – per istinto – che lei era una donna che dava molta importanza alla posizione sociale. Poteva andare qualcosa di semplicissimo ma misterioso del tipo: "Sono un lord"? Davvero pessimo. Forse poteva presentarsi così: "Il mio nome è Lord Rodilegno, ma voi chiamatemi pure Rodi", invitandola a una certa intimità pur vantando il titolo che portava. O sarebbe stato troppo pretenzioso? Sentiva che stava cominciando a perdere il controllo sulla propria mente... E perché non inventare uno pseudonimo? "Sono Rodolfo Valentino..." Chissà perché quel nome gli suonava così romantico, ma non si trattava certo di un nome elfico, perciò, se l'avesse usato, forse lei avrebbe pensato che aveva qualcosa da nascondere. "Sono Papilio Cresphontes..." Questo era senza dubbio un tipico nome elfico, ma forse un po' insolito e più adatto al proletariato. E poi, come avrebbe fatto a spiegarle che quello non era il suo vero nome quando fosse arrivato il momento di rivelare che in realtà lui si chiamava Lord Rodilegno?

Di colpo gli sembrò di tornare ai tempi del parco giochi e di sentire ancora il suo amico Rubidus che con voce allegra e divertita gli raccontava come il Colpo di Fulmine ti facesse diventare imbambolato sdolcinato smidollato... Una volta gli aveva persino detto che ti scioglieva il cervello e lo faceva diventare molle come una pappetta che poi ti usciva dalle orecchie. E stava succedendo davvero! Gli stava succedendo proprio in quel momento! Apriva e chiudeva la bocca con movimenti lentissimi, come un pesce agonizzante, e dalla gola gli saliva soltanto un flebile rantolo. Eppure la donna, quella bellissima, adorabile, deliziosa donna lo stava guardando come se lui fosse un dio.

Finalmente Lord Rodilegno ritrovò la voce. — Sono il vostro futuro, Lady Aisling — le disse in tono fermo e deciso.

TRENTANOVE

Fecero ciò che erano soliti fare nei momenti di difficoltà: si ritirarono in conferenza privata nella serra ad alta sicurezza che il padre di Aurora aveva fatto costruire dietro la sala del trono. Henry corse subito a tirare fuori l'arca di Charaxes da sotto una panchina.

— Non gli piacerà questa storia — disse Aurora.

— Si tratta di un'emergenza — ribatté Henry in tono fermo.

L'arca di Charaxes era stata accuratamente costruita sul modello dell'Arca di Eufrosine, un antico manufatto che Henry aveva scoperto alcuni anni prima presso i Luchti, una tribù che viveva nel lontano deserto del Buthner. Ma non era affatto identica. L'arca dei Luchti doveva essere innescata da un complesso cerimoniale e, pur con questo presupposto, alla fine si attivava soltanto in presenza di determinate posizioni planetarie. Malgrado la tecnologia di base fosse uguale, l'arca di Charaxes che possedeva Henry assomigliava più a un'antiquata radio ricetrasmittente: bisognava solo allungare un'antenna, girare una manopola fino a farla scattare e infine chiedere dentro il microfono incorporato se c'era qualcuno dall'altra parte. Il segnale di chiamata, per quanto fosse quello convenzionale, suonava un po' assurdo. Dall'altra parte non si presentava mai semplicemente un *qualcuno* a caso: la scatola era stata accordata su un'unica coscienza, che si degnava di rispondere o meno, come meglio le pareva. Cosa che di recente capitava sempre meno spesso. Dentro di sé Henry pregava che questa volta acconsentisse al contatto.

La scatola emise un familiare gemito mentre lui girava la manopola, venne scossa da un paio di lievi vibrazioni, infine emise due "bip" che indicavano che era pronta. Henry fece un respiro profondo. — C'è qualcuno? — chiese.

— Ti ho detto mille volte di non chiamarmi in ufficio. — Subito dall'altra parte rombò la voce cavernosa del signor Fogarty, un po' distorta dagli altoparlanti, ma riconoscibile facilmente.

Ancora una volta Henry si ritrovò a pensare che non era possibile che il signor Fogarty fosse morto. Circa diciassette anni prima, il vecchio aveva sacrificato la propria vita per salvare il Regno, ma l'Arca di Eufrosine, e più tardi quella di Charaxes, avevano permesso loro di rimanere in contatto, sebbene un po' controvoglia da parte del signor Fogarty. La storia dell'ufficio era soltanto una sciocca battuta scherzosa tra loro, ma l'affetto che celava era serio e sincero.

— Ho bisogno di un suo consiglio — tagliò corto Henry, lasciando perdere tutti i preliminari.

— Non sarà mica di nuovo incinta?

Henry arrossì di colpo. — No, non è incinta ed è qui con me. — Avrebbe voluto aggiungere "perciò si comporti bene" ma, vivo o morto, aveva ancora un po' di soggezione del signor Fogarty, così alla fine non disse nulla.

— Salve, Aurora! — esclamò Fogarty. Suonava piuttosto allegro, fatto del tutto insolito. Da quando era morto, aveva fatto capire chiaramente che non voleva essere disturbato e spesso rispondeva in modo brusco, scortese, a volte estremamente rude, quando Henry riusciva a stabilire un contatto. Questo Henry non l'aveva mai capito molto bene. Dopotutto pensava che un morto avrebbe dovuto essere contento di scambiare due chiacchiere con qualche vivo.

— Salve, Viceré! — lo salutò Aurora con calore. Ancora

adesso per rivolgersi a lui usava il titolo che aveva avuto in vita. — State bene?

— Non dire sciocchezze — ribatté Fogarty. Dall'altoparlante lo si sentì tirare su con il naso e subito dopo borbottò: — Suppongo che la situazione sia piuttosto critica. — In un certo modo suonava sempre più bendisposto nei confronti di Aurora di quanto non lo fosse con Henry.

— Dovremo fronteggiare un'invasione — riprese la parola quest'ultimo.

— Terra di Halek, giusto?

Henry rimase basito. — Come fa a saperlo?

— Quei pagliacci avevano una gran voglia di mettere mano alle armi già molto tempo prima della mia dipartita. Era solo una questione di tempo. — Una pausa. — Quanti anni sono passati, a proposito?

— Da quando è morto? Sedici, diciassette anni... qualcosa del genere. — La precisione non importava. Henry sapeva che il signor Fogarty non avrebbe trattenuto l'informazione. Aveva già fatto quella stessa domanda almeno una volta durante ogni contatto. La risposta non significava molto per lui: a quanto pareva il tempo scorreva in maniera del tutto diversa dall'altra parte.

— Come sta Brintesia? Non è con voi?

A ogni contatto il signor Fogarty chiedeva di lei. Henry si sforzò di non lasciar trapelare l'impazienza che lo tormentava. Il suo vecchio amico era stato un uomo difficile da vivo, e la morte di certo non lo aveva migliorato. — È molto occupata — rispose secco. — Comunque sta bene, molto bene. Chiede sempre di lei. — Si era inventato quest'ultima cosa, ma sapeva che a lui avrebbe fatto piacere e che forse sarebbe servito a mettere fine a tutte quelle digressioni. — Cosa mi dice di quelli della Terra di Halek?

— Dei pagliacci arroganti, quegli stregoni — commentò Fogarty. — Sono riusciti ad avere troppo potere. Era prevedibile che alla fine vi avrebbero creato problemi. Di che cosa si tratta? Di qualche speciale arma magica?

— Per così dire — ribatté Henry. — Stanno allevando manticore.

Per farlo contento, il signor Fogarty fece vedere che aveva capito al volo. — Un esercito di manticore?

— Già.

— Non pensavo che fosse possibile.

— Nemmeno noi lo pensavamo — intervenne Aurora. Indugiò qualche istante e aggiunse: — E c'è anche dell'altro... Hanno preso Mella.

Seguì una pausa così lunga che Henry si chiese se non fosse caduta la connessione. Anche se era nata dopo la sua morte, il signor Fogarty aveva un debole per Mella. Risaliva ancora al giorno in cui la piccola, a soli sei anni, aveva rubato l'arca di Charaxes e lo aveva chiamato.

— Hanno chiesto un riscatto?

— Non ancora. Nessuna richiesta. Nessun contatto di alcun tipo.

— Ma i vostri agenti segreti hanno confermato che la tengono in ostaggio e che si stanno preparando per scendere in guerra con un esercito di manticore?

— Grosso modo — ribatté Henry.

— Che tempi abbiamo?

— Non si sa di preciso. Giorni, forse. Una settimana se siamo fortunati. In ogni caso manca *poco*.

— E per quanto riguarda il nostro stato di preparazione?

A Henry piacque molto quel "nostro", significava che il signor Fogarty si sentiva ancora uno di loro. Questa però non poteva essere considerata una certezza. Durante alcuni dei contatti più recenti, il vecchio brontolone era sembrato volersi ritirare non solo dalle questioni del Regno, ma anche dal mondo dei vivi in generale. Henry gettò un'occhiata alla moglie che prontamente rispose: — L'esercito permanente ha dimensioni ridotte di un terzo rispetto a quando eravate con noi, Viceré. Quanto basta per le emergenze locali: non ci saremmo mai aspettati una guerra totale.

— Quanto tempo per rimpolpare i ranghi?

— Dieci giorni. Ma anche al completo non possiamo sperare di sconfiggere un esercito di manticore.

— Avete pensato ai demoni? — chiese Fogarty. — So che tu non li vuoi usare, ma...

Aurora era ancora Regina di Infera, una posizione che aveva mantenuto malgrado le numerose sfide che aveva dovuto affrontare da quando aveva tagliato la gola a Beleth, il Principe delle Tenebre. Henry provò un lieve brivido lungo la schiena. Aveva sposato una donna *molto* tosta.

— Li userò, Viceré, se questo servirà per salvare il Regno — mormorò Aurora. — Tuttavia sarà difficile radunarli, ci vorrà tempo... Quindici, forse addirittura venti giorni. Io...

— Devi dare subito l'ordine di mobilitazione delle truppe — la interruppe il signor Fogarty.

— L'ho già fatto — replicò Aurora in tono calmo. — Ma i miei generali mi hanno avvisata che persino con l'appoggio dei demoni non possiamo sperare di sconfiggere un esercito di manticore composto da alcune migliaia di unità.

— Volevamo chiederle se ci può aiutare — mormorò Henry.

La voce di Fogarty emise un sospiro metallico. — Ne abbiamo già parlato, Henry. Anche se riuscissi a raccogliere un esercito qui, sai bene anche tu quanto sarebbe pericoloso.

Il problema era che Henry non lo sapeva. Certo, avevano già preso in considerazione quella possibilità, e anche spesso, da quando al signor Fogarty era sfuggito di aver scoperto che una volta il Monarca Scolitandes il Fiacco aveva raccolto un battaglione di morti per intervenire in una scaramuccia contro gli Antichi Teclinei. Alla fine aveva perso, d'accordo, ma solo a causa di un cattivo comando delle truppe! In realtà i morti avevano combattuto brillantemente, tanto che i Teclinei non erano più riusciti a riprendersi del tutto e la loro civiltà era declinata fino a scomparire dalla storia elfica nell'arco di circa un secolo. Certo, una scaramuccia era qualcosa di molto diverso da una guerra, e un battaglione non poteva essere paragonato a un esercito completo, ma se il signor Fogarty si fosse reso disponibile a mandare anche solo qualche migliaio di truppe, sarebbero *sicuramente* riusciti a bloccare l'attacco nemico. Nemmeno le manticore potevano prevalere sulla morte.

— Mi rendo conto che tutto ciò comporta un grosso rischio — ammise Henry — ma non è che un'inezia rispetto a quello di affrontare le manticore senza aiuto. Se non facciamo qualcosa, la Terra di Halek, rappresentata dalla Tavola dei Sette, conquisterà il governo dell'intero Regno prima della fine dell'anno.

— Volevo parlarti di una cosa — borbottò Fogarty con una strana nota nella voce che subito mise Henry in allarme. La sua inquietudine si fece ancora più profonda dal momento che l'ex Viceré indugiava. Lui non indugiava *mai* e per *nessun* motivo. Era sempre stato l'uomo più diretto e risoluto che avesse conosciuto.

— Di che cosa vuole parlarmi? — chiese dopo qualche istante, non riuscendo più a sopportare quel silenzio. Gettò un'occhiata alla moglie che assisteva alla scena con aria preoccupata.

Finalmente il signor Fogarty annunciò: — Tra poco me ne andrò via.

Henry si ritrovò a fissare l'arca di Charaxes. — Via? — gli fece eco. Avrebbe voluto chiedergli dove, e magari anche perché, ma aveva troppa paura delle risposte che avrebbe potuto ricevere.

In tono quasi colloquiale, il signor Fogarty continuò: — Ti sei chiesto, Henry, perché tuo nonno non sia mai tornato indietro dopo la morte per darti aiuto e consigli?

— Non ho mai conosciuto mio nonno — ribatté Henry. — Nessuno dei due. Entrambi morirono prima che io nascessi.

— Caspita, ho scelto proprio un brutto esempio — disse il signor Fogarty. — D'accordo... Allora ti sei chiesto perché quando muoiono genitori amorevoli e premurosi non tornano *mai* indietro per aiutare i poveri figli che hanno abbandonato? O almeno quasi mai? Non si degnano nemmeno di fare un salto veloce per dare una parola di conforto: "Non preoccuparti, sto bene anche se sono morto... Penso ancora tanto a te... Trovi qualche spicciolo nella scatola dei biscotti..." Insomma, questo genere di cose.

— Perché i morti non possono tornare indietro? — azzardò Henry.

— Sei stupido o cosa? — ribatté il signor Fogarty, stizzito. — Adesso stai parlando con *me*. Mi stai chiedendo di raccogliere uno stramaledetto esercito. Hai letto un sacco di storie di fantasmi. Certo che i morti possono tornare indietro! E non è neanche così difficile. Pensa solo a quante sedute spiritiche si fanno nel nostro mondo. C'è una chiesa spiritualista in ogni città... magari non tanto grande, ma comunque c'è.

Con aria un po' offesa, Henry sibilò: — Allora *riescono* a tornare indietro, o comunque a comunicare, grazie all'intervento di medium. — Si sentiva sempre più inquieto e confuso perché non capiva davvero dove volesse andare a parare il signor Fogarty.

— Ma se anche i bambini si mettono in contatto con loro! E comunque non sono di certo i morti a fare il primo passo — puntualizzò Fogarty con impazienza. — Quante persone muoiono nei nostri mondi ogni giorno? Milioni e milioni. E quanti fanno un salto indietro per scambiare due parole con i cari che hanno abbandonato? Pochi. *Pochissimi.* E tu non ti sei mai chiesto perché?

— Insomma io... — cominciò a farfugliare Henry.

Ma Fogarty lo interruppe: — Bene, allora te lo dirò io perché. La vita è molto diversa quando sei morto. Vedi tutto in maniera diversa. Ciò non significa che semplicemente cambi opinione su un sacco di cose, anche se è proprio così, intendo dire che la *percezione* del mondo cambia completamente. Si riesce a *vedere* il tempo, santo cielo! Per me è stata la sorpresa più grande e ci ho messo un po' a farci l'abitudine, te l'assicuro.

Questo significava che poteva vedere il futuro, pensò Henry con un improvviso brivido d'emozione. Avrebbe potuto dirgli cosa sarebbe accaduto, come liberare Mella, il momento esatto in cui l'esercito nemico li avrebbe aggrediti. Aprì la bocca per dar voce a una sfilza di domande, ma il signor Fogarty riprese a parlare senza lasciargli spazio per intervenire.

— E prima che tu ti metta a farmi un sacco di domande stupide e inutili, ti dico subito che questo non significa che posso predire il futuro — tagliò corto. — Quando sei morto, vedi il tempo come un campo immenso. Vedi le persone vagare in tutte le direzioni possibili. Vedi dove sono state, ma sono loro a decidere dove stanno andando e dove andranno, perciò il futuro di ognuna cambia continuamente, appunto in base a dove uno decide di andare. Posso dirti cosa potrebbe accadere, non cosa accadrà di sicuro... e magari lo farò, prima di andarmene. A dire il vero potresti arrivarci anche da solo, se ti prendessi la briga di riflettere un po' di più. — Fece un colpo di tosse, come per schiarirsi la gola. — Comunque basta digressioni. Il fatto è che le cose cambiano quando muori. *Tu* cambi. Le cose che un tempo per te erano importanti semplicemente non lo sono più. Non fraintendermi: le persone sono e rimangono importanti, continui a provare sentimenti profondi nei loro confronti, che siano di odio o di amore, ma ciò che accade loro non è più così importante come credono, perché tu vedi dove sono state e dove potrebbero andare e come potrebbero tornare indietro e così via.

Henry guardò di nuovo Aurora. Faceva fatica a capire il senso di quei discorsi. — Mi scusi — mormorò — ma non riesco a seguirla. Io...

— Si muore due volte — annunciò Fogarty.

Henry ebbe un sussulto. — Cosa?

— Esiste una seconda morte — ribadì il vecchio. — Muori una volta, o meglio, muore il corpo, ma questo processo non ti uccide davvero. Te ne vai in giro a bighellonare sotto forma di fantasma, a volte nel tuo vecchio caro mondo – un vero spasso perché nessuno può vederti! – e altre volte nei mondi dei sogni. Difficile dire quanto dura questa fase: il tempo scorre in modo strano quando non possiedi un corpo fisico, ecco perché continuo a chiederti da quanto sono morto. Dal vostro punto di vista potrebbero essere passate ore o anni; per me è quasi come se il tempo non passasse mai. Solo che invece passa eccome, e il mio è quasi alla fine.

Henry rimase come paralizzato. Nonostante la minaccia nei confronti di Mella, nonostante la guerra incombente, all'improvviso si sentì travolgere da un nuovo, agghiacciante terrore.

— Il fatto è — continuò il signor Fogarty — che il corpo fantasma in cui ci si ritrova non dura per sempre. E prima o poi muore, esattamente come il corpo fisico. Ecco la seconda morte. E la mia si sta avvicinando.

— E cosa succede dopo? — chiese Henry. — Cosa succede alla sua... — avrebbe voluto dire "anima", ma quel termine suonava esagerato per il vecchio Fogarty, che di certo non era mai stato un uomo religioso — ... coscienza? — concluse sottovoce.

— Non si sa — tagliò corto Fogarty. — Comunque, date le circostanze, se fossi in voi non farei tanto affidamento sul fatto che io raccolga un altro esercito da mandare in vostro aiuto. — Henry colse una punta di sincero rammarico nella sua voce quando infine aggiunse: — E tantomeno che trovi un modo per salvare Mella.

QUARANTA

Mella sedeva su una sedia, lo sguardo fisso a terra. Si sarebbe dovuta sentirsi felice. Presto l'uomo che aveva detto di essere suo zio l'avrebbe riportata a casa e le avrebbe ripristinato la sua vecchia memoria. Presto avrebbe saputo chi era e come era arrivata in quel posto. Presto avrebbe potuto riprendere in mano la propria vita... E doveva trattarsi di una vita piuttosto interessante se per zio aveva un vero e proprio lord. Cos'altro poteva desiderare? Eppure si sentiva inquieta. Zio o non zio, c'era qualcosa in quel Rodilegno che la ripugnava.

Udì scattare i sicurincanti un attimo prima che la porta si aprisse lasciando entrare proprio Lord Rodilegno. Dietro di lui si scorgeva una donna. Entrambi stavano sorridendo. — È ora di andare! — esclamò allegro lo zio porgendole una mano.

— E lei chi è? — chiese Mella in tono diffidente. La donna aveva un aspetto abbastanza gradevole e indossava un abito meraviglioso, ma le provocò lo stesso effetto che le aveva provocato Lord Rodilegno.

Rodilegno si voltò e sorrise con affetto alla donna. — Questa è tua zia Aisling — annunciò.

Mella la squadrò da capo a piedi. Era leggermente sovrappeso, e dietro il sorriso nascondeva una vaga espressione soddisfatta di sé. Zio Rodilegno e zia Aisling. — È tua moglie? — chiese. Quella tizia sembrava troppo giovane per essere la moglie di Lord Rodilegno, davvero troppo giovane.

Il sorriso di Rodilegno si allargò fino a squarciargli il

volto. — Non ancora! — esclamò. Zia Aisling si mise a ridacchiare come una scolaretta.

Mella si scoprì a chiedersi se quei due le stessero raccontando la verità. Come poteva essere sicura che Lord Rodilegno fosse *veramente* suo zio? Come poteva essere sicura che questa Aisling fosse *veramente* sua zia? Come poteva essere sicura che Rodilegno fosse un lord, e che il suo nome fosse *veramente* Rodilegno? Quel tizio poteva essere chiunque, per quanto ne sapeva lei (o meglio, *ricordava*). Poteva essere un brigante o un pazzo assassino o magari un qualche pervertito che andava dietro alle ragazzine. E la donna poteva essere sua complice. Quale modo migliore per abbindolare una vittima? Prima le si cancella la memoria e poi ci si presenta come persone intime, appunto come zio e zia, per esempio. Si placano i suoi sospetti con l'inganno... magari con finte prove!

Solo che per il momento i sospetti di Mella non erano stati affatto placati. Non aveva alcuna prova che quei due personaggi inquietanti fossero davvero chi dicevano di essere, *assolutamente* nessuna prova.

Continuò a ignorare la mano protesa verso di lei. Dopo qualche istante Rodilegno (sempre ammesso che il suo nome fosse davvero Rodilegno) scrollò le spalle e disse: — Aisling, mia cara, magari vuoi condurla tu al vailà? Sai cosa fare quando arrivi. Chiederò a Ysabeau di assicurarsi che non ci sia nessuno a vedervi, tranne le nostre guardie.

Per un attimo l'espressione soddisfatta della donna venne rimpiazzata da un cipiglio di sconcerto. — Vailà?

— Il mio velivolo — spiegò Lord Rodilegno. — È così che chiamiamo un levitocarro nel Regno. Lo noterai di certo perché è placcato d'oro.

— Ooooh — mugolò Aisling — placcato d'oro!

La mente di Mella stava macinando a tutta velocità. Perché Aisling si era fatta spiegare il termine? Sebbene avesse la memoria cancellata, lei sapeva perfettamente cos'era un vailà. E perché specificare «è così che chiamiamo un levitocarro nel Regno» come se Aisling non avesse molta pratica con i termini del Regno degli Elfi? Veniva forse da qualche altra parte? Chiaramente non era un mutaforma, perciò non poteva venire da Infera. L'unica altra possibilità era il Mondo Analogo... Ma cosa ci faceva una donna analoga con un presunto lord del Regno? E quella risposta che le aveva dato Rodilegno – «Non ancora!» – suggeriva che anche se non erano già sposati, presto lo sarebbero stati? (La donna sembrava così felice di quella prospettiva!) Perché un nobile del Regno sceglieva di sposare qualcuno del mondo umano? Non capitava mai. O meglio, quasi mai. C'era qualcosa di inquietante in quella coppia, qualcosa di *molto* inquietante.

Zia Aisling (che forse non era affatto zia di Mella) inforcò il sorriso più falso che si fosse mai visto nella storia delle smorfie, si avvicinò a lunghe, veloci falcate e prese la nipote per un braccio. — Muoviamoci, cara — ordinò in tono deciso. — Prima ti portiamo a casa, e prima riusciremo a metterti a posto la memoria così non ti sentirai più tanto triste e confusa.

Davvero sorprendente: quella donna era forte come uno scaricatore di porto, e Mella si ritrovò ad attraversare la stanza a passo di marcia con le braccia strette dietro la schiena. Mentre avanzavano verso la porta, scorse Aisling fare una carezza *en passant* sulla schiena di Lord Rodilegno, e si chiese se non fosse il caso di divincolarsi e sottrarsi a quella presa, ma alla fine decise che non era ancora il momento. Che senso aveva restare rinchiusa in una stanzetta? Andando con Aisling forse avrebbe avuto la possibilità di fuggire. Anzi (il pensiero le balenò all'improvviso) se li avesse assecondati in quella loro misera farsa, se avesse finto di essersi bevuta la loro storia, magari sarebbe riuscita a ingannarli e alla fine si sarebbero abbandonati a una sensazione di illusoria sicurezza, particolare che di certo avrebbe facilitato molto la sua inevitabile fuga.

A quel punto non oppose alcuna resistenza e anzi decise di mostrarsi affabile e remissiva, nascondendo tutti i propri sospetti dietro un sorriso smagliante. — Grazie, zia Aisling! — esclamò allegra. — Sarebbe davvero meraviglioso. — Riuscì persino a scoccare un secondo sorriso nella direzione di Sua Signoria e subito sentì la presa allentarsi. Quella donna era un'idiota. Se Rodilegno non le avesse accompagnate, fuggire da lei sarebbe stato un gioco da ragazzi.

Con sua immensa delizia, Rodilegno non andò con loro. Aisling la condusse fuori dalla stanza lungo un corridoio. Le guardie di sorveglianza davanti alla porta non le scortarono, così come tutte le altre che incontrarono lungo il cammino. Il sole non aveva ancora scavalcato l'orizzonte quando raggiunsero l'esterno, e Mella si rese conto che stavano lasciando un enorme edificio circondato da un parco. Aisling la prese di nuovo per un braccio. — Aspetta un attimo... — Si trovavano in cima a una breve scalinata in pietra e rimasero a guardare mentre un drappello di soldati armati lasciava, uno dopo l'altro, gli avamposti di guardia per disporsi in formazione di scorta, o almeno così parve a Mella in un primo momento. Ma con sua grande sorpresa, all'improvviso si allontanarono a passo di marcia e scomparvero senza gettare nemmeno una rapida occhiata nella loro direzione. Non appena l'ultimo uscì di scena, Aisling mormorò: — Andiamo!

Il vailà era fin troppo pacchiano. Il rivestimento d'oro scintillava ai raggi del sole nascente. Mella si trovò a pensare che forse Rodilegno era davvero un lord: senza dubbio era ricco sfondato, chiunque fosse. Ma se era un lord, non significava automaticamente che fosse suo zio, e se era suo zio, non significava automaticamente che dicesse la verità. La sua diffidenza diventava sempre più profonda.

C'era qualcosa in quel Rodilegno che semplicemente non le piaceva. E la stessa sensazione si estendeva anche ad Aisling. Inoltre, se non erano sposati, almeno *non ancora*, come poteva quella donna essere già diventata sua zia? Mella aggrottò la fronte. A dire il vero *poteva*, era piuttosto semplice. Poteva essere la sorella di sua madre o di suo padre, senza alcun legame coniugale con Rodilegno. E Rodilegno poteva essere il fratello di sua madre o di suo padre o un fratellastro o persino un amico di famiglia: anche agli amici di famiglia a volte veniva dato il titolo onorario di "zio". E comunque non importava, perché in zio Rodilegno e zia Aisling c'era e rimaneva qualcosa di assolutamente *raccapricciante*.

— Andiamo — ripeté Aisling in tono impaziente, questa volta.

Mella andò con lei. La donna – si vedeva a chilometri di distanza – era quasi accecata dal vailà, e non solo in senso letterale. Aveva lo sguardo di una bambina a cui fosse stato mostrato l'oggetto più affascinante del mondo, il gioco più prezioso di tutti. Era evidente che l'oro la mandava fuori di testa, o almeno la quantità d'oro di cui era rivestito il veicolo. Il che significava, pensò Mella, che era vulnerabile in quanto distratta.

Si guardò intorno. Uno stradone rettilineo conduceva lontano dalla scalinata d'ingresso. Alla sua destra si estendevano campi aperti. Alla sua sinistra, al di là degli avamposti di guardia, si scorgevano prati, alcuni cespugli e arbusti ornamentali e più oltre un vago profilo di alberi. Né lo stradone né i campi le avrebbero offerto copertura se fosse scappata, ma il terreno alla sua sinistra poteva fare al caso suo. Chissà perché le guardie erano state licenziate... Chiaramente in quel posto si stava preparando più di quanto lei potesse immaginare, ma non era certo il momento di preoccuparsene: doveva solo pregare i suoi Dei custodi che i soldati non si lanciassero all'inseguimento...

Almeno fino a quando Aisling non avesse dato l'allarme e fosse riuscita a farli tornare indietro. Ma probabilmente a quel punto lei avrebbe avuto un netto vantaggio.

Arrivò fino ai piedi della scalinata. Il vailà si trovava a meno di un centinaio di metri di distanza. Gettò un'altra occhiata furtiva verso sinistra, senza farsi vedere. Ora riusciva a scorgere chiaramente gli alberi lontani, sagome alte e slanciate che si stagliavano contro il cielo sempre più chiaro del mattino. Forse non era altro che un boschetto, o addirittura una macchia di pochi esemplari isolati, ma se invece si trattava del limitare di una selva, o ancora meglio di una foresta, avrebbe trovato un buon rifugio. Una volta là avrebbe avuto ottime possibilità di nascondersi da qualsiasi eventuale inseguitore.

"E poi?" le sussurrò una vocina nella mente. "Non hai memoria." Mella la ignorò. Si sarebbe preoccupata di quello in un secondo momento. Per ora doveva concentrarsi su come allontanarsi il più possibile da quegli inquietanti, raccapriccianti zio Rodilegno e zia Aisling.

Prese la decisione. Avrebbe tentato la fuga lanciandosi in una folle corsa verso sinistra. Doveva infilarsi tra i primi due avamposti di guardia, buttarsi a rotta di collo fino ai cespugli ornamentali e poi usarli come copertura per raggiungere gli alberi. Anche se Aisling si fosse precipitata subito all'inseguimento, lei era più giovane e più snella e immaginava di essere anche più veloce. Ma non credeva proprio che le sarebbe corsa dietro. Per un qualche motivo sembrava una tipa un po' troppo... leggerina! Insomma, una che in una situazione del genere si sarebbe preoccupata di non sporcare l'abito elegante. Se mai avesse avuto la prontezza di fare qualcosa, al massimo avrebbe chiamato aiuto; ma quando fossero arrivate le guardie, lei ormai sarebbe stata lontana.

Mentre avanzavano lungo il passaggio tra i primi due avamposti di guardia, Aisling le afferrò di nuovo il braccio con presa ferrea. — Va tutto bene — le disse in tono rassicurante, la voce palesemente pregna di ipocrisia. — Nel vailà c'è qualcuno che devo portare dentro. Nel frattempo tu puoi aspettare qui, poi ti ricondurremo a casa e vedrai che starai di nuovo bene.

C'erano quattro guardie intorno al vailà. Indossavano una divisa nera con lo stesso stemma che Lord Rodilegno portava sulla casacca. Mella non le aveva notate prima: si trovavano dietro il vailà, nascoste dalla sua mole incombente. E adesso come faceva a scappare? Quei giovanotti forti e robusti, probabilmente armati di rete e altri catturincanti, le sarebbero stati subito alle calcagna. E come faceva a liberarsi dalla stretta di Aisling? Se l'avesse colta di sorpresa, forse sarebbe riuscita a divincolarsi con uno strattone, ma se il primo tentativo fosse fallito, di certo avrebbero cominciato ad azzuffarsi. Una volta che la donna avesse chiamato le guardie – e non c'era dubbio che l'avrebbe fatto – tutte le sue possibilità di fuga sarebbero svanite.

Ormai era troppo tardi per mettersi a correre fino ai cespugli come aveva programmato, probabilmente era troppo tardi per fare una qualsiasi mossa. Le guardie stavano avanzando verso Aisling. Avevano un'aria molto minacciosa, ma stranamente si ritrassero subito quando la donna aprì la mano destra e mostrò loro un contrassegno di autorizzazione. La fragranza di magia si diffuse nell'aria e riempì le narici di Mella che capì, senza la minima ombra di dubbio, che Aisling era stata autorizzata da Lord Rodilegno... il vero, l'unico Rodilegno. (E chiunque fosse in realtà, le guardie lo avevano riconosciuto.) A questo punto lei non poteva fare più nulla. La stavano trascinando verso il vailà. La stretta di Aisling sul braccio era d'acciaio e le guardie le giravano intorno, perciò non aveva alcuna possibilità di fuga. La porta del levitocarro si aprì.

— Mella! — chiamò zia Aisling. Era un nome stranamente familiare.

Mella si tuffò dentro, sfrecciò attraverso il levitocarro e sgusciò fuori dalla porta di fronte a quella da cui era entrata. Avvertì vagamente la presenza di qualcuno rannicchiato all'interno, ma non ebbe tempo di fare altro se non sbattersi lo sportello alle spalle, lanciarsi a perdifiato lungo il prato, aggirare un cespuglio e infine correre come una gazzella verso gli alberi.

Aveva quasi raggiunto la foresta, quando a quella stupida zia Aisling venne in mente di dare l'allarme.

QUARANTUNO

Da qualche parte dietro di lei risuonò lo schiocco secco di un ramo spezzato. Mella si sentì attanagliare il cuore. E pensare che aveva provato una gioia così grande, si era sentita così fortunata, quando aveva raggiunto gli alberi! Non era una macchia di pochi esemplari isolati, neanche un boschetto e nemmeno una piccola selva, ma esattamente ciò che aveva sperato: il limitare (quasi certamente) di una foresta, una foresta che le avrebbe offerto un migliaio di posti in cui nascondersi dai suoi inseguitori. E alle calcagna aveva *davvero* degli inseguitori. Aveva sentito le guardie rovistare tra i cespugli, ma quando alla fine avevano raggiunto gli alberi, lei si era già inoltrata nelle profondità della foresta, e circondata com'era da piante esotiche, non aveva avuto alcuna difficoltà a seminarli. Tutto era rimasto silenzioso per un po', tranne che per i normali rumori di sottofondo, ma ora c'era qualcosa dietro di lei, e in un qualche modo sapeva che non si trattava di una guardia.

La foresta era avviluppata in una cupa penombra. Una volta frondosa oscurava il sole, lasciando filtrare soltanto un pallido bagliore verdognolo, ma ormai i suoi occhi si erano abituati a quella luce e vedeva abbastanza bene. Si fermò e rimase in ascolto guardandosi alle spalle. Nessuna traccia di inseguitori, nessun altro rumore sospetto. A poco a poco cominciò a rilassarsi. Alla fine riprese a camminare.

Non sapeva dove stesse andando. Ma adesso che era riuscita a scappare, un groviglio di pensieri le vorticava in testa. Doveva assolutamente recuperare i ricordi cancellati, scoprire chi era, dov'era, cosa ci faceva in quel luogo. Soltanto a quel punto avrebbe potuto capire cosa fare. Cominciò a comporre mentalmente una lista di punti fondamentali, elencando ciò che sapeva e ciò che avrebbe potuto intuire riguardo alla propria persona.

Sapeva che indossava abiti decenti. Erano puliti, ben tagliati e probabilmente anche costosi, particolare che poteva collimare con l'ipotesi che lei fosse davvero la nipote di un lord. Sapeva quale aspetto aveva perché si era trovata uno specchietto in tasca. Ma nonostante gli abiti e lo specchietto, non aveva denaro, non una sola moneta d'oro. (Perché aveva pensato all'oro invece che all'argento o al rame? Decise di accantonare quella questione con l'intenzione di approfondirla in un secondo momento.) Forse era una povera squattrinata che aveva rubato quegli abiti, ma dentro di sé sapeva che non era possibile: le calzavano a pennello. Sembrava quasi che fossero stati confezionati su misura per lei, e in tal caso dovevano essere ancora più costosi di quanto aveva immaginato. Allora qualcuno le aveva rubato il denaro, come anche qualsiasi indizio che potesse rivelarle la sua identità.

Ma c'erano delle cose che nessuno sarebbe mai riuscito a portarle via. La pelle delle mani era pallida, morbida, liscia. Non aveva sporco sotto le unghie. Quelle non erano mani di una lavoratrice. Non erano mani di una venditrice, un'artigiana o una giardiniera. Quelle erano le mani di una ragazzina viziata. Si ritrovò a fissare per terra. Aveva piedini graziosi – "piedini di fata" li aveva chiamati una volta suo padre – racchiusi in scarpette di pelle verde all'ultima moda. Cercò di ricordare dove le aveva comprate, poi di colpo focalizzò l'attenzione su quel pensiero che le era passato per la mente un attimo prima, un pensiero che le procurò un'improvvisa ondata di emozione. Una volta suo padre le aveva detto che aveva piedini di fata... Si ricordava suo padre!

Ma non era così. L'emozione si affievolì subito. Non riusciva a rammentare il suo viso o chi fosse, o qualsiasi altro dettaglio che potesse riguardarlo: era come se di lui fosse rimasta solo quella frase, e non ricordava nemmeno in quale occasione l'aveva detta. Forse il giorno prima, forse in un lontano passato. Questo la rattristava, ma almeno aveva un padre, chiunque fosse. Un padre che faceva commenti sulle dimensioni dei suoi piedi. Aveva anche una madre? In risposta a quella domanda non emerse alcuna immagine, nessun commento sui suoi piedi o su qualcos'altro che la riguardasse. Aveva una casa? Niente. Pensava istintivamente all'oro, indossava abiti costosi, le sue mani non mostravano segni di lavoro... Era una ragazzina ricca (però senza denaro) che aveva piedini di fata, scarpe graziose, vestiti ben tagliati e nessun altro ricordo di sé e della propria vita.

Entrò in una radura, ma si sentiva troppo esposta, così si affrettò a uscirne imboccando uno stretto sentiero che la riportò al riparo degli alberi. Si scoprì a correre lungo un ruscello che a un certo punto si aprì in un fiumiciattolo, poi il fiume smise di seguire il sentiero e scomparve. Dopo qualche attimo Mella cominciò ad avvertire un fragore che soffocava qualsiasi altro rumore. Diventò sempre più forte fino a quando lei non emerse sulla riva di un lago alimentato da una magnifica cascata.

La riva così esposta rappresentava un rischio ancora maggiore della radura nella foresta, così Mella fece subito dietrofront. E per poco non andò a sbattere contro la ragazza.

Stava in mezzo al sentiero a pochi metri di distanza. Nessun rumore aveva preannunciato il suo arrivo, probabilmente mascherato dallo scroscio della cascata. Aveva più o meno la sua età e la stessa costituzione. Rimaneva perfettamente immobile e in silenzio, il viso nascosto nell'ombra, ma era evidente che la stava fissando. Due parole saltarono subito in mente a Mella: "Elfi Selvatici". O "Elfi della Foresta", a voler essere proprio garbati. Quella doveva essere un Elfo della Foresta. Ma erano davvero così pericolosi? La sua memoria era vaga in merito, ma in ogni caso la creatura che aveva di fronte non sembrava essere armata, e almeno non si trattava di una delle guardie di Rodilegno.

Mella decise di non scappare (per il momento). Anche lei si barricò dietro una sorta di immobilità, poi ci rifletté un attimo e infine chiese con voce esitante: — Chi sei?

La ragazza avanzò di qualche passo fino a lasciarsi baciare dai raggi del sole che le illuminarono il viso. — Ciao, Mella — mormorò con un filo di voce, usando il nome che Aisling aveva gridato quando lei si era tuffata nel levitocarro. — Non aver paura.

Ma Mella aveva paura, *eccome* se aveva paura! All'improvviso aveva una paura *folle*. Si voltò di scatto e se la diede a gambe levate. Si allontanò dagli alberi e cominciò a correre lungo la riva del lago, mentre il ruggito della cascata le rimbombava nelle orecchie. Ma la ragazza la seguiva, appena pochi passi dietro di lei, e sembrava non esserci modo di seminarla. Alla fine, stremata e senza fiato, Mella si fermò e si voltò per affrontarla. — Stai lontano da me! — strillò. Fuori dal riparo degli alberi, alla luce piena del sole, non c'era alcun dubbio: la ragazza che l'aveva seguita era Mella. Mella era stata seguita da se stessa. — Perché mi chiami Mella? — chiese in un grido disperato.

— Perché è il tuo nome, non te lo ricordi? — rispose Mella. Sorrise. — Ed è anche il mio.

— Mi hanno cancellato la memoria con un incantesimo lete. Non so chi sono.

— Tu sei la Principessa elfumana Culmella del Regno degli Elfi — le spiegò Mella. — Mella per gli amici. Tua madre è la Regina Aurora. Tuo padre è il Principe Consorte Henry. Adesso te lo ricordi?

Mella scosse la testa. — No — borbottò avvilita.

— Be', allora credimi sulla parola.

— Chi sei tu, il mio Doppio? — chiese Mella. Sapeva che i Doppi potevano essere creati o evocati, ma se il tuo Doppio ti si presentava davanti spontaneamente, significava che stavi per morire.

Mella scosse la testa. — Sono tua sorella — disse. — La tua gemella. È stato zio Rodilegno a crearmi. Sono il tuo clone.

Zio Rodilegno? Sin dal primo momento non si era fidata di quell'uomo. — Cos'è un clone? — domandò.

— Credo sia una specie di incantesimo che arriva dal Mondo Analogo.

— Non usano la magia nel Mondo Analogo.

— Allora forse si tratta di scienza. Zio Rodilegno l'ha usata per crearmi da una ciocca dei tuoi capelli. Comunque di sicuro ha usato la magia per farmi crescere. Io sono te, Mella. Tutte le cellule del mio corpo sono cellule tue. Anch'io sono Mella.

— Allora sei Mella II?

— Lui mi chiama Mella. — Mella II si sporse in avanti e la prese per mano. Questa volta Mella non cercò di scappare via. — Secondo i suoi piani, un giorno dovrò prendere il tuo posto, perciò è ovvio che mi chiami Mella. Nostro zio è un uomo malvagio.

"Prendere il mio posto?" Ad alta voce Mella chiese: — È davvero nostro zio?

— È tuo prozio acquisito. Sua sorella era sposata con il padre di tua madre prima che lui si sposasse con la madre di tua madre. Suppongo che si potrebbe dire che è mio padre, dato che mi ha creato, ma lui mi ha sempre incoraggiata a chiamarlo zio. E poi, se fosse mio padre, automaticamente tu diventeresti mia madre.

— Tua *madre*?!

Mella II scrollò le spalle. — Colpa dei tuoi capelli.

— Io non voglio essere tua madre.

— Neanch'io ti voglio come madre. Preferisco averti come sorella.

— Io non ci capisco niente — brontolò Mella. — Proprio niente di niente. — Parte del problema era la memoria cancellata, ma sospettava che avrebbe avuto difficoltà di comprensione anche se si fosse ricordata tutto. Per lo meno la paura le era passata.

— Non c'è bisogno che tu capisca. Devi solo fidarti di me. Comunque, cercherò di aiutarti.

Avevano cominciato a camminare lentamente, mano nella mano, dalla parte del lago. E Mella scoprì di fidarsi davvero di Mella II. Era una sensazione istintiva, come istintiva era stata la diffidenza nei confronti di zio Rodilegno e zia Aisling.

— Aisling è proprio mia zia?

Mella II annuì. — Sì, è la sorella di tuo padre.

— Non mi piace.

— Nemmeno a lui piace, a quanto pare.

— Tu conosci mio padre?

Mella II scosse la testa. — Non l'ho ancora conosciuto. A dire il vero non ho ancora conosciuto nessuno di importante, tranne zio Rodilegno e alcuni servitori e adesso te. Ma so un sacco di cose su tutti, perché lo zio pensa che io sia stupida.

— Perché dovrebbe pensare che sei stupida?

— Perché ero *davvero* stupida quando mi ha creata. Io non sono cresciuta come hai fatto tu. Lui mi ha clonata, cioè ha clonato *te*, e poi ha usato un crescincanto. Così non ho avuto un'infanzia: sono saltata in un attimo dalla nascita all'adolescenza. E pur assomigliandoti come una goccia d'acqua, ero comunque solo un guscio. A quel punto zio Rodilegno è ricorso a un incantoprogramma istruttivo per installarmi le informazioni base che mi servivano riguardo ai nostri genitori, al palazzo e così via. Ma tutto questo non era nulla a confronto con l'esperienza di vita diretta. La cosa risultava ancora più difficile perché doveva tenermi nascosta. Comunque, mi permetteva di vagare in lungo e in largo per il suo podere senza limitazioni e anche di avere contatti con i servitori, ovvero con persone di cui lui si fidava ciecamente, in modo che potessi sentirmi più a mio agio. Non sospettava che sarei andata a leggere i suoi documenti privati e che avrei scoperto cosa stava architettando.

— L'avrei fatto anch'io — commentò Mella.

— Lo so bene! Tu sei me. E io sono te, almeno in un certo senso. Questa è un'altra cosa a cui lui non ha pensato. Io ero sempre carina con lui, e lui pensava che io fossi uno stupido clone che avrebbe fatto qualsiasi cosa gli venisse detto. Allo zio non è mai venuto in mente che mi sarei identificata con te una volta che avessi saputo della tua esistenza. Non ha mai pensato che sarei stata terrorizzata da quello che aveva programmato di farti. Invece io lo ero, perché era come se volesse farlo a me.

Aggrottando la fronte, Mella chiese: — *Cosa* aveva programmato di fare?

Aggrottando la fronte, Mella II disse: — È tutto così complicato. Ascolta, ti fidi di me?

Mella annuì senza la minima esitazione. — Sì. Non so perché, ma mi fido di te.

— Io invece lo so. Perché tu sei una specie di me e io sono una specie di te. È quasi come essere la stessa persona in due corpi. Se non ti puoi fidare di te stessa, di chi altro ti puoi fidare?

— Già, di chi? — convenne Mella. Si trovava a essere d'accordo con molte delle cose che diceva Mella II. Se solo avesse capito cosa stava succedendo, forse le sarebbe anche piaciuto essere la stessa persona in due corpi.

— Ho trascorso un sacco di tempo a vagare per il podere di Lord Rodilegno e a leggere nella sua biblioteca — disse

Mella II. — E in un libro che parlava di erbe e piante ho letto che esistono delle bacche che neutralizzano l'effetto del lete. Più o meno. Ne crescono alcune su un albero nel suo giardino, per questo mi avevano incuriosito tanto.

— Ma immagino che tu non ne abbia portate un po' con te.

— No, ma venendo in qua ho visto che crescono anche in questa foresta. Potremmo tornare indietro...

Le stava nascondendo qualcosa. Mella lo capì subito. — Cos'è che non mi vuoi dire?

Mella II parve quasi dispiaciuta. — Per la verità, quel libro non diceva proprio di usare le bacche come antidoto contro il lete: la cura tradizionale prevede l'iniezione di elementali nel flusso sanguigno, in modo che possano estirpare i cristalli dal cervello. Tanto tanto tempo fa si usavano queste bacche, ma ormai non lo fa più nessuno.

— Perché no?

— È un po' difficile determinare il dosaggio. Se se ne prendono poche, semplicemente non funzionano. Se sono troppe, ti avvelenano.

— E ti senti male?

— Ti senti *morto*.

Dopo qualche istante Mella chiese: — Queste bacche... ti ricordi dove sono?

Mentre tornavano indietro nella foresta, Mella pensò che era davvero bello avere una sorella. Perché era proprio così che considerava Mella II: il termine "clone" suonava troppo freddo e impersonale, e in un certo senso anche la definizione "gemella", per quanto fossero assolutamente identiche, non era corretta. Averla accanto era come aver ritrovato una sorella smarrita da lungo tempo, qualcuno che sarebbe stato sempre al suo fianco. Era una sensazione... confortante. Persino la foresta sembrava meno minacciosa.

— Ecco, là! — esclamò Mella II puntando un dito.

Crescevano su un cespuglio, non su un albero. Brillavano di un giallo molto intenso e avevano una spruzzata di minuscoli puntini rossi.

— Quello è un cespuglio, non un albero — obiettò Mella.

— Lo so. L'avevo dimenticato.

— Ma ti ricordi il dosaggio giusto?

— Penso di sì.

— E quale sarebbe?

— Cinque bacche — rispose Mella II. Indugiò un istante. — O forse erano quattro?

— Io non ho nessuna intenzione di prenderle se non ti ricordi.

— Invece sì. Davvero, mi ricordo. Sono cinque, penso. A meno che quella non sia l'overdose che ti avvelena e ti fa morire... No, non è l'overdose. Cinque è senza dubbio il giusto dosaggio. Per un peso corporeo medio.

— Cos'è un peso corporeo medio? — chiese Mella, esasperata.

— Non lo so. — Mella II staccò cinque bacche dal cespuglio. — Allora facciamo così. Io prendo queste per testarle. Se funzionano per me, funzionano anche per te.

— E come fai a testarle? — chiese Mella. — Tu hai ancora la tua memoria. O non funzioneranno affatto o ti uccideranno: questo non è un test. Inoltre non ci sono molte bacche nel cespuglio. Non possiamo permetterci di sprecarle.

— Allora sei pronta a correre il rischio?

— Quale rischio? — domandò Mella. — Hai detto che ti ricordi il dosaggio giusto.

— Infatti. Cinque bacche. Ne sono quasi certa. — Mella II le passò quelle che aveva in mano e Mella le inghiottì.

— Non succede niente — borbottò dopo qualche istante.

— Ci vuole un po'. Devi digerire le bacche perché l'ingrediente attivo raggiunga il flusso sanguigno. È per questo che sono così pericolose. Una volta che si verifica un'overdose nel sangue, non si può più fermarla in alcun modo. Puoi anche sputare fuori le bacche, ma ti ammazzeranno comunque.

— Quanto ci si mette?

— A fare cosa, a digerirle? Cinque minuti? Dieci? Non lo so. Il libro non lo diceva. Vuoi metterti a sedere? Sembri un po'... strana.

Dopo cinque minuti, con uno scatto improvviso Mella si voltò a guardare Mella II con espressione trepidante. Si leccò le labbra, una convulsione fulminea le attraversò il corpo e infine trasalì. — Sta succedendo qualcosa — mormorò con un filo di voce.

QUARANTADUE

— Non mi piace affatto questa storia — disse Aurora.

— Non abbiamo alternative — replicò Henry con voce ferma e decisa. Stava aiutando Pyrgus a infilarsi una tuta dell'invisibilità, cosa straordinariamente difficile dato che nessuno dei due riusciva a vedere dove erano le maniche. Qualche istante dopo, a sua volta Pyrgus avrebbe aiutato Henry a fare lo stesso, un'impresa che sarebbe risultata ancora più ardua se si pensava che le tute di entrambi sarebbero state invisibili.

Si trovavano tutti e tre nella sala controllo, una caverna scavata nelle viscere della roccia sotto il palazzo. File di vistaglobi di cristallo circondavano l'immenso tavolo operativo, dove sezioni di territorio del Regno comparivano in tre dimensioni. In quel momento la sezione visibile era un tratto del confine con la Terra di Halek. Immensi branchi di manticore si stavano ammassando sulle praterie del paese ora nemico, mentre un esercito di elfi era pronto ad affrontarli dall'altra parte. Per il momento nessuno aveva fatto anche solo il gesto di voler attraversare quella vitale linea di confine, ma giovani donne si affaccendavano con aria concitata tra i globi e il tavolo, intente a sistemare costantemente gli schermi, in modo che la posizione degli schieramenti fosse aggiornata a ogni singolo istante.

Malgrado la sala controllo fosse in piena attività con operatori in divisa che scorrazzavano in tutte le direzioni, sulla destra del tavolo spiccava un rettangolo di spazio vuoto che persino i più scrupolosi si preoccupavano di evitare. Quello spazio, Henry lo sapeva bene, era occupato dalla sua squadra SWAT (un acronimo che ricordava ancora dai tempi del Mondo Analogo, ma di cui aveva dimenticato il significato), composta da commando spaventosamente efficienti, eccellentemente addestrati e assolutamente pieni di muscoli che non avevano avuto alcuna difficoltà a indossare le tute invisibili e ora se ne stavano laggiù (presumibilmente sull'attenti) in attesa che i loro comandanti si dessero una mossa.

— Le manticore non si sono ancora disposte in un particolare schieramento — commentò Aurora, continuando a fissare il tavolo.

— No, ma sono *molto* presenti — puntualizzò Pyrgus in un tono più impaziente di quanto Henry avrebbe mai osato usare con Aurora in una situazione simile. — Sono *pronte.* E se stiamo qui ad aspettare il momento in cui gli stregoni faranno la prima mossa, a quel punto sarà troppo tardi.

— Ciò che mi preoccupa — ribatté Aurora — è che questa operazione potrebbe innescare proprio quella guerra che stiamo cercando di evitare. Non abbiamo ancora esaurito tutte le vie diplomatiche.

Ciò che invece preoccupava Henry era il senso di colpa che Aurora si portava dietro ancora dai tempi della Guerra Civile, poco dopo la sua nomina a Regina, tanto che si riteneva responsabile della morte di migliaia di coraggiosi soldati. A causa di questo senso di colpa provava un orrore quasi patologico nei confronti della guerra. Reazione che le offuscava la capacità di giudizio e di valutazione in un modo che una sovrana non poteva permettersi. Aprì la bocca per parlare, ma Pyrgus lo anticipò. — Se indugiamo ancora, potremmo lasciarci sfuggire la possibilità di salvare Mella. Forse l'unica che abbiamo.

Henry gli diede manforte. — Sappiamo dove si trova e sappiamo che sta bene. Sappiamo che possiamo raggiungerla e possiamo contare sull'effetto sorpresa. Tutte queste condizioni potrebbero cambiare.

— Sì, è vero — mormorò Aurora, ma non sembrava affatto convinta.

Si voltò verso il generale Podalirio, l'unico membro sopravvissuto del trio che aveva coordinato le operazioni militari del Regno ai tempi della Guerra Civile. — Cosa sappiamo del Kremlin Karcist?

Podalirio distolse lo sguardo dai vistaglobi. — Vi riferite al sistema di difesa, Maestà?

— Sì.

— Un tempo era il palazzo degli zar, quindi possiede tutti i sicurincanti che ci si dovrebbe aspettare contro un attacco diretto. Si tratta di magia antica, non particolarmente sofisticata, ma molto affidabile. Naturalmente possono essere infranti, se ci portiamo un bel po' di polvere da sparo, tuttavia a questo stadio non abbiamo in programma di procedere con un attacco frontale, pertanto non hanno molta rilevanza.

— Ma i rappresentanti della Tavola dei Sette avranno apportato alcune modiche al sistema?

— Certo, è ovvio — rispose Podalirio.

— Compresi incantesimi antinfiltrazione?

— Questo è quanto mi ha assicurato Madama Circe.

— Secondo la vostra opinione, generale Podalirio, quale percentuale di successo potremmo aspettarci se tentassimo un'operazione di infiltrazione eseguita da parte di professionisti, ovvero da parte dei vostri uomini, specificatamente addestrati?

— Eseguita e *condotta* da professionisti, Maestà? — chiese Podalirio, arrivando subito al nocciolo della questione con una precisione davvero irritante.

— Sì.

— L'operazione non *dovrà* assolutamente essere condotta da professionisti — si affrettò a intervenire Henry. — Il punto è proprio quello di...

— Circa l'ottanta per cento — rispose Podalirio.

— E se invece venisse condotta da dilettanti?

— Accidenti, Aurora, non siamo esattamente dei dilet...

— Meno del quaranta per cento. — Podalirio aveva pronunciato quella frase come se si trattasse dell'Apocalisse.

Aurora si voltò di scatto. — Hai visto, Henry? Non riesco proprio a capire perché tu e Pyrgus non abbiate chiesto un parere al generale prima di architettare questa... questa... — Scosse la testa, in preda alla disperazione.

"Perché non sono fattacci suoi" pensò Henry adirato. E a voce alta disse: — Il generale Podalirio non possiede sufficienti informazioni per rispondere alla tua domanda in maniera accurata e precisa. Le percentuali che avete citato si riferiscono a tecniche di infiltrazione normali... giusto, generale?

— Sissignore.

Henry guardò Aurora con un'espressione molto seria. — Il nostro piano non si basa su tecniche di infiltrazione normali. Penetreremo nel Kremlin Karcist nello stesso modo in cui ci è entrata Mella. — Non specificò nel dettaglio quale fosse questo "stesso modo" per una questione di sicurezza. Nella sala controllo c'erano troppe persone che andavano avanti e indietro.

— Nello stesso modo? — Aurora colse al volo l'allusione nelle parole del marito. — Oh, capisco. — Dopo qualche istante aggiunse: — E se la Tavola dei Sette ha chiuso quella falla?

Pyrgus era scomparso. All'improvviso Henry sentì un paio di mani che gli alzavano una gamba e si accorse che gli era sparito il piede. — Se l'hanno chiusa, dovremo trovare un'altra via. Ma speriamo di avere fortuna e che non abbiano ancora scoperto come nostra figlia ha fatto a raggiungere il loro paese. In entrambi i casi, dobbiamo assolutamente agire in fretta.

Di una cosa bisognava dar credito ad Aurora: non si metteva mai a discutere soltanto per il gusto di farlo. Ciò che le aveva detto il marito aveva senso, e lei lo sapeva. Ciononostante continuava a fissarlo. — Mia figlia è scomparsa — mormorò infine. — Non voglio perdere anche un marito e un fratello.

— Non accadrà — la rassicurò Henry. — E smettila di preoccuparti che l'operazione possa creare un incidente internazionale che scatenerà la guerra. Queste tute sono frutto della più recente tecnologia. Nessuno riuscirà a rilevare la nostra presenza una volta che saremo entrati. E non appena trovata Mella, sarà questione di pochi minuti e la porteremo in salvo. — Gettò un'occhiata a Podalirio. — E questo è garantito al cento per cento.

Ormai gran parte del corpo di Henry era scomparso, ma Aurora si sporse per dargli un bacio sulla testa, che ora sembrava fluttuare nell'aria. — Cerca di stare attento — gli sussurrò.

— Lo farò — promise lui. Si guardò intorno chiedendosi dove fosse finito Pyrgus, quando si accorse che erano stati raggiunti da Madama Circe.

— Puoi pure toglierti quella tuta — gli disse lei in tono grave.

Ormai la conosceva da abbastanza tempo per capire al volo che c'era qualcosa che non andava. — Cos'è successo?

La testa di Pyrgus ricomparve all'improvviso nell'aria, poco lontano da quella di Henry. — Cos'è successo? — gli fece eco.

— Mella non si trova più al Kremlin Karcist — annunciò Madama Circe. Gli effetti del tiraggio cranico stavano cominciando a svanire, e ora assomigliava sempre più a una donna matura. Per qualche strano motivo, quello stile le donava molto di più.

— Ne siete sicura? — chiese Aurora immediatamente.

— Mi è appena arrivata la notizia dal mio agente al Kremlin. La tenevano prigioniera, ma adesso è scomparsa.

Il viso di Aurora si fece di pietra. — Non è che si tratta di un tentativo di occultamento? Non è che le hanno fatto del male e... adesso fingono che...?

— Assolutamente no — si affrettò a dire Madama Circe. — Mella non è stata uccisa. Sembra che sia fuggita. Non le hanno fatto del male. Almeno credo.

— Almeno credo?

— A quanto pare le hanno cancellato la memoria personale. Non so perché. Forse ha visto qualcosa che non avrebbe dovuto. — Madama Circe scrollò le spalle. — Se hanno usato un trattamento lete standard, non sarà difficile invertire il processo una volta che la riporteremo a casa. Se invece ci dovessimo trovare di fronte a qualcos'altro... non ci resterà che tentare di superare questo ennesimo ostacolo quando si presenterà — terminò con un sospiro.

— Sappiamo dove si trova ora? — intervenne Pyrgus.

— No, caaavo, non lo sappiamo. Comunque ho mobilitato tutti i miei agenti presenti sul territorio di Halek, sono in massima allerta. Non appena riapparirà, lo verremo a sapere.

— Ma nel frattempo mia figlia sta vagando da qualche parte in territorio nemico con la memoria completamente cancellata... — gemette Aurora.

— Temo che le cose stiano proprio così. Questa è la situazione che dobbiamo affrontare — concluse Madama Circe in tono cupo.

QUARANTATRÉ

— Non avevo mai incontrato Lord Rodilegno prima d'oggi — disse Mella. — Stava fissando la sorella, che a sua volta rispondeva allo sguardo come il riflesso in uno specchio. Finalmente i ricordi bloccati dal lete avevano cominciato a fluire di nuovo, lasciandola quasi senza fiato per l'emozione. — I miei genitori me lo dicevano sempre che era un uomo molto malvagio. Dopo la guerra, in un primo momento avevano pensato che fosse morto e avevano continuato a pensarlo per molto tempo, più di un anno, credo. Poi, quando scoprirono che l'unico pezzo che gli era rimasto era la testa, ebbero pietà di lui e decisero di perdonarlo, di dimenticare quanto era accaduto e di lasciarlo in pace.

— Grosso errore — mormorò Mella II.

— Per tutto quel periodo non andammo mai a trovarlo. O almeno non io. Immagino che Aurora e Henry pensassero che mi avrebbe fatto impressione parlare a una testa con vene e nervi e altre schifezze che penzolavano in un cubo. Loro ritengono che io sia ancora una bambina. Sono così iperprotettivi, a volte.

— Ma tu chiami i tuoi genitori per nome? — esclamò Mella II con evidente stupore.

— Di solito no — ribatté Mella. — E tu? — Si rese subito conto di quello che aveva appena detto e si affrettò ad aggiungere: — Lo faresti? O forse li...? — La voce le morì in gola.

— Suppongo che i tuoi genitori siano anche i miei, in un certo qual modo — disse Mella II con aria triste. — Se avessi dei veri genitori, se *conoscessi* i miei veri genitori, li chiamerei mamma e papà. Magari persino mami e papi. Ma non li chiamerei mai per nome.

— Allora vedi che non siamo proprio così uguali in tutto — commentò Mella.

— E invece sì, lo siamo! — gridò Mella II in uno scatto di rabbia. — Siamo assolutamente identiche. È solo che siamo state cresciute in maniera diversa. Mi manca il fatto di non aver avuto dei genitori... di non aver avuto un'infanzia.

Nel tentativo di cambiare argomento, Mella disse: — Sarà meglio che mi racconti cosa aveva in mente di fare Lord Rodilegno. Con te, intendo dire. Lo sai?

— Certo che lo so. — Mella II sembrava ancora un po' scossa. — Parlava con me di tutto. Pensava che io fossi la sua piccolina ubbidiente, pronta a fare assolutamente qualsiasi cosa mi venisse detto di fare. Non gli è mai venuto in mente che essendo te, sarei stata dalla tua parte.

— Vai avanti — la esortò Mella dopo qualche istante di silenzio.

— È strano. Continuo a pensare che tu dovresti sapere già tutte queste cose. Ma naturalmente non è così. — Mella II si sporse in avanti e prese Mella per mano. — Lord Rodilegno ha creato me in modo da poterti uccidere.

— Cosa?! — Mella fece tanto d'occhi.

— Ha ideato questo piano prima di ottenere il suo nuovo corpo, quando ancora era soltanto una testa sopra un cubo. Sapeva che il Regno non lo avrebbe mai accettato come sovrano: era un essere troppo disgustoso. L'idea originale era quella di farti rapire e poi uccidere nel suo castello, a quel punto ti avrebbe sostituita e avrebbe rimandato indietro *me* perché prendessi il tuo posto a palazzo. E io avrei dovuto fare tutto quello che mi veniva ordinato, naturalmente.

Mella continuava a fissarla allibita. — E mamma e papà? — chiese.

— Oh, sarebbero stati uccisi anche loro.

— Assassinati? Come me?

— Non esattamente. Anzi, proprio per niente. Il fatto è che quando Rodilegno era ancora soltanto una testa sopra un cubo, se ne stava con le mani in mano dalla mattina alla sera e spesso cominciava a fantasticare. — Indugiò un attimo. — Non che allora avesse le mani da tenersi in mano, ma insomma... hai capito cosa intendo dire.

— Allora, vuoi andare avanti o no?! — la sollecitò Mella impaziente.

Mella II la guardò con un ghigno. — Gli venne l'idea di fare in modo che la Terra di Halek attaccasse il Regno. I vecchi stregoni non l'avrebbero mai fatto, naturalmente: erano tipi bizzarri, ma non si interessavano di politica internazionale e di certo non avevano mire espansionistiche. Così finanziò un colpo di stato che rovesciò il governo e al potere mise i membri della Tavola dei Sette. In teoria questi rappresentavano il nuovo Consiglio di Governo Rivoluzionario, ma in realtà prendevano gli ordini da Lord Rodilegno quando si trattava di questioni che avevano una certa importanza.

— Aspetta un attimo — intervenne Mella. — Chiunque fosse stato al comando, la Terra di Halek non avrebbe mai avuto la minima possibilità di invadere il Regno. Non con la speranza di avere successo, se non altro. Hanno un esercito piuttosto esiguo: persino io lo so. Praticamente il paese si occupa soltanto di industria magica. Per secoli l'unica cosa di cui si sono interessati è stato vendere i loro incantesimi.

— Giustissimo — convenne Mella II. — Ma l'idea di Lord Rodilegno era appunto che sviluppassero un esercito *magico*. Nel suo disegno dovevano mettersi ad allevare manticore.

— *Manticore?*

— Sono giganteschi mostri mitologici, mezzo leoni, mezzo scorpioni, mezzo...

— Sì, lo so cosa sono le manticore. Ma non si possono *allevare* quelle creature magiche. Bisogna costruirle una alla volta. Lo sanno tutti.

— E a quanto pare tutti si sbagliano — replicò Mella II con enfasi. — In questo momento le praterie della Terra di Halek brulicano di manticore, ovvero l'esercito segreto di Lord Rodilegno.

Dopo un lungo momento di silenzio, Mella mormorò: — E così attaccheranno il Regno con le manticore e uccideranno mamma e papà...

— E a quel punto entrerà in scena Lord Rodilegno a negoziare un armistizio, e verrà salutato come l'eroe del momento – applausi, applausi! – e tu diventerai Regina, solo che *tu* sarai già morta e in realtà sarò io a salire al trono, e Lord Rodilegno governerà il Regno tramite me perché, naturalmente, io sono la sua piccola, dolce creazione, perciò farò tutto quello che mi viene detto di fare e poi, quando sarò diventata abbastanza grande, mi sposerà e...

Mella trasalì. — Farà *cosa*?

— Mi sposerà — ripeté Mella II. — Può farlo per vie abbastanza legali perché io in realtà sono te, ricordi? E lui non è un tuo parente di sangue, così ti sposa e diventa sovrano, Principe Consorte. È da lunghissimi anni che lo desidera.

— Forse devo sedermi un attimo — borbottò Mella. Appoggiò la schiena al grosso tronco di un albero e si lasciò scivolare giù fino a sprofondare nel terreno muschioso. — Che pazzo pervertito!

Mella II si accoccolò accanto a lei. — Aveva assoldato un assassino per farti catturare, ma sei scappata via e gli hai rovinato i piani.

Mella si teneva la testa fra le mani. Travolta dal fiume

di ricordi e da tutte quelle rivelazioni, si sentiva come se stesse per esplodere da un momento all'altro. — Ma poi ho fatto il suo gioco. Anzi, mi sono proprio consegnata nelle sue mani quando sono finita nella Terra di Halek.

— Già, proprio così — confermò Mella II. — In origine l'idea era che noi ci scambiassimo nel suo castello, ma quando la Tavola dei Sette lo avvertì che ti avevano trovata nel Kremlin, tutto sembrò ancora più semplice. Mi infilò subito nel suo vailà e mi disse di aspettare. Probabilmente voleva essere sicuro che fossi davvero tu, poi ti avrebbe ucciso e avrebbe fatto la sostituzione. Stavo cercando di farmi venire in mente un modo per salvarti, quando tu sei riuscita a fuggire da sola. Avrei dovuto immaginarlo che te la saresti cavata alla perfezione senza bisogno di alcun aiuto: sei piena di risorse, proprio come me.

— Perché Aisling lo stava aiutando? — domandò Mella. Nulla di quello che faceva la zia sembrava avere molto senso.

Mella II la guardò sorpresa. — Non sapevo che lo stesse aiutando. Ma cosa può fare per lui dal Mondo Analogo?

— Non è nel Mondo Analogo: è venuta qui con me e ora, per qualche strano motivo, lo sta aiutando.

— Non lo sapevo — ripeté Mella II.

Mella allontanò quel mistero dalla mente, dopotutto c'erano faccende molto più importanti e contingenti da risolvere. Scattò in piedi con un abile balzo. — Dobbiamo tornare a palazzo e avvertire tutti di quello che sta succedendo.

— Stavo per dirlo io — ribatté Mella II. — L'unica cosa è…

— Cosa c'è ancora?

— L'unica cosa è: *come* facciamo? Siamo sperdute nel cuore di una foresta da qualche parte nella Terra di Halek; probabilmente ci stanno dando la caccia, e anche se dovessimo riuscire a venire fuori da questo labirinto, non sapremmo come raggiungere il Regno; e anche se dovessimo scoprire come raggiungere il Regno, so che ci sono ogni genere di guardie e sicurincanti sul confine perché una volta me l'ha detto Rodilegno... E allora, *come* facciamo?

— Forse potrei aiutarvi io — sibilò una strana voce ringhiosa alle loro spalle.

QUARANTAQUATTRO

— Com'è potuto accadere? — urlò Lord Rodilegno. Normalmente avrebbe strozzato il messaggero di tali disgrazie: ci si deve pur consolare in qualche modo davanti alle brutte notizie. Ma era stata Aisling a comunicargli la fuga di Mella, così si limitò a strozzare le proprie emozioni. E a essere sinceri, ora che ci pensava bene, la notizia non era poi così brutta: Mella, a quanto sembrava, era stupidamente fuggita nella foresta, che era infestata di feroci manticore come parte del sistema di sicurezza del Kremlin Karcist, e di conseguenza aveva ben poche possibilità di sopravvivenza. Era solo questione di tempo, e ben presto una di quelle bestie l'avrebbe trovata e portata in pasto ai propri piccoli. E anche se fosse riuscita a evitare le manticore della foresta, non sarebbe mai riuscita a evitare l'immenso branco sulle praterie che si estendevano verso il confine. Il modo perfetto per sbarazzarsi di lei. Le manticore l'avrebbero sbranata fino all'ultimo pezzo e non ne sarebbe rimasta alcuna traccia. Che deplorevole incidente! Si domandò perché non ci avesse pensato prima. Con l'eliminazione fisica di Mella, la sostituzione con il clone diventava un giochetto.

Se non fosse stato per il fatto che stava fissando il vailà vuoto. Non c'era traccia nemmeno di Mella clone.

— Non lo so — disse Aisling.

Se doveva essere brutalmente sincero con se stesso, dal tono di voce sembrava che ad Aisling non interessasse nemmeno dove fosse finita la ragazzina. Ma non poteva certo aspettarsi che quella donna capisse la subdola complessità del suo piano, e tantomeno l'enorme rilevanza che aveva e che avrebbe avuto. Si erano appena conosciuti, e lui non aveva avuto tempo di raccontarle tutto ciò che aveva in mente di realizzare, ma solo gli elementi essenziali. — Cosa è accaduto esattamente?

Sul viso di Aisling era comparsa un'espressione annoiata, quasi stizzita, proprio come quella di una bambina capricciosa che viene sgridata. Occupata com'era a controllarsi le unghie delle mani, cominciò a parlare senza degnarlo di uno sguardo. — La ragazza è salita sul levitocarro e poi è uscita fuori dalla porta di fronte. — Alzò gli occhi e rimase a fissarlo. — Non è stata colpa mia.

— No, certo che no — farfugliò Rodilegno. In effetti Aisling aveva ragione. Non avrebbe dovuto darle la responsabilità di Mella a uno stadio così iniziale del loro rapporto. Non che sarebbe stato molto diverso, probabilmente, se avesse scortato lui stesso la ragazzina. Chi avrebbe mai pensato che Mella, con la memoria completamente cancellata, avrebbe deciso di scappare? Perché l'aveva fatto? Cosa l'aveva spinta? Le sue azioni erano state piuttosto imprevedibili. Comunque ormai era acqua passata. Ora doveva fare attenzione: Ysabeau e gli altri membri della Tavola dei Sette potevano presentarsi da un momento all'altro. Nessuno di loro conosceva tutti i dettagli del suo piano, e lui voleva che le cose rimanessero così. In particolare voleva tenere nascosta l'esistenza del clone. — In quel momento c'era qualcun altro nel levitocarro?

— Non lo so — rispose Aisling.

Rodilegno si fermò un attimo a considerare la posizione in cui si trovava. Mella poteva anche essere fuggita – e tuttavia non riusciva proprio a capire perché! – ma Mella clone non l'avrebbe mai fatto: era sempre stata un modello di ubbidienza. Probabilmente era solo annoiata, si era stufata di aspettare e aveva deciso di fare una passeggiata. Il che significava che doveva essere da qualche parte nel parco, forse persino già dentro il palazzo. In ogni caso doveva trovarla al più presto. Era importante che non si presentasse in pubblico prima che lui fosse sicuro che la vera Mella era morta.

— Dove sono le mie guardie? — domandò guardandosi intorno.

— Ho ordinato loro di correre dietro alla ragazza quando è fuggita — spiegò Aisling. — L'hanno seguita nella foresta. — Indugiò un attimo. — Come del resto ha fatto anche l'altra ragazza.

— Quale altra ragazza?

— Ho visto un'altra ragazza spuntare dai cespugli e mettersi a correre dietro alle guardie e a Mella. Non ho idea da dove sia saltata fuori.

Era senz'altro il clone, decise Rodilegno. Doveva esserlo per forza, perché non c'era nessun'altra ragazza nei dintorni. E così ora erano entrambe nella foresta. Quella faccenda si stava trasformando in un incubo. E se l'avesse persa? E se fosse stata sbranata da una manticora? L'aveva addestrata alla perfezione per il lavoro che doveva fare, ma c'era voluto parecchio. Non sarebbe mai riuscito a costruire un altro clone in tempo per la successione al trono.

— Lord Rodilegno!

Gli sfuggì un gemito. Ci mancava solo quello! Ysabeau stava avanzando verso di loro lungo il sentiero con gli altri membri della Tavola dei Sette che la seguivano di corsa.

— Va tutto bene? — gli chiese quando fu abbastanza vicina.

Rodilegno arrivò a una decisione. — Compagna Ysabeau — esordì in tono deciso — come fate a controllare le manticore della foresta?

Ysabeau rimase a fissarlo con espressione vuota. — Controllare... le manticore?

— Le manticore della foresta — sbottò Rodilegno impaziente. — Fanno parte del vostro sistema di sicurezza.

Dovete avere un modo per controllarle quando avete bisogno di attraversare la foresta senza che vi facciano a pezzi.

— Ah, ora capisco! — esclamò Ysabeau. — Certo, certo, naturalmente. Intendete dire quando i nostri tecnici devono entrare nella foresta per verificare la funzionalità generale del sistema. Usiamo un repellente per manticore.

— È un incantesimo?

Ysabeau scosse la testa. — È un fischietto. Te lo appendi al collo e quando premi il bottone emette un suono che le manticore non sopportano.

— E così stanno alla larga?

— Le singole manticore, sì.

— E un intero branco?

Ysabeau scosse di nuovo la testa, questa volta con ancora più vigore. — Non bisogna usarlo vicino a un branco. Quando sono raggruppate tutte insieme, le manticore non hanno abbastanza spazio per allontanarsi in fretta dal suono, così di solito vengono colte dal panico e nel caos del fuggifuggi si urtano e si calpestano. Comunque, nella foresta funziona bene.

— Ci servono subito due fischietti — le disse Lord Rodilegno. — Potete procurarceli?

— Sì, naturalmente. — Ysabeau si gettò intorno occhiate sconcertate. — Ma... perché?

— Io e Lady Aisling desideriamo fare una passeggiata — spiegò Rodilegno. — Nella foresta.

QUARANTACINQUE

La bestia si ergeva maestosa su Mella. Era di gran lunga la creatura più terrificante che lei avesse mai visto. Aveva il corpo di un leone gigante, con il manto fulvo, muscoli possenti, enormi zampe artigliate. E davvero la si sarebbe potuta scambiare per un leone gigante, se non fosse stato per due particolari. Primo: la parte posteriore del corpo non era affatto quella di un leone, perché al posto di una normale coda aveva qualcosa che ci assomigliava, ma si affusolava e arricciava verso l'alto terminando in uno spaventoso pungiglione di scorpione grande come la picca di un orco. Secondo (e questo Mella non riusciva *proprio* a capirlo): invece della criniera e le fauci da leone, saltava all'occhio la zazzera bruno-rossiccia di un uomo, anche se forse non si trattava *esattamente* di un uomo, perché aveva il naso piatto, zanne smisurate e la lingua gli penzolava fuori dalla bocca come quella di un cane.

— Oh, santi Numi! — esclamò Mella II.

Mella indietreggiò di un passo e per istinto si infilò tra la creatura e la sorella. Non che potesse davvero proteggerla: bastava un balzo e la bestia le avrebbe travolte entrambe, una singola zampata e le avrebbe uccise sul colpo.

— Che cos'è? — ansimò Mella II.

— Esattamente ciò di cui abbiamo appena parlato — rispose Mella con un filo di voce. — È una manticora. Non ne avevi mai vista una dal vivo?

Mella II stava fissando la bestia con gli occhi spalancati. — No. E tu?

— Nemmeno io, ma ho visto dei disegni. — Indugiò

qualche istante e infine aggiunse: — Non pensavo fossero così grandi.

— Credi che dovremmo scappare? — chiese Mella II.

Anche Mella si era appena fatta la stessa domanda. La verità era che non sapeva molto sulle manticore; aveva appunto visto dei disegni e letto qualche informazione qua e là, ma niente di più. Alcuni animali selvatici ti inseguivano se ti mettevi a scappare e, una volta catturato, ti ammazzavano. Altri ti sbranavano se rimanevi fermo immobile. A quanto pareva il trucco era cercare di capire il prima possibile con quale di queste due categorie si aveva a che fare, ma nei libri non le sembrava di aver mai trovato una spiegazione al riguardo. Inoltre non era proprio sicura che una manticora si potesse definire un "animale selvatico". Le creature magiche non rientravano in una categoria del tutto diversa? Non si ricordava bene, ma una cosa la sapeva: erano imprevedibili. Comunque, *quella* creatura magica che avevano di fronte non si era messa a ruggire come un leone, non stava raschiando il terreno come un toro, non aveva appiattito le orecchie all'indietro come un gatto e non teneva nemmeno le labbra arricciate in un ringhio come un lupo. In breve, non stava facendo alcun gesto minaccioso. A dire il vero non si stava muovendo affatto: non si stava avvicinando di soppiatto, e tantomeno di corsa.

Mella si chiese chi fosse stato a parlare. Forse non si trovavano di fronte a una manticora selvatica. Forse quell'esemplare aveva un guardiano. Dopotutto, se Lord Rodilegno aveva pianificato di usarle come esercito, doveva esserci stato qualcuno a addestrarle.

— Meglio non fare rumori o movimenti bruschi — disse a Mella II. Si guardò intorno per cercare di capire dove fosse il guardiano. — Salve... — esclamò, ma sottovoce per non spaventare la bestia. — Potete uscire allo scoperto e farvi vedere?

— Con chi stai parlando? — chiese Mella II.

La manticora ritrasse la lingua nelle spaventose fauci. — Immagino che tu sia convinta di parlare con il mio guardiano — borbottò con voce un po' impastata.

Mella trasalì, come se la bestia le avesse afferrato il cuore con un artiglio. — Le manticore sanno *parlare*? — Nei libri non c'era scritto nulla in merito.

Il bestione scosse la testa per togliersi alcune foglie dalla criniera. — Solo questa che vedi. Ho avuto una specie di permesso speciale e un pizzico di magia in più da parte del nostro capo.

Chi era il loro capo e come poteva fare in modo che una manticora parlasse? Ma prima che Mella riuscisse a dar voce a quelle domande, Mella II prese la parola: — Non abbiamo intenzione di farvi del male.

La manticora si stiracchiò: era davvero più grande di tutte e due le ragazze messe insieme. Sollevò una zampa ed estrasse artigli che parevano sciabole. Aprì la bocca in un breve sorriso, mostrando zanne che avrebbero fatto invidia a uno squalo. — In effetti ero un po' preoccupato che foste delle malintenzionate — sghignazzò.

Una manticora dotata di senso dell'umorismo! Quella bestia le avrebbe potute divorare in un solo boccone, eppure per un qualche strano motivo Mella cominciò a sentirsi a proprio agio. — Avete detto che potete aiutarci? — si azzardò a chiedere.

— Se volete seguirmi... — replicò la manticora. — Mi chiamo... — il nome venne fuori con una voce ancora più impastata, ma suonò come qualcosa di simile ad "Aboventum".

Mella gettò un'occhiata a Mella II. — Vogliate scusarci un attimo — disse rivolgendosi alla manticora.

Le due ragazze si misero un po' in disparte per un breve, concitato dibattito.

— Vuole che andiamo con lui.

— Sì, ho sentito.

— Cosa ne pensi?

Mella II allungò il collo oltre Mella per gettare uno sguardo alla manticora. — È incredibilmente grosso!

— Già, vero? Immagino che tu non sappia cosa mangiano.

— Intendi dire che magari... mangiano le persone?

— Siamo vegetariane — intervenne la manticora per essere d'aiuto.

— Questa è una conversazione privata — replicò Mella in tono fermo. — Vi prego di non origliare.

Invece Mella II decise di affrontare la creatura di petto: — Siete vegetariane con *quei* denti?

— Ci servono per combattere, non per mangiare — spiegò la manticora. — I miei antenati non si sono evoluti: sono stati *creati*.

Mella II avvicinò la bocca all'orecchio di Mella e sussurrò: — E se si tratta di una manticora di Rodilegno?

Fino a quel momento Mella aveva cercato di non pensare a Lord Rodilegno, che presumibilmente ora stava dando loro la caccia. Gettò un'occhiata verso Aboventum, che rispose allo sguardo con aria mite. — Perché volete che veniamo con voi? — chiese con audacia.

— Be', di certo non per mangiarvi. Il nostro capo vuole incontrarvi.

Le ragazze si guardarono sconcertate, poi si voltarono di nuovo verso la manticora. — E il vostro capo come faceva a sapere che noi ci trovavamo qui? — chiesero all'unisono.

— Il nostro capo sa *tutto*.

Mella aveva la sgradevole sensazione che i capi che sapevano *tutto* di solito fossero dei megalomani. Quella manticora aveva modi davvero cordiali, ma rimaneva pur sempre una creatura mortalmente pericolosa. Aveva davvero voglia di incontrarne un'altra?

Di colpo, senza il minimo preavviso, si rese conto che...

sì, ne aveva voglia! Si fidava e ora sapeva anche esattamente perché: quella creatura era un ibrido. Gli stregoni Halek avevano preso pezzi di un leone, di uno scorpione, di un uomo e di chissà cos'altro (quei denti!) per costruire il primo antenato. Il risultato era stata una perfetta macchina da guerra. Alla creatura, invece, il risultato doveva aver creato molta confusione. Era un ibrido straordinario, vittima di strani pensieri e di emozioni sconcertanti.

Mella lo sapeva perché anche lei era un ibrido tra elfi e umani. Lei e la manticora appartenevano alla stessa categoria.

Si voltò verso Mella II. — Io voto per andare — annunciò.

— Anch'io — ribatté l'altra senza un attimo di esitazione.

Non pensavano di essersi inoltrate così tanto nella foresta e per raggiungere le altre manticore – Aboventum le aveva chiamate "il branco" – ci misero più del previsto. Quando finalmente emersero dagli alberi, Mella aveva i piedi doloranti e il fiato corto, ed era davvero esausta, perché per tutto il tempo si era sforzata di stare dietro a quella creatura che, malgrado avesse cercato di andare piano, con le zampe lunghe che si ritrovava a ogni passo riusciva a coprire un bel po' di strada anche muovendosi quasi al rallentatore. Si bloccò di colpo e rimase immobile come un sasso, chiedendosi subito se avesse fatto bene a prendere quella decisione. Mella II la raggiunse e insieme posarono lo sguardo su un'ampia prateria.

— Oh, per tutti i Numi... — mormorò Mella.

Sembrava una scena tratta dal sogno di un pazzo. L'intera distesa era un immenso oceano brulicante di manticore – centinaia, forse migliaia – che si estendeva fin dove l'occhio riusciva ad arrivare. Appena giunte, le ragazze le avevano viste pascolare, ma all'improvviso, quasi come un'onda devastante, le creature sollevarono tutte la testa e si voltarono all'unisono a guardare nella loro direzione. I loro occhi luccicavano alla luce del sole.

— Qual è il capo? — mormorò Mella II.

— Vi porterò io da lui — disse la loro guida. — Vogliate seguirmi. — Aboventum cominciò ad avanzare a lunghe falcate, e subito nel branco si aprì una breccia per lasciarlo passare.

— Io non entro là dentro — affermò Mella. Seguire una sola manticora era stato già abbastanza inquietante, ma per inoltrarsi in un branco di migliaia di esemplari serviva un coraggio di natura del tutto diversa.

— Dobbiamo — ribatté Mella II.

— Perché? Perché dobbiamo? — Aboventum poteva anche essere in grado di parlare (su permesso speciale), ma quelle erano bestie selvagge, pericolose e imprevedibili.

— Perché non sappiamo cos'altro fare — disse Mella II con risolutezza (con la stessa risolutezza che avrebbe usato anche Mella se avesse avuto un qualche motivo per essere risoluta). — Dobbiamo andare a palazzo e non sappiamo come fare, e Aboventum è l'unica bestia che si sia offerta di darci aiuto. — Gettò un'occhiata verso la manticora che le stava aspettando un po' in disparte. — Scusatemi per avervi chiamato "bestia" — aggiunse infine.

— Non c'è problema — ribatté Aboventum. — È esattamente ciò che sono. Bene, avete intenzione di muovervi prima che il nostro capo perda la pazienza?

Mella indugiò ancora qualche istante, poi si mosse insieme alla sorella. Mella II aveva ragione: semplicemente non sapevano cos'altro fare.

Sui due lati della breccia il branco si fece ancora più in disparte per creare un ampio passaggio. Aboventum cominciò ad avanzare a passo lento, senza mai voltarsi indietro. L'odore di quelle misteriose creature avvolse subito le ragazze: non era affatto sgradevole, e dopo alcuni passi si rivelò anzi molto confortante, come se anche loro due fossero divenute parte di quel branco protettivo. Tra la folla, alcune manticore allungavano la testa per annusarle mentre passavano. Nessuna mostrò ostilità nei loro confronti.

Circondate com'erano da quelle creature, le due Mella non riuscivano a vedere altro che l'enorme coda da scorpione di Aboventum che oscillava da una parte all'altra. Mella stava cominciando a chiedersi quanto tempo ci sarebbe voluto per raggiungere questo fantomatico capo quando, senza preavviso, le manticore si dispersero, lasciando libero un ampio spiazzo circolare al centro del quale c'era...

Aboventum chinò il capo; poi, con estrema lentezza e attenzione, piegò le zampe anteriori e si inginocchiò.

Mella rimase a fissare, con bocca spalancata e occhi sbarrati, l'essere a cui era rivolto quel gesto di sottomissione. Se mai si fosse posta il problema, avrebbe dato per scontato che il capo delle manticore fosse una manticora. Ma forse avrebbe dovuto chiedersi com'era possibile che una creatura muta, per quanto autorevole, potesse persuadere un'altra della sua specie a parlare. L'essere che stava guardando era possente e feroce, ma non era una manticora. Era un qualcosa di gigantesco dalle fattezze umanoidi con zanne e piume, enormi occhi tondi infuocati e mani da strangolatore. Con la sua mole torreggiava sopra di lei, sopra Aboventum e sopra qualsiasi altra creatura vicina. Mella riusciva a vederlo, riusciva a sentirne l'odore – infatti emanava un'intensa fragranza speziata – eppure, in qualche strano modo, sembrava quasi non essere veramente presente.

Anche lui l'annusò arricciando le narici, poi sorrise quando parve capire chi fosse. — Un tempo conoscevo tua madre — le disse con una voce che riecheggiò attraverso l'intero branco.

Mella aprì la bocca, ma la richiuse subito dopo. Le riusciva impossibile parlare. Se le manticore erano creature spaventose, questa era assolutamente terrificante. «Un tempo conoscevo tua madre»? Provò di nuovo a parlare, invano.

— Sono Yidam — si presentò la creatura. — Ma voi potete chiamarmi George.

QUARANTASEI

Mella non aveva assolutamente intenzione di chiamarlo George. Da come lo vedeva tremolare, veniva da chiedersi se quella creatura si sarebbe decisa a palesarsi o meno a lei e alle manticore. Queste ultime avevano un atteggiamento deferente nei suoi confronti, ma sembravano anche tranquille e disinvolte, malgrado questo Yidam fosse persino più gigantesco di loro e irradiasse un'aura di potere quasi travolgente. Mella sapeva cosa aveva di fronte, pur non avendo mai sentito il suo nome o visto nulla di simile. «Un tempo conoscevo tua madre.» Se era vero, sua madre non gliene aveva mai parlato.

Avvertì Mella II avvicinarsi al suo fianco e mormorare: — Che cos'è?

— È uno degli Antichi Dei — rispose Mella in un sussurro, senza distogliere lo sguardo dalla creatura, anche perché *non riusciva* a farlo. — Talvolta intervengono nelle questioni degli elfi. — Di questo ne aveva sentito parlare fin troppo. Aurora raccontava spesso la storia di come Henry l'aveva salvata dal drago, e anche se lei era convinta che alla madre piacesse esagerare – convinzione che entrambi i genitori trovavano alquanto *ingenua* – un dettaglio in particolare le era rimasto nella memoria. Un altro degli Antichi Dei, quello si chiamava Loki, era intervenuto alla grande in tutta la faccenda, eppure non era l'intervento in sé ad averla impressionata: dopotutto, un sacco di leggende antiche raccontavano di Dei che comparivano quando meno uno se lo aspettava. No, ciò che l'aveva impressionata era il motivo che sua madre aveva addotto per quell'intervento. Le parole le riecheggiavano ancora nella mente: «Tempo fa un sacerdote mi ha detto che, secondo gli Antichi Dei, i mortali vivono solo per recitare certe storie. E a volte le divinità intervengono per essere sicure che le storie si svolgano come dovrebbero... com'è destino che si svolgano.» Poi quel sorriso finto pudico. «Perciò suppongo che io e tuo padre fossimo destinati a sposarci e a generare te.»

Ogni volta che Mella ripensava a quel discorso, il romanticismo svenevole delle parole «destinati a sposarci e a generare te» le faceva quasi venire da vomitare, ma anche se sarebbe morta piuttosto di ammetterlo, c'era qualcosa di affascinante nell'idea di recitare la propria storia, la propria storia *eroica*, con l'aiuto degli Dei. Chissà se anche lei faceva parte di una storia, come un tempo era capitato alla madre!

Di nuovo le parve di sentir risuonare la voce di Aurora: «Non convincerti mai che non sussistano pericoli. Le storie sono reali e riflettono l'indirizzo che diamo alla nostra vita. Alcune finiscono in tragedia. Tuo padre poteva essere divorato dal drago, entrambi potevamo fare quella fine. Ma lui è stato coraggioso, è stato forte, perciò non è andata così... anche se sarebbe potuto accadere. Non ci sono garanzie.»

Mella si chiese se avrebbe mai avuto il coraggio e la forza per vivere una storia come quella che un tempo avevano affrontato i suoi genitori. Forse non le sarebbe mai capitato, ma di certo soltanto il fatto che Yidam si trovasse lì di fronte era la dimostrazione che anche lei aveva una qualche importante storia eroica da vivere, giusto? La domanda era: che tipo di storia? Anzi, la domanda era: sarebbe sopravvissuta? Come diceva sua madre, non c'erano garanzie.

Al suo fianco, quasi riuscisse a leggerle nel pensiero, Mella II mormorò: — Insieme possiamo farcela.

Mella si sentì rinfrancata. — Lord Yidam — esordì — come facevate a conoscere mia madre? — Era consentito rivolgere domande a una divinità? Troppo tardi, ormai l'aveva fatto.

Se Yidam aveva disapprovato quel gesto, non lo diede a vedere. — Si rivolse a me per pormi un quesito riguardo alla guerra e alla pace.

— Non me l'ha mai raccontato — mormorò Mella. Sua madre non aveva mai nemmeno menzionato Yidam. Non una volta. Il che era davvero strano. Di certo, se ti capita di incontrare un Antico Dio, te ne vanti per anni, no?

— Non era tenuta a farlo. Faceva parte del suo fardello di vergogna. — Yidam si sporse in avanti e sostenne lo sguardo di Mella. — Ci sono echi di questo anche nella tua storia.

Mella si leccò le labbra. — Cosa intendete dire, Lord Yidam? — Era ben consapevole del fatto che gli Antichi Dei erano pericolosi, molto più pericolosi di qualsiasi manticora, eppure per qualche strano motivo non provava affatto paura nei suoi confronti. Rispetto e diffidenza, certo, ma non reale paura. Avere Mella II al suo fianco faceva una bella differenza. Era come se tutto il coraggio che aveva sempre avuto si fosse raddoppiato all'improvviso.

— Non siamo sotto minaccia di guerra? — chiese Yidam.

— Sì — rispose Mella II prontamente. Si voltò verso Mella e bisbigliò: — Cosa ti avevo detto io! Ti ricordi, vero? La Tavola dei Sette, le manticore, Lord Rodilegno e tutto il resto.

— Sì, sì, lo so! — sibilò Mella in risposta.

— E voi non siete le uniche che possono fermarla? — chiese Yidam.

Mella sgranò gli occhi.

Si raccolsero a discutere tutti e tre insieme, seduti a terra a gambe incrociate e circondati dal branco di manticore. La testa di Yidam torreggiava oltre la groppa delle creature e ovviamente anche sopra le due Mella, eppure quella piccola riunione sembrava in un certo senso... amichevole. Ciò di cui stavano discutendo, invece, era terrificante.

— Perché proprio io?

— È la tua storia.

— Come può una persona fermare una guerra?

— Tu non sei *una* persona: siete in due.

— Come possono due persone fermare una guerra? — Una punta di disperazione faceva tremare la voce di Mella, ma la divinità era implacabile.

— La tua storia è il tuo destino. — Yidam rimase a fissarla in silenzio.

Dopo qualche istante, Mella azzardò: — Ci aiuterete?

— Gli Antichi Dei non possono interferire nelle questioni degli elfi — rispose Yidam con aria quasi compassionevole.

All'improvviso Mella perse le staffe. — Invece sì che potete! — strillò. — Interferite sempre quando volete! State interferendo *adesso*! — Gridava contro una divinità, ma non le importava. Loki aveva interferito. Yidam conosceva sua madre e si era presentato come il capo delle manticore. Eccome se interferivano gli Antichi Dei! In pratica erano come dei burattinai!

Yidam le sorrise con espressione indulgente.

Dopo qualche istante Mella si calmò abbastanza per chiedere: — Cosa devo fare? — Stampata nella mente aveva un'immagine incredibilmente vivida di se stessa come una minuscola, microscopica figura a capo di un esercito di soldati ribelli raccolti da qualche parte. Era assurdo, ma quell'immagine non voleva andarsene in alcun modo. Forse avrebbe dovuto indossare i tacchi alti.

— Non spetta a me dirlo — rispose Yidam in tono irritante.

— Intendete dire che dobbiamo capire da sole cosa fare? — intervenne Mella II, raggiante.

— È proprio quello che intendo — rispose Yidam.

Mella spostò lo sguardo dall'uno all'altra, un po' in preda alla rabbia, un po' al panico. — Non possiamo capire da sole una cosa del genere! — gridò così forte che una manticora vicina si spaventò e scappò via. — Qui sono in ballo trattative politiche, decisioni militari, il destino delle nazioni, il futuro del nostro Impero... E io non ho ancora sedici anni! Non possiamo occuparci di cose del genere! Non possiamo! Non possiamo!

— Invece sì, possiamo — ribatté Mella II.

— Pensate ai principi fondamentali — suggerì Yidam.

Mella decise che odiava quella divinità, anche se aveva conosciuto sua madre. Era tronfio e prepotente e per di più completamente inutile. E in quel momento non le andava molto a genio nemmeno sua sorella: era troppo entusiasta di tutta quella storia. Fece un respiro profondo e chiese in tono acido: — *Quali* principi fondamentali?

Yidam non rispose, ma ci pensò quell'irritante di Mella II. — Intende dire che dovremmo riflettere con attenzione su ciò che sta accadendo qui e su ciò che sta per accadere. Intende dire che dovremmo riflettere sull'ignobile trama di Lord Rodilegno, sul fatto che vuole assumere il governo del Regno e su come si è mosso fino a questo momento. Infatti sappiamo che... — raddrizzò la schiena e cominciò a contare rapidamente sulle dita. — *Ignobile-trama-fase-uno:* Rodilegno mi costruisce per rimpiazzarti... *Ignobile-trama-fase-due:* organizza un colpo di stato per rovesciare il governo legittimo della Terra di Halek... *Ignobile-trama-fase-tre:* incoraggia il nuovo governo rivoluzionario, la Tavola dei Sette, ad allevare manticore come armi da combattimento... Infine, *ignobile-trama-fase-quattro:* programma di scatenare le manticore contro il Regno, cosa che probabilmente può accadere da un momento all'altro.

— D'accordo, io queste cose le so, ma... — disse Mella.

Mella II non si lasciò interrompere: — Bene, la cosa grandiosa è che siamo *già* riuscite a sventare l'*ignobile-trama-fase-uno*. Infatti Rodilegno non può rimpiazzarti con me perché entrambe siamo sfuggite dalle sue ignobili grinfie.

— Non potresti smetterla di usare l'aggettivo "ignobile"? — protestò Mella. — Suona davvero ridicolo.

— Va bene — rispose Mella II in tono remissivo. — Siamo sfuggite dalle sue ignobili grinfie, questa è l'ultima volta che lo dico, promesso! E stiamo lavorando insieme in modo che non riesca a rimpiazzarti con me e, anche se dovesse riuscirci, non farò di certo quello che mi dirà di fare, quindi per lui sarà una mossa inutile. Questo significa che non ci resta altro che sventare tutte le altre fasi della sua ignob... della sua trama, e alla fine vinceremo. Dobbiamo avvertire i nostri genitori di quanto sta accadendo e soprattutto dell'implicazione di Lord Rodilegno. Probabilmente questa è la cosa più importante. È semplice: dobbiamo far arrivare un messaggio a palazzo. — Indugiò un istante. — Non potreste pensarci voi, Lord Yidam?

— No — tagliò corto la divinità, anche se la stava osservando con interesse.

— Lo immaginavo — borbottò Mella II con un cipiglio. — A pensarci bene, potrebbero credere a un simile messaggio solo se fossimo noi a portarlo di persona. — Si voltò a guardare Mella. — In ogni caso non sarebbe ancora abbastanza, naturalmente. In teoria dovremmo anche impedire alla Tavola dei Sette di procedere con l'attacco. Una volta sistemato questo, *tutto* andrà al suo posto, come i tasselli di un puzzle. Guerra evitata, genitori salvati, Lord Rodilegno rinchiuso in una qualche cella sotterranea... un finale perfetto per la tua storia. Anzi, per la *nostra* storia, dato che ora siamo in due.

— Visto che ci siamo, perché non rivoluzioniamo il mondo intero?! — sbottò Mella. — Dimmi *come* facciamo! Siamo sperdute da qualche parte nella Terra di Halek, circondate da manticore, senza mezzi di trasporto, senza denaro, senza armi e con un grosso, grasso essere soprannaturale tutto sorrisi che ci dice cosa fare, ma che non ha la minima intenzione di alzare un dito per aiutarci. — Scoccò un'occhiataccia verso Yidam. — Allora, dai... dimmi, *come* facciamo?

La divinità le concesse un sorriso quasi affettuoso. — Nessuno conosce la tua storia, tranne te — mormorò. — Ma faresti meglio a farti venire in mente qualcosa in fretta. Lord Rodilegno è già nella foresta.

Mella fu percorsa da un brivido. — Come fai a saperlo?

— Io so tutto — ribatté Yidam. — Tranne la tua storia, naturalmente.

— È vicino?

— Non ancora. Ma è sulle tue tracce e determinato a seguire la *sua* storia. Non ti rimane molto tempo.

Mella lo fissò con occhi sbarrati. — Lui non può catturarci mentre siamo circondate dalle tue manticore, giusto?

— Forse sì, forse no — rispose Yidam in un sussurro. — Ma non puoi nasconderti per sempre...

Mella si chiese se fosse prevista una pena severa per lo strangolamento di un'antica divinità come Yidam. Era la creatura più esasperante che avesse mai conosciuto. Lei non aveva in mente di nascondersi per sempre. Non aveva in mente di nascondersi affatto. Voleva soltanto un po' di *sostegno* da...

— Ho un'idea — annunciò Mella II all'improvviso. Afferrò la sorella per un braccio. — Andiamo un attimo a parlare in privato da qualche parte.

— State lontano dagli alberi — le ammonì Yidam. — Aboventum è un mio messaggero, ma non ho alcun potere sulle manticore della foresta.

QUARANTASETTE

— Mi sai suggerire un'alternativa? — chiese Aurora in tono glaciale.

Henry non sopportava quando era di quell'umore, anche se doveva ammettere che si trattava di una conseguenza logica alla situazione. Al di sopra di tutto, anche al fatto di essere sua moglie, Aurora era Regina. La sua responsabilità principale era il benessere e la prosperità del Regno (come anche di Infera, sebbene a lui non piacesse ricordarlo troppo spesso) e in quel preciso momento il Regno era oggetto di una minaccia così tremenda come non era mai accaduto prima.

— Non proprio — rispose con cautela. — Ma questo non significa che non dovremmo esaminare la proposta con attenzione. È una linea d'azione estrema.

— È una situazione estrema.

— A me questa storia non piace affatto — intervenne Pyrgus. — Sono animali innocenti.

— Sono armi militari — tagliò corto Aurora.

La proposta era stata illustrata da Madama Circe e prontamente sostenuta dal generale Podalirio che, come sospettava Henry, era ancora irritato per quel piano, purtroppo fallito, di salvare Mella senza coinvolgere i suoi soldati.

— Ascoltami — le disse il marito. — Credo che dovremmo concentrarci su Mella.

La scomparsa della figlia stava facendo impazzire Aurora, e non ci si poteva aspettare niente di diverso: l'amore materno è sempre più intenso e irrazionale di quello paterno. La faceva impazzire il fatto che non potessero fare nulla per lei, almeno fino a quando non fossero arrivate ulteriori informazioni in merito al luogo in cui si trovava.

Ma Aurora riusciva ad affrontare e sopportare la situazione solo passando all'attacco. — Lo sai bene che non abbiamo ancora alcuna possibilità di trovarla — sbottò. — Quindi forse potresti smetterla di far perdere tempo a tutti e...

Henry cercava di evitare conflitti e discussioni ogni volta che poteva, ma questo non significava che avesse paura di farsi valere quando necessario, e in quel momento era *assolutamente* necessario. Guardò la moglie dritto negli occhi e disse in tono fermo: — Non credo che preoccuparsi della sicurezza di nostra figlia sia una perdita di tempo. Non puoi riattivare il tuo segugio? — Avvertì subito gli sguardi allarmati che i presenti si scambiarono da una parte all'altra della sala controllo. Certo, i segugi non erano più illegali, ma farne ricorso era comunque considerato deplorevole tra gli Elfi della Luce. L'idea che la Regina degli Elfi potesse davvero averne assoldato uno era inconcepibile come l'ipotesi che un giorno la Regina d'Inghilterra potesse comparire in pubblico con indosso soltanto un paio di mutandine di pizzo. Sapeva che Aurora non l'avrebbe certo ringraziato per aver menzionato il segugio di fronte ad altre persone, ma ormai era disperato.

E infatti lei lo fulminò con un'occhiata. — D'accordo — sibilò con voce piena di rabbia. — Visto che ti diverti tanto a gridare tutto ai quattro venti, ti comunico che il mio segugio non è mai stato disattivato. E aveva anche individuato Mella all'ingresso della Terra di Halek... — Indugiò, ma solo per un brevissimo istante. — Ma a quel punto è caduto vittima dell'avanzato sistema di sicurezza di quel paese. Il segugio è morto, Henry. Ho rispedito il suo cadavere a Infera per la cremazione un'ora fa.

— Oh — mormorò lui, afflitto. Ma non poteva ab-

bandonarsi allo sconforto in un momento come quello.
— D'accordo, al diavolo il segugio. E così non sappiamo dove si trova Mella e non abbiamo nemmeno un modo rapido per scoprirlo, ma possiamo ragionevolmente dare per scontato che si trovi ancora nella Terra di Halek. Che senso avrebbe quindi per noi aprire una guerra contro quel paese mentre lei si trova ancora là?

— Noi non inizieremo nessuna guerra — protestò Podalirio. — Semmai saranno loro.

— Noi non apriremo nessuna guerra — gli fece eco Aurora. — Vogliamo intraprendere un'azione preventiva. L'idea è proprio quella di *fermare* una guerra.

— Stiamo discutendo del suggerimento fornito da Madama Circe che prevede un'*eventuale* azione preventiva — la corresse Henry.

— E io ripeto che questa storia non mi piace — intervenne Pyrgus. — Non sono d'accordo con questo genere di azioni preventive. — Sbuffò amareggiato. — È scandaloso.

— Comporta la minor perdita di vite elfiche — ribatté Madama Circe in tono mite.

— E anche il massacro di migliaia di animali innocenti! — Pyrgus era diventato rosso in faccia, come gli capitava spesso quando discuteva dei diritti degli animali. Nell'arco di pochi minuti avrebbe perso la calma, come gli capitava *sempre* quando discuteva dei diritti degli animali. Probabilmente avrebbe cominciato a ricoprire la sorella di insulti e non era da escludere che forse sarebbe persino arrivato a scuotere Madama Circe per le spalle e a prendere a pugni Podalirio.

— Il ricorso a un neutronincanto ha numerose implicazioni politiche — commentò Henry per sviare la discussione.

Seguì qualche momento di silenzio. Tutti conoscevano le implicazioni politiche dei neutronincanti. Ormai da oltre un secolo un trattato internazionale li aveva dichiarati illegali in guerra. Quegli incantesimi erano ufficialmente catalogati sia come magia nera sia come armi di distruzione di massa. Potevano annientare un'intera popolazione, se dotati di una fonte energetica abbastanza grande. Uccidevano gli esseri viventi, lasciando le proprietà intatte, pronte per lo sciacallaggio. Pyrgus aveva ragione almeno su un punto: il ricorso ai neutronincanti era davvero scandaloso.

Henry rabbrividì e scrutò il viso dei presenti a uno a uno. Il primo – e principale – provvedimento del trattato diceva che i neutronincanti non dovevano mai più essere usati in guerra contro popolazioni elfiche o razze amiche. Il secondo, che i neutronincanti non dovevano più essere prodotti. Il terzo, che tutte le scorte ancora esistenti di neutronincanti dovevano essere distrutte. Dalla firma del trattato ai tempi del bisnonno di Aurora, il primo provvedimento era stato rispettato, più o meno. (Si era verificato un uso di tecnologia neutronale su scala ridotta durante la Battaglia di Camponero, ma era stato spiegato come un fatto accidentale che aveva provocato la morte di appena una ventina di persone.) Il secondo e il terzo provvedimento erano stati invece completamente ignorati. Gran parte dei paesi conservava laboratori segreti in cui venivano prodotti neutronincanti e altre armi magiche proibite. E gran parte dei paesi conservava scorte clandestine di armamenti. L'unica cosa che ne impediva l'uso, francamente, era la paura. Nessuno voleva essere il primo a gettare un neutronincanto, in caso il nemico avesse sufficienti riserve energetiche per rispondere all'aggressione. Fino a quel momento, almeno.

Madama Circe, che era stata la prima a suggerirne l'uso, si azzardò a dire: — Secondo i miei calcoli, potrebbero esserci meno implicazioni di quanto si possa immaginare.

— E come potete stabilirlo? — chiese Pyrgus, la voce ancora piena di rabbia.

— In primo luogo — ripose lei rimanendo perfettamente calma — tutti i nostri agenti segreti che seguono la questione riferiscono che esistono pochi paesi dotati di risorse energetiche che possano davvero danneggiarci. Hanno gli incantesimi, ovviamente, ma non sufficienti risorse energetiche per sfruttarli al loro massimo potenziale.

— La Terra di Halek possiede queste risorse — la interruppe Henry. In effetti quel paese possedeva *immense* riserve di energia magica, pari alla somma delle riserve dell'intero Impero.

— Certo — annuì Madama Circe. — Ma la questione è se la Terra di Halek desidera essere il primo paese a infrangere il provvedimento principale del trattato.

— Già, ma non saranno loro i primi, giusto? — sbuffò Pyrgus. — Saremo noi.

Questa volta Madama Circe scosse la testa. — No, non saremo noi — dichiarò con fermezza. — Il trattato vieta espressamente l'uso di neutronincanti contro popolazioni elfiche o razze amiche. Ma non dice nulla riguardo a manticore o altri animali.

— Be', dovrebbe!

— Sarà anche come dici tu, Pyrgus — convenne lei — ma al momento le cose stanno così. Se come obiettivo selezioniamo specificatamente i branchi di manticore... — fece un cenno verso i vistaglobi — gli effetti saranno limitati a quelle zone, tutte lontane dai principali centri abitati, e quindi non dovremmo provocare danni collaterali di alcun tipo. Una volta portata a termine questa azione preventiva, annunceremo pubblicamente che nella Terra di Halek sono state allevate manticore come armi a scopo militare e che il nostro intento di rimuoverle è stato puramente al fine di mantenere la pace. Da un punto di vista legale, i nostri avversari non hanno diritto di rispondere al fuoco, e anche se fossero tentati di farlo, persino loro non possiedono sufficienti riserve energetiche per distruggerci completamente. D'altra parte, noi invece possediamo sufficienti risorse per annientare fino all'ultimo essere vivente nella Terra di Halek.

Il fatto che avesse pronunciato frasi così terrificanti con una calma assoluta spaventò Henry. — È proprio questo che intendo — replicò. — Ogni essere vivente nella Terra di Halek comprende anche nostra figlia, al momento.

Quelle parole ebbero un effetto devastante su Aurora, che cercò di nasconderlo aprendo la bocca per intervenire. Pyrgus però fu più veloce di lei: — Ascoltate — disse. — Dobbiamo proprio agire subito? In questo preciso istante? Non possiamo aspettare un altro paio di giorni prima di sterminare le manticore?

Aurora gettò un'occhiata a Madama Circe e al generale Podalirio, che stavano l'una accanto all'altro vicino al bordo del tavolo operativo. Il generale guardò con attenzione i vistaglobi, uno dopo l'altro. — Per il momento non sono posizionate per un attacco immediato — spiegò. — Ma sono posizionate per *essere* posizionate.

— In quanto tempo potrebbero entrare in azione? — chiese Aurora.

— Quelle più vicine al confine in mezza giornata... ventiquattro ore al massimo. — Dopo qualche istante aggiunse inaspettatamente: — Tuttavia, considerando la situazione strategica nella sua interezza, ci potrebbero mettere anche di più, diciamo tra le quarantotto e le settantadue ore, secondo le mie stime. Quelli non sono stupidi. Sanno a cosa stanno andando incontro e senza dubbio vorranno accertarsi di ogni minimo dettaglio. E questo richiede tempo.

— Brintesia? — disse Aurora.

Madama Circe scrollò le spalle. — Non ho informazioni specifiche in merito a un attacco imminente. Ciò che mi preoccupa è la presenza delle manticore. Come ha detto il generale, potremmo subire un'invasione di confine nell'arco di una mezza giornata.

Aurora si voltò di nuovo verso il fratello. — D'accordo, Pyrgus, cosa avevi in mente?

— Due cose — esordì lui. — Fra tutti i presenti io sono quello che ha più familiarità con la Terra di Halek, quindi suggerisco che sia io a infiltrarmi. Il primo obiettivo è trovare Mella e portarla al sicuro. Ho alcuni contatti che potrebbero tornare utili. Il secondo obiettivo è scoprire se esiste un modo per risolvere la questione in maniera pacifica. Chiamatela pure una missione di pace, se preferite. Se non altro riuscirò a farci guadagnare un po' di tempo. Finché Mella si trova da qualche parte nella Terra di Halek, il tempo è la nostra risorsa più importante. — Tacque e rimase a fissare la sorella con uno sguardo pieno di speranza.

Henry aprì la bocca per sostenere l'intervento di Pyrgus, ma la richiuse subito. Aurora poteva intestardirsi se le davano l'impressione di essersi alleati contro di lei. Quindi anche lui rimase zitto e in attesa.

Dopo un lungo momento, Aurora disse: — D'accordo, Pyrgus. Puoi partire immediatamente?

— Sì.

— Da solo o vuoi una scorta?

— Da solo.

— Verrò io con te — saltò su Henry.

Entrambi si voltarono verso di lui.

— Non mi sembra una buona idea — commentò Pyrgus.

— Non mi fido della Tavola dei Sette — disse Aurora preoccupata. — È già abbastanza grave mettere a rischio la vita di un Principe di Casa Danaus. Non sono disposta a compromettere anche quella del mio caro Principe Consorte.

— Inoltre sarebbe una mossa politica alquanto dannosa — intervenne Madama Circe. — Non va mai bene agire in prima persona a un livello troppo alto.

— Pyrgus — lo chiamò Aurora.

— Sì?

— Posso darti due giorni, al massimo.

— Capisco.

— Ammesso che non si verifichino variazioni della situazione attuale — precisò.

— Capisco — ripeté lui.

A quanto pareva, però, Aurora voleva essere assolutamente sicura che il fratello avesse compreso bene. — Al minimo indizio, o anche solo a un vago accenno, che possa preludere un attacco da parte del nemico, o se gli agenti segreti di Madama Circe dovessero riportare la notizia di un imminente attacco, ordinerò il ricorso immediato ai neutronincanti con l'obiettivo specifico di annientare le manticore. *Tutte* le manticore... — Si voltò verso Henry con un sorriso glaciale. — Almeno facendo così potremo stare sicuri che Mella resterà illesa. Qualsiasi cosa stia facendo laggiù, è davvero improbabile che si trovi nei pressi di un branco di manticore.

QUARANTOTTO

Rodilegno vagava per la foresta ormai da un'ora quando udì le grida. Risuonarono a una certa distanza, ma bastarono a comunicare una discreta dose di urgenza. Era difficile esserne sicuri, ma gli erano sembrate le grida di una voce femminile. E nello specifico, di una ragazzina.

— Cos'è stato? — chiese Aisling.

La donna aveva rallentato terribilmente l'avanzata. Con il suo corpo nuovo, Rodilegno poteva camminare a oltranza senza stancarsi, invece Aisling – già dopo poche centinaia di metri – si era trasformata in un fardello di continui lamenti. Le facevano male i piedi. Le dolevano le gambe. Si era graffiata una mano con un cespuglio spinoso. Le mancava il fiato. La foresta puzzava. Non potevano riposarsi un po'?

— C'è qualcuno nei guai — rispose Rodilegno. — Tu rimani qui: vado a vedere di cosa si tratta.

Si aspettava che Aisling protestasse, invece lei si limitò a mormorare: — Ti prego, fai attenzione, tesoro.

Era strano sentirsi chiamare "tesoro", ma gli piaceva.

— Usa il fischietto se vedi avvicinarsi qualcosa.

— Certo — replicò Aisling in un sussurro. Si alzò in punta di piedi per dargli un rapido bacio. Anche quello gli piaceva.

Di nuovo risuonarono le grida.

Rodilegno azionò le gambe nella modalità turbo e si mise a correre. Per lo più cercava di seguire i sentieri, ma di tanto in tanto trovava più conveniente farsi strada direttamente tra arbusti e cespugli. Anche se aveva la mente occupata, era consapevole dei graffi e dei tagli che questo tragitto alternativo comportava, e anche del dolore. La ASMU aveva dotato il nuovo corpo della capacità di provare dolore nel corso normale degli eventi, dato che questo rappresentava un necessario – e familiare – segnale di cattivo funzionamento. In ogni caso era meno fastidioso di quanto lo fosse in un corpo normale e, se diventava problematico, poteva sempre disattivarlo tramite un piccolo pulsante incorporato nel capezzolo sinistro. In realtà in quel momento era troppo distratto per preoccuparsene. Quelle grida – e si trattava senza dubbio delle grida di una ragazza – dovevano significare che Mella era nei guai: dopotutto, la foresta non era esattamente un punto di ritrovo per fanciulle. Era stata catturata da una manticora, o forse era caduta e si era rotta una gamba. Ma la domanda era: *quale* Mella? Con un po' di fortuna, era quella vera. Così l'avrebbe finita una volta per tutte e avrebbe continuato la ricerca del clone. Ma se invece fosse stato il clone...

Aumentò la velocità di un'altra tacca.

Ora le grida erano continue e più vicine. In sottofondo si udivano anche altri rumori sommessi: il ringhiare di un animale e strani schiocchi, come di ossa spezzate. Qualcuno era vittima di un'aggressione, ma fintanto che si sentivano le grida, significava che – chiunque fosse – era ancora in vita. Rodilegno diede un'altra accelerata mentre procedeva lungo uno stretto sentiero che subito lasciò per imboccare una strada più diretta nel sottobosco. All'improvviso sfondò un muro di cespugli e si ritrovò in un'ampia radura. Non era più solo.

La manticora sembrava in preda a un attacco di furia irrefrenabile. Curva sopra la ragazza, continuava a colpirla ferocemente con la coda di scorpione e a lacerarle brandelli di carne con le zanne. Gli abiti della poveretta erano strappati e il corpo ricoperto di sangue. Magari aveva provato a difendersi dalla bestia quando questa l'aveva aggredita, ma ora non stava certo lottando. Aveva le membra inerti come fosse una bambola di pezza, gli occhi chiusi, la gola insanguinata ed esposta ai continui colpi. Si trattava della Principessa Mella, a giudicare dai lembi stracciati degli abiti che indossava. Ma non era lei a gridare.

All'improvviso Rodilegno si sentì come se fosse stato colpito da un rallentincanto. Il tempo cominciò a scorrere più lentamente. Il gigantesco pungiglione non smetteva di martellare colpi come un lugubre tamburo, martoriando il terreno per un qualche orribile riflesso condizionato, visto che la ragazza era morta. Rodilegno si voltò piano piano verso la fonte delle grida e si ritrovò a recitare una profonda preghiera di ringraziamento ai poteri delle Tenebre: quella che stava urlando era il clone di Mella, paralizzata a parecchi metri di distanza dalla manticora, la schiena premuta contro il tronco di un albero. Era terrorizzata, ma fisicamente incolume.

Di colpo la manticora sembrò perdere interesse per il corpo martoriato della ragazza e voltò di scatto la testa per fissare il nuovo arrivato con sguardo folle. Spalancò la bocca irta di zanne imbrattate di sangue e lanciò un ruggito così tremendo e assordante che gli alberi intorno a Rodilegno presero a tremare scuotendo le chiome frondose. Poi, di nuovo con quell'inquietante lentezza che aveva caratterizzato la scena, la bestia si scagliò in avanti e cominciò a correre verso di lui.

La manticora era gigantesca. Era la prima che Rodilegno vedeva così da vicino, e soprattutto fuori da un laboratorio. Quando venivano lasciate allo stato brado, le manticore erano circa delle dimensioni di un cane di taglia media, e sembrava impossibile che potessero crescere tanto. Quella che lo stava caricando era più grossa di un bue e più alta di un elefante, e anche molto più lunga quando srotolava completamente la coda di scorpione. Nonostante tutto, per un attimo Rodilegno prese in considerazione la possibilità di combattere. In un altro momento non gli sarebbe mai saltato in mente un simile pensiero, ma qualcosa nella relazione con Lady Aisling sembrava volerlo spronare a compiere gesta eroiche. E si trattava anche di un pensiero attuabile, visto che il suo nuovo corpo era praticamente indistruttibile, standо a quanto aveva dichiarato il tizio che gliel'aveva venduto.

Tuttavia gli rimaneva un punto debole: la sua testa naturale. Sarebbe bastata una zampata per farlo secco. Ricordava giorni in cui avrebbe salutato con gioia una così tragica risoluzione degli eventi, ma ormai quel tempo era passato. Stava per realizzare il colpo più importante di tutta la sua carriera, era pronto a governare l'Impero e i paesi che sarebbero seguiti, era determinato a diventare il più grande Monarca che la storia avesse mai conosciuto. Quella scena cruenta dimostrava al di là di ogni dubbio che la fortuna aveva ripreso a girare anche per lui. La Principessa Mella era morta. La sua sostituta si trovava a pochi metri di distanza, terrorizzata ma illesa. Avrebbe dovuto calmarla, ovviamente, e persuaderla a dimenticare l'orrore a cui aveva assistito. Comunque, era sempre stata malleabile e accondiscendente, quindi non gli avrebbe creato problemi. Forse, tutto sommato, era meglio non perdere tempo in gesta eroiche, a maggior ragione in un momento in cui Aisling non era nemmeno presente a guardarlo.

Il moto rallentato tornò all'improvviso normale, e Rodilegno si vide travolgere da una bestia che correva verso di lui a una velocità folle. Per essere un animale così mastodontico, si muoveva con la sinuosa eleganza di un serpente lanciato all'attacco. Le lunghe zampe anteriori macinavano terreno con una rapidità allarmante, e ormai aveva già attraversato una buona metà della radura. Dopo una manciata di secondi Rodilegno colse un'ondata di calore impregnato del suo fetido respiro. Cosa strana, il puzzo predominante era quello di frutta marcia. La creatura gettò un ruggito e prontamente Rodilegno pigiò il pulsante sul fischietto che portava al collo.

Il rumore era troppo acuto per le orecchie degli elfi, ma la manticora reagì all'istante. Si bloccò dove si trovava, in realtà soltanto a pochi metri di distanza, e cominciò a dondolare la testa da parte a parte. Poi, in un gesto tipico dei gatti, sollevò una zampa anteriore e se la passò su un orecchio, come per allontanare una mosca dispettosa. Un'espressione confusa le comparve negli occhi e indietreggiò di alcuni passi. Infine, in uno scatto fulmineo, si voltò e ritornò di corsa da dove era venuta. Rodilegno aveva immaginato che sarebbe semplicemente scappata, invece, prima di allontanarsi, la bestia si fermò per afferrare il corpo esanime della povera Mella e solo per un brevissimo istante si girò a guardarlo con il cadavere penzoloni dalla bocca. (Il viso della ragazza sembrava sorprendentemente sereno nella morte.) Soltanto a quel punto la manticora si inoltrò nelle profondità della foresta.

— Zio Rodilegno! — strillò il clone di Mella. — Avevo così tanta paura, ma sapevo che saresti arrivato tu a salvarmi!

Quando aveva raggiunto la radura e si era accorto che le due ragazze dovevano essersi conosciute, Rodilegno si era chiesto se avrebbe avuto problemi con il clone di Mella. Era difficile prevedere gli effetti di un simile incontro: magari l'aveva turbata al punto da far vacillare la determinazione a diventare Regina che lui le aveva inculcato con tanta cura e dedizione. Tuttavia quelle poche parole erano bastate per rassicurarlo. Malgrado i vari traumi subiti, era rimasta la stessa Mella che lui aveva allevato e accudito amorevolmente negli ultimi anni. Rodilegno le si avvicinò e le mise un braccio intorno alle spalle. La povera ragazza tremava, ma sollevò lo sguardo verso il suo viso con un'espressione piena di fiducia.

— Forza, adesso andiamo — disse Rodilegno. — Devo portarti a casa.

— Torniamo al tuo castello? — gli chiese Mella.

Con un improvviso moto di soddisfazione, lui scosse il capo. — Andiamo a palazzo — le disse. — Credo sia arrivato il momento che tu prenda il posto che ti spetta.

QUARANTANOVE

Se avesse scoperto cosa stava facendo, Aurora lo avrebbe ucciso, pensò Pyrgus. E in verità forse se lo sarebbe anche meritato. Per quanto gli accordi fossero stati informali, restava il fatto che gli era stato concesso di partire perché impegnato in una sorta di missione diplomatica. E restava anche il fatto che lui aveva ignorato il protocollo e aggirato le disposizioni autorizzate, era riuscito a sfuggire alla spia ufficiale di Madama Circe (graziosamente nominata Assistente Personale del Principe), aveva seminato la scorta che gli era stata affidata e infine era scomparso per portare a termine la *propria* missione. Praticamente si trattava di alto tradimento, ma cos'altro avrebbe potuto fare in quelle condizioni, quando la vita di migliaia di animali innocenti era in pericolo?

— Non mi hai ancora mandato quel vino che mi avevi promesso — disse Corin con un sorriso mentre si stringevano la mano.

Pyrgus cercò di rispondere al sorriso, ma era più che altro una smorfia. — Sono stato molto impegnato. Sai com'è, un'emergenza dietro l'altra.

Corin gli fece cenno di accomodarsi su una sedia e ne avvicinò un'altra per sé. A parte il fatto che lui e Pyrgus erano amici, detestava le formalità e non sentiva mai il bisogno di sedersi dietro a una grossa scrivania per impressionare la gente. — Immagino che ci siano state delle difficoltà, altrimenti non saresti tornato così presto. Si tratta di tua nipote?

— Non esattamente — rispose Pyrgus. — Alla fine

era *davvero* nella Terra di Halek e pensiamo che si trovi ancora qui... Ma non è questo il problema.

— Purtroppo non ci sono arrivate notizie della tua manticora — disse Corin. — Ma sono sicuro che è sana e salva. Certamente si sarà unita a uno dei branchi principali... ormai si sono sparsi per tutto il paese.

— A dire il vero... — iniziò Pyrgus un po' imbarazzato. Quello era il punto di non-ritorno. Stava per discutere di politica del Regno e di piani militari con un abitante di quello che ora doveva essere considerato un paese nemico. Ma lui si fidava ciecamente di Corin. — A dire il vero, era proprio delle manticore che volevo parlarti.

— Lo immaginavo. Presumo che anche tu abbia sentito le voci che circolano.

— Quali voci? — chiese subito Pyrgus.

— Si dice che la Tavola dei Sette abbia intenzione di usare le manticore a scopo militare. Vogliono trasformarle in cavalli da battaglia o qualcosa del genere.

All'improvviso Pyrgus si rese conto che malgrado tutti quei discorsi sulle manticore usate come armi, non gli era mai venuto in mente di pensare esattamente a *come* sarebbero state usate. — Secondo te è vero? — chiese all'amico.

Corin scosse la testa. — Sono solo sciocchezze. Un soldato dovrebbe fare la spaccata per montare una manticora adulta. E anche se fosse possibile, non riuscirebbe mai a controllarla. Quelli sono animali selvaggi, Pyrgus. Animali magnifici, ma lo sai bene anche tu quanto sono difficili. Difficili e imprevedibili. Un attimo stanno pascolando tranquillamente, un attimo dopo ti fanno a pezzetti se non fai attenzione.

— E così non pensi che queste voci siano fondate?

— Non ho detto questo. Ho solo detto che non possono essere montate come cavalli. Ma possono essere usate comunque come armi.

— E in che modo?

Corin allargò le mani in un gesto d'impotenza e fece un ampio sorriso. — E tu pensi che la Tavola dei Sette venga a raccontarlo proprio a me? — Il sorriso svanì. — Comunque posso immaginarmelo... o almeno posso dirti cosa farei io se volessi usare delle manticore come armi.

— E cosa faresti?

Corin si abbandonò a un lungo sospiro. — Le raccoglierei in un branco e le metterei in posizione di attacco, poi darei loro da mangiare una grossa quantità di cacciadiavoli, facendo in modo di indirizzarle verso il tuo esercito.

Pyrgus rimase a fissarlo allibito. — Santi Numi! — esclamò, cominciando a capire le implicazioni di tutto ciò. L'erba cacciadiavoli alterava le manticore al punto che perdevano completamente il controllo. Un grosso esemplare in quelle condizioni poteva uccidere una ventina di soldati prima di essere soppresso. Un branco avrebbe decimato un intero esercito nell'arco di pochi minuti. Un massacro di dimensioni inimmaginabili.

Corin scrollò le spalle. — Magari non accadrà mai, Pyrgus, sono solo voci. Magari non è ciò che stanno programmando quelli della Tavola dei Sette. Nella Terra di Halek girano sempre un sacco di pettegolezzi.

— Lo sai che c'è un branco immenso ammassato proprio sul confine con l'Impero? — gli chiese l'amico.

— Un branco di manticore? No, non lo sapevo. — Corin rimase a fissarlo, in attesa.

Pyrgus chiuse brevemente gli occhi, li riaprì e disse: — Informazioni riservate ci hanno riferito che la Tavola dei Sette sta pianificando di attaccare il Regno usando le manticore come armi segrete. Non so esattamente come abbiano intenzione di usarle, ma dopo quello che hai appena detto... — Le parole gli morirono in gola.

Corin, che lo conosceva molto bene, lo stava ancora fissando con sguardo intenso. — Ma non è tutto, vero?

Pyrgus scosse la testa. — Il Regno potrebbe reagire con

un neutronincanto. — Non riusciva proprio a raccontare tutta la verità, ovvero che Aurora non aveva alcuna intenzione di aspettare per rispondere a un'aggressione. Al primo segno evidente di minaccia, avrebbe ordinato un attacco preventivo.

Per qualche istante tra loro piombò il silenzio.

— Oh! — mugolò infine Corin. Distolse lo sguardo, come se non volesse incontrare gli occhi dell'amico. — I neutronincanti sono illegali secondo la legge internazionale.

— Eppure... — mormorò Pyrgus.

— Un neutronincanto ucciderebbe l'intero esercito Halek e sterminerebbe le manticore.

Pyrgus si rese conto che doveva dirgli la verità. — In realtà, soltanto le manticore. Mia sorella non ha intenzione di aspettare che entri in azione l'esercito.

— *Soltanto* le manticore?

— Lo so, lo so — borbottò Pyrgus. Si sporse in avanti e afferrò Corin per un braccio. — Dobbiamo fare qualcosa.

— Come posso aiutarti? Come può aiutarti la Società per la Tutela e la Protezione degli Animali? — Corin gettò una rapida occhiata verso la porta. — Per tutti i demoni di Infera, noi siamo un'organizzazione sovversiva: deve esserci qualcosa da far saltare in aria.

— Ho un'idea — incalzò Pyrgus. — Quanti uomini riesci a raccogliere?

— Per cosa? Stiamo parlando di soldati pronti a combattere? Di sabotatori?

Pyrgus si strofinò gli occhi con le nocche di una mano. Era esausto. — Corin, immagino che tu non sappia come guidare un grosso branco di manticore senza correre il rischio di un pericolosissimo fuggifuggi. Stiamo parlando di un numero davvero ingente di esemplari.

— Invece sì che lo so — ribatté l'altro. — Si usano torce fatte di rosmarino.

Pyrgus alzò lo sguardo. — Intendi la pianta?

Corin annuì. — Le manticore si infastidiscono alla presenza del fuoco, ma non si può dire che ne abbiano paura come gli altri animali. Si potrebbe farle spostare usando semplici torce, ma molto probabilmente alla fine si ribellerebbero. A quanto pare, sopportano anche qualche piccola ustione pur di disarmare l'avversario, in questo caso allontanando la torcia infuocata. Ma il rosmarino bruciato suscita in loro una reazione particolare. Non si avvicinano assolutamente, perciò non si rischia di essere aggrediti, e allo stesso tempo ha un effetto sedativo sul loro sistema nervoso. Così, quando si trovano in questo stato, solitamente si riesce a persuaderle a spostarsi dove si vuole senza troppa difficoltà. È per questo che ti servono degli uomini?

— Ciò che preoccupa mia sorella è il branco raccolto sul confine. Ho pensato che se riuscissimo a spostarlo... — Pyrgus fece un gesto rassegnato. — Potremmo almeno guadagnare un po' di tempo. Ma l'operazione deve svolgersi in maniera rapida e pulita. Se le manticore dovessero spostarsi *verso* il confine...

— La Regina Aurora userà il neutronincanto?

— Potrebbe arrivare a farlo. Maledizione, *lo farà* di sicuro! — Il Principe si voltò a guardare Corin negli occhi. — Riesci a trovarmi abbastanza uomini per questo lavoro? Devono essere persone con la testa sulle spalle, prudenti ma reattive, sveglie, che colgono tutto al volo, in grado di eseguire gli ordini con precisione e dotate di sufficiente iniziativa per affrontare le emergenze... Per esempio nel caso una manticora dovesse allontanarsi dal gruppo.

— Siamo di fronte a un branco di dimensioni enormi — commentò Corin, scuotendo la testa. — Per un lavoro del genere servono molti uomini, e uomini in gamba.

— Vuoi dire che non ce la fai?

— Non ho mai detto che non ce la faccio — ribatté Corin. — Se tu ti occupi della realizzazione delle torce, io penserò a radunare gli uomini.

CINQUANTA

— Sta succedendo qualcosa — mormorò Henry tra sé. Non si registravano ancora cambiamenti sul tavolo operativo, ma nei vistaglobi si avvertivano dei movimenti. Si sporse in avanti per guardare meglio.

Nella sala controllo c'era una gran confusione: persone che parlavano, persone che si muovevano in tutte le direzioni, persone che gridavano ordini, eppure Aurora sembrava essere sintonizzata con lui, perché in un istante fu al suo fianco. — Cosa c'è, Henry?

C'era che le manticore si stavano muovendo. Ne era quasi sicuro. E se aveva ragione, questo significava guerra immediata e che sua moglie avrebbe scatenato la furia di un neutronincanto sulla Terra di Halek. — Non so... — borbottò. — Forse niente di particolare.

Aurora fissò lo sguardo oltre le sue spalle, verso i vistaglobi. — Secondo te si stanno muovendo, vero?

— Aurora — disse Henry — riguardo al neutroninc...

— Non rendermi tutto ancora più difficile, Henry. Io devo preservare il Regno.

— Sì, ma non in questo modo. Non uccidendo migliaia... probabilmente decine di migliaia...

Aurora lo interruppe di nuovo, con aria stanca: — Allora dimmi tu in quale altro modo. Eri presente quando ne abbiamo discusso. Dimmi un modo migliore per affrontare la questione. — Dopo qualche istante, visto che Henry non le dava alcuna risposta, voltò le spalle ai vistaglobi. — Non c'è alcun segno di movimenti di truppe — disse in tono fermo. — Non useranno le manticore senza l'appoggio di un esercito convenzionale. Non avrebbe senso. — Si fermò per guardarsi intorno nel trambusto della sala controllo, infine aggiunse in un sussurro: — Sono sicura che Madama Circe sarà pronta a segnalarci qualsiasi movimento di truppe.

Henry si ritrovò a pensare che la moglie aveva un'aria davvero esausta, e probabilmente lo era anche. Ultimamente entrambi avevano dormito molto poco.

Si voltò di nuovo verso i vistaglobi. La tecnologia non era molto diversa da quella che veniva usata nel suo mondo. Le immagini arrivavano da telecamere posizionate in punti strategici lungo la linea di confine. La loro angolazione – e quindi la visuale – poteva essere cambiata, almeno in parte, tramite un telecomando a distanza. Dato che l'attrezzatura funzionava a energia magica, il nemico non poteva tagliare cavi o bloccare i segnali televisivi; inoltre le telecamere stesse erano così ben protette da risultare praticamente indistruttibili. Tuttavia avevano tre gravi difetti. Il primo era che la qualità delle immagini era davvero scadente. Il secondo che le stesse immagini erano molto piccole e non era possibile ingrandirle. (Una volta il signor Fogarty aveva anche spiegato perché: aveva a che fare con una progressione geometrica del fabbisogno energetico.) Il terzo – e tra tutti il più fastidioso – era che l'aggiornamento delle immagini non avveniva in tempo reale, ma si basava sulla posizione della Luna. Il risultato era che in certe fasi le immagini sui vistaglobi si susseguivano in maniera scorrevole come in un film, mentre in altre l'aggiornamento avveniva a scatti e continuava a saltare come le vecchie connessioni internet con modem analogico. Sfortunatamente in quel momento si trovavano in una di queste ultime fasi.

Probabilmente Aurora aveva ragione. Se non c'era il supporto di un esercito normale, non avrebbe avuto molto senso spingere le manticore a invadere il confine. Eppure gli era sembrato di intercettare dei movimenti intorno al branco. Certo, non si trattava di truppe – per il momento erano soltanto poche sagome sparpagliate qua e là – ma forse potevano rappresentare i preliminari di un'avanzata massiccia: soldati da ricognizione che stavano scegliendo le posizioni migliori per l'esercito in arrivo. O magari erano soltanto dei poveri turisti che stavano facendo un'escursione nella foresta vicina e si erano persi. Henry chiuse gli occhi. Doveva smetterla di pensare al peggio in ogni situazione. Se andava avanti così, ci mancava solo che si mettesse a immaginare che Lord Rodilegno era miracolosamente tornato sulla scena e stava tramando alle loro spalle per conquistare l'intero pianeta.

— Scusatemi, Principe Consorte. Lord Rodilegno desidera un incontro con voi e Sua Maestà la Regina.

Henry abbassò lo sguardo sul messaggero, una giovane donna in divisa dal viso fresco e gentile, chiedendosi se avesse sentito male o se fosse in preda ad allucinazioni visive e uditive. Si accorse che Madama Circe si trovava accanto alla ragazza e subito rivolse a lei la propria attenzione. — Pensavo che Lord Rodilegno fosse morto... o quasi. Non era più o meno in stato vegetativo?

Madama Circe annuì. — Veniva tenuto in vita grazie a un Corpo in Scatola. Un'esperienza da incubo. Praticamente era soltanto una testa sopra un cubo di onice. Ma a quanto pare di recente la ASMU gli ha venduto qualcosa di meglio: in merito ho mandato un appunto alla Regina Aurora. Ha riacquistato un corpo con completa mobilità funzionale e in effetti è tornato quello di una volta, se non ancora più *pericoloso*.

All'improvviso c'erano un sacco di cose che Henry voleva sapere. — Non penserete che in qualche modo sia coinvolto nella minaccia di invasione che stiamo affrontando da parte della Terra di Halek, vero?

— Ne dubito, visto il lungo periodo di inabilità che lo

ha costretto nel suo castello — rispose Madama Circe con cautela. — Allo stesso tempo, però, ho appena ricevuto un rapporto da parte dei miei agenti in cui si riferisce che Lord Rodilegno ha chiesto udienza alla Compagna capo della Tavola dei Sette subito dopo la scomparsa di Mella. Una coincidenza interessante... sempre che uno creda alle coincidenze.

Aurora, che fino a quel momento era stata occupata in una fitta conversazione con il generale Podalirio, li raggiunse di corsa. — Cos'è questa coincidenza interessante?

— Rodilegno è qui — tagliò corto Henry. — È riuscito a procurarsi un corpo mobile.

— Vostra Maestà, Lord Rodilegno vi chiede udienza — disse il messaggero.

— *Rodilegno?* — Aurora aggrottò la fronte. — Ma dov'è?

— Si trova qui a palazzo, Vostra Maestà. Vi attende nell'anticamera della sala del trono. — La ragazza aveva un'espressione emozionata negli occhi. Indugiò qualche istante, e alla fine aggiunse tutto d'un fiato: — Vostra Maestà, la Principessa Mella è con lui.

Malgrado tutte le regole del decoro, Henry stava quasi correndo quando raggiunse l'anticamera della sala del trono, ma all'ultimo momento si fermò e si fece da parte per permettere alla moglie di entrare per prima, come voleva l'etichetta. Quando finalmente anche lui entrò, un passo dietro di lei, notò subito quanto fosse diventato alto Rodilegno. Madama Circe aveva ragione: aveva riacquistato un corpo dotato di completa mobilità funzionale, che appariva anche più robusto e più forte di quello che aveva un tempo. Se era un prodotto della ASMU, doveva essere per forza artificiale, pur avendo un aspetto del tutto naturale. Il vecchio viso familiare era invece contorto in un'espressione di forzata cordialità che subito lo insospettì.

Alla destra di Rodilegno, poco più indietro, finalmente

scorse Mella. Indossava abiti diversi dall'ultima volta che l'aveva vista e aveva un aspetto un po' malandato, ma in generale, con suo immenso sollievo, era sana e salva.

Anche Aurora doveva averla vista, ma per protocollo fu costretta a dire: — Lord Rodilegno, che piacere vedervi di nuovo in funzione.

Henry, che non accettava tali costrizioni, corse da Mella. Non appena la raggiunse, udì Rodilegno annunciare: — Vi ho riportato a casa vostra figlia dalla Terra di Halek.

— Questo è evidente — ribatté Aurora. — E ve ne siamo molto grati. Come possiamo dimostrarvelo? Volete accettare una ricompensa?

— Mella! — esclamò Henry stringendola in un forte abbraccio. L'avrebbe messa in punizione per un mese per essere scappata e per averli fatti preoccupare così tanto, e a questo avrebbe aggiunto altri sei mesi per aver usato il lete su di loro. Le avrebbe tolto tutti i suoi cibi preferiti, le avrebbe proibito l'utilizzo della magia, le avrebbe negato tutta la servitù e anche quel bel paio di scarpe nuove che desiderava tanto, le avrebbe ritirato tutti i permessi di viaggio e infine le avrebbe fatto una bella ramanzina. Ma questo in futuro. Per il momento voleva solo baciarla, stringerla, accarezzarla e assicurarsi che stesse davvero bene.

Mella si abbandonò all'abbraccio. Aveva un odore diverso dal solito, notò Henry - probabilmente non si lavava da un po', anche se non puzzava di sudore - e aveva lo sguardo stranamente mite, quasi preoccupato, forse perché nel frattempo, da quando era scappata di casa, aveva combinato qualche pasticcio. O forse si aspettava una punizione molto severa per quella marachella, e in questo non si sbagliava di certo.

— Non c'è bisogno di una ricompensa — ribatté Lord Rodilegno. Anche la voce era migliorata da quando possedeva quel nuovo corpo, aveva acquistato più risonanza e gli donava un certo carisma. — Mella è la mia pronipote preferita.

"Mella è l'*unica* pronipote che hai" pensò Henry con aria distratta.

— Papà, ho bisogno di parlarti — gli sussurrò all'improvviso Mella all'orecchio. — Portami fuori di qui, devo parlarti in privato.

— Allora dovete rimanere per cena — insistette Aurora, e in quel momento non si sarebbe mai detto che in realtà detestava Lord Rodilegno con tutta se stessa... e nemmeno che il Regno si trovava sull'orlo della guerra. — Vogliamo sentire come l'avete trovata e... — per la prima volta lanciò un'occhiata alla figlia — cosa ci faceva nella Terra di Halek.

Henry provò un moto d'ammirazione nei confronti della moglie. Anche lei doveva essere fuori di sé per la gioia di rivedere Mella, anche lei voleva abbracciarla, baciarla e assicurarsi che stesse bene, ma prima doveva espletare con freddezza i propri compiti come massimo rappresentante del Regno. Se Rodilegno avesse accettato di fermarsi per cena – e il protocollo diceva che non si poteva rifiutare un invito da parte della Regina – immaginava che, col pretesto di chiedergli di Mella, ne avrebbe approfittato per interrogarlo riguardo alla situazione politica della Terra di Halek (nonché riguardo al motivo che l'aveva spinto a visitare di recente quel paese).

C'era solo un problema in quel suo piano. Ora che Rodilegno era dotato di un corpo artificiale nuovo di zecca, aveva già ricominciato a mangiare? Henry era quasi certo che per tutto il tempo in cui quell'essere spregevole non era stato altro che una testa su un cubo fosse vissuto d'aria.

— Papà! — sibilò Mella con una certa urgenza.

Henry rivolse di nuovo l'attenzione alla figlia. — Non possiamo andarcene adesso — protestò. — Sarebbe scortese nei confronti di Lord Rodilegno. E credo che tra un attimo anche tua madre voglia dirti due parole. — Lo scambio di battute aveva attirato l'attenzione di Lord Rodilegno, che continuava a voltarsi nella loro direzione.

Con suo grande stupore, Henry si accorse che la figlia aveva catturato lo sguardo dello zio e che i due si erano scambiati un'occhiata alquanto strana. Ma subito Lord Rodilegno aveva distolto gli occhi.

Mella si alzò sulle punte dei piedi e si sporse in avanti fino a quando non sfiorò con la bocca l'orecchio del padre. — Se non mi porti immediatamente fuori di qui, papà, io ti faccio la pipì addosso, davanti a tutti.

CINQUANTUNO

Pyrgus aveva fatto qualcosa del genere da ragazzo, e scoprì che si divertiva ancora un sacco a farlo. Gli uomini di Corin non erano affatto come se li era aspettati. Aveva immaginato che l'amico si sarebbe procurato al massimo alcuni membri della Società, e probabilmente neanche gli attivisti. Invece aveva radunato addirittura un drappello di soldati: combattenti duri e tenaci con un ottimo addestramento alle spalle. Non portavano armi (o almeno non armi visibili), il che fu un po' una delusione, ma brandivano le torce come fossero stati veri fucili.

Non appena Corin presentò Pyrgus come il loro nuovo comandante, tutti scattarono sull'attenti, gli rivolsero il saluto convenzionale e infine batterono i piedi con tale violenza che i pesanti stivali chiodati mandarono scintille. A quel punto cominciarono a disporsi in formazione di marcia, presero tutti posizione e infine rimasero immobili in attesa di ordini. Per il giovane Principe era una sensazione meravigliosa, rovinata solo dal fatto che aveva dovuto chiedere a Corin dove erano diretti.

La marcia – e si era trattato di una vera e propria marcia scandita da rozze canzoni militari e tutto quanto prevedeva il copione – si era dimostrata breve e non molto impegnativa: una fortuna visto che lo stesso Pyrgus aveva scoperto ben presto di non essere esattamente in ottima forma fisica, almeno in confronto ai suoi uomini. Provò un enorme sollievo quando Corin gli sussurrò che si stavano avvicinando alla prateria sul confine dove erano raccolte le manticore. Tuttavia, quando raggiunsero la cima di un'altura e posarono lo sguardo sulla vasta pianura, si accorsero subito che c'era qualcosa di strano.

— Ma dove sono le manticore? — chiese Pyrgus. Non si vedeva un solo esemplare, figuriamoci un branco intero.

Corin aveva un'espressione altrettanto sorpresa. — Non lo so.

— Sei sicuro che questo sia il posto giusto?

— Sì — rispose l'amico. — Naturalmente. — Puntò un dito verso l'orizzonte. — Quello laggiù è il confine. Se guardi con attenzione, si vede il luccichio dei sicurincanti.

— Fatto sta che non ci sono manticore.

— Già, lo vedo anch'io — ribatté Corin. — Devono essere... andate via.

— Questa sta diventando una conversazione demenziale — sbottò Pyrgus stizzito. — Certo che sono andate via, altrimenti sarebbero ancora qui. La domanda è: *dove* sono andate? Erano tutte ammassate sul confine, te lo giuro. Ricordi anche tu quello che ti ho detto. — Guardò l'amico e fece un gesto conciliante. Doveva stare attento a come parlava, dopotutto avevano un drappello di soldati alle spalle, ma anche Corin doveva ammettere che un branco di manticore, allevate come armi militari e posizionate in quel luogo per un'invasione, non poteva essersi semplicemente spostato da un'altra parte. Al minimo segnale di movimento, la Tavola dei Sette avrebbe ordinato loro di tornare subito nella posizione prestabilita.

Corin abbassò la voce. — Magari è cominciata l'invasione.

Pyrgus rimase a fissarlo, improvvisamente scioccato. Quel pensiero non gli era nemmeno passato per la mente, e questo la diceva lunga sulla sua ingenuità. Eppure adesso si rendeva conto, mentre un brivido gelido lo attraversava dalla testa ai piedi, che quella non poteva essere che la spiegazione più ovvia. — Lo pensi davvero?

— Non so — borbottò Corin. Dall'espressione che aveva

appariva evidente che era sconcertato e preoccupato quanto l'amico. — Ma penso che dovremmo cercare di scoprirlo.

— E come?

— Andiamo laggiù e guardiamo dove si dirigono le impronte.

— Non è così facile rintracciare le impronte delle manticore. — Pyrgus aveva avuto grosse difficoltà a seguire la sua quando era fuggita dal rifugio.

— Certo, quando si tratta di singole manticore — convenne Corin. — Quei cuscinetti da felini non lasciano molti segni sul terreno. Ma quando si spostano in branco, per di più numeroso, le cose sono diverse... soprattutto se si muovono velocemente. Estraggono gli artigli e così facendo sollevano il terreno. Se andremo laggiù, scopriremo subito dove sono andate... o almeno in quale direzione.

C'era anche qualcos'altro che preoccupava Pyrgus. — Immagino che tu non sappia se quelli della Tavola dei Sette hanno dei vistaglobi puntati sulla prateria.

— Probabile — rispose Corin. — Le forze militari vorranno di certo tenere sotto controllo il branco. E anche il confine, naturalmente. Ti preoccupa il fatto di essere visto?

— Un po'. — A dire il vero non lo preoccupava tanto il fatto di essere visto dalla Tavola dei Sette, quanto che a vederlo fosse Aurora che lo pensava occupato in una missione diplomatica al Kremlin Karcist. Quando aveva escogitato il piano di spostare il branco, sapeva che avrebbe potuto contare sul fatto che le manticore stesse lo avrebbero nascosto da occhi indiscreti, e in ogni caso sarebbe stato molto improbabile individuarlo tra la massa brulicante di uomini e bestie. Se invece scendeva in una prateria completamente vuota, sarebbe saltato subito all'occhio come uno spaventapasseri in un campo di grano. E Aurora avrebbe capito immediatamente cosa aveva in mente. Erano sempre stati così vicini, già da bambini, che lei riusciva praticamente a leggergli nel pensiero. E a quel punto sarebbe andata su tutte le furie.

Corin, che capiva tutto al volo, chiese: — Perché non vuoi che si vedano gli uomini, o perché non vuoi essere riconosciuto?

— Non voglio essere riconosciuto: è una complicazione di cui non ho proprio biso... — Si interruppe bruscamente per chiedere: — Ma cosa stai facendo?

Corin gli teneva un conincanto sotto il naso. — Tutto sistemato — mormorò.

Pyrgus si ritrasse con aria diffidente. — Dove ti sei procurato questa roba?

Un ghigno affiorò sulle labbra di Corin. — Non sarò allineato con il governo attuale, ma rimango pur sempre un abitante della Terra di Halek. Noi ci portiamo dietro incantesimi per ogni occasione. Questo si chiama NewFace. I ragazzi lo usano un sacco alle feste: ti fa sembrare più bello.

— Ma io sono già molto bello! — esclamò Pyrgus sghignazzando a sua volta.

— Dipende dai punti di vista — replicò Corin. — Comunque ti fa cambiare completamente aspetto, tanto che non potrebbe riconoscerti nemmeno tua madre. Ma la cosa migliore è che quando ti stufi di apparire diverso, non devi fare altro che sfregarti forte la faccia e subito l'effetto scompare.

— Spezza immediatamente quel conincanto! — gli ordinò Pyrgus senza esitazioni.

Corin aveva ragione riguardo alle impronte. Quando scesero nella prateria, fu subito evidente che un branco di manticore aveva pascolato in quel luogo, e anche di recente. Era un po' meno ovvio dove fossero andate – in alcuni tratti la terra era così smossa che sembrava quasi fosse stata arata – ma per fortuna uno degli uomini aveva una lunga esperienza come cacciatore e quindi se ne intendeva di impronte.

— Si sono spostate verso la foresta — annunciò.

— Non è possibile — ribatté subito Corin. — Le manticore della prateria non sopportano le manticore della foresta, e viceversa.

L'uomo scrollò le spalle. — Io vi dico solo cosa vedo dalle impronte.

Pyrgus provò un'ondata di sollievo. Se le manticore si erano spostate verso la foresta, significava che non c'era ancora stata un'invasione. Si voltò verso Corin e gli chiese: — Ma perché potrebbero essere andate là? Dove porta questa foresta? — Gli sembrò di non essersi spiegato bene, così aggiunse: — Insomma, se si entra nella foresta da questo punto e la si attraversa tutta fino in fondo, dove si arriva? — Le sue conoscenze geografiche erano pessime, in particolare per quanto riguardava la Terra di Halek, ma pensava che magari le manticore si fossero spostate perché dall'altra parte avrebbero trovato condizioni di vita migliori, tipo pascoli più verdi e più ricchi. Certo le manticore della prateria non si sarebbero mai insediate in una foresta, ma potevano essere pronte ad attraversarne una senza grossi problemi. Tuttavia, se la Tavola dei Sette aveva pianificato di usarle come armi, e infatti le aveva spostate sul confine e aveva sistemato delle telecamere per sorvegliarle, sembrava molto improbabile che avesse permesso al branco di allontanarsi. E se invece fossero state le manticore a spostarsi di propria iniziativa, non avrebbero dovuto essere già arrivate le guardie militari a riportarle indietro?

Corin rimase a guardarlo pensieroso per qualche istante. — La foresta prosegue per un lungo tratto verso nord, ma se invece si procede verso sud, si estende anche nel Regno. Comunque, se uno l'attraversa in linea retta dal punto in cui ci troviamo noi, alla fine si raggiunge il parco che circonda il Kremlin Karcist.

"Ovvero dove dovrei essere io in questo momento" pensò Pyrgus. La sua mente galoppava a tutta velocità.

Ovunque fossero finite, le manticore non erano più ammassate sul confine, quindi l'impresa che aveva deciso di intraprendere poteva considerarsi conclusa, anche se in realtà lui non aveva fatto un bel niente. Questo significava che finalmente poteva proseguire con la missione *ufficiale* che gli era stata assegnata. Se avesse raggiunto in fretta la Tavola dei Sette, avrebbe potuto cominciare le ricerche di Mella nel luogo in cui era stata vista l'ultima volta e allo stesso tempo scoprire se esistesse la possibilità di risolvere per via diplomatica l'incombente situazione di minaccia. In realtà ora si sentiva più ottimista di quando era partito. Continuava a pensare al branco scomparso, e trovava difficile immaginare che qualcuno lo avesse fatto spostare, se non le stesse forze militari del paese. E se erano state *davvero* le forze militari a spostarlo, questo stava a indicare un netto mutamento della situazione, e probabilmente si trattava di un mutamento in meglio. Arrivò a una decisione e si voltò verso Corin.

— Amico mio, voglio ringraziarti per l'aiuto che mi hai dato.

— Non posso dire che abbiamo fatto molto — replicò lui.

— Eravate qui per me, e questo è ciò che conta. Indipendentemente da come sia accaduto, ora le manticore sono fuori pericolo e io devo proseguire il mio cammino. Devo prendere contatto in via ufficiale con la Tavola dei Sette.

Corin gli gettò una rapida occhiata. — Non starai mica pensando di farti una bella passeggiata nella foresta, vero?

— Perché non dovrei?

— Non da solo, assolutamente no. Prima di tutto, conoscendoti, riusciresti a perderti dopo poche centinaia di metri. Secondo, le manticore della foresta sono senza dubbio le più pericolose di tutta la specie.

— Sì, ma se uno le lascia in pace, anche loro... — protestò Pyrgus.

Corin lo interruppe subito: — Sii realista, Pyrgus. So

che ami gli animali, ma loro possono comunque ucciderti. Ti accompagneremo noi.

Pyrgus lo guardò, poi guardò gli uomini schierati in file ordinate. — Davvero? Lo fate volentieri? Venite con me?

Corin si gettò un'occhiata alle spalle. — Cosa ne dite, ragazzi?

Tutti sollevarono al cielo le torce in segno di omaggio al comandante e gridarono: — Sissignore!

La marcia attraverso la foresta proseguì senza eventi di rilievo, a dispetto di tutte le preoccupazioni di Corin. — Siamo un gruppetto abbastanza nutrito, ormai dovremmo aver incontrato almeno un sicurincanto — disse infine a Pyrgus. — Questa foresta circonda il parco del Kremlin Karcist. È impossibile che lascino entrare chiunque senza alcun tipo di protezione.

— Forse confidano nel fatto che bastino le manticore della foresta a tenere lontano gli estranei — suggerì Pyrgus.

— Ma tu ne hai vista almeno una di queste manticore della foresta?

— A dire il vero no. Ma magari stanno alla larga perché sentono passare un gruppo numeroso.

— Se si lasciassero spaventare da una manciata di soldati, sarebbero proprio un efficace strumento di protezione, eh? — ribatté Corin. — Da quanto ne sapevo io, in questa zona c'erano dei sicurincanti. Alcuni erano stati installati per bloccare appunto anche gruppi molto numerosi. Le manticore servivano a fermare singoli viandanti, ma già un gruppo delle nostre dimensioni avrebbe dovuto far scattare l'allarme in tutta la foresta. Da quando siamo entrati nel folto degli alberi, sto usando un rilevatore di magia, ma finora non ce n'è la minima traccia. Come se... — indugiò qualche istante — ... qualcuno avesse spento il sistema di allarme.

— In questo caso non ci resta che ringraziare gli Dei

di questa fortunata coincidenza — commentò Pyrgus. — Ci ha reso tutto più semplice. Quando avremo raggiunto il Kremlin, non ci saranno problemi: conosco i membri della Tavola e mi farò garante per tutti voi. Dirò che siamo passati dalla foresta perché la mia missione restasse segreta: l'apprezzeranno molto.

— D'accordo — borbottò Corin senza molta convinzione.

Anche Pyrgus dovette arrendersi all'evidenza non appena emersero dalla foresta e si trovarono nel parco intorno al Kremlin. C'era davvero qualcosa che non andava in tutta quella storia.

Nei prati un tempo curati, con le aiuole e i viottoli ordinati, regnava il caos più assoluto. Cespugli, arbusti, persino alberi ornamentali erano stati sradicati. Intere zolle d'erba erano state strappate, tanto che il parco appariva come una distesa di chiazze di terra marrone. In lontananza si scorgevano gli avamposti di guardia rasi al suolo, e delle sentinelle non c'era la minima traccia. Pyrgus gettò un'occhiata al palazzo e si accorse subito che la finestra sulla destra del portone principale era stata rotta. Lo stesso ingresso non era sorvegliato e i due battenti erano spalancati: evento assolutamente unico che non si era mai verificato nemmeno durante la rivoluzione.

Pyrgus e Corin si voltarono a guardarsi. — È successo qualcosa — disse Pyrgus, anche se non era poi così necessario specificare un fatto tanto evidente. All'unisono tornarono quasi meccanicamente a guardare il palazzo e un attimo dopo, come spinti da uno strano istinto, entrambi si misero a correre in quella direzione. Gli uomini di Corin esitarono soltanto qualche istante, poi si lanciarono dietro il loro comandante. Mentre si avvicinavano all'ingresso principale, all'improvviso una piccola figura comparve sulla soglia.

Pyrgus si bloccò di colpo. — Mella! — esclamò.

— E tu chi sei? — chiese lei guardandolo allibita.

CINQUANTADUE

Era destino che quella rimanesse una delle conversazioni più assurde che Henry avrebbe continuato a ripetersi nella mente fino al giorno della sua morte: assurda, sconcertante, incredibile... Malgrado fosse cominciata in modo del tutto banale.

— Come osi minacciare di farmi la pipì addosso? Questo è un comportamento assolutamente disdicevole per una ragazzina come te — sbottò Henry. — E non sono disposto ad accettare simili minacce. — "Anche perché non vedo proprio come potresti riuscire a farmi la pipì addosso, considerato che sei una femmina" aggiunse una vocina nella sua testa in tono del tutto irriverente. Stava cercando di apparire severo e arrabbiato, ma faceva davvero fatica a mantenere quell'espressione seria.

— Dietro a tutta questa storia c'è Lord Rodilegno — disse Mella.

— Dietro a *quale* storia c'è Lord Rodilegno?

Si erano ritirati insieme nella sala del trono, con la porta che dava sull'anticamera ben chiusa a chiave e una fitta rete di sicurincanti a proteggere la loro privacy. Quando si erano allontanati con aria furtiva, Aurora aveva scoccato al marito un'occhiataccia, e certo lui non poteva biasimarla: andarsene in quel modo non era un gesto soltanto maleducato, ma anche molto poco diplomatico. Comunque ormai era fatta e Mella lo stava guardando con quell'espressione da "siamo-vicini-alla-fine-del-mondo" che spesso adottano le adolescenti quando cercano di comunicare qualcosa che ai loro occhi è di importanza fondamentale per la sopravvivenza dell'universo. Non era molto più grande di quanto non fosse sua madre la prima volta che Henry l'aveva incontrata. Si sforzò con tutto se stesso di non guardare la figlia con affettuosa tenerezza.

— C'è Lord Rodilegno dietro il piano di invasione in atto nella Terra di Halek. Dovete rinchiuderlo in un cella buia, brutta e puzzolente.

— E così ci sarebbe Lord Rodilegno dietro il piano di invasione in atto nella Terra di Halek? — le fece eco Henry. Il desiderio di sorriderle svanì all'istante. Come faceva Mella a sapere del piano di invasione in atto nella Terra di Halek?

— Papà... — insistette lei in tono molto serio — mamma ti dice sempre di non ripetere tutto quello che dicono gli altri sotto forma di domanda. Non hai idea di quanto sia irritante.

— E tu non hai idea di quanto sia irritante avere come figlia una piccola peste — ribatté lui. — Come fai a sapere del piano di invasione e cosa ti fa pensare che Lord Rodilegno abbia qualcosa a che fare con questa storia?

— Me l'ha detto mia sorella — rispose Mella.

— Smettila con questi stupidi scherzi! Tu non hai una sorella.

Fu allora che Mella gli raccontò quanto era accaduto.

Aurora era di pessimo umore quando li raggiunse nella sala del trono. — Ma vi rendete conto che viene considerata una gravissima violazione del protocollo... — esordì appena varcata la soglia.

Henry aprì la bocca per interromperla, ma Mella prese la parola prima di lui: — Mamma! — esclamò. — Devi subito far rinchiudere in cella zio Rodilegno.

— Non voglio sentirti dire una parola di più — sbottò Aurora stizzita. — Hai già causato così tanti problemi e preoccupazioni a me e a tuo padre, non... — Ammutolì di colpo e rimase a fissare la figlia. — Cos'è che devo fare *subito*?

— Ha cercato di invaderci dalla Terra di Halek e poi voleva uccidere te e papà e voleva anche mettere sul trono l'altra Mella e...

La reazione di Aurora fu immediata, quasi quanto quella di Henry. — E tu come fai a sapere del piano di invasione in atto nella Terra di Halek? — chiese a bruciapelo.

Il problema era, almeno dal punto di vista di Henry, che sua moglie e sua figlia erano esattamente uguali: entrambe testarde, tenaci, dispotiche e impazienti. Di conseguenza continuavano a litigare. A quel punto adottò il tono più tranquillo e rassicurante che riuscì a trovare, anche se per esperienza sapeva che di solito finiva soltanto con l'innervosire entrambe ancora di più, e disse con voce ferma: — Lascia fare a me, Mella. E tu, Aurora, per favore calmati e ascoltami bene. — Stava quasi per aggiungere qualcosa del tipo "tanto per cambiare" o "almeno per una volta", ma si trattenne appena in tempo.

Aurora gli scoccò uno sguardo torvo e con la coda dell'occhio Henry scorse la figlia fare lo stesso. Le ignorò tutte e due. Aveva deciso che esisteva soltanto un modo per affrontare i nuovi sviluppi della situazione – e anche per trovarci un senso! – e questo modo era semplicemente fare un passo alla volta. In quel momento il passo più urgente da fare, o almeno così gli sembrava, era riferire ad Aurora ciò che Mella aveva appena raccontato a lui. Quello successivo era decidere cosa farsene di quella rivelazione. Ammesso che Aurora ci avesse creduto. Nemmeno lui era sicuro di crederci davvero. Fece un respiro profondo.

— È tutto un po' complicato — esordì — ma Mella mi ha appena raccontato che...

La porta della sala del trono si spalancò con strilli, ululati, gemiti di protesta da parte dei sicurincanti, ma Pyrgus era comunque ancora un Principe di Casa Danaus, perciò non potevano fare nulla per fermarlo. Chiuse la porta con un calcio e si precipitò verso di loro in preda all'agitazione. — Non crederete mai cosa è successo nella Terra di... — disse, ma di colpo scorse Mella. — Come hai fatto a entrare prima di me? È impossibile!

Mella lo salutò con un sorriso affettuoso. — Ciao, zio Pyrgus.

— Ve l'ha detto? — chiese Pyrgus. Spostò lo sguardo da Aurora a Henry con un ampio sorriso stampato sulle labbra. — Vi ha raccontato cosa ha fatto alla Tavola dei Sette?

— Non sono stata io, zio Pyrgus — intervenne Mella. — È stata l'altra Mella.

— Ti stai comportando come una *bambina*! — sbottò di nuovo Aurora. — Cosa hai fatto alla Tavola dei Sette?

— Ascoltate — si intromise Henry. — Se riuscite a stare calmi un attimo, penso di potervi spiegare che Mella sostiene che ci sono due... — si bloccò quando la porta della sala del trono si aprì di nuovo. Sbarrò gli occhi. Una cosa era ascoltare Mella che gli raccontava quella storia fantastica sul clone che aveva incontrato e su Lord Rodilegno. Un'altra era ritrovarsi faccia a faccia con la prova inconfutabile di quanto gli aveva detto.

— Salve a tutti! — esclamò la ragazzina sulla soglia. — Io sono Mella II.

CINQUANTATRÉ

Mella pensò che fosse davvero così *fico*. Tanto per cominciare, c'erano montagne e montagne di ottimo cibo, compreso il suo preferito, ovvero funghi canditi. Poi l'avevano messa a capotavola e accanto a lei sedeva l'altra Mella. (Come sempre nelle occasioni ufficiali, indossava la corona da Principessa e i suoi genitori erano stati così carini da farne forgiare una copia esattamente uguale per Mella II, dimostrando che quando si impegnavano non erano tanto male.) Poi c'era il fatto che tutti – ma proprio *tutti* – volevano ascoltare la loro storia, anche se ormai in città non si parlava d'altro e l'avevano già sentita raccontare decine di volte. Poi, evento unico incredibile incomparabile, era presente Victorinus – Papilio Victorinus – il nipote del Duca, in forma come non mai. Le veniva da svenire se pensava che tra un po' lo avrebbe visto senza maglietta per i giochi celebrativi! Comunque adesso i giochi non erano ancora iniziati e lui le sedeva accanto, la guardava negli occhi e le chiedeva di raccontargli (ancora?!) come era riuscita a salvare il Regno. Mella cominciava a sospettare che forse per colpa di Victorinus sarebbe sorto qualche problemuccio tra lei e la sua nuova sorella, a meno che non avesse anche lui un gemello. Ma per il momento aveva soltanto un *normale* fratello, Papilio Pharnaces, che per fortuna era intento a distrarre Mella II mentre loro due parlavano.

— Mi sconcerta — le stava dicendo Victorinus in un sussurro ansimante — questa storia che ho sentito... che sei stata divorata dalla bestia. — Allargò le mani in un gesto impotente e ancora una volta le sorrise. — Eppure eccoti qui, di una tale bellezza da straziare il mio povero cuore. — Aveva enormi occhi scuri e ciglia lunghissime. Era più grande di lei soltanto di due anni: non era una meraviglia?

Mella si abbandonò a una risatina leziosa. — Non sono stata divorata da una bestia, sciocchino — lo riprese in tono allegro. — Era tutta una montatura per ingannare Lord Rodilegno. — Sua madre l'aveva ammonita di non fare quel nome, ma Mella non capiva come potesse raccontare la storia senza menzionarlo, e poi *tutti* sapevano che Lord Rodilegno era coinvolto in quella faccenda, anche se lui continuava a negarlo. — Io e Mella II ci siamo scambiate i vestiti per fargli credere che io ero lei e che lei era me... e Yidam... tu sai chi è Yidam... vero, Victorinus?

Victorinus si allungò sul tavolo con fare languido per prendere un acino d'uva. — Una gigantesca, terrificante divinità... uno degli Antichi Dei... — mormorò.

— Allora, Yidam poteva far fare alle manticore tutto quello che voleva, e aveva questa manticora speciale, di nome Aboventum, che si era procurata un sacco di sangue finto e che a un certo punto ha *finto* di aggredirmi e di uccidermi e di portarmi via con sé, solo che non ero davvero io. Era Mella II e io stavo guardando e urlando vestita da Mella II, così Rodilegno mi avrebbe riportata a palazzo pensando appunto che ero Mella II. Vedi, lui pensava che Mella II avrebbe fatto tutto quello che lui le diceva di fare e che avrebbe preso il mio posto a palazzo, invece ha riportato *me* esattamente dove volevo andare, così potevamo essere sicure che i miei genitori mi avrebbero creduto quando avessi raccontato tutto. Non trovi che sia stato davvero *fico*?

— Vorrei esserci stato quando tu e tua sorella vi siete scambiate i vestiti — le sussurrò Victorinus.

Al tavolo, poco distante, Mella II parlava con Pharnaces,

il fratello di Victorinus. O meglio, lo ascoltava riscaldata da uno sguardo intenso e luminoso. — Così bella e così coraggiosa — stava dicendo il ragazzo. — Che combinazione *devastante*!

Mella II si lasciò sfuggire una risatina nervosa. — Oh, io non direi che sono stata così coraggiosa — mormorò con falsa modestia.

— Ma cosa dici! Lo sei stata, lo sei stata *eccome*! — esclamò Pharnaces. — Da sola hai abbattuto il terrificante regime che opprimeva la Terra di Halek e hai sventato la più grave minaccia al nostro Regno che la storia abbia mai conosciuto.

Mella II faceva fatica a respirare a causa di sensazioni corporee a lei completamente sconosciute. Aveva il battito del cuore accelerato, le prudeva la pelle, la bocca continuava a sorridere di propria iniziativa. Per un qualche strano motivo, Pharnaces sembrava avere il potere di mandarla in un delirio di gioia. Si soffermò ad ammirare i suoi riccioli.

— Non direi proprio *da sola* — disse poi. — Sono stata aiutata da oltre un migliaio di manticore.

— Ah, la bella e la bestia! — ansimò Pharnaces con quella voce roca che le faceva venire i brividi lungo la schiena. — Fammi ancora emozionare con la storia di quanto è accaduto!

— Oh, non è stato davvero nulla di speciale — sospirò Mella II. — Ma te lo racconterò comunque — si affrettò ad aggiungere. — Quando Aboventum mi ha portata via, siamo tornati dal branco e Yidam... tu sai chi è Yidam... vero, Pharnaces?

Pharnaces si allungò per prendere un acino d'uva. — Una gigantesca, terrificante divinità... uno degli Antichi Dei... — mormorò.

— Allora, Yidam poteva far fare alle manticore assolutamente tutto quello che voleva, e alla fine è stato lui a suggerire che se avessi portato con me l'intero branco al Kremlin Karcist, forse quelle bestie mi avrebbero potuto aiutare a persuadere la Tavola dei Sette a non usarle come armi. Ma quando i Compagni le hanno viste... tu sai chi è un Compagno, vero, Pharnaces?

Pharnaces si infilò l'acino tra gli incisivi perfettamente bianchi e cominciò a schiacciarlo con estrema lentezza. Non staccava un attimo gli occhi da quelli della ragazza. — Un gigantesco, terrificante abitante della Terra di Halek... — mormorò.

Lei deglutì. — Allora, quando i Compagni le hanno viste, sono subito scappati via, perché le manticore sono davvero creature dolci, ma allo stesso tempo anche incredibilmente spaventose, soprattutto quando sono in tante, e poi è arrivato zio Pyrgus, e naturalmente io non l'avevo mai conosciuto prima, quindi non sapevo chi fosse, ma con lui c'era questo suo amico originario appunto della Terra di Halek, un tizio di nome Corin, che voleva abbattere il governo corrotto della Tavola dei Sette e liberare tutte le manticore e far diventare il suo paese un posto molto più bello in cui vivere, così è salito lui al potere e ha revocato la guerra. Quindi alla fine è stato merito suo. — Aveva detto tutto in un fiato, cosa esattamente non piacevole da ascoltare, ma Pharnaces continuava a fissarla con sguardo adorante.

Non appena la Regina Aurora si alzò in piedi, il brusio intorno al tavolo cessò e tutti si voltarono verso di lei. — Miei cari amici... — esordì. — Siamo riuniti qui questa sera per celebrare l'arrivo di un nuovo membro della Famiglia Reale... — Subito si levò uno scoppio di applausi accompagnati da qualche sporadico fischio. Aurora attese che il frastuono si spegnesse, poi continuò: — Un nuovo membro della Famiglia Reale che proviene da una fonte alquanto... — esitò qualche istante, fingendo di cercare il termine più adatto — ... *inattesa*.

— E pensare che in questa storia il Principe Consorte Henry non ci ha neanche messo il becco! — gridò con voce rauca un giovane conte che di certo aveva bevuto troppo.

Aurora sorrise in attesa che le risate si calmassero. — Un dono da parte di mio zio, il quale purtroppo non può essere qui con noi questa sera, mio zio e un tempo capo degli Elfi della Notte, ora fortunatamente ristabilito dal tragico incidente subito tempo fa. Sto parlando di Lord Rodilegno... — Fece una pausa per lasciare spazio a un applauso, che alla fine arrivò, anche se a singhiozzo e notevolmente smorzato dal sommesso brontolio che era sorto tra gli Elfi della Luce. — Mio zio Lord Rodilegno, che con tanta generosità ci ha donato una sorella perfettamente clonata e già bella e cresciuta per la nostra adorata figlia Mella. — Rivolse un cenno di riconoscimento e un sorriso a Mella II. — Miei cari, vi chiedo di alzarvi in piedi e di sollevare i bicchieri in un caloroso brindisi per... Mella II!

Quando la moglie tornò a sedersi, Henry le mormorò: — Hai esagerato un po' con la storia dello *zio*.

Aurora, pur con un sorriso stampato sulle labbra in risposta ai continui complimenti da parte degli ospiti, farfugliò: — Volevo solo enfatizzare l'unità della famiglia. L'ultima cosa di cui abbiamo bisogno ora è un'altra scissione tra Luminosi e Notturni.

— Secondo me lo avremmo dovuto rinchiudere in una cella — brontolò Henry. — E buttare via la chiave.

Aurora si voltò a guardarlo. — E con quale accusa? Non abbiamo alcuna prova che possa documentare il suo reale coinvolgimento in quanto accaduto nella Terra di Halek, soltanto *voci*. Potremmo sostenere la tesi che voleva sostituire nostra figlia con un clone, ma lui dice che stava crescendo Mella II per farcene dono. Sarebbe una follia dal punto di vista politico affrontarlo di petto senza prove schiaccianti. Non dimenticare che un tempo era il capo degli Elfi della Notte e che potrebbe tornare a esserlo, ora che possiede un nuovo corpo. Non ci rimane che stare al gioco. — Sollevò la coppa e bevve un rapido sorso. — In ogni caso c'è una cosa positiva in tutto quello che è accaduto: almeno adesso Rodilegno è uscito allo scoperto e possiamo tenerlo meglio sotto controllo.

— Due — ribatté Henry.

Aurora lo fissò perplessa. — Due?

— Due cose positive... — Henry gettò un'occhiata lungo la tavola e Aurora seguì il suo sguardo. — Adesso abbiamo due gemelle — le mormorò con un sorriso.

EPILOGO

— Tu pensi che ci tornerà? — chiese Henry, turbato da un pensiero che non gli dava tregua.

— Mella? — ribatté Aurora.

— Sì.

— Nel Mondo Analogo?

— Sì.

— A trovare tua madre?

— Sì.

— Certo che ci tornerà — concluse Aurora in un finto tono indifferente. Avevano già avuto quella conversazione, e anche più di una volta, perciò ormai era stufa di ripetere sempre le stesse cose. Cercò di ricorrere a qualcosa che potesse mettere a tacere il consorte. — Forse dovresti accompagnarla tu.

— Cosa?! — esplose Henry.

— Sempre meglio della possibilità che scappi via di nuovo. — Aurora chinò il capo come se fosse intenta a esaminare qualche importante documento di Stato, in realtà per nascondere un sorriso.

Aveva ottenuto l'effetto desiderato: Henry aveva smesso di tormentarsi con quel pensiero ossessivo. O se non altro aveva smesso di esternarlo ad alta voce.

Dopo qualche minuto Aurora esclamò: — Ah, che bello! — E subito aggiunse in un sussurro: — Almeno penso...

— Cosa c'è di bello? — le chiese Henry.

Si trovavano nel loro studio comune all'ultimo piano del palazzo. Raggi di sole inondavano la stanza dalle alte finestre, donando a quello che era sostanzialmente un luogo di lavoro un'aria allegra e spensierata, quasi da vacanza.

— Siamo stati invitati a un matrimonio — rispose Aurora.

— Ah, che bello! — ripeté Henry meccanicamente. Rimase con il naso sepolto in un libro e non fece il minimo sforzo per apparire interessato.

Aurora sollevò lo sguardo. — Non vuoi sapere chi si sposa?

— Chi si sposa, Aurora? — le chiese lui.

La moglie gettò un cartoncino bianco sulla scrivania. Il nastro viola lo identificava subito come uno di quegli inviti magici all'ultima moda che erano diventati così popolari nei circoli di Corte più esclusivi. Un illudincanto incorporato presentava gli sposi a chiunque prendesse in mano il cartoncino.

— Lord Rodilegno — rispose lentamente.

— Lord Rodilegno? E ci ha mandato l'invito alla cerimonia?

— Immagino che lui lo consideri come un segno di pace — commentò Aurora.

Henry mise da parte il libro. — E con chi si sposa?

— Con una certa Lady Aisling. Non appartiene alla Corte. A dire il vero non mi sembra di averla mai sentita nominare.

Henry aggrottò la fronte borbottando: — Aisling non è un nome elfico.

— È un nome che usano nel Mondo Analogo, vero? — chiese Aurora.

— Fammi vedere subito quell'invito!

GLOSSARIO

Sigle:

EDF: Elfo della Foresta
EDL: Elfo della Luce
EDN: Elfo della Notte
UM: Umano

Acciaio Invitto. Primo titolo onorario di Henry nel Regno degli Elfi, ora rimpiazzato dal più incisivo *Principe Consorte.*

Antiopa, Nymphalis (Nymph). (EDF) Figlia della Regina Cleopatra, Principessa degli Elfi della Foresta e consorte del Principe Pyrgus Malvae.

Apporto. Lo spostamento paranormale di piccoli oggetti da un luogo all'altro. Solitamente questo fenomeno si verifica durante le sedute spiritiche per motivi che nessuno riesce a capire bene.

ASMU. Vedi *Azienda Servizi Magici Unificati.*

Atherton, Aisling. (UM) Sorella minore di Henry Atherton, ora cresciuta, ma pur sempre sua spina-nel-fianco.

Atherton, Henry. (UM) Principe Consorte della Regina Aurora e padre della Principessa Mella.

Atherton, Martha. (UM) Direttrice di una scuola femminile nel Sud dell'Inghilterra. Ex moglie di Tim Atherton, madre di Henry e Aisling.

Atherton, Tim. (UM) Dirigente di successo. Ex marito di Martha Atherton, padre di Henry e Aisling.

Aurora, Antocharis Cardamines. (EDL) Sorella minore del Principe Pyrgus Malvae, figlia del defunto Monarca Danaus Plexippus, Regina del Regno degli Elfi e di Infera.

Azienda Servizi Magici Unificati (ASMU). Azienda produttrice di attrezzature magiche di alta qualità, la più importante nel Regno degli Elfi.

Bombix, Jasper. (EDN) Un tempo collega d'affari di Silas Sulfureo, nonché ex responsabile dei servizi segreti di Lord Rodilegno. Ora killer professionista (freelance).

Bus. Termine umano per indicare un grosso, rumoroso veicolo a motore diesel. In elfico, così come in inglese antico, significa invece "bacio". Il suo uso da parte di Shakespeare (anche se lui diceva *buss* con due esse) suggerisce, ma non basta a dimostrare, che il Bardo era in contatto con il Regno degli Elfi.

Buthner. Nel Regno degli Elfi indica un paese molto povero e primitivo, principalmente desertico, i cui rappresentanti si sono dimostrati ampiamente disponibili a dare sostegno all'Impero della Regina Aurora.

Caffè. Bevanda amarognola che manda su di giri gli umani e procura esperienze psichedeliche agli elfi.

Calle. (Termine in uso soprattutto nella Terra di Halek e in una città del Mondo Analogo chiamata Venezia, anche se con altro significato.) Ingegnoso congegno inventato dagli stregoni Halek: permette ai passanti di seguire un passaggio che all'improvviso si curva in modo tale da riportarli al punto di ingresso nello stesso momento (o anche qualche istante prima) in cui sono entrati. Anche se nella Terra di Halek le autorità tendono a incoraggiare la credenza che questi congegni siano frutto di elaborati incantesimi, in realtà si basano sul principio di una linea temporale chiusa, un concetto della Fisica attualmente oggetto di studio in alcune zone del Mondo Analogo, in particolare in America.

Campo minato. L'area di sicurezza che circondava la vecchia Fabbrica della Colla Miracolosa di Bombix e Sulfureo. Per ulteriori dettagli consultare l'opera di riferimento, ovvero *La Guerra degli Elfi*.

Canvero. Animale dotato di una grande intelligenza, molto simile a uno zerbino peloso. I canveri possiedono la straordinaria capacità di fiutare la verità, talento che li rende molto popolari nel Regno degli Elfi.

Casa Danaus. La Famiglia Reale del Regno degli Elfi.

Cavispo. Minuscolo cavallo del Regno degli Elfi, grande all'incirca quanto un topo del Mondo Analogo.

Celadon. Famoso creatore di paesaggi della Foresta Elfica.

Ciancia. Triniano Arancione al servizio di Madama Circe.

Colias. (EDL/EDN) Fratellastro del Principe Pyrgus e della Regina Aurora. (Stesso padre, madri diverse.)

Conincanto. Coni tascabili, alti non oltre cinque centimetri, imbevuti di energie magiche dirette a un risultato specifico. Quelli vecchio stampo andavano accesi in modo tradizionale. Nella versione più moderna sono ad autoaccensione e basta "graffiarli" con un'unghia. Entrambi i tipi producono una specie di fuochi d'artificio.

Corin. Nativo della Terra di Halek, è un sovversivo contrario alle disposizioni della Tavola dei Sette al potere nel suo paese, in particolare per quanto concerne la politica di assistenza agli animali. È Segretario Esecutivo della Società (illegale!) per la Tutela e la Protezione degli Animali.

Cose morte che mangiano foglie marce e carne d'elfo. Sulfureo stava pensando agli *zompiri* (vedi).

Creen. Come i nativi chiamano la Terra di Halek; anche nome ufficiale della sua capitale.

Culmella Chrysotenchia (Mella). (EDL) Unica figlia della Regina Aurora e del Principe Consorte Henry.

Danaus Plexippus. Padre del Principe Pyrgus, del Principe Colias e della Regina Aurora. Fu Monarca per oltre vent'anni.

Danzafiore. Fiore a forma di tulipano delle dimensioni di un uomo maturo che ondeggia con movenze sexy per attirare gli insetti impollinatori.

Demone. Forma solitamente assunta dai mutaforma che popolano il Regno di Infera quando entrano in contatto con elfi o umani.

Djinn. Elementale del deserto.

Doppio. Nella versione base, una replica liofilizzata che può temporaneamente sostituire una persona in un determinato luogo mentre quella se la dà a gambe. Molto usato da spie e avventurieri. Recenti sviluppi nell'incantotecnologia hanno permesso ai Doppi di camminare, parlare e comportarsi in modo da imitare in maniera precisa gli originali, anche se la varietà di azioni che possono svolgere è piuttosto limitata.

Elfi della Foresta. Denominazione con cui bisogna riferirsi agli Elfi Selvatici se si vuole evitare di offenderli.

Elfi della Luce (Luminosi). Uno dei due principali tipi di elfi, culturalmente avversi all'uso dei demoni in qualunque circostanza e di solito membri della Chiesa di Luce.

Elfi della Notte (Notturni). Uno dei due principali tipi di elfi, fisicamente distinti dagli Elfi della Luce per gli occhi felini fotosensibili.

Elfi Selvatici. Popolo di elfi nomadi che vive e caccia nella grande foresta primordiale che copre buona parte del Regno degli Elfi. Gli Elfi Selvatici non hanno giurato fedeltà né agli Elfi della Luce né agli Elfi della Notte.

Elfi, Regno degli. Realtà parallela popolata da varie specie aliene, inclusi gli Elfi della Luce e gli Elfi della Notte.

Elfumano. Ibrido tra un elfo e un umano.

Fabbricafesserie. Esperto nella fabbricazione di fesserie.

Felcentaglio. Felce a forma di ventaglio che si apre e chiude con movenze seducenti per svelare ciò che nasconde dietro di sé.

Fogarty, Alan. (UM) Paranoico ex fisico e rapinatore di banche con uno straordinario talento per fabbricare ammennicoli di ogni genere. Fogarty ha sacrificato la propria vita per salvare il Regno durante un'epidemia letale di Febbre Temporale e ora comunica dall'Aldilà con i membri della Famiglia Reale.

Fogarty, Angela (alias signora Barenbohm). (UM) Figlia di Alan Fogarty.

Fulmine, Colpo di. Nella mitologia elfica, termine che indica l'amore a prima vista.

Gnammeth Croz. Patria degli Elfi della Notte.

Gnutto. Moneta d'argento in uso nel Regno degli Elfi.

Grande Casa. Famiglia nobile.

Halek, pugnale (o lama). Arma di cristallo che sprigiona energie magiche per uccidere chiunque ne sia trafitto. I pugnali Halek hanno però la tendenza a spezzarsi di tanto in tanto, nel qual caso il flusso di energia uccide chi li sta usando.

Halek, stregoni. Né umani né elfi. Reputati i più abili praticanti di magia nel Regno degli Elfi. Di solito sono specializzati nella fabbricazione di armi a incantotecnologia.

Halek, Terra di. Nazione indipendente nel Regno degli Elfi, governata da stregoni e rinomata per la produzione delle mortali lame Halek.

Haniel. Leone alato che vive nella foresta del Regno degli Elfi.

Illudipalazzo. Nella Terra di Halek, con questo termine si indica l'equivalente di una sala cinematografica. A dire il vero un illudipalazzo è molto diverso da un cinema analogo, infatti qui gli avventori vivono un'avventura multisensoriale indistinguibile dalla realtà fisica.

Infera. Termine elfico per Inferno.

Kremlin Karcist. Letteralmente significa "Roccaforte Magica". Centro di potere della Terra di Halek.

Lancillotta. La gatta trasparente di Madama Circe.

Lete. Un incantesimo che spazza via ricordi generici o specifici dalla mente della persona alla quale viene applicato. Da quanto mi ricordo...

Luchti. Tribù che vive nel deserto del Buthner, della quale Henry Atherton è fratello per patto di sangue.

Madama Circe (alias Brintesia). (EDL) Anziana eccentrica, capo dei Servizi Segreti della Regina Aurora. Un tempo amante del defunto Alan Fogarty.

Malvae, Pyrgus. (EDL) Monarca per circa cinque minuti, ora proprietario di un rifugio per animali e di numerosi vigneti nel Sud del Regno degli Elfi.

Mantello ombra. Indumento magico che consente a chi lo indossa di passare inosservato, soprattutto in assenza di luce diretta del sole.

Manticora. Interessante esperimento realizzato dagli stregoni Halek grazie al quale è stata creata una nuova specie letale che combina caratteristiche umane a quelle di creature come il leone e lo scorpione.

Mazzerosse. Funghi umanoidi, estremamente sensibili e squilibrati, che si divertono a spargere spore dagli effetti allucinogeni. Vivono in zone rocciose sulle Piane Selvagge.

Mella. Diminutivo di *Culmella Chrysotenchia*.

Miseranda. Quartiere della capitale degli Elfi della Luce.

Monarca. Sovrano o Sovrana del Regno degli Elfi.

Mondo Analogo (alias il Regno della Terra). Nomi usati nel Regno degli Elfi per indicare il banale mondo fatto di scuola, brufoli e genitori problematici.

Olbonium. Sinfonia di fragranze, considerata nel Regno degli Elfi come un popolare intrattenimento pubblico.

Panolis, Duca di Flammea. (EDN) Eroe di guerra e un tempo stretto alleato di Lord Rodilegno, nonché ex proprietario del castello in cui attualmente vive quest'ultimo.

Phoebus. Ingegnere capo addetto al Portale di Casa Danaus.

Piane Selvagge. Distesa di cespugli spinosi situata a nord della capitale elfica, dove si sono stabiliti molti ricconi del Regno dal momento che la difficoltà di attraversarla garantisce la loro privacy. È possibile muoversi nelle Piane solo con i levitocarri, perché qualunque altro mezzo di trasporto via terra viene attaccato dal pizzichello, una pianta semicosciente che si arrampica sopra ogni veicolo e lo blocca in pochi minuti. Attraversare la zona a piedi è impossibile: il pizzichello prima paralizza i pedoni, poi li sbrana.

Pizzichello. Pianta carnivora semintelligente.

Polvere di stelle. Polvere sottile che reagisce alle forze magiche illuminandosi di un intenso bagliore. Spesso viene usata per intercettare le impronte di creature magiche, o per rilevare l'utilizzo recente di magia in una zona specifica.

Porfino. Mammifero marittimo del Regno degli Elfi, considerato da alcuni come l'antenato del delfino analogo.

Portale. Cancello infradimensionale a energia; può essere naturale, modificato o artificiale.

Poutpourri. Il gatto del signor Fogarty ora, ahimè, deceduto.

Ridarella. Pianta semintelligente nota per il modo in cui arriccia i petali verso l'alto quando sente una barzelletta. (Alcuni botanici sostengono che il fenomeno si verifichi soltanto in caso di barzellette *davvero* spiritose e divertenti.)

Rodilegno, Lord. (EDN) Nobile capo (per un certo periodo anche in senso *letterale*!) di Casa Rodilegno ed ex signore degli Elfi della Notte.

Scolitandes il Fiacco. Antico Monarca noto non proprio per il coraggio dimostrato in battaglia.

Segugio. Demone pedinatore.

Simbala. Musica liquida dagli effetti intossicanti venduta legalmente nei pochi locali autorizzati e illegalmente altrove.

Staretz, casata. Importante e lunga dinastia di zar dai poteri magici che un tempo governò la Terra di Halek.

Stasincanto. Incantesimo che blocca qualcosa nel tempo e nello spazio, lasciandolo intatto fino a quando dura l'incantesimo.

Stimlus. Piccola arma letale a energia usata nel Regno degli Elfi a volte per protezione personale, a volte semplicemente per ammazzare qualcuno.

Suk. Termine in uso nella Terra di Halek per indicare un mercato all'aperto. Curiosamente, anche il termine arabo *suq* o *suk* denota il quartiere commerciale (mercato) di una città araba o berbera, suggerendo una qualche antica connessione tra la Terra di Halek e le culture arabe.

Sulfureo, Silas. (EDN) Vecchio demonologo, ex proprietario di una fabbrica di colla, diventato pazzo in seguito a un'aggressione subita da parte di un danzanubi.

Superbabbeo. Raccoglitore esperto di tontilli, occupazione riservata nei tempi antichi a elfi dotati di scarsa intelligenza.

Tavola dei Sette. Consiglio di Governo della Terra di Halek.

Tè. Popolare bevanda analoga che fa ubriacare gli elfi.

Teclinei. Antico popolo elfico che prosperò prima della scissione tra Elfi della Luce ed Elfi della Notte. La loro scrittura non è stata ancora decifrata, perciò quanto è noto della loro storia proviene completamente dagli archivi imperiali.

Telechiave. Telecomando usato per accendere e spegnere sicurincanti.

Teletrasporto. Versione portatile del congegno usato in *Star Trek*, opera del signor Fogarty.

Tontillo. Bacca incredibilmente stupida, frutto della *tontilla magentaculus*. Rappresenta un elemento importantissimo nei tradizionali riti elfici che salutano l'arrivo della primavera.

Triniano. Razza gnomica, né umana né elfica, che vive nel Regno degli Elfi. Gli Arancione sono dediti al servizio altrui, i Viola alla guerra e i Verdi si specializzano nella nanotecnologia e nella costruzione di macchine viventi.

Trubongo. Pianta a forma di molla, originaria delle regioni meridionali del Regno degli Elfi, che rimbalza da una zona all'altra alla ricerca di sostanze nutritive nel terreno.

Vailà. Levitocarro azionato da incantesimi.

Valigia a filamento. Ingegnoso utilizzo della tecnologia a portale tridimensionale finalizzato a creare una zona di spazio non-geografico, che può essere usato per conservare oggetti personali ingombranti in un sottilissimo filamento generalmente incorporato nelle cuciture della biancheria intima di un viaggiatore.

Viceré. Antico titolo usato per indicare il Consigliere capo di una Nobile Casa.

Vistaglobo. Sfera magica di cristallo di quarzo che può essere installata per generare un'immagine tridimensionale e dinamica di uno specifico territorio.

Volasvelto. Velivolo del Regno equivalente più o meno a una macchina sportiva volante.

Ward, Anais. (UM) Amante della madre di Henry.

Zantanfo (fauna di Infera). Animale leggermente più piccolo di una volpe, dotato di una dura corazza e zanne d'acciaio.

Zompiro. Cosa morta che "vive" nella foresta e si nutre di foglie secche e di qualche elfo occasionale. Per ragioni non del tutto chiare, gli zompiri preferiscono il sapore della carne dei Notturni a quella dei Luminosi.

L'ULTIMA PROFEZIA DI
NOSTRADAMUS

Hai i tuoi amici, lo studio, due genitori. Ma un giorno, tutto questo finisce. Ti ritrovi al funerale di tuo padre, un noto professore universitario, morto di polmonite. Sei attorniato da sconosciuti e, nel giro di poco tempo, tua madre ti dice che lui è stato assassinato, che non puoi più fidarti di nessuno e che tutto è legato a Nostradamus, il profeta del Cinquecento cui erano dedicati gli studi di tuo padre. Forze oscure, mosse dalla sua ultima e terribile profezia, lavorano nell'ombra per decidere le sorti dell'umanità. Sono sulle tue tracce, ti stanno cercando e la caccia è appena cominciata…

Un thriller ad alta tensione dall'autore bestseller Herbie Brennan.

LA GUERRA DEGLI ELFI

LA SAGA COMPLETA

Ci credete nelle fate?
Henry Atherton di sicuro no. Per lo meno è ciò che ha sempre pensato, ma ora se ne sta immobile, a bocca aperta, le palpebre che battono furiosamente mentre cerca di decidere cosa sta guardando. Poutpourri, il gatto del signor Fogarty, è convinto di aver preso una farfalla, ma non è una farfalla quello che Henry vede. Ha le ali di farfalla, d'accordo, ma per il resto... sembra proprio una fata!
E Pyrgus Malvae non è una fata qualsiasi, è un principe ereditario giunto nel Mondo Analogo (che poi sarebbe il nostro) attraverso un antico portale per volere di suo padre, il Re degli Elfi. Pyrgus, infatti, si è messo nei guai: Lord Rodilegno vuole la sua testa perché gli ha rubato una fenice, mentre Bombix e Sulfureo intendono sacrificarlo a Beleth, un demone che sta mobilitando le proprie armate per annientare il Regno degli Elfi.
È l'inizio di un'amicizia che varca i confini di due mondi e di un'avventura che condurrà Henry in un regno affascinate, tra furiose battaglie, diabolici raggiri, oracoli misteriosi... fino all'incontro con una bellissima principessa.